天津市重点出版扶持项目

小说月報

原创版

2018年精品集

《小说月报·原创版》编辑部 /编

天津出版传媒集团
百花文艺出版社

图书在版编目（CIP）数据

小说月报原创版2018年精品集 /《小说月报·原创版》编辑部编. -- 天津：百花文艺出版社，2019.1（2020.3重印）
ISBN 978-7-5306-7575-5

Ⅰ. ①小… Ⅱ. ①小… Ⅲ. ①中篇小说-小说集-中国-当代②短篇小说-小说集-中国-当代 Ⅳ.①I247.7

中国版本图书馆CIP数据核字(2018)第256433号

小说月报原创版2018年精品集
XIAOSHUO YUEBAO YUANCHUANGBAN
2018 NIAN JINGPINJI
《小说月报·原创版》编辑部编

选题策划：《小说月报·原创版》编辑部
责任编辑：刘升盈　刘　洁　张　烁
装帧设计：郭亚红
出版发行：百花文艺出版社
地址：天津市和平区西康路35号　**邮编**：300051
电话传真：+86-22-23332651（发行部）
+86-22-23332656（总编室）
+86-22-23332478（邮购部）
主页：http://www.baihuawenyi.com
印刷：山东临沂新华印刷物流集团有限责任公司
开本：787×1092毫米　1/16
字数：262千字　**插页**：2页
印张：19.5
版次：2019年1月第1版
印次：2020年3月第4次印刷
定价：39.80元

如有印装质量问题，请与山东临沂新华印刷物流集团有限责任公司联系调换
地址：山东省临沂市高新技术产业开发区新华路1号
电话：(0539)2925659　邮编：276017

目录

晚　餐

川　妮

一

主菜两道:烤三文鱼、葱烧海参。素菜四道:清炒芦笋、和风汁浇秋葵、清炒西芹百合、芥末木耳。汤一款:素鱼翅,一人一盅,装在红色小南瓜里。主食两款:金银米饭和亚麻籽油杂粮窝头。菜品精致高颜,荤素合理,低脂,低热,粗纤维,符合健康的晚餐理念。当然,还有红酒。今晚开的小拉菲。

妈妈是个讲究生活品质的人,她每年都要出国几次寻访美食美酒,家里的红酒都是她从世界各地的酒庄挑选回来的。

妈妈努力培养我和爸爸吃饭的品位,在妈妈看来,品位是一件很要紧的事情。我不得不说,妈妈的培养差不多失败了。我至今喝不出红酒的好坏,爸爸只爱喝白酒。妈妈不在家吃饭的时候,爸爸总是让阿姨炒一盘回锅肉,炸一碟花生米,凉拌一个猪耳朵,有时候还要爆炒一盘腰花或者红烧一个肥肠,再从储藏室里找出一瓶白酒喝。爸爸喝酒不讲究,找到什么喝什么。我有时候陪爸爸喝一杯。奇怪得很,白酒的好坏我一下子就喝出来了。不好的白酒,像一个张牙舞爪的莽汉,举着火球,呼啸着冲来撞去,急吼吼兴风作浪一番,很快就偃旗息鼓了。而好白酒像一个充满心机的阴谋家,一路小心翼翼探索着,找到一个安全的地方,把自己安放妥当,才缓缓释放出致命的能量,一点一点击打你的血管和神经。同样的烈，不好的白酒是把烈当旗帜一样举在头顶，明目张胆地进攻，生怕你不知道，而好白酒的烈裹着一层轻薄绵柔的雾，神不知鬼不觉就攻陷了你。我不晓得爸爸喝白酒是怎样一种体验，我们两个从来没有交流过。他每次都是很快就把自己喝到半醉状态。

红酒白酒我都不喜欢，我只喜欢吃烧烤的时候喝一点啤酒。吃过一串烟熏火燎烤焦烧煳嗞嗞冒油暧昧不明的烤肉，喝一口冰镇啤酒，像一股清泉流进心里。那是一种极为酷爽感觉。冰镇啤酒配烧烤，我的最爱。

妈妈喜欢的菜，过于清淡了，每次吃完，都有吃不饱的感觉，连续吃上几顿，心里空落落的，发慌。妈妈推崇的精致健康菜，实在不合我和爸爸的胃口。我和爸爸的胃口，是乡下的奶奶培养出来的。妈妈忙于生意的那些年，家里都是奶奶主厨。奶奶做菜浓油赤酱，麻辣鲜香，绝对重口味。奶奶从来不用盘子装菜，她嫌盘子太浅，她都是把菜放进大碗里。鸡鸭鱼，虾蟹鳖……奶奶通通不认。在奶奶眼里，只有猪肉才叫肉。奶奶说，猪的一身都是宝，除了猪毛不能吃，啥都能吃。哪怕是猪大肠和猪内脏，到了奶奶手里，也会变成餐桌上挡不住的美味。奶奶活着的时候，妈妈跟奶奶之间围绕餐桌进行了无数次暗战，结局都是妈妈失败。我六岁的时候，妈妈的生意拓展到了省城，家里的餐桌更是奶奶一统天下。

奶奶死后，妈妈取得了餐桌话语权，马上进行了餐桌改革，坚决不允许餐桌上出现猪肉。除了健康因素，吃猪肉是没有品位的象征，跟妈妈的生活不匹配。只有妈妈不在家，阿姨才会把藏在冰箱底层的猪肉拿出来，给我和爸爸解馋。

妈妈不在家，我们既不去大餐厅也不去小餐厅，更不要铺什么纯棉格子的桌布，就在厨房的料理台或者料理推车上吃猪肉，喝白酒。我们三个在厨房大快朵颐、高声笑谈的样子，像在合奏一曲欢乐和谐的生活颂歌。要是妈妈突然回来撞见，一定会吓一跳。

吃完肉喝完酒，爸爸会吩咐阿姨多开一会儿排风系统，把厨房的味道抽得干干净净。爸爸对我说，你妈妈是个讲究的人，她闻不得猪肉那股不上档次的味道。阿姨听了爸爸的话，笑得下巴都要掉下来了。在妈妈面前，阿姨从来笑不露齿。阿姨在我家待了几年，都变成两面派了。阿姨收拾厨房根本不用爸爸操心，她比爸爸专业，她开着排风系统，煮茶，煮柠檬水，煮玫瑰花……在妈妈回家之前，肯定会把厨房的猪肉和猪下水味道驱逐得无影无踪，只留下淡淡的茶香花香。

要是妈妈天天在家，我和爸爸坚持不了三天，就会找各种借口不回家吃饭。我不知道爸爸会去哪里解馋，我会去烧烤摊上吃烤串。置身在烟熏火燎的浓烈味道之中，我有一种奇特的安全感和满足感，尽管有时觉得孤独。

我和爸爸平时可以任性，周五晚上不行。妈妈不知道从哪里学习了一套晚餐跟家庭幸福密切相关的理论，在自己的家里践行起来。周五的晚餐，是妈妈最重视的家庭活动。妈妈说，一家人平时各忙各的，同时照面的机会不多。周五晚餐，是我们一家人团聚的平台。平时都是阿姨做饭，这一天妈妈给阿姨放假。妈妈亲自下厨，亲自开酒醒酒。妈妈的厨艺，远远超过阿姨。妈妈的用心，可谓良苦。我和爸爸很尊重妈妈，没有特殊情况，我们谁也不会缺席。

一家人聚在一起，吃精致的食物，喝高档的红酒，谈高雅的话题。爸爸说，幸福的家庭都是相似的，女人对家庭幸福的理解也是相似的。考虑到妈妈对家庭做出的巨大贡献，我和爸爸，没有任何理由不满足妈妈对家庭幸福的渴望。

我们一家人只在小餐厅吃晚餐，小餐厅的大小和格局，像一件剪裁合适的衣服，把我们一家三口舒适地包裹在里面。

家里的大餐厅如果没有十个人以上，就显得过于空荡了。大餐厅是妈妈请客聚会的场所。妈妈经营酒店业务，她那家酒店的中餐厅和西餐厅，在我们这座城市，有非常不错的口碑，规格和品位都很上档次。但妈妈喜欢在家里设宴，邀请一些需要更高规格对待的客人，把酒店的厨师和服务生叫到家里服务。如果客人足够重要，妈妈还会秀一下厨艺，亲手做一款色香味兼具的菜。

大餐厅是妈妈的秀场。弥漫着优质食物香味的大餐厅里，妈妈盛装端坐，把盏谈笑。在妈妈精心策划的每一场晚餐秀里，她都出演一个固定的角色——气场强大的女王。妈妈神色淡定，举重若轻，推杯换盏之间，投资到位，项目落定。爸爸说妈妈懂得治大国如烹小鲜的精髓。

爸爸很佩服妈妈。妈妈的酒店，从承包一个破旧的招待所起家，已经发展成特色连锁酒店。妈妈大学毕业分到县政府乡镇企业局，很快成为局里重点培养的女干部，大家都说妈妈前程似锦。但妈妈是头脑清醒的女人，她从大数据入手，分析了各级官员的男女比例。妈妈得出了非常悲观的结论：女人在官场的前景十分暗淡。说得不好听一点，官场里的女人，顶多是个点缀。多么痛的领悟啊！妈妈跟爸爸说，官场是男人的赛场，女人最好的位置是观众席，轮不到上场。相比官场，商场的男女比例让妈妈看到了女人的发展空间。妈妈让爸爸好好在官场发展，她果断选择了下海经商。果然，在商业上获得了成功。

妈妈在家设宴，有时候需要我和爸爸出现，不管妈妈需要我和爸爸出演什么角色，不出场的幕后人员，露一面的龙套，还是全程上场的配角，我和爸爸都会听从妈妈的安排，全力配合妈妈，努力演好自己的角色，让妈妈满意。搞砸妈妈宴会的责任，我们承担不起。

不出场的幕后人员和快要结束的时候回去露一面的龙套比较好演，出演配角最烦人，全程在场，时间久，要求高。我这样一个从小性格内向的超级闷蛋，却要在宴会上拼命找话题跟坐在身边的陌生人热聊，还要假装对他们愚蠢的高谈阔论兴致盎然。好几个小时保持高昂的情绪、热络的情感、热聊的兴致、得体的微笑、恰当的幽默……按照妈妈的要求，全程表现出彬彬有礼、见识广博、举止得体的良好社交形象，劳动强度堪比苦役。客人走后，累得我腮帮子都僵掉了。一桌子丰盛精美的菜肴，我根本没吃几口，晃荡在胃里的酒不时涌到口腔里，我不得不去厨房找两个剩下的窝窝头，把涌进嘴里的酒压下去。

爸爸应付起来比我轻松。他是个渊博的人，脑袋里的知识储备像是中药店的抽屉格子，随便拉开一个，都能找到对症的那味中药。我很佩服爸爸，他的角色分寸把握得非常好，从头到尾，他都能把情绪保持在一个饱满的刻度。宴会上，爸爸风趣幽默、知识广博、进退得体、拿捏有度，既能表现出妈妈喜欢的良好社交形象，把晚宴的气氛维持在一个恰当的温度，又能把握分寸，突出宴会的主体。爸爸喝得再多都不会抢戏，爸爸的角色，放到莎士比亚的宫廷戏里，应该是一个高素质的弄臣。

只有宴请甲女一家那次，妈妈和爸爸的角色进行了互换，那是唯一的一次，妈妈退到配角的位置上，让爸爸当了主角。其实，爸爸也不是主角，那晚真正的主角，是甲女她爸。在家里宴请甲女一家，是妈妈的主意。本来，孟老夫子要安排两家在他的孟庐相见。孟老夫子作为中间穿针引线的人物，这样的安排是恰如其分的。但妈妈做通了孟老夫子的工作，把聚会地点改在我家。妈妈想问题的角度，总是不同寻常。

考虑到甲女她爸的身份，妈妈没有让酒店的厨师和服务员到家里服务，阿姨帮着做了一些准备工作之后，妈妈让阿姨也回宿舍休息去了，确保家里没有一个外人。妈妈不仅弄出了一桌子精致高档的菜品，还专门为甲女家每个人准备了一款特殊菜品。给甲女她爸准备的是改良版家乡水煮鱼，艳红的辣椒，洁白的鳕鱼片，碧绿的豌豆尖。妈妈说甲女她爸什么没有吃过？你就是把龙肉摆在他面前，也不会引起他的注意。像他这种经历、这个年纪的人，最惦记的，肯定是早年家乡的味道。县城那个水煮三国饭店的水煮鱼，是县委那帮科员和科级干部们打牙祭的主菜。妈妈用来盛水煮鳕鱼的粗瓷青花大碗，都高仿了县城水煮鱼店的风格。为甲女她妈备的是药膳鳗，细腻的白瓷汤碗，一段鳗鱼沉在汤底，清亮的汤面上，漂荡着鲜红的枸杞。妈妈深知甲女她妈这样的女人，最在乎的，无非是保养。为甲女备的是Haru寿司，里面没有米饭，只有绿的牛油果、粉红的三文鱼和白色的蟹肉。寿司装在一只日本风格的樱花盘子里。妈妈知道甲女在日本读过书，而且，这款没有米饭的Haru寿司，是日本很多年轻女孩的至爱。

我真心佩服妈妈，一顿晚餐的学问，简直可以写一篇社会学博士论文。

甲女一家落座以后，眼神都相当惊艳。妈妈暗暗松了一口气。

我们六个人，在大餐厅的长条红木餐桌旁依次坐下，甲女一家坐在看得见窗户的一边，我们一家，背靠窗户跟他们相对而坐。阿姨不在，我们之前做了分工，妈妈除了陪甲女她妈，还要负责分菜，更换餐盘。我陪好甲女之外，负责斟酒。爸爸的任务只有一个，陪好甲女她爸。爸爸的任务看似简单，其实最不简单。陪好甲女她爸，是这次晚宴的重中之重。

妈妈怕抢了甲女她妈的戏，一改往日华丽盛装的习惯，低调素颜出场。老实说，妈妈放下身段兼任女仆同样出色，承担了多项服务工作，还能时时照顾甲女她妈的需求，迅速拉近跟甲女她妈的距离。妈妈请甲女她妈品尝药膳鳗，药膳鳗在甲女她妈舌尖上滚动的时候，妈妈顺便介绍了一些其他的美容食谱。妈妈谈美容食谱既专业又得体，甲女她妈听得津津有味。妈妈从美容食谱自然而然地过渡到了赞美对方的皮肤好，请甲女她妈分享保养秘籍。因为妈妈素颜出场，自觉担当了陪衬人，甲女她妈的皮肤看上去确实比妈妈的皮肤光亮。妈妈不露痕迹地挠到了对方的痒痒肉。甲女她妈的心情大为放松，津津乐道把自己的日常保养心得拿出来跟妈妈分享。两个女人越聊越近，很快有了一种老闺密的感觉。

落落大方品位高雅的女主人，贤惠能干的妻子，温柔朴素的母亲。妈妈把角色诠释得非常到位，直抵老戏骨境界。

爸爸的表现却失了水准。也许配角演得太久了，爸爸已经无力担当主角的戏份。打酱油和跑龙套的思维模式跟当网红做主角的思维模式毕竟差距太大，不在一个维度上。甲女她爸的身份，给了爸爸很大的压力，平时罩在头顶的那个艺术家光环，也没有给爸爸带来更多的自信和灵感。越紧张越找不到有趣的话题，爸爸急得耳朵一抖一抖的。甲女她爸刻意要表现出跟爸爸打成一片的姿态，他主动挑起的话题，总在那个县委大院里打转，那是他跟爸爸的人生有交集无差异的地方。也许在甲女她爸看来，唯有在县委大院那个地方，他和爸爸之间的平等度是最高的。爸爸的心情却要复杂得多，对甲女她爸提到的每一个人，爸爸都拼命从时间的海底打捞出更多的故事。爸爸用力过猛，却没有什么效果，他和甲女她爸之间的气氛，始终徘徊在上级和下级，领导和被领导之间，距离感十足，没有达到妈妈的预期。

我还好吧，顺利完成了斟酒任务，没有像爸爸担心的那样把酒洒到客人身上。晚宴刚开始，回答了甲女她妈和甲女她爸的一两个问题，甲女她妈问我在哪里读的大学，学的什么专业。甲女她爸问我喜欢什么运动，喜欢读什么书。都是很常规的问题，没超出妈妈和爸爸之前的预设。回答问题的时候，我每次都毕恭毕敬地站起来。参加妈妈的家庭宴会，我已经练出了一种对待长辈的合适态度。看得出来，我这个举动给他们留下了很好的印象。妈妈说得很对，在社交场合，教养是一张优质通行证。

甲女端坐在我对面，挺着腰板，抿着嘴唇，看上去像个邻家的乖乖女，顶多有一点小小的傲娇。但仔细一看，吓我一跳，甲女的眼神至少有零下十摄氏度的冷硬度，差不多是拒人千里的姿态。妈妈特意给甲女准备的Haru寿司，让甲女冷硬的眼神降到了冰点附近。妈妈的餐桌政治，似乎对任何人都有效，看来永远都不会过时。感谢妈妈。

甲女的拒绝姿态，反倒让我放松了心情，反正她不会喜欢我，她也不是我喜欢的那款。索性不想那么多，放开了跟她聊。先聊日本，因为甲女在日本读过书，我做了一些关于日本的攻略，聊起来还挺顺利，甲女的话题，我基本接得住。可是，甲女突然提到了东野圭吾的《白夜行》，她问我喜不喜欢东野圭吾，看没看过《白夜行》？

听到东野圭吾，我心脏底部的某个地方疼了一下，像是被两根手指捏起一小块软肉，恶狠狠掐住然后放开。

东野圭吾是小美最喜欢的日本作家，跟小美在一起的八个月，最快乐的时光就是到城里的各家书店淘东野圭吾的书。跟小美分手的时候，我差不多收齐了东野圭吾所有中文版小说。每淘到一本新书，我都让小美先看。小美把新书抱在怀里跟我告别，迫不及待要回去熬夜阅读新书的样子，仍然清晰地刻在我脑袋的某个空间。那个空间，被我紧紧关闭着，只有到了深夜无眠的时候，我才把那个空间打开，把小美放出来。我说，小美，你还喜欢读东野圭吾吗？我把东野圭吾的书一本本从书架拿下来，铺在地板上，然后，躺上去。小美读过的书，她的手指翻动过的书页里，留着她的气息。害怕小美的气息从书页上消失，我再也不敢翻开任何一页。小美读过的东野圭吾，被我珍藏在衣柜里。我重新买了全部的东野圭吾小说放在书柜里。那些书，失眠的时候，是我的药。

跟小美在一起，除了去书店淘书，去的都是小美熟悉的地方。我以前根本不知道，这个城市暗藏着这么多廉价的小店，跟着小美穿街走巷，我仿佛从没在这个城市生活过。小美带我去的地方，唤起了我对童年的记忆，跟奶奶一起逛过的小县城，就是那种破败亲切的样子。

小美是多么容易被满足的女孩子，小餐馆里的一碗担担面和醪糟汤圆，烧烤摊上的几串烤肉一瓶饮料，就足以让她的幸福指数飙升到一百二。我真的不该带小美到来福士广场，不该给她过生日，不该请她吃什么该死的日餐。可我就是心疼小美，想请她在漂亮干净的餐馆吃一顿晚餐，想让她看看城市的另一种面目，想把她带进我生活的领域。小美眼睛发亮地看着我帮她拣到盘子里的寿司，怯怯地说，都可以吃吗？这么多，很贵吧？我隔着桌子抓住了小美的手，我发誓要好好挣钱，带她吃遍这个城市最好的美食。

我和小美在桌子上握手对望的画面，被妈妈酒店的西餐厅领班拍了照片发给了妈妈。回到家，妈妈翻出照片问我，这是你从哪里捡来的打工妹？我不知道妈妈如何一眼看出了小美的身份，妈妈真是火眼金睛。妈妈说，我不问你怎么开始的，我只告诉你不要继续了。我不希望你被人钓了鱼。我告诉妈妈，小美根本不知道我的家境。妈妈不信。妈妈说，傻子都看得出来，Yeezy鞋价格不菲。我说小美认不出Yeezy鞋和我身上的服装品牌，她还教我怎么省钱，怎么在淘宝上购物。妈妈哼了一声，说，那个阶层的女孩子，心机太深。你不懂。妈妈陡然间变得冷硬的眼神，让我喉头一紧，不敢再为小美辩护。在妈妈的话里，心机不是重点，阶层才是关键词。小美是另一个阶层的女孩，她和她的生活，属于城市廉价的部分。一个北区幼儿园的打工妹子，要成为东区棕榈园的女主人，比嫦娥奔到月球上还难一万倍。我跟小美，分手是唯一的结局。被妈妈酒店的西餐厅领班撞见，不过把结局提前了。我唯一能做的，不是反抗妈妈，而是不让剧情继续发展。我太了解妈妈了，剧情如果发展到妈妈亲自出马去找小美，小美会更加受伤，她温柔的脸庞根本挡不住妈妈尖锐的目光。妈妈的羞辱，会像子弹那样嗖嗖射进她的身体，把她的自尊打成筛子。

在学校的时候老师讲经济基础决定上层建筑，我总觉得太抽象不能理解。

回到家里，回到具体的人物关系当中，一下子就心领神会了。在我们家，妈妈的经济基础决定了她是上层建筑。家里的规划、规则、运行模式、发展方向……都是妈妈决定的。妈妈一手遮天，爸爸都只有服从的份儿，何况我。我的职业规划，也是妈妈说了算。我最想学历史，其次是文学。妈妈说，那些都是无用之物，非要我学金融。我学了金融回来，爸爸以为妈妈会让我到酒店学习管理，十年八年之后，等我顺理成章接管了酒店，妈妈也可以退休了。妈妈却在银行给我找了个低级职位，让我慢慢发展。

小美这件事，更让我彻底看明白了，只要生活在这个家里，何止职业规划，我的爱情、我的婚姻、我的人生，都由不得我做主。

小美读的最后一本东野圭吾的书，是《分身》。从小美手上接过书的时候，我抓住了小美的手，小美的手干爽粗糙，指尖凉凉的。小美紧绷绷的小腹，跟手指有同样的微凉。那一点微凉，烙在我灼热的身体上，如点穴一般，刺得我心里的某个地方酸麻胀痛。我看着小美，她的眼睛充满了对这个世界的信任。我相信，即使我一无所有，她也不会离开我。一瞬间，我真想学习肥皂剧的情节，带着小美私奔。天地之大，难道没有我和小美的容身之地？我看着小美，眼睛要出血似的，小美被我看得不好意思，她抽回了自己的手。我看着她走回租住的房子，她的身影，在梧桐树下忽隐忽现，最后消失在单元门口。街灯下，是城市北区破败的景象。夜色中，除了小美，每一处都是令人清醒的现实。

我拉黑了小美，删除了一切联系方式。我害怕小美心有不甘，想方设法找到我，要一个说法。她没有。我疑心小美已经离开了这个伤心的城市，也没有。分手一个月之后的一天，我溜出银行，把车停在另一条街上，躲在幼儿园拐角那棵泡桐树下。我看见小美仍旧带着大班的孩子出来做操。我以为她会消瘦，也没有。她的脸依然圆乎乎的，脸上的笑看不出跟以前有什么不一样。看多了东野圭吾的女孩都这样坚强吗？或者，小美根本就不在乎我。

我走神了。半分钟而已，脑袋里闪回往事的速度，堪比光速，快到不可思议。眼里满满的，像是涨了水。

妈妈轻言细语地提醒我斟酒，温柔的声音，掩护妈妈刺向我的尖利的目光，扎得我的上眼皮疼痛。眼里的水，瞬间漏光。我站起来给他们斟了一轮酒。

东野圭吾。想不到甲女也喜欢东野圭吾，她为什么会喜欢东野圭吾呢？那就谈东野圭吾吧，这个话题够我们谈一阵子了。我干巴巴地笑了笑，说，没想到你也喜欢东野圭吾，我刚才在记忆里搜索了读过的东野圭吾，差不多有五十本吧。甲女的眼睛亮了，说，哇哦，铁粉耶。我只读过《白夜行》。你推荐几本给我，不要太过血腥和烧脑就行。《白夜行》不算烧脑，不过死掉的人太多了，日本人的爱情，多少有点变态。我给甲女推荐了《新参者》。我说《新参者》比较温和，不费脑子。里面的日常生活描写，那些仙贝店什么的，挺可爱的，没准就是你上学时候去过的店。甲女歪着头，似乎在回忆东京的仙贝店。

东野圭吾一度让我跟甲女的谈话热烈起来。我们讨论了一会儿桐原亮司和唐泽雪穗的关系。甲女认为亮司和雪穗的爱情太极端了，为了成全雪穗，亮司冷酷地杀了那么多人。甲女很欣赏那个执着的警察笹垣润三。而小美是喜欢亮司的，小美认为雪穗太狠。亮司死得那么决绝，雪穗头都没回一下。小美最恨的就是那个笹垣警察，小美认为没有他穷追不舍，亮司就不会死。小美喜欢亮司为了爱情粉身碎骨的决绝，我曾经因为这个问题，跟小美争得不亦乐乎。相比小美的幼稚，甲女的观点要成熟得多，我很愿意跟甲女聊一聊《白夜行》，但甲女对东野圭吾很快失去了兴趣。

东野圭吾不是甲女擅长的话题，必须找出一个新的话题。

新话题在哪里？我的思维一下子乱了，找不到出口。还是甲女解了围。甲女回忆起在县里上过的小学，甲女比我高两个年级，她只上到三年级就跟着父母到省城里来上学了，好多老师的名字都忘了，特别是那个教过甲女语文的老师，有一个著名的外号，甲女死活想不起叫什么。我帮甲女想起了那个老师的外号叫“欢雀楼”。那个老师上课的时候把鹳雀楼读成了“欢雀楼”，所以得了这个著名的外号。甲女的眉头松开了，谈兴浓起来，非要知道我小学时候的外号，我不好意思说我的外号叫“闷屁”，这词太粗俗了。我灵机一动，告诉甲女，小学同学叫我“闷豆”。“闷豆”这个词，大概很有喜感。甲女捂着嘴笑起来，甲女她爸一不小心听见了，也跟着笑起来。

甲女她爸一笑，餐桌上的气氛顿时提高了浓度。甲女她爸说，我记得丫头小时候也有个外号，叫什么来？甲女不让她爸说，捡了一颗烤银杏塞到她爸的嘴里。甲女她妈说，这么大的人了，还像小时候，没样子。妈妈说，女儿就是好，永远是父母的贴心小棉袄。妈妈脸上是大尺度欣赏和羡慕的表情。甲女她爸吃了银杏果，说，我想起来了，他们叫你麻花。你小时候明明是个胖女孩。我们都笑起来，我们县城的方言，麻花是瘦子的意思。甲女生气了，说，我才不胖。我什么时候胖过？甲女她爸笑着说，现在的女孩子，怎么那么怕胖？我们读书的时候，谁胖羡慕谁。是吧，老潘？爸爸说，就是，大学那会儿，腆着肚子的人最牛，那叫将军肚。现在倒好，大家都要拼命减肥了。甲女她爸就着这个话题，谈到了当年物质匮乏的种种笑话。那种含泪的笑点，是他们那代人的招牌菜。爸爸妈妈和甲女的爸爸妈妈，四个同时代的人，热火朝天怀起了旧。

在这一轮热烈的谈话中，妈妈密切注意着场面和人物关系的调整，让话题的主动权始终掌握在甲女她爸手里。爸爸终于放下包袱，回归到正常的状态，发挥幽默风趣的才华，把甲女她爸的话生发出有趣的意思。甲女她妈话不多，但是总能在恰当的时候表达一下聪明的看法。这个临时的四人团队，每个人都找准了位置，发挥了作用，造就出缺了谁都不行的良好互动局面。

长辈们的戏，年代感过强，他们那些只要说出几个字就彼此心领神会的梗，我和甲女却听不懂。他们笑得稀里哗啦的那些笑点或者长吁短叹的那些痛点，我和甲女完全无感。

无聊的感觉，像是厚重的罩子，把我和甲女罩在里面，甲女的眼神又恢复了当初的冷硬。我抑制住恶劣的心情，不让它滑到沮丧的凹槽里。我站起来去给他们斟酒。妈妈把醒酒器接了过去，说，我来吧。妈妈用眼神示意我带甲女在家里各处转转。我只好迎着甲女冷硬的目光说，他们聊的好像史前的事儿，反正听不懂，不如我带你看看我藏的东野圭吾。甲女显然也想从这无聊中挣脱出来，欣然答应了。我带着甲女上楼去了跟我卧室相连的小书房。小书房装满整个架子的东野圭吾，让她有些震惊。她扫视一遍我的藏书，又在我的脸上扫荡了一阵。我像暴露在X光下一样不自在。我装作开窗户，避开了她的目光。她说，一定有什么难忘的故事吧?不如讲给我听听。我看着窗外说，没有什么故事。她爆发出一阵大笑，说，够了。我们两个装了一晚上乖孩子了，干吗不真实一点。说说你，我也可以说说我的故事。我们两个，可以成为交换故事的人。这个主意不错吧? 我喜欢收集各种各样真实的故事，越残酷越好。我对美好的故事不感兴趣。美好的故事都是骗人的，只有残酷的故事才是真实的。甲女这番话，好像是对她冷硬眼神的注解。不管她有什么残酷的故事，我都不想说出我的故事，不想成为甲女收集的众多故事之一。我回过头来，问她想要哪本书。她说，就是你推荐的《新参者》吧。我取出《新参者》递给她。她叹口气说，你确定不想说你的故事? 我说，我没有故事。

我和甲女从书房出来，他们已经从大餐厅撤到了客厅。妈妈要泡茶，甲女她妈说时间不早了。妈妈不再挽留，她拿出一份给甲女她妈准备的小礼物，就是妈妈在晚宴时候介绍过的几样食疗材料，甲女她妈愉快地收下了。我们一家把甲女一家送出去，看着他们上了甲女的车。甲女她妈开了车窗，挥着手叫我们回去。甲女她爸也挥着手说辛苦了。我们三人齐刷刷举起手来，挥动着。甲女开动车，按了一声喇叭。车拐过弯道，看不见了。

妈妈仰头看天，深蓝的天幕上，闪烁着几颗星星。

如此完美的开局，一定让妈妈对我和甲女的故事走向怀着美妙的预期吧。

我们进到家里，阿姨不知道从哪里冒出来，已经在收拾餐桌了。

搬进现在的房子里，妈妈把以前那个黑瘦的矮个子阿姨换掉了。现在这个阿姨四十多岁，长得中规中矩，个头适中，脸白，微胖。妈妈仿照电视剧里的民国服装样式，给阿姨订制了素色纯棉中长款立领侧襟盘扣衣服。阿姨按照妈妈的要求装扮起来，像极了我在电视剧里看到的民国忠厚女佣。妈妈在家的时候，阿姨沉默寡言、动作麻利。家里的半地下室里，有一间阿姨休息的房间，但是阿姨并不住在家里，她跟酒店的员工一起住员工宿舍，每天早早地到家里准备早餐。我猜阿姨并不喜欢住在我家，只有妈妈请客结束得太晚，没有公交车了，阿姨才会在休息室凑合一晚上。

每次请客都一样，客人走了，才轮到阿姨上场，阿姨收拾打扫桌上的残羹剩饭，关掉大餐厅和厨房的灯。

阿姨是戏剧场里那个拉开和合上大幕的人。

二

小餐厅的气氛有点异常。妈妈烤的三文鱼忘记放新鲜的罗勒叶子。芥末木耳的蘸汁里没有芥末。本来该切成菱形块的西芹切成了长方块，还大小不一，切西芹的刀法明显是凌乱的。晚餐准备得潦草，说明妈妈有心事。餐桌上这么多破绽，爸爸居然没有发现。说明爸爸也有心事。

爸爸是个非常注重细节的人，用妈妈的话说，他心细如发。妈妈这话，一般人听不出是褒是贬，我以前也听不出，现在我当然听得出来了。妈妈说话很有技巧，同样一句话，放在不同的时间地点和不同的人物关系中，意思可能完全不一样。就像心细如发这句话，妈妈早年这样说爸爸，应该是在表扬爸爸。那个时候，爸爸不仅是县里一号领导的大秘，还是机关公认的才子，会写材料，会写文章，会画画。

妈妈下海之后，事业有了突飞猛进的发展。爸爸的仕途止步在处长的位置上。最低潮的时候，爸爸连处长的位置都没有了。如今，爸爸听着妈妈说他心细如发，一定格外刺耳，但是，爸爸从不反驳，他学会了装糊涂。

爸爸不是天生心细如发的人，奶奶说爸爸小时候是个三天不打上房揭瓦的熊孩子。上了大学，爸爸还是一个粗心大意不修边幅的人。爸爸的转变，发生在刚刚参加工作那三年，他给县委书记当了三年秘书。伺候领导是个细心活儿，爸爸养成了注重细节和谨小慎微的习惯。那样的两个习惯，早期应该发挥了积极作用。爸爸从科员到处长，用的时间比一般人短。但是到了后来，注重细节和谨小慎微成了捆住了他手脚的两根绳索，制约了他的发展。

爸爸的起跑线，比甲女她爸还要高那么一点点，他上的大学是重点综合大学，甲女她爸上的师范，爸爸一毕业就给县里的一号领导当秘书，甲女她爸一毕业就分到了乡下教中学。但是，三十年后，爸爸跟甲女她爸的差距，即使换跑神博尔特帮爸爸上场奔跑，也追不上了。

甲女她爸在官场如日中天，四十多岁当上了省里的一号人物。同样的年龄阶段，爸爸在处长的任上干了十多年，不仅没有提升，还被免了职。免职这件事，对爸爸打击不小。被免职后，爸爸扔掉开了多年的帕萨特，每天开着家里的路虎去上班。妈妈说爸爸太过脆弱，情绪化。人在逆境中最要紧的是沉得住气，不能乱了阵脚。爸爸对妈妈一肚子的怨气，只是不好发作。爸爸被免职的事，妈妈也有责任。本来已经跟爸爸谈话，拟任一个副厅职务。爸爸暗示妈妈要跟上头表示一下，妈妈装聋作哑不接招。结果爸爸副厅没戏，处长也丢了。我倒是很同情爸爸，四十来岁的人，在单位被比自己年轻的人领导，在家被比自己有钱的老婆领导。爸爸一向自视很高，而现实坚硬如铁，让他如何能够消化。爸爸的存在感严重不足，人就比较颓废。喝酒多，牢骚多，胡子拉碴也不以为然。

爸爸这种在生活中溺水的样子，对妈妈的生活理想是个严重的挫败。妈妈苦思冥想，想找一条路把爸爸捞到岸上。仕途的事，妈妈不想掺和。也许是身边那些落马官员的下场让妈妈保持着警惕。妈妈终于想起了爸爸曾经是个能写会画的才子，突然脑洞大开，帮爸爸找到了一条便捷体面的金光大道。有一天晚餐后，妈妈一边吃着甜品一边对爸爸说，我记得你以前挺喜欢画画，后来工作太忙没有坚持。你最近工作比较闲，不如重新捡起来，拜个老师学画。爸爸愣了愣，没接妈妈的话。他需要迅速判断妈妈的话是什么意思，真话还是反话。妈妈接着说，当多大的官到年龄就退，搞不好还要坐监狱。还是搞艺术好，越老越受欢迎。你看人家孟老夫子，活得多自在。

妈妈提到的孟老夫子，是个传奇大师。

据说孟老夫子鹤发童颜，七十多岁又娶了妙龄美妻。娶妻之前，每晚都有可人儿伴宿，再好的可人儿，也伴不过一周。按照孟老夫子的理论，女子要像春天的雪，下在花骨朵儿上，薄薄的一层，转瞬即逝，美得让人惊慌。要是像冬天的雪，天天堆在房前屋下，厚厚的吸满了人间的污浊灰层，连颜色都发黑了，只会叫人讨厌。孟老夫子绝不亏待侍奉过他的女子，天价的画，随手就送一张。想去孟老夫子身边伴宿的美女，能从锦水河的上游排到下游。孟老夫子新娶的妙龄美妻，就是一个曾经伴宿的女子，不知道有什么秘密武器，居然破了孟老夫子的戒，上位成功。孟老夫子香艳欲滴的私生活，一直是坊间经久不衰的话题。

妈妈对爸爸说，怎么样，我帮你找个老师试试？爸爸判断出妈妈是认真的，同时秒懂了妈妈要救他上岸的苦心。爸爸的脸色，闪过一丝阴霾。爸爸的心情一定不平静，五味杂陈的失败感，混沌不明的怨气。在黑暗的心中交替出现的钝痛与锐痛，是爸爸心里的不甘。但是爸爸快速地从混浊的心情里面找出了最单纯透明的那一部分，那就是对妈妈的感恩。爸爸喝掉杯子里的红酒，看着我说，你妈妈又要操心酒店，又要操心家里，居然还记得我画过画，我自己都差不多忘记了，我真是活得糊涂。这个家，要不是你妈里里外外一把手，真不知道是个什么样子。儿子，来，我们两个喝一杯，感谢你妈让我们的生活这么美好。爸爸像一个在黑暗中表演的魔术师，从黑暗中抓出一把发着光的鲜花献给了妈妈。妈妈把最后一口杧果西米露吃进去，甜蜜从嘴角溢出来。

爸爸跟着妈妈一起去拜师才知道，妈妈给他找的老师居然就是孟老夫子。爸爸被妈妈吓了一跳。爸爸觉得自己这种三脚猫功夫的业余爱好者，随便一个受过专业训练的画家都可以教，根本没必要拜孟老夫子这样的大师。而妈妈认为，艺术的师承很重要，你是谁的学生胜过你画得怎么样，越是三脚猫功夫越要拜名师。事实证明，妈妈的思路要比爸爸正确一万倍。

孟老夫子的四合院叫孟庐，位于城市的西边。西贵东富，南新北穷。孟老夫子富且贵。孟庐占地面积七八亩，去过孟庐的人，都惊叹孟庐的精美。

爸爸跟着妈妈进了孟庐，见到了传说中的大师。孟老夫子确实像传说那样鹤发童颜，飘逸的白髯白发，脸上的皮肤白红透明。站在身边的女子，却不是传说中的妙龄，四十岁以上的年纪，只能算迟暮的美人。孟老夫子对妈妈非常客气，在他的画还不是太值钱的时候，妈妈曾大手笔购买过。妈妈买画之后不到两年，孟老夫子的名气迅速崛起，画的价格一路飙升。妈妈买到手里的画，为妈妈的项目攻克各种关卡堡垒立下了汗马功劳。妈妈和孟老夫子，都视对方为贵人。孟老夫子身边的迟暮美女招呼爸爸喝茶，妈妈和迟暮美女很熟络的样子，坐下来自然而然地谈起了养生的话题。爸爸在孟老夫子面前难免诚惶诚恐，自己的三脚猫功夫，画黑板报还行，跟孟老夫子学画，怎么够资格？孟老夫子倒是随和，说了几个流行的笑话，都是品位不太高那种，惹得迟暮美人拿杏眼瞪了老头子几眼，老头子哈哈一笑，起身带爸爸去了画室。

爸爸后来知道有好几个省里领导的夫人包括甲女她妈，都跟着孟老夫子学画，爸爸的心这才踏实下来。跟这帮附庸风雅的官太太比，爸爸还算懂一点画。

不得不说，妈妈把爸爸送去学画，是做了一件多方共赢的好事。爸爸画学得不怎么样，但是能说会写，给县委书记当大秘练就的一身功夫，休眠在爸爸身体里许多年，被唤醒过来，依然功力不减。陪过县委书记，再陪孟老夫子，对爸爸来说是降了难度。爸爸轻轻松松就把孟老夫子哄得很开心。孟老夫子的所有宣传文案、展览方案、画册、传记、画评、讲话稿……凡是涉及文字的东西，都被爸爸打理得妥妥帖帖。

爸爸给孟老夫子写的评传出版后，刮起了一阵小旋风。几场签售孟老夫子都亲自站台，签售现场人山人海。书的畅销，迅速提高了爸爸的知名度。爸爸用这样的方式在画坛找到了一席之地，找爸爸写传记的画家排成了队。给别的画家写传记这个事情，孟老夫子不表态。妈妈告诉爸爸，不表态就是态度，除了孟老夫子的传记，你谁的传记也不能写。爸爸豁然开朗，明白了其中的奥妙。

爸爸学画几年，成了孟老夫子身边的红人，孟老夫子到哪儿都带着爸爸。爸爸知识渊博，说话风趣，到了后来，孟庐的饭局缺了爸爸，就好像空气都凝滞了。孟老夫子自然没有亏待爸爸，八十大寿的时候跟爸爸一起搞了师徒联展，全力推广爸爸的画。爸爸画得不怎么样，名气倒是日渐大起来了。

爸爸跟甲女她爸相遇，就是在孟庐的饭局上。甲女她爸老远就打着哈哈向爸爸伸出了手，甲女她爸说，想不到，你成了孟老夫子的得意门生，当了画家了。爸爸握着甲女她爸的手，心里打翻了五味瓶子，滋味相当刺激。但是爸爸掩饰得极好，爸爸能够迅速把一腔混浊的情绪下沉到底，只露出清澈的部分。那晚的酒桌上，爸爸和甲女她爸的往事成了大家的下酒菜。那是爸爸奋力从清澈的情绪里舀起来的几尾活鱼。县委的红砖楼，我家住三单元，甲女一家住前面那栋的一单元。红砖楼早已物是人非，但在甲女她爸的记忆里，那是锅碗瓢盆人间烟火密集的岁月。如今高处不胜寒的甲女她爸，格外愿意回到那座红砖楼,重温弥漫着人间烟火的青春。难得有一个见证过红砖楼岁月的邻居,同时见证了甲女她爸今天的成功。所谓故人重逢的意义,就在于这种前世今昔的见证,让成功的那个不用还乡就享受了尊荣。孟庐的戏剧场,对爸爸的表演能力何尝不是一次淬火般的提升。

喝到后来,别人都走了,只剩爸爸和甲女她爸留下来喝茶。茶室里要谈的,才是正事。在孟庐的茶室里,爸爸终于知道,所谓相遇,是孟老夫子刻意安排的。之前,孟老夫子发现跟他学画的甲女她妈满腹心事无心学画,细问之下才知道,甲女已经二十七岁,嫁人的事毫无眉目。现如今,愁嫁的都是甲女这种高端女子。看过甲女她妈手机里存着的甲女照片,孟老夫子灵机一动,想到了我。孟老夫子见过我,爸爸在孟庐喝醉了,妈妈总差我去接。我彬彬有礼的社交形象,大概给孟老夫子留下了不错的印象。孟老夫子在心里权衡一番,认为我各方面条件都不错,跟甲女的匹配度高达百分之八十以上。孟老夫子翻出我跟他合影的照片,献宝一样给了甲女她妈。甲女她妈反复端详我的照片,脸上是云开雾散的表情。孟老夫子心里有了底,细细把我家的情况给甲女她妈做了介绍,甲女她妈从孟老夫子的介绍中得知两家是老乡,进而发现两家居然是县委大院的老邻居,甲女她妈眼里放出的光更亮了。但是甲女她妈没有立即答应,她又微服私访考察了我妈的酒店,这才点头应允了。甲女她妈这一关过了,孟老夫子才安排了爸爸跟甲女她爸在孟庐相遇。

在孟庐,哪里有什么意外和自然而然的重逢呢?就像孟庐的风景,哪一处不是刻意地雕琢和修饰。八十岁的孟老夫子世事洞明,逻辑清晰,根本不像率性而为的艺术家。

接下来,轮到我跟甲女出场相亲,就有了那场晚宴。妈妈自信,家里的硬件,完全经受得起甲女她爸和甲女她妈的检验。而且,把我家作为主场,有利于我的正常发挥。毕竟,相亲戏的重点,是对我的考察。

妈妈的策略是成功的,甲女父母对我家的硬件满意,对我满意。我父母对甲女满意,两家的父母互相满意。各种满意加起来,相亲取得了令人满意的结果。

相亲结束后,妈妈往我的银行卡上打了五十万。妈妈说,这是你的恋爱经费,不设上限,用完了再补充。我们这样的家庭,要找一个合适的女孩,不是件容易的事。甲女各方面的条件都不错,难得两家知根知底。你可要把握住这个机会。爸爸频频点头。我也频频点头。

跟妈妈说话一定要集中注意力,因为妈妈的每一句话,都是重点。妈妈没有时间说废话。爸爸和妈妈配合很默契，妈妈提纲挈领，爸爸完善细节。妈妈走了之后，爸爸接着说，爱情跟婚姻，不能混为一谈。你可以跟任何人谈恋爱，但是，结婚一定要找一个匹配的女孩。婚姻当中，匹配比爱情更重要。婚姻不是化学反应，婚姻是两个家庭的关系组合。婚姻是数学方程式。你跟甲女要是成了，把我们两家的优势结合到一起，相当于两个正数相乘，乘积远远大于任何一个因数。你要跟那个什么幼儿园的女孩结婚，那就是一个正数跟一个负数相乘，结果只能是一个更大的负数。

爸爸不愧是学霸，讲道理都能讲到化学反应和数学方程式上去。爸爸这样强大的逻辑，根本不是我能反驳的。“爱情也许是化学反应，但婚姻绝不是数学公式，所有不谈爱情的婚姻都是耍流氓。”这种话在心里翻滚几下也就算了，真要说出来，只能被爸爸耻笑。

我放空自己，白痴一样看着爸爸。

爸爸忽然放低声音说，我知道你没有放下那个女孩。哪个男人心里没放着一两个忘不掉的女孩？就像男人的私房钱，尽管用不着，但放着心里踏实。要是没有，就会心慌。那些忘不掉的女孩，就像私房钱一样，必须藏好了，被发现就惨了。

爸爸似乎感应到了我的心理活动，他说，你别误会，我不是说我心里有什么女人，我绝对没有。我对你妈妈非常满意，她是那种自带光芒的女人，她把我心里的每一个角落都照亮了，绝对三百六十度无死角。

爸爸越解释越有一种此地无银三百两的感觉，他自己都心虚了，脸上的表情很不自然。我懂事地对着爸爸笑了笑，说，私房钱的比喻很精彩。爸爸你要是去写小说，说不定比画画更出名。

爸爸咳嗽了几声，说，说正题，我和你妈的意思，再也找不出比甲女更合适的女孩了。你要抓住机遇，赶紧行动起来。不用我传授怎么撩妹吧？

从爸爸嘴里说出“撩妹”这种词，感觉怪怪的，就像一个黑脸壮汉吃着一个粉色冰激凌。爸爸为了拉近跟我的距离，也是蛮拼的。我真怕他接着又说出什么萌萌哒之类的词。我赶紧说，不用不用，撩妹我还是有一套的。

妈妈爸爸压根儿没有问过我对甲女的看法，他们不关心我有什么看法。他们像是搞科学研究那样，用他们的标准进行匹配度测试，测试的结果令他们满意，他们就按下了按钮，启动了程序。我跟甲女就是两只实验室里的小白鼠。

他们太心急了，主角的戏还没有什么进展，配角们的戏就紧锣密鼓地展开了。为了答谢孟老夫子，妈妈安排了规格很高的家宴。因为甲女她爸去北京开会不能出席，妈妈把酒店最好的厨师和服务生叫到了家里。在那次只有甲女她妈、孟老夫子和我爸妈出席的家宴上，妈妈依着孟老夫子的辈分，成功地解决了对甲女她妈的称呼问题。妈妈管甲女她妈叫师姐。在孟老夫子面前，她们师姐师妹地叫着，像两个天真的女学生。酒足饭饱之后，孟老夫子跟爸爸去书房聊天，妈妈把甲女她妈带去她的茶室喝茶闻香，两个人越谈越投机。妈妈跟甲女她妈的感情进一步升温，从假装闺密变成了真正的闺密。

在妈妈的催促下，我跟甲女约了几次，她都说有事。甲女对约会一点都不热心，我也不热心。爸爸妈妈每天目光灼灼地看着我，问我跟甲女之间的进展。他们两个心里都打着自己的算盘。妈妈已经不满足于酒店业，早就想进军房地产市场了，要是跟甲女一家联姻，妈妈的事业一定会如虎添翼。爸爸当然还有仕途上的梦想。在爸爸心里，当官才是正途，跟着孟老夫子学画，那是不得已。

他们以为我傻。我只是不说而已。

我只能硬着头皮继续约，甲女终于答应周五一起去吃饭。我问甲女喜欢吃什么，甲女说随便。我问要不要接她，她说随便。随便是什么鬼？我想了半天也不知道。我跟妈妈请假说晚上不能回家，约了甲女吃饭。妈妈问定了哪里吃饭，我说没定呢，甲女说随便。我问妈妈女生说随便是什么意思？妈妈顿了好长时间才说，你先接了她，再问她去哪里。接她的时候记得买一束花。哦。跟女生约会要买花。我从来没有给小美买过花。跟小美虽说约会了八个月，但是，跟小美约会的经验，根本不能用来指导跟甲女的约会。我的撩妹历史，实际上还是一片空白。我按照妈妈的策略，先买了一束花。在花店，我百度了玫瑰花语，然后买了九朵橘色玫瑰。这样不会太唐突。

下班的时候，我把车停在甲女的办公楼对面，给她发了微信。等了十多分钟后，甲女才懒洋洋地出来了，甲女的脸色比较灰暗。我替甲女拉开车门，甲女看到座位上的九朵橘色玫瑰，脸上的亮度高了一些。坐好之后，甲女说，没想到你来接我。

我装出一副老练的样子，说，我理解的随便应该包含可以接你的意思吧？我语文一直不太好，词语解释尤其弱爆。

甲女笑起来，脸上的亮度更高了一些。她说，你不像看起来那么单纯嘛，还是蛮懂的。

我赶紧说，因为要约会，恶补了几部韩剧，跟韩国帅哥学了学怎么撩妹，我刚刚想起，似乎补错了方向，你在日本读书，我该恶补几部日本偶像剧。不如你推荐几部给我。你喜欢的男神是谁？

甲女盯着我的右耳朵，说，真看不出来你这么油腔滑调的，我妈妈还说你老实，不会是被你蒙蔽了吧？

我不知道怎么接甲女的话，老实承认装酷掩饰内心的慌张，还是继续装酷油腔滑调？心里不自在，只好专心开车，不说话。甲女伸出手，摸了摸我的耳朵，她说，你的耳朵红得像一朵鸡冠花。你一看就是个好孩子，能不能正常说话？

我的脸控制不住红了起来，彻底装不下去了。我咳嗽着，尴尬地说，其实在你面前我挺紧张的，我想装得成熟一点。这么快就被你识破了。甲女叹息一声，不再说话，脸上的亮度回归灰暗。

我们开着车转了好久，甲女终于说，饿了，我们去吃饭吧。我让甲女定去哪家餐厅。甲女说的那家日餐店，是我带小美去过的。因为没有订座，餐厅只剩两个座位，刚好是我和小美坐过的。甲女选择的座位，就是小美那天坐的，为什么女生都喜欢坐在背靠窗户的位置上？

我坐在甲女对面，心情很恍惚。我看到甲女变成了小美，差一点脱口叫了小美的名字。但是，甲女跟小美，一点都不像。小美是圆脸和圆眼睛，胖乎乎的圆下巴，有点像爸爸妈妈喜欢的歌星邓丽君，这种长相现在已经被视为土气落伍了。但是我喜欢小美的样子，她哪儿都柔和得让人心里发软。甲女的长相，更符合当下流行的美女标准，锥子脸，尖下巴。不笑的时候，看着是一副刻薄相。

点完菜，甲女脸上的亮度突然增加了许多，像是放电一般。她盯着我看了一分钟，说，闲着也是闲着，讲讲你的故事呗。一个喜欢东野圭吾的女孩，你很爱她吧？你跟她，肯定是你妈妈不同意。甲女的目光，放肆地在我的脸上扫荡着，再也没有一点乖乖女的模样。

对待甲女这样的女孩，躲躲藏藏反而更让她不依不饶。我迎着甲女的目光，索性把什么都告诉她了。

跟小美相识在一个烧烤摊上，吃烧烤的小伙伴们都是三五成群，咋咋呼呼的。只有我是一个人。我十三岁才从县城来到这个城市，插班去了一所中学，读了半年，同学还没有混熟，就被妈妈转到国际学校去了，国际学校读了一年多，高中去了国外，一直读到大学毕业，在国外待了七年。七年后回到这里，我连东南西北都分不清楚。在这个城市，我没有同学、没有朋友，找不到一起吃烧烤的人。那种异乡人的感觉，比在国外更加强烈。我喜欢烧烤摊，喜欢坐在高声谈笑的人群里，吃烟熏火燎的食物，想我的奶奶。我六岁的时候，妈妈把酒店开到了省城。我九岁的时候，爸爸调到了省城。我和奶奶住在县委的家属院里，一直住到小学毕业。我的生日，只有奶奶记得，奶奶从来不给我买蛋糕，只给我煮一碗长寿面，带我去照相馆照一张标准相。中学搬来省城读书，奶奶要回乡下，我哭着让奶奶留下陪我。出国读书的第二年，奶奶去世了。那个假期，我几乎每天都去奶奶的墓前坐两个小时。爸爸妈妈都是学霸，但他们永远求不出奶奶去世在我心里留下的阴影面积。

平时在烧烤摊上想着奶奶，心里会觉得很暖。那天的思维不晓得怎么拐了弯，变了方向，老是想着要是奶奶在天上看着我一个人吃烧烤，一定会心疼。这个思维方向把我带到了沟里。冰镇啤酒穿过我的肠胃，飞流直下，似乎在我的身体里形成了一道冰瀑布，寒光闪闪。我一直觉得冷，我让烤串老板多加盐，多加辣，多加孜然。烤串老板不满地说，调料不要钱啊？坐在旁边那桌的一个圆脸圆眼睛圆下巴女孩轻言细语地对老板说，老板，也有顾客要求少加调料啊。我对圆脸女孩投过去感激的一眼，圆脸女孩冲我笑了笑。我点的烤串太多吃不下，老板拿餐盒帮我打包。付完钱，我把打包盒留在桌子上离开了。圆脸女孩拿着打包盒追上我，她说，你今天有心事啊，这么多美味居然忘记拿走。我接过打包盒，不知道拿打包盒怎么办。这个东西，绝不能带回家里，也不能扔进垃圾箱。从小奶奶告诉我不能浪费粮食，我怎么淘气奶奶都能忍受，就是不能浪费粮食。记得有一次丢了半块馒头，食堂的馒头碱放重了，不好吃。奶奶从厨房垃圾袋里拣出来，洗洗吃掉了。奶奶说我没有挨过饿，不知道半块馒头可以救命。奶奶是挨过饿的。奶奶的样子，让我羞愧不已。我拿着打包盒，左右为难。圆脸女孩善解人意地说，你不能拿回家是吧？家里人吃素吧？我有个同学的父母就是吃长素的，她也从来不把外面打包的东西带回去。不如你给我，我带回去给同事吃。在我发蒙的时候，圆脸女孩像轻盈的天使，在夜色里飘然而去。

第二次相遇是在书店，我们都在东野圭吾那个柜台前挑书。见到我，圆脸女孩惊叫了一声。我的脸红了，圆脸女孩的脸也红了。那一次，我跟圆脸女孩互加了微信。她就是小美，她的朋友圈，总是发很多幼儿园小朋友的照片，透过朋友圈，就能了解她的生活。跟小美在一起，我变得很容易开心。

甲女喝了点清酒，脸颊泛起一些红晕，眼神飘忽柔软，看上去跟我不在同一个空间。甲女既不发问也不点头，跟我没有任何互动，好像我是个特别无趣的说书人。我住了嘴。她说，后来你妈知道了，拆散了你们。你妈都用了哪些招数？我惊讶她居然一直在听，我老实告诉她，我妈只是告诉我，不要再继续了，并没有用什么招数。是我自己撤了。

甲女愤怒起来，眼睛发红，声音尖利，她说，你就那么甘心？你还是不是男人？你考虑过小美的感受吗？你们这些妈宝男，根本不配谈恋爱。

甲女的声音把邻桌一对男女的目光吸引了过来，我尴尬地看着甲女，甲女自己斟上一杯清酒，端起来一口干了。甲女喝了好几壶清酒，送她回去的时候，我感觉她有些醉了。她把头靠在座位上，闭着眼睛说，我跟男朋友谈了两年，我妈找他谈了一次话，他就撤了。我还准备跟我爸我妈抗争呢，他已经退缩回去了。我们好的时候，他说要照顾我一辈子。你跟小美也说过这种话吧？你们说话不算话，算什么男人！甲女一激动，要吐的样子，我赶紧把车停在路边，打开车窗，把车里的脉动给她开了一瓶。甲女喝了几口脉动，说，挺会照顾人的嘛。暖男一枚。甲女的话，听起来就像是在嘲讽我，我不知道该怎么接，索性不说话，开了音响放歌给她听：

咖啡还续书签还新，
夏天已经擦身而去。
树叶还绿发丝还青，
时光却从不曾逆行。
…………

甲女关掉音响，爆发出一阵惊人的大笑。甲女说，我突然发现越是娘炮的男人，越喜欢李宇春。那个被我妈吓跑了的男朋友，超级喜欢李宇春。他也是暖男一枚，性格内向，会照顾人，会哄人开心。你们两个真的挺像。可我妈对你们两个的态度截然不同。知道为什么吗？我摇摇头。

甲女拍了拍我的脸，说，他是出生在小镇的凤凰男。我妈喜欢的不是你，你妈喜欢的也不是我。我们真是两个可怜虫。甲女冷硬的眼神，在夜色里，闪着寒光。

送甲女回家之后，我一个人去吃了一顿烤串，喝了两瓶冰啤酒，情绪多少平复了一些。甲女留在车后座的橘色玫瑰，被我扔到了离家两个街区的垃圾桶里。

妈妈爸爸居然没睡，等着我汇报约会的进展。我努力挤出一个阳光灿烂的笑容给他们，然后回到房间，把自己关进衣橱，坐在小美读过的一堆东野圭吾的书上。

第二次约会的邀请，是甲女发出的。甲女不喜欢我，我也不喜欢甲女。我们都知道不可能发展出恋爱或者婚姻关系，反而放松下来，没事的时候约着一起吃吃饭，聊聊天。我跟甲女在这个城市都没有什么朋友。甲女比我大两岁，她让我叫她姐姐，我叫不出来，她叫我弟弟叫得挺顺嘴。我们两个结成了一个小小的同盟，一起对付我们的父母。甲女说，闲着也是闲着，不如演戏给他们看，逗他们开心一段时间。我们像两个玩恶作剧的小伙伴，频频约会，周末一起自驾去周边小镇寻访特色美食。

他们果然上当了，以为我跟甲女发展得不错。妈妈跟甲女的妈妈频频见面。甲女告诉我，两家的妈妈已经在商量婚礼的事情。妈妈们被虚拟的幸福蒙在鼓里。真正获益的人是爸爸。爸爸突然当上了副厅长，心情大好，连我家阿姨都说爸爸印堂发亮。当了副厅长之后，爸爸的第一个动作是把路虎换成了低调的沃尔沃。爸爸对仕途上的发展，又有新期待了

甲女玩得很high，说起两家妈妈商量婚礼的细节，甲女一副幸灾乐祸的样子。我却心虚，一旦我和甲女的演出停下来，最受不了的人可能是我妈。想起我妈会生气，我变得忧心忡忡的。甲女笑话我不够man。我不服气，给她看我练出来的八块腹肌，一般人才六块，健身教练都夸我腹肌完美。甲女笑得差点喘不上气。她说你真幼稚啊我的弟弟，你太幼稚了。肌肉就是肌肉，练成健美冠军也不代表你man。

甲女后来嫁的男人，是省里二把手的公子。那个三十二岁的男人，三十一岁已经当了高新区的区长。那个被甲女称作某男的男人，认识甲女后发动了猛烈的攻势。甲女告诉我，第一次约会，某男就强吻了她。认识不到一个月，甲女就缴械投降了。参加婚礼的时候我见过某男，个子不如我高，胖墩墩的，腹部软塌塌的，估计一块腹肌都没有。目光倒是凌厉，看人是一种俯视的角度。这就是甲女心中的man？果然跟肌肉没有任何关系。

我跟甲女的演出，进行了半年，就戛然而止了。我很感谢甲女，她给我的教育，是我从学校学不到的。跟甲女认识一场，我才敢说有了一点阅历。

收到甲女婚礼的请柬，妈妈和爸爸蒙了。那个周五，阿姨自动放假走了，妈妈没有心情准备晚餐。回到家，看到妈妈铁青着脸坐在餐桌边，餐桌上放着甲女的婚礼请柬，底色红得耀眼，烫金的龙凤呈祥金光灼灼。我一定是智商不够用，居然想去参加甲女的婚礼。甲女告诉我要跟某男结婚了，我说，不请我参加

婚礼？甲女说，怕你尴尬。我说，尴尬什么？又不是前男友。现在前男友都不会尴尬了。甲女说，这才是我的好弟弟。你一定要来哦。我说，当然，我得看看你心中的man什么样子。甲女拍拍我的脸，说，好弟弟。

我后悔得肠胃都绿了。

至少十分钟没人说话。爸爸扛不住了，说，叫个外卖吧。妈妈瞪了爸爸一眼，爸爸不再吭声。我不敢看妈妈，我恨不得扇自己一个耳光。妈妈这么要强要脸面的人，在这件事情上受到的打击，可想而知。妈妈控制着自己的声音，尽量平稳地说，你跟甲女不是一直在约会吗？你给我解释一下。从妈妈的眼睛里射出十万支痛苦的箭头，扎进我浑身的穴位。我根本招架不住，马上如实招供了。

妈妈听完我的话，沉默了一刻钟，打电话叫了外卖披萨。披萨到来之前，妈妈泡了一壶金骏眉。金骏眉配披萨，这是我吃过的最简陋的周五晚餐。妈妈和爸爸没什么胃口，我尽管很饿，也只能装出没有胃口的样子。

吃过披萨，我们开始讨论去参加婚礼和送礼的事情。爸爸主张不去参加。爸爸说，不太合适吧？我们用什么身份去参加婚礼呢？不知道甲女一家怎么想的，居然邀请我们。不怕孩子尴尬吗？

爸爸想多了，我才不会尴尬。妈妈说，甲女一家这个邀请不简单，一箭双雕。第一，表达了愿意跟我们继续交往的意愿；第二，试探我们的气量。我们要是不去，两家就此结束了任何形式的交往。所以，一定要去，送一份体面的大礼。两家是旧识、老友。我们就以老朋友的身份出席。妈妈一锤定音。

我们一家装得高高兴兴地去参加了甲女的婚礼，妈妈送了甲女一个大红包。我们参加的那场，是甲女一家的主场，总共只有六桌客人。甲女她爸不想张扬，来的基本是甲女一家的亲戚，还有一些朋友。我们跟孟老夫子坐在一桌。孟老夫子来得比我们稍晚一点，看到我们一家在座，愣了两秒。他大概没想到甲女一家还请了我们。妈妈的表现非常出色，无可挑剔。借着甲女的婚礼，妈妈为自己塑造了一个更加完美的形象。

婚礼过后，甲女她妈主动请妈妈喝茶。两个人的闺密友情，虽然不在峰值上了，还一直维持着。单独见面的机会减少了，但在参加活动的时候遇见了，一定是超亲密的。

另一场婚礼是甲女丈夫一家的主场。那场盛大的婚礼，在坊间流传很广，据说光礼金就收了几千万。妈妈始终对甲女嫁的男人不置一词，倒是爸爸多次在周五晚餐的时候说起甲女的丈夫。爸爸说，那个人胆子太大了，锋芒太露了，这是官场大忌。

妈妈对爸爸这种混官场不成功的人谈官场，有些不屑。就像破产的人来教别人怎么做生意，丝毫没有说服力。但爸爸谈官场有瘾，只要有一个由头，就能扯到官场上去。妈妈不爱听，我只能假装洗耳恭听，好歹也要照顾一下爸爸的自尊心。

在周五的晚餐桌上，爸爸多次提到甲女的丈夫。爸爸说，甲女的丈夫早晚要出事。妈妈听得不耐烦的时候，会生硬地顶上一句，出不出事是命。其实，连我都听出来了，爸爸是在替甲女她爸担心。甲女丈夫一家如果出事，一定会危及甲女她爸。不知道妈妈为什么听不出来？

甲女结婚后，爸爸跟甲女她爸的交往反而更多了。甲女她爸喜欢去孟庐喝茶，跟爸爸和孟老夫子谈艺术。跟甲女她爸的这份交往，爸爸很珍视。有时候爸爸正在自家的餐桌上喝酒，孟老夫子一个电话，说甲女她爸在孟庐，爸爸放下酒杯就去了孟庐。当然了，这种时候，都是我负责送他过去。去孟庐的车上，爸爸的话总是比较密集，话题都是围绕甲女她爸。我觉得爸爸是真心佩服甲女她爸。爸爸说甲女她爸低调不贪，真正有水平。甲女她爸生日的时候，主动向爸爸求了一幅画。爸爸在孟老夫子的指点下，画了一只鹰送给了甲女她爸。爸爸给甲女她爸送画的时候，特意让孟老夫子的太太拍了照片。

爸爸终于做了一件给妈妈长脸的事情。妈妈把照片放大镶在红木相框里挂在客厅的醒目位置上。爸爸没有想到，这张照片，给他带来了订单。参加妈妈晚宴的客人，开始订购爸爸的画。

我发现了一个有趣的现象，妈妈的晚宴上，爸爸的角色发生了微妙的变化，他不再是陪衬妈妈的配角。妈妈和爸爸的关系，进入了黄金搭档期。

我跟甲女保持了之前结下的姐弟情谊。甲女的婚姻生活过得不错，每次见到她，都是满面春风的样子。不是给我看某男刚送她的鸽子蛋，就是让我看她手机上的恩爱照片。幸福就像蓄水的池塘，需要一个出口，不然会决堤。甲女每次约我见面，都是幸福得就要决堤的时候。除了我，她的幸福没有任何安全的出口。

甲女长胖了，尖下巴变得圆了些，眼睛里不再有那种冷硬的神色。顾盼之间，有柔情流转。我对甲女说，你现在一看就是个幸福的女人。甲女拍着我的肩膀说，是啊是啊，姐姐现在是个幸福的女人，弟弟你也要赶紧找一个女孩结婚。

我说，我这种妈宝男，估计没有女孩喜欢。

甲女笑得嘎嘎嘎的，说，弟弟你还记仇啊。这可不好，得改。甲女炫完自己的幸福，偶尔也会抱怨几句某男太忙，应酬太多。这种时候，我就逗她，让她换一个暖男试试。我说暖男保证成天无所事事，二十四小时黏着你。甲女追打着我说，弟弟你学坏了。我只好告饶，正儿八经对她说，每一个成功男人的身后，都有一个了不起的女人。你就是某男身后那个了不起的女人。作为一个了不起的女人，偶尔要做一点点牺牲。

这一款鸡汤，特别对症。甲女听了，立马眉开眼笑。每次跟甲女见面，都聊得很愉快。

甲女怀孕之后，我们见面的次数少了很多。她要学习育儿经，要给未来的孩子做各种准备，从婴儿床到小肚兜，还有各种益智玩具……确实够她忙的。她溢出的幸福主要通过微信的形式向我流动，她会突然把刚买的肚兜拍照发我，问我可不可爱，或者把正在选择的婴儿床样式发给我，让我帮她参考，哪一款适合男孩。甲女告诉我希望生个儿子。我总是尽心尽力地帮她参谋，给出中肯的意见，同时见证她决堤而出的幸福。微信里随手送出几十枝玫瑰、几十盒礼物、几十个星星月亮和拥抱，随时夸她肯定能当个好妈妈，怎么肉麻怎么来。在她妊娠反应严重的时候，我发好玩的段子给她看，发好听的歌给她听。她总是发一个感动得哭的表情给我。

甲女怀孕五个月的时候，非要跟我见一面。我们两个约了一个咖啡店。甲女穿着一件很大的格子衬衣，外面套了一条背带裤，骄傲地腆着大肚子走了进来。我赶紧起来给她拉开椅子，扶她坐好。我不知道怀孕五个月肚子已经那么大了。甲女的变化简直惊人，那个锥子脸的女孩已经踪影全无，坐在我对面的是一个有一张富态大脸，肥厚双下巴，脸上布满深褐色蝴蝶斑的庞大女人。看着甲女，我有一种恍如隔世的感觉。

甲女对我的惊讶无动于衷，刚坐下，就迫不及待地告诉我，昨天做了B超，真的是男孩。我说，今天就为了告诉我这个?她点点头，脸上洋溢着自足自满的光芒。我说，微信告诉一声不就行了，你行动不方便了，还这么心急火燎地约见面。她瞪了我一眼，说，这么重要的事情，一定要当面说。微信里说点鸡毛蒜皮还可以。我说，果真是儿子，你这叫心想事成。应该喝一杯，庆祝一下。甲女撇了撇嘴，说，酒肯定会喝，办满月酒的时候，你不醉我不饶你。对了，我还有更重要的事情要当面跟你说。我说，现在全世界除了你儿子，还能有什么最重要的事？她隔着桌子打了我一下，说，严肃点。听好了，我要你当孩子的舅舅。

我好不容易才忍住，没把嘴里的咖啡喷出来。甲女对我的表现很不满意，噘着嘴说，这是什么态度？我还以为你要欢喜得跳起来呢。我赶紧说，本来要跳起来的，这不是怕吓着——咦，他叫我舅舅，我怎么称呼他？甲女说，你连这个都不懂，你是舅舅，他是外甥嘛。我说，哦，外甥。甲女抚着自己的肚子，说，你叫他，他能听见的。你靠近一点嘛。甲女一脸期待。我只好把头伸到她肚子前面，小声说，外甥你给我听好了，不准欺负我姐，当心出来我揍你小子。甲女一把推开我，沉下脸说，不许这么说话，你会吓着他的。看你，哪有一点当舅舅的样子。

我从桌面上拉过甲女的手，紧紧地握了握，郑重地说，姐，你放心，我一定能当个好舅舅。你也要加油，生个大胖小子。甲女感动哭了。这回是真哭，不是表情包。

我怎么能够想得到，甲女没有做成母亲。她的儿子，在七个月的时候，被引产了。我查了度娘，七个月，早产的孩子，有机会可以活的。甲女的儿子，是被谋杀的。谋杀甲女儿子的，是甲女她爸和甲女她妈。按照甲女的意愿，她是要生下孩子的。她曾经在微信里向我求救，让我去把她从家里救出来。

我哪儿有那个胆子啊。那些天，我都不敢看她发给我的微信了。甲女拍一张大肚子的照片发我，图上配的文字是：宝宝说，他想活下去，让舅舅救他。要不就是拍一张憔悴哭泣的脸，配着一行这样的文字：弟弟，带我走吧，我们去荒山老林，只要生下宝宝，我一辈子给你当牛做马。世界之大，难道没有我和宝宝的容身之地吗？弟弟，救人一命胜造七级浮屠，你不能看着你外甥被谋杀啊。弟弟，救救我们。甲女的呼救越来越绝望，越来越疯狂……甲女的微信看得我心里瑟瑟发抖。可是，我只能给她发几十上百个哭泣的表情包。那是我真实的表情，我确实哭了。我终究是个没用的暖男。

甲女的丈夫和公公被带走调查，坊间传说贪腐金额摸到亿元级别，无期肯定跑不掉。站在甲女她爸的立场，甲女生下这样一个犯罪分子的孩子，跟某男一家的关系就断不了了。站在甲女她妈的立场，生这样一个没爹的孩子，且不说对孩子不公平，甲女做了单亲母亲，以后的生活也不容易。甲女想不到这些，丈夫和公公被抓，婆婆跪求她留下某男唯一的血脉，她陷入巨大的悲痛和恐慌当中。接下来还得接受调查组问询。甲女对丈夫一家的财产状况一无所知，甲女对钱没有概念，甲女想不通，她的丈夫和公公居然贪污了那么多钱。

调查组倒是没有为难甲女。结束调查，甲女她妈直接把甲女接回了自己家。生活的大厦顷刻坍塌成一片废墟，娇生惯养的甲女突然落入荒野，她只能紧紧抓住肚子里的孩子，那个提醒她就要做母亲的小生命，是她唯一的力量来源。

甲女陷在自己悲伤欲绝的处境当中，根本不知道她爸的处境有多么危险。甲女她爸本来要调北京重用，摊上这样的亲家，别说重用，自己的仕途搞不好就要终结了。明智的选择，必须而且要快速撇清关系。甲女她爸焦头烂额了，甲女还在为保住孩子无理取闹。送甲女去医院那天，甲女死死抱住餐桌的腿，不肯去。甲女她爸终于忍无可忍，给了甲女一个耳光。甲女被她爸打蒙了，忘记了哭。甲女她妈抱住甲女，说，你咋这么不懂事呢。你爸都要被那个该死的东西害苦了，你还要生下他的孩子。你到底是不是我们的闺女啊。甲女看见她爸的眼睛潮湿了。甲女不再反抗，乖乖地去了医院。

我去医院看她的时候，孩子已经没有了。甲女刚刚打了镇静剂，蜷缩在病床上，两眼呆滞，脸色灰白。

甲女从医院出来，去疗养了很长一段时间。等她疗养回来约我见面的时候，她丈夫和公公的案子已经判了，丈夫二十年，公公无期。据说公公为了保护儿子，把很多事扛了，不然，两个都得无期。哦，应该是前夫了，甲女已经办理了离婚手续。

甲女她爸依旧稳稳地坐在省里的第一把交椅上。亲家和女婿出了那么大的事，居然没有被牵连进去。爸爸对甲女她爸佩服得五体投地。坊间却对甲女她爸颇多微词，亲家女婿一出事就把女儿接回了家，迅速办理离婚，逼着甲女打胎，撇清了所有关系。友谊的小船说翻就翻。爸爸对坊间的说法嗤之以鼻。

甲女的脸色依然苍白，嘴唇倒是有了些血色。媒体报道披露了许多甲女不知道的事情，特别是某男的众多情人们。贪官必有情人，这也是媒体报道贪官的标配。甲女以为某男对她很好，某男确实对她很好，但是某男的众多情人也确实存在。这些大起底的报道文章对治愈甲女的愧疚起了药物起不到的作用。甲女对打掉孩子一直是愧疚的。她甚至想让我陪她去监狱探视某男，当面跟某男说声对不起。

某男混乱的情史，拓展了甲女对男人的认知。甲女跟我探讨男人到底有多花心的时候，情绪是稳定的，甚至有些嘻嘻哈哈的。

我以为甲女康复了。但是晚上一起吃饭的时候，甲女要了高度白酒，很快把自己喝醉了。我不敢送醉得不省人事的甲女回家，也不敢带到我家，只好拉着她在城里转悠，转了两个多小时，甲女才清醒了一些。我赶紧把她送了回去。

甲女跟我见面的次数多了起来，主要是她约我，她不上班，整天在家闷得慌，我也很乐意陪伴甲女度过这个特殊的阶段。刚见面看上去都挺好，就是不能一起吃饭，甲女一上桌就要酒，一喝就醉。带她吃烧烤喝啤酒她都有本事让自己醉得不省人事，我真是怕了她。后来我帮她办了一张卡，带着她一起去上搏击课，尽量减少她喝酒的机会。我的努力收效甚微，我感觉她的酒精依赖越来越严重了，我怀疑她在自己的卧室里藏了白酒。

甲女三十岁生日那天，约了我一起庆祝。她过生日，我总不能拦着她不让喝酒吧？我揪着心，看着她像灌水那样把酒灌进嘴里。她已经瘦回了我第一次见她的样子，锥子脸，尖下巴。怀孕胖了之后再瘦下来，眼角已经看得见鱼尾纹了。她的眼睛，再也没有那种冷硬逼人的光芒。我突然意识到，她的生活，已经彻底毁了。这让我心里不好受。她开第二瓶白酒的时候，我把她的酒瓶夺了下来。我说，够了，不要再糟蹋自己了。你以为自己有多倒霉呢，比起贵州那几个在垃圾桶里冻死的孩子，比起甘肃那几个被亲妈杀死的孩子，比起那些上完大学找不到工作的人，比起那些背井离乡干一年拿不到工资跳楼的人……你不知道有多幸运，你这点无病呻吟的痛苦不知道有多可笑。说完，我叫老板结了账，拉着她就走。

我把甲女拉到城市北区，拉到城市边缘的桥洞下面，我让甲女好好看看那些睡在桥洞里的流浪儿，看看那些深夜还在垃圾箱里翻捡塑料瓶子破纸片的老太太。看完几条街，我直接把她送到了家门口。

甲女一言不发地下了车。她的酒醒了，她说，对不起。她瘦弱的样子，空洞的眼神，看上去那么无助。我拉开车门冲下去，一把将她捞进怀里。她僵硬的身体像一件易碎的陶瓷，我恨不得变成一团柔软的棉花，把她好好地包裹起来。我有什么资格教训她？搞砸她的生日？她不是傻白甜，她是历经沧桑无法上岸的女人。

要是她哭了，我就吻她的眼泪，告诉她没关系，我们重新来过。但是，跟我期待的不一样，她没有哭。她推开我，用冰凉的手指头拍了拍我的脸。她说，谢谢你弟弟，我过了一个难忘的生日。

生日过后，甲女回单位上班去了。她不再有事没事约我见面。微信还是经常发，她学了一样菜，会发给我看。喜欢的歌也会发给我听。我经常看着她微信的头像愣怔良久。想起生日那天的拥抱，总觉得是我的幻觉。

爸爸妈妈和那些到家里参加晚宴的长辈，突然操心起我的婚事来了。给我介绍的女孩至少有一打，每一个我都去见了。要是不见，就得听一大堆废话。大多只见一面，见面最多的那个，只有三面。那些女孩都很优秀，但我提不起精神跟她们约会，微信都懒得聊。我宁可去上搏击课。

妈妈很生气，她问我到底要找个什么样的女孩才满意？她说，这些女孩，要颜值有颜值，要学历有学历，要家境有家境，你到底有什么不满意？你还忘不了那个幼儿园老师？那个幼儿园老师有什么好？

妈妈的声音尖利起来。我不敢吭声，妈妈生气的时候，我说什么都是错。妈妈锥子一样的目光逼得我低下头去。我不想跟妈妈发生冲突，她的更年期症状很严重，医生说不能刺激她。

妈妈错了，我很久没有想起小美了，东野圭吾的书，我也很久没有翻开看一页了。小美的形象，被后来的经历覆盖了。跟小美在一起的时光，层层覆盖之下，化成了泥土。泥土之上，生命的种子会继续发芽生长。恋爱的经历，伤痛的经历，绝望的经历……我们所有的经历，都会化成泥土，继续滋养生命的种子。这也是生命所以顽强的原因吧？我把这样的感悟发给甲女，她送给我一百个赞。

甲女僵硬的身体，如瓷器一般易碎的感觉，印章一样盖在我结实的胸口，令我呼吸的时候感到疼痛。我好几次鼓起勇气要约她见面，微信上的文字写到一半，还是删除了。

我知道自己没有准备好。

三

爸爸把属于他的那块三文鱼挑进自己的盘子里，用小叉子叉起来放进嘴里，好半天，才吞了下去。妈妈用叉子推着长方形盘子里的三文鱼，一会儿推向左边，一会儿推向右边，好像在下棋。妈妈盘子里的三文鱼凉了，闻起来有一股腻乎乎的腥味。妈妈似乎闻不到。他们两个的心思，根本不在食物上。

前天晚上，孟老夫子请爸爸和妈妈去孟庐吃晚饭。孟庐的晚宴，孟老夫子很少把爸爸妈妈一块儿叫去的。昨晚特意把两个人一起叫去，妈妈感觉到一定有重要的事情。妈妈猜测孟老夫子可能有办法帮她拿到那块地，妈妈下一步要进军养老地产，拿下那块地，是她下一步发展的关键。她求过孟老夫子，孟老夫子也答应帮她想办法。妈妈特意给孟老夫子带上一支山参做礼物。

晚宴刚开始，气氛一如既往，保持在高温沸腾状态。爸爸和孟老夫子喝白酒，妈妈跟孟老夫子的太太喝养生茶，话题也是暖场的社会热点和娱乐八卦。

酒酣耳热之际，孟老夫子再次扮演起媒人的角色，要撮合我跟甲女。孟老夫子告诉妈妈和爸爸，甲女她妈说我跟甲女一直相处得不错。这个主题跟妈妈的预期太南辕北辙了，妈妈有点蒙了，晚宴的气氛一下子跌落下去。妈妈马上意识到了不妥，她快速把思路跟了上来，答应孟老夫子回家征求我的意见，并把话题转到了娱乐圈八卦上面，爸爸也很配合地说了几个段子，但是，晚宴的气氛再也上不去了。早早就结束了。

妈妈爸爸一进门就在客厅里吵了起来。他们以为我不在家，两个人的情绪都没有控制。我本来不该在家，上完搏击课我一般会去吃烧烤，喝啤酒，很晚才回家。这天因为胃不舒服，我早早回了家。听到他们吵起来，我也不好出来打断他们。

妈妈说，孟老夫子老糊涂了吧？这种话也说得出口？甲女她妈在想什么呢？不看看甲女是什么情况了。妈妈的声音又尖又硬，她激动得在客厅里走来走去。爸爸帮妈妈拿了一瓶巴马矿泉水。

爸爸说，淡定。淡定。坐下喝口水。换个思路，说明咱儿子给甲女她妈留下的印象不错。好几年了，还一直惦记着。爸爸的声音平缓得多。妈妈却坐不下去，她继续在客厅里走来走去。

妈妈说，惦记个头。想让我儿子做接盘侠，门都没有。妈妈居然说出接盘侠这种词，我差一点笑起来，赶紧忍住了。没想到爸爸笑了起来。妈妈说，你还笑得出来。

爸爸说，你不要说得那么难听嘛。坏的事情，换个思路，也许就是好事。

妈妈冷笑着说，换哪个思路能把这件可笑的事变成好事？

爸爸说，那我就给你分析分析。第一个层面，先说甲女，她经历过伤害，那股心高气傲的劲儿没有了，懂得怎么做人了。一个经历过沧桑的女人，最有可能成为好妻子、好儿媳。第二个层面，再说甲女的父母，以他们现在焦虑的心情，我们家真要做了接盘侠，他们不说感恩戴德，至少心里有数吧？第三个层面，孟老夫子活到八十多岁的人，什么没见过？他既然张得开口，说明他权衡过这件事……

妈妈本来已经坐下了，没听完爸爸的话，就从沙发上跳了起来。妈妈说，我没看出来，你还是个纵横家呀。你是不是跟孟老夫子私下勾兑过了？

爸爸说，你别这么情绪化好不好？人家孟老夫子还不是为了帮你，你要拿那块地，难度太大了。十个孟老夫子也搞不定。但是，如果跟甲女一家联姻，拿地还是个问题吗?

妈妈把一口巴马矿泉水喷到了爸爸脸上。妈妈说,我呸!我才不要拿儿子的幸福去换什么地,我宁可不拿地了。你也不想想,甲女这种情况,还能不能怀孕生孩子都是个疑问。不行!想都别想。你这个态度有大问题。是不是惦记上什么位置了?你还真是无耻。儿子的幸福都敢牺牲。

爸爸再也忍不住,终于跳了起来。爸爸说,谁无耻?我的官可以不当,地要是不拿,你恐怕交不了差吧?拉了那么多投资,你的地拿不下来,你不是骗子是什么?生意我不懂,生意人的下场我见多了。多少比你聪明强势的生意人,最后功亏一篑,死得很难看。我这是千方百计在帮你,你别得了便宜卖乖!

妈妈把矿泉水瓶子砸到了爸爸身上。妈妈说,敢说我得了便宜卖乖,真不要脸。这些年你过的什么生活,你自己挣了几个钱你还不清楚吗?我拼死拼活挣下这份家业,你居然盼着我倒霉破产……

妈妈说到这里,爆发出一声号哭,爸爸的气焰立刻低了。爸爸说,息怒息怒,我这是口不择言胡说八道……

听见爸爸妈妈这么吵架,内心真的好寒冷。我用被子捂住耳朵,不想再听。爸爸妈妈的话,还是断断续续被我听见了。

爸爸说了一长串四字成语,妈妈的气估计消了不少了。成语串烧是爸爸对付妈妈的撒手锏。爸爸说,我们不要吵了。平心静气想一想,这桩婚姻,确实利大于弊。你有那样的想法,我能理解。毕竟,你是个母亲。但是,你不能把自己的思维等同于一般女人,你是个叱咤风云的女强人,一个高层次的女人。爸爸对妈妈的吹捧,总能让妈妈放松警惕。但是,这一次,妈妈一点也没有被爸爸灌晕。爸爸的声音低下去,不知道说了什么。妈妈的声音再次尖利起来。妈妈说,狗屁科技。还试管婴儿,亏你想得出来。

妈妈气呼呼上楼去了。爸爸却在客厅里待了很久。

这似乎是第一次,爸爸和妈妈产生了不可弥合的分歧。

四

吃完烤三文鱼,我已经习惯了把那片嫩绿的罗勒叶子放在嘴里,慢慢嚼一嚼。罗勒叶子的汁,浸润在牙齿的缝隙之间,浸润到舌尖上,像是从舌头上盛开的一朵花,带着花椒的麻香和薄荷的清凉。没有罗勒叶子,三文鱼的油腻在口腔里浮起来，像是口腔里塞满了厚重的雾霾，那种不清洁的感觉引得我的肠胃翻动起来。我赶紧喝了一口红酒。

我已经吃好了。我站起来准备离开。爸爸清了清嗓子，说，再坐一会儿，我和妈妈有事问你。

这么说，他们已经达成了共识。我不知道他们的共识是什么。考量了哪些因素，计算了哪些得失，权衡了什么利弊，隐藏着什么目的……那个让我头晕眼花的复杂过程，对他们来说，也许并不复杂。我不希望他们说出来。

我深吸一口气，拉开笨重的餐椅站了起来。我站得很直，我的八块腹肌硬邦邦的，充满力度。

轮到我当主角了。

抢在爸爸开口之前，我说，我爱上甲女了。我决定认认真真地追她。我要好好地谈一场恋爱。

我不看爸爸妈妈，他们的表情是如释重负还是如临深渊，我都不想看。

我看了一眼窗外，锦江两岸的灯光亮了起来，在餐厅的落地玻璃外面闪烁，整个城市都成了我们家小餐厅的背景。

我们家的小餐厅，多么像一个舞台。

我拿出手机，我要当着爸爸妈妈的面告诉甲女，我爱她。我要把她拉进这个舞台上，让她成为闪光发亮的女一号。

手机上有一条未读的微信语音，是甲女两个小时之前发给我的。弟弟，谢谢你。我要去五台山待一阵子，或许，就不回来了。

甲女单薄疲惫的声音被我从手机里放出来，回荡在小餐厅里，像舞台剧的旁白。

【作者简介】川妮，1995年毕业于解放军艺术学院文学系，2012年结业于鲁迅文学院十七届高研班，曾在部队话剧团任编剧。中国作家协会会员，中国戏剧文学学会会员。现居北京。出版有长篇小说《时尚动物》，中篇小说集《谁是谁的软肋》，中短篇小说集《平安夜》入选2003年“二十一世纪文学之星”丛书。在《收获》《当代》等刊物发表中短篇小说百余万字。中篇小说《哪一种爱不疼》被泰国公主诗琳通翻译成泰文在泰国出版。小说被《小说选刊》《新华文摘》《小说月报》等刊物选载。小说曾获首届茅台杯《小说选刊》年度大奖、解放军文艺新作品奖。话剧剧本《回到拉萨》曾获中国戏剧文学奖。

除草剂

韩永明

汽车驶上大街，我就像一只趴在一片树叶上的蚂蚁。树叶在大海上漂浮，我不知道它要漂向哪里。

我真的没想好要去哪儿。到车站时，遇到有人拉客，问明他们是去县里就上车了。我只是要买一瓶除草剂而已。

一开始我想的是硫酸。我想硫酸是很适合他们的。我会在某一个早晨或者晚上去找她，在她毫无防备的情况下，把一瓶硫酸泼到她那如花似玉的脸上，让他终生面对一张狰狞而丑陋的脸。可上网一查，买硫酸需要公安局证明。

我还想过一个比较温和的办法：雇一个男人去勾引她，或者雇一个妓女去勾引他。无论是她还是他，只要有一个上钩，他们的这段婚姻也就结束了，她就会尝到再次被抛弃的滋味，或者他也会尝尝被背叛的味道。

我对这个办法很有信心——对这种人！

可是我最终决定放弃这个办法。因为这需要时间。我粗略地估计，这个计划要完成好，至少需要三个月时间，或者是半年，我没这个耐心。我不想让他们的罪有应得来得这么晚。

说实话，让我活下来的信念就是报复。

我又搜毒药，这倒是很多，可搜索不到哪里有卖。最后我才想到了除草剂。

我突然有了一点兴奋。

除草剂有很多种，譬如，百草枯、草甘膦、扑草净等。我阅读着每一种除草剂的说明,顿时我像站在广袤的田原上,看着那些疯长的杂草一片片枯去,而他们伸出无力的手臂挣扎,用微弱的气息哀号,我发出疯狂的笑声。我看到全世界的人都在为坏人受到惩罚欢呼。

看完说明书后我开始查找卖家。武汉的好几个区都有农资市场,那里什么样的除草剂都有。可我准备出发时,想到了一个问题:城市的每一条街道上,天眼密如星辰,就连一个普普通通的街边店也有。

我不想让警察找到我,或者那么快找到我。我不想和他们一起枯掉,至少我要看到他们先枯掉。除非万不得已。

我想了好一阵,想到了乡下。我想乡下的路上应该没有监控,卖除草剂的店子也应该没有。至少,要是事情真的败露,警方要找证据,也要多花些时间,那样我还可以多活几天。对,我要的就是看到他们的下场,只要亲眼看到,我也无所谓了。

到远县县城时已是下午一点多。我找了家餐馆吃了饭,然后用手机搜索农资市场。路上,我一直留意着街边的监控探头。到了农资公司门口,看到也挂了监控,就转身去了远县的客运站。我得再往乡下走。

还没到客运站,一辆小巴"吱"地停在我身边,司机朝我喊:杉树坳!杉树坳!我停了一下,司机便伸出猿臂,帮我打开了车门。

车子一会儿钻进了大山里。山路弯弯,车子从一座山钻进另一座山。我感觉车子就像一颗胶囊,在弯弯曲曲的肠道里穿行。

三个多小时后,车子到了一个小集镇,停下来下客。司机告诉我,杉树坳镇到了,问我下不下车。我望了望外面,下了车。我感觉离武汉已经够远了。

再环顾四周,便去找镇上的农资市场,买了一瓶百草枯装进包里,然后站在街上等开往县城的车,可等到天黑也没有等到。我只好在镇上的旅馆里住一宿了。

可我拿出身份证登记的时候,突然意识到不妥。我知道现在每一家旅馆信息都和公安的网络连着。我想了想,准备找户人家借宿。可一连问了好几户人家,都不答应我。他们告诉我镇上有旅馆。甚至直接问为什么不去旅馆。

我显然是很可疑的。一个有钱有身份证,还有点姿色的女人不住旅馆,要在私人家留宿,怎么说都像一个阴谋。

街灯和铺面的霓虹广告都亮了。我站在街边,心中茫然。我不想露宿街头。想了想,决定到村上去,到一个不能再把镇上的旅馆当作托词的地方。

穿过面街的一排房子，就是果园。果园后面是一条小河。我站在鹅卵石垒起的河堤上，向远处望去，远处茫茫的黑夜里，有一处处闪烁的灯火。我想那里应该有我住一宿的地方。

爬了一个小时的山坡后，我敲开公路边一户人家的门。这是一栋小瓦房，临公路这边的屋檐下吊着一只节能灯。院坝用水泥铺过，打扫得干干净净。院坝边都是橙子树。

我站在院坝边平息了一下急促的喘息，抬手敲门。

门开时，我吓了一跳。门里面站着一位妇人，半面白脸，半边黑脸，头发披着。我以为真撞到了一栋鬼屋。我想跑，可迈不动腿。

“姑娘，是你敲门？”她问。

她说话的声音很好听，我大着胆子瞟了一眼她的下巴。我听说过，鬼是没有下巴的。

她的下巴有很清晰的轮廓线，而且很漂亮。“你……真的不是……”我牙齿打战，字在口中乱蹦乱跳。我用了好大劲，才把要迸出口的那个“鬼”字拦住了。

可她还是听懂了。“我这脸，可能吓着你了。”

“不……是。”我又瞟了一下她的眼。我稍微冷静些了，我从她的声音里听出了一种“人间”的气息。我大起胆子扫了一眼那半边黑脸，我估计那可能是烫的。“我……是……有口吃，有口吃。”

“听说话，你像是外地人，深更半夜，你一定是有什么难处了，不然不会到这儿来。姑娘有什么难处尽管开口。”

我扫了屋里一眼。屋里摆着大方桌、木沙发，墙上挂着一本今年的挂历。“我的……身份证弄掉了，住不了旅馆，我想……借宿。”

进了屋，我把装了除草剂的背包往沙发上一丢，坐了下来。她立刻倒了一杯水递给我。杯子是一次性塑料杯，当我接触到软笼笼的杯子时，心里一下子踏实了。杯子有些烫手，我听人说过，鬼怕火，所以鬼是不会有热水的。

屋里的灯光比外面亮许多。我这才看清，那半边黑色的脸，其实不是黑色，而是一种肉红，深浅不一，有地方粗糙，有地方光亮，我相信这张脸一定是毁于一场意外，要么是无法躲避的大火，要么是一盆滚烫的开水。我的眼光落到她那半边好脸上。那半张好脸，此时显得并不那么白，但饱满光滑，而且还有几分俏丽。她的眼神柔和而慈祥。这让我感到她像是一个和蔼的人。

从她的脸上，我没看出她的年纪。她是那种瘦小个子，可腰没弯，而且还有胸。我想她应该是那种能干的女人。

我想和她说句什么，譬如，她叫什么名字，多大年纪，我该怎么称呼她，等等，可想想不对。要是我问了她，她一定会问我。我不想让她知道我是谁。

还有，她是什么人，跟我一点关系都没有。跟我有关系的是，她能够给我提供一晚的住宿。

我把旅行包拉开，找钱夹。可旅行包里的几个暗袋都摸遍了，也没摸着。怎么会？在镇上买除草剂时，还掏过钱包的。我只好把塞在里面的衣服、洗漱用品，甚至包括那瓶除草剂都拿出来，总算把钱夹找着了。我抽出两百块钱放在桌上，望着她说，“够了吧，一个晚上？只要有张床就行。如果有面条，帮我煮一碗面条，如果你不觉得太麻烦的话。”

“我知道了。姑娘一定饿了，我先给姑娘煮面条吧。”

如果仅仅是被自己的老公抛弃，我也许还能承受——现在的男人越来越不把婚姻当回事了，想离就离，谁能保证自己的婚姻是铜墙铁壁，没有被人攻陷的那一天？可我接受不了的是攻陷我婚姻城堡的人居然是她——张二凤。

她是我闺密。大学时我们住一个寝室。毕业后都在武汉找了工作。我去了一家出租车公司财务部，她则去了一家民营银行。虽然我们各自的单位相距很远，可我们总会找机会见面，一起逛街购物，一起做头发、选香水，一起看电影、喝咖啡，一起八卦单位的人和事，甚至一起去相亲。我们好得就像一个人一样。我们之间没有隐私，什么话都讲，包括易斌在农村的家庭，包括第一次做爱，包括易斌的坏习惯，包括形形色色老男人的骚扰，包括我们家庭的财富，等等。我在她的面前，就像一个透明人。我觉得她在我面前也是。都说女人是男人的肋骨，我觉得我们彼此是对方的肋骨。

她和褚云飞离婚我感到很突然。一周前的一天，她还在炫耀褚云飞的“老实”，天天加班，没有奖金也没升职的希望。所以我能想象出，当她听到褚云飞说要跟她离婚时，她是怎样的胆肝欲裂，怎样的痛不欲生。我很快赶了过去。

她抱着我大哭，撕心裂肺地痛斥褚云飞的忘恩负义、鬼迷心窍，咒骂着那个从她手上夺走褚云飞的小妖精；要杀掉他们，和他们同归于尽；又好几次要冲出去跳楼，一死了之。

被人抛弃的痛苦，谁都想象得出。我安慰她，讲那些世界上所有人都懂的道理，想让她减少一些内心的伤痛。我担心她一个人做出什么傻事来，生拉硬拽把她带回到我家来。

我特意请了假,并让易斌也请了假,一起陪她去木兰湖和武汉周边几个风景区散心。担心她回到那个家触景生情,引发伤感,我和易斌商量,让她在我们家生活一段时间,等她彻底从阴影中走出来后再回家。我甚至要易斌帮她物色对象,让他们见面,促使她早点忘掉褚云飞。

怎么想得到她和易斌好上了呢?

那天,单位的财务报表落到家里了。我中途回来拿。开门后,却没看见她。这一个月来,她没去上班。我去医院给她开了张病假证明。所以,在我和易斌上班后,她就待在我家里看碟,或者玩网游。我叫了声阿凤,没听见应答。我想她是不是出去散步去了。可我进卧室找报表时,我听到了一个女人的怪叫。我从卧室出来,扫了厅里一眼,见卫生间外面有两双拖鞋。我走过去,这时听得清楚了。那是女人那种夸张和做作的叫床声,还有淋浴喷头稀里哗啦的喷水声。这个时候,我还以为是她找了别的男人进来了。我有点纳闷,她这么快就有这个心情了?她是想通过这种方式来发泄一下?我虽然心里有点不高兴,但想想,又释然了。她这样发泄一下也好,就不会老是纠结在离婚的伤感之中了。

我准备离开,悄悄地拿了报表就走。可这时听到手机响了。我望过去,见是易斌的手机。

是他? 卫生间里是他和她? 我控制不住自己了。易斌! 我冲向卫生间,吼道。叫床的声音没了。我扭开了卫生间的门,这时,他们还抱在一起,喷头的水还在喷着,浇在他们赤裸裸的身上。

真是易斌! 我怒不可遏,冲上去,揪住她的头发,要把她拖出来,要一脚把她踢出门外。没想到易斌把我抱出了浴室,把我抱出大门,将我锁到了屋外。

"你怎么还不滚? 你还有脸见我?"我晚上才回去。我面对穿戴整齐坐在客厅里的她说。

她坐在沙发上,用手捋着垂在脸前的头发,一副死猪不怕开水烫的架势。

"你这个恩将仇报、不知廉耻的东西! 见你可怜,把你接到家里来,你竟然偷我的老公! 你知不知道羞耻,知不知道下贱?!"我吼道。

我以为她会说一声对不起,以为她会满面羞惭,想不到她十分坦然。她捋了捋头发,手停在她的耳朵上,"今天你撞见了也好。"

我这才想起为什么卫生间的门我一扭就开了,为什么在我进屋之后,她还会那么肆无忌惮恬不知耻地叫喊。"什么意思? 你不会说是想表演给我看吧?"

“我比你更适合他。”

“你说什么?”

“难道你没有发觉?”

真是太嚣张了!她居然要和易斌结婚,让我眼睁睁地看着她从我手中夺走易斌。

易斌就坐在另一张沙发上。我瞪着易斌,“你也这么想?”

易斌说,“我是准备这两天跟你谈的。”

我真的不知道这个世界怎么了。我和易斌已结婚三年,我和张二凤“姐妹”了十多年!是爱情和友情太脆弱,还是原来的一切都是假的?

我怎么也不敢相信人会有这么坏。

坐在木椅上,心里又冒出那天的情景来。我把除草剂拿到手上,细细地看着说明书,想着怎么除掉那两棵毒草。这时婆婆叫我吃饭了。

吃过饭,她把我带去卫生间洗漱。洗了澡出来,她又倒水给我。“姑娘是城里人吧?城里人都睡得晚,我陪姑娘说会儿话吧?”

我没回答她。我既不想听她说什么,又不想去睡。这几天来,我一直睡不好。白天昏昏欲睡,真睡时又没了睡意,乱七八糟的事情在脑子里放电影。我看了看手机,还只有十点。我把手机放到桌上。

“我想姑娘一定是遇到了什么不顺心的事。有不顺心的事,说出来就好了。”

我确实想跟人好好说一说。说说易斌的忘恩负义、张二凤的恩将仇报。可到这时才发现,我没有一个人可以说。我只有张二凤这个闺密。父母,我不想说。我不想让他们再为我担心。我和易斌接触了一段时间,准备嫁给这个男人之际,我给他们说了他的情况。父母一听说他是农村人,而且是个卖润滑油的,一百个不赞成。我差点跟他们闹翻了。现在,我被他甩了,我满腔的苦水又怎么能向他们倒?

我不明白婆婆为何不带我去卧室,而要和我说说话,难道她担心什么,譬如说,我究竟是个什么人?我会不会伤害她?

对于婆婆,我是个不速之客。她自然会有许多疑问,甚至恐惧。要知道,我虽然看起来并不像一个女汉子,甚至还有点弱不禁风的样子,但要对付她这么一个婆婆,或者行个窃什么的,在她看来,应该是绰绰有余的。

正这么想时，我看到婆婆瞟了一眼我丢到地上的那瓶除草剂，我恍然大悟。她可能是担心我在她家里喝药吧。“婆婆，您可能误会了。这除草剂，我是买回去除草的。”

“城里人也除草？”

“我们家……有个小花园，里面特别喜欢长草。”我撒了个谎。

“我好久都没和人说说话了。我特别想说。实在找不到人说，我就对着我的橙子树说，望着天上的星星和月亮说。原来我养过一只狗，有时候我也和它说。不过，我不是心里不舒服时说，我是高兴了才说。我想过往的那些事，很高兴，我一高兴就想找个人说说。”

我理解婆婆的这种感情。罢了，她爱说说吧。我正好可以想想怎么用除草剂去对付那两个贱人。

有人说我命苦，一出世就遭人遗弃，可我觉得我命好。我出世那会儿，生活那样困难，许多人都饿死了，可我活下来了，你说我命好不好？

听养父说，我是他在一棵香椿树跟前捡到的。所以，他给我取了个名字就叫香椿。这个名字真好听。我很感恩那棵香椿。养父说，如果不是那棵香椿，他就不会看到我，我也可能那时就死了。养父说，那确实是一件奇怪的事，那时候，田间野地，没有一点青色。别说是香椿了，就是柳树叶、槐树叶、榆树叶，有一点芽芽就被人掰走了，可那棵香椿树的嫩芽没人掰了去，也不知道是那棵香椿树一晚上发起来的，还是别人没看到。也许我的生父和生母，正是看在这一点上才把我放在那里。以后我一直想，我的生父和生母，一定是跑了很多很多路才找到那棵香椿树，他们不想我死，他们想让我活下来，他们只有那样才能让我活下来。

养父说，他看到我的时候，我被裹在一件破棉袄里，正在大哭，脸上身上爬满了蚂蚁。他把我抱起来后，就用手把我身上的蚂蚁都扒拉下来，然后往宿舍跑，弄了热水给我洗澡，用他自己的干净衣服把我裹了起来。

养父那时二十七岁，没养过孩子，连对象都没找呢。可是他硬是把我养了起来。那时可不像现在，养个孩子可不容易。因为没吃的呀。我养父在煤矿上，比村上略好点，一天还有六七两粮食。这点粮对于一个下井拖煤的人来说哪够呢，他就跟别人一样，去田间找野菜。有了我以后，添了一张嘴，粮食就更紧巴了。养父自己吃野菜，却每顿都煮稀饭喂我吃。你说我是不是很幸运？

我夜晚喜欢哭闹。天一黑就哭。他一个大男人,不知道怎么哄小孩子,就只好抱着我在屋里转呀转呀,一转就是大半夜。还有下井。不下井,就没有粮食了。养父就请人做了一只摇窝,把我放在摇窝里。下井之前,就送到食堂里去,请食堂的吴婆婆给我喂米汤,换屎片。

我慢慢地长到六七岁了。可以帮养父铲野菜了。一天晚上,养父对我说,香椿,爸爸给你找个妈妈好不好?我当然说好。别人家的小孩除了有爸爸,还有妈妈,每次我看到别人的妈妈给她们梳头,站在门口喊他们吃饭的时候,我的眼泪就在眼眶子里滚。听爸爸说要给我找个妈妈,我高兴得差点跳了起来。过了几天,真的有一个姑姑到我们家里来了。爸爸望了我一眼,把我拉到她面前,对那个姑姑说,这就是我跟你说的香椿。那个姑姑抱了我,还说我真是个漂亮的孩子。

然后,爸爸就要我出门玩一会儿。我就出门去铲野菜。到晚上回来时,那个姑姑走了。我问爸爸那个姑姑去哪儿了,爸爸便把我抱起来,抱了一阵便流起泪来。我不知道爸爸为什么要哭,我从没见过爸爸哭。我以为他病了。我用手去摸他的额头,就像我不舒服时他摸我的额头那样。这时他一把抓住了我的手,哇的一声哭起来,说香椿,爸爸没病,爸爸怎么会有病呢,香椿还没长大呢。我说,那你怎么要哭呢?爸爸这时揪起衣袖把脸上的泪擦了,叹着气说,爸爸是难,爸爸遇到难事了。那个姑姑,你先见着的那个姑姑,她有两个孩子,都比你小,一个三岁,一个一岁多。我说好哇,我也有弟弟妹妹了,我还可以照顾他们,还可以铲野菜,我现在认识好多好多野菜了,灰灰菜、苦苦菜、婆婆丁、荠菜、刺树芽、马兰头,好多好多。爸爸听我说这些,又呜的一声哭起来。后来的几天,我从别人的口中知道爸爸为什么叹气了。那个姑姑要爸爸把我送给别人。如果爸爸不把我送人,她就不和爸爸成家。爸爸那年都三十几岁了。那个姑姑是爸爸最后的机会。听别人这么说,我心里很难受。我知道一定是我拖累爸爸了,因为我,爸爸才这么大年纪还没成上家。我觉得不能再拖累他了。可是我一想到要离开他,眼泪就不住地流,怎么也忍不住。我独自一人在坡上铲野菜时流,我睡在爸爸身边时也流,就像我的眼睛关不住眼睛水了。可最终我下定了决心。一天,等爸爸睡着了,我就悄悄地爬起来,轻手轻脚地推开门走了。可惜我不识字,如果识字,我会给他留个纸条,感谢他养了我。我只跪在门前,给他磕了几个头。

我一直想着怎样用除草剂的问题。我不知道它泼到人脸上有没有硫酸那样立竿见影的效果,也不知道把它掺到食品和饮料中,会不会被他们发觉。我觉得应该回去以后做点什么实验。

然后,我又开始想张二凤,想易斌。

是的,这些天来我总是这样。无论白天还是夜晚,无论眼睛闭着还是睁着,无论有没有人说话,我脑子里冒出来的全都是他们。他们就像魔鬼,把我的脑袋当成了巢穴,像啸聚山林、蛮不讲理的强盗,在我脑子里占山为王,任我怎么驱赶,都赶不走。

她究竟是什么时候盯上易斌的呢?是她离婚了到我家以后,还是以前?

以后,有道理。她被男人抛弃了,想寻找依靠,想早点有个家,她到我家了,跟易斌接触多了,迷惑易斌的机会也多了。

以前呢?有没有以前就和易斌暗通款曲,而把我蒙在鼓里?

这个问题,我想过很多次了,就像是要为自己的引狼入室开脱。可我一直没有找到很有说服力的证据。

有一点迹象是,她结婚不久,跑过来问我,易斌和我一夜做多少次爱,每次多长时间,喜欢什么样的姿势,等等。那时,我觉得这些问题很正常。因为我和她无所不谈,我们之间没有什么隐私可言。她被一个男人性侵之后,给我说,我读大学的时候,和文学院的一个同学在外面租房过夜也给她说。所以这个话题我当时并不在意。我如实回答她,一夜四五次,每次十几分钟吧。我反过来问她,她说,褚云飞不是个正常人。有时候一夜七八次,一次半个小时,还特别喜欢一些稀奇古怪的方式。我不知道她是炫耀还是埋怨。

现在我想,她并不是对男人的能力好奇,而是想了解易斌,那时她就对易斌有心了?

如果是这样,她也真是隐藏得太深了,她也太会伪装了。我想想都不寒而栗。想想看吧,我和易斌就像躺在鸟巢的两只呆鸟,而旁边一直潜伏着一条毒蛇,瞪着骨碌碌的眼睛,伸着长长的芯子。

因为我和她的这种关系,我们两家走得都比较近。周末,或者长假时,我们两家会聚一聚,吃吃饭,或者一起去武汉周边的风景区逛逛。可我从来没有发现她和易斌有什么暗送秋波之举,她总是很淑女或者说很矜持,难道这一切都是装的?

我还想从易斌身上找到什么蛛丝马迹,可也没有找出什么。有个周末,我知道褚云飞出差，就约她去逛街，逛了街之后她到我家玩了很久。我要易斌去送她，可易斌要我和他一起去送。易斌这是避嫌还是做贼心虚？

婆婆没在意我听没听，自顾自讲着，沉浸在回忆里。我们就像来自两个星球。

我沿着公路跑啊跑啊，一口气跑到了县城里。天要亮没亮，我不知往哪儿走，就坐在城门洞子里了，不知不觉睡着了。也不知道睡了多长时间，我醒来时，太阳已经照过来了。我揉了揉眼睛，看到身边有一个和我差不多大小的男孩子，浑身脏兮兮的，脸上白一块黑一块，上嘴唇有个大豁口，两颗当面的牙齿特别长。他手里拿着半块生红薯，望着我笑，把那红薯递到我面前，说你饿吗？我真的有点饿了，可我没有接他的红薯。他又说，我叫小石头。我突然咯咯笑起来，说我觉得你像个小兔子。他还是嘿嘿地笑，笑了一阵说，你也是没有家了才跑到这里睡的吗？我说，才不是呢，我想自己出来找吃的。

小石头在城里有两个朋友，一个叫六指头，一个叫花脸。当时，小石头就带着我去见六指头和花脸。他跟他们说，她是香椿，是个女生，我们都要照顾她，听到了吗？六指头和花脸都说，谁也不准欺负女生。我没听说过女生这个词，问小石头女生是什么，六指头和花脸就哧哧笑。小石头忍着，憋得脸通红。

白天，我们就出门找吃的。一般是去旅社。饭点时，我们就守在旅社餐厅门口，盯着那些吃饭的人，看着他们放下的碗里还剩下什么没有。如果有，我们就赶快冲过去，在服务员收拾碗筷之前，把东西倒到自己的碗里。有时我们也去城里的几个垃圾坑，那里面有时候也会找着一些吃的。说到这里，你可能以为我们这是乞讨。其实不是。我们从不向人伸手。这是小石头规定的。小石头还说，绝对不能偷人家东西。偷了东西，就会被人家赶走。

小石头、六指头、花脸三个，都对我很好。所以我说我命好。我总是碰到好人。我遇到的都是好人。

他们三个人，谁捡到了馒头，或者半根油条，都揣回来，等四个人都到齐了，拿出来，首先就是给我吃。我吃一口了，他们三个人才轮着吃，一人一口，直到吃完。夜晚，我们大部分时间就在城门洞子里睡觉，他们总是把我放在中间。小石头说，城门洞子风大，他们睡外面可以给我挡风。

有时候我们会在一起说说家里人。这时，我就很想养父，包括生了我的爸爸妈妈。我想知道生父生母是什么人，是不是也在想我。我想他们一定也在想我。

我想养父是不是和那个姑姑结婚了，现在过得好不好。特别是在过年的时候。那时，一座城里都飘着肉香，小孩子们都穿着花衣裳，在街上跳橡皮筋，或者和爸爸妈妈一起放二踢脚。因为每年过年时，养父也会煮肉给我吃，给我缝一件衣裳，还给我买红毛线扎头发。

好几个夜晚，我都想悄悄跑过去，躲在远处看看养父，看看那个姑姑和那两个没有见过面的弟弟妹妹。可是我又担心被人看见了。要是养父看见我了会为难的。

我就这样在县城里过了三年多。那年秋天，六指头在垃圾堆捡到一个信封，里面装着一些花花绿绿的票证。六指头把信封交给了小石头，小石头一眼就认出这是粮票和油票。他把那些粮票和油票拿到旅社，换了十个大馒头。我们从来没见过这么大、这么多、这么白的大馒头，都高兴得要死。小石头给了我们一人两个，我们一手举着一个大馒头，在大街上疯跑，就像捡到了金元宝。

我们都没舍得吃。到了城门洞子，小石头才把一个馒头掰开，给我们一个人一块。我们像吃糖一样把馒头喂到嘴里，让它慢慢地在嘴里化开，化得嘴里甜津津的。这时小石头望着六指头和花脸说，多的一个给香椿，你们有没有意见？六指头和花脸都说没有。小石头就又给了我一个。

我没有推辞。因为从拿到那两个大馒头时，我心里就冒出了一个想法，把两个馒头给养父送去。我想养父一定没吃过这么白这么甜的大馒头。我想夜里悄悄地跑回去，悄悄地把馒头塞到养父家的门缝里。

可正在这时，一个戏班子走了过来。他们挑着担子，穿着红的黄的长衫子，还有一个拿一个纸喇叭朝人们喊话，说晚上要在城西的河滩上演戏。和他们走在一起的是一群背着书包的小学生。对，那正是放学的时候。

我们自然是不会漏掉这种热闹的。在县城的几年，凡是有演戏的、唱歌的、游街的、开大会的、游行的等等等等，我们都会跟着看。这似乎就成了我们的工作。所以，看着一群小学生簇拥着戏班子走过来时，我们都站了起来，跟着他们走。到了城西河滩，看着他们搭戏台，我们便开始抢位子。可等他们把戏台搭好，我们全都傻眼了。他们把戏台周围围了一圈红布。一个人从红布里面钻出来，对我们说，快回去找爸妈要钱去吧，五分钱一张票。

那些小学生就一哄而散，跑回家要钱去了，只剩下我们几个人在那里，都像泄气的皮球。别说五分钱了，一分钱我们也没有。我也准备走，跟小石头说，走吧，看不成戏还不如站远点。小石头说，你的馒头吃了没有？我说没有。小石头说，你拿一个馒头出来，我找他们换张票。我没和小石头说想把馒头送给养父的事，我怕小石头不同意。我说，我不想看了，谁知道他们演什么呢，再说戏看过就看过了，馒头还会饱会儿肚子。我当然是说的假话，其实我是很希望看戏的，还有电影。再说，你们都不看，我一个人看也没什么意思。小石头说，你不想把馒头拿出来，那我再想别的办法吧。他有什么办法想呢？我想他想不出别的办法来的。可到了戏要开演之前，他真的弄了一张票。他把我领到检票口，把我往里推，说他们会一直在外面等我。可我看完戏出来，却没看见他们了。我跑到城门洞子，也没找到。我在城里到处找，找了一天都没看见他们的影子。第二天晚上，我只好去城西河滩。我想他们有可能去那里。可他们也不在那里。就在我要走时，一个戏班子的人走到我面前了。他说，你想看戏？我说我找几个朋友。那个人又说，你会唱歌吗？唱两句我听听？我不唱。要走。我心里急得不行。可那人拉住了我，问我愿不愿意学演戏。他指着那正在练腿、耍枪的几个姐姐说，就像她们那样？

婆婆讲到这里时，喝了一口水。她眼睛里发出一种奇异的光彩。

我问道："后来呢？你去了戏班子没有？"

说过这话，我自己吃了一惊。离婚以来，我第一次听进去了一个别人的故事。

我和张二凤那个婊子成为朋友是因为她痛经。那天，在课堂上，她痛得坐不住了，满头大汗。我就把她弄去了卫生间。然后跑回寝室拿来了卫生巾，然后又扶着她去校医院。在校医院里，医生打了止痛针，她疼痛缓解了。她抓住我的手说，她真是太感激我了，不然今天丑都丢大了。这以后，我和她好了起来。因为我觉得她诚实。

我没少关照她。周末出去，无论到哪儿，无论吃什么，我从未让她掏过腰包。因为我知道她是农村的，家里条件不太好。有一次，她去做兼职，被骗了，人被扣了下来，是我拿钱把她救了出来。见她用一部老的翻盖手机，我买了一部新苹果后，把旧苹果给了她。

毕业后她去了银行。我帮她拉存款。我们公司原来在他们行没有户头，为了让她有业绩，我不惜请我老爸出面去做我们公司领导的工作，同意我们公司在他们行开了户。要知道，我去我现在的公司，就是考进去的，没让老爸为我打一个电话。可以说，她几年时间从一个一文不名的小职员升为部门经理，没有我，门儿都没有。

谈恋爱，我陪她相亲相了一个又一个，直到和褚云飞确定关系。结了婚，和褚云飞闹矛盾时，深更半夜把电话打来，我想都不想就往她那儿跑。

我越想越气愤，越气愤越想。我觉得她就是一个彻头彻尾的骗子，从同学一直骗到现在，骗了十多年。我想不通我真诚待人，得到的不是回报，却是横刀夺爱，而且一点客气都不讲。

我想完了张二凤，又想易斌。我脑子里似乎再没有了别人的东西。可想不到今天，婆婆的故事却一点一点挤进我脑子里去了。

是因为婆婆这个有点离奇，有点辛酸的童年吗？

我确实感到有点心酸了，甚至感到遥远。遥远到就像是与我隔着几个朝代。我真的想不到，在我父母辈的人中，还有人过着这种生活。难道仅仅因为他们生活在乡下？

那个要我去戏班子的人是高班主。他跟我说，要是跟他们走，他马上给我缝新衣服，而且还教我唱戏。说实话，高班主的话是很诱惑人的。特别是唱戏。打扮得漂漂亮亮的，脸上化了妆，人特别标致，不管大人小孩子看了都喜欢。

高班主又说，去了戏班子，就不会饿肚子了。可是我不想去，我想找到小石头他们。高班主说，他们不要你了，都悄悄跑了，躲起来了，你怎么去找？我问，他们为什么要跑？高班主说，这我怎么知道呢，反正你看戏的时候，他们三个人就来找我，要我把你带走。

我不知是真是假。我想，小石头他们要我进戏班子有这个可能。因为他们都知道我喜欢看戏。而且，我跟着他们，他们总要照顾我。可我又不能肯定。他们即使要送我进戏班子，也应该跟我说清楚啊，为什么要溜掉呢？我跑回城里，又一次在我们经常去的那些地方去找他们，可还是没有他们的影子。那时我突然感到城里一下子空空荡荡了，没有意思了。我找了一张报纸，把一直揣在怀里没舍得吃的两个大馒头包好，放在城门洞子的一块砖下面就走了。我想小石头他们如果回来了，一定会找到的。因为我们偶尔会在那里放几样我们暂时用不着的东西。

下午，戏班子收拾行李，挑着担子离开县城时，我便跟着他们走了。直到几天以后，我才听高班主说，小石头他们其实是被公安局抓走了。因为他们去扒了旅社的收钱箱。听高班主说到这里，我哇哇哭起来。我心里明白，他们是因为我，因为我要看戏才去扒那个钱箱子。如果不是这，小石头他们绝对不会做违法的事。高班主跟我说，要不是这事是因戏票而起，他还不想把我带到戏班子来呢。

我更想跑回去了。我觉得我欠下了小石头他们的。有天晚上演戏，趁没人注意，就悄悄溜了。我走了一整夜，第二天中午到了一个镇子，我正打听路呢，高班主他们从一辆班车上下来了。高班主跟我说，我这样回去，小石头他们会很难受的。真要回去，就混个人模狗样儿了再回去。

我想想也是啊，小石头让我进戏班子是盼我好啊，我怎么能不听他的话呢。

高班主果真给我缝了一套新衣裳，我至今都记得那套衣裳的样子，衣服是绿地儿白花，好鲜亮，裤子是红色，家绩布染的。还让兰姐把香皂给我洗头。我自己顿时感觉像变了个人似的。

我们那个戏班子，什么都演。所以，高班主给我安排了几个教我的师傅。唱花旦的兰姐教我吊嗓子，学唱功，小红姐就教我压腿，翻跟头，耍枪。高班主教我扮丑，打鼓。聂师傅教我拉胡琴。

我不知道演个戏要会这么多，跟高班主说，要学做饭。因为我已经会做饭了，跟养父在一起时，我就能做饭了，而且还会找野菜。可高班主不答应。只有没人看戏，我们粮食不多时，高班主才让我去找过几回野菜。

我要做饭，并不是因为练功苦，而是不愿吃闲饭。其实，我们这种戏班子，挣口饭吃并不容易。我们一般不在城里演戏，大部分时间是在乡下，一个村子一个村子地往下走。走到哪里，就去找生产小队的队长，问他们要不要看戏，不看我们就继续走，直到找到一个要看戏的村。有时候我们一连走好几天都找不到一个要看戏的村，这时我们吃饭就成问题了。

一个人一张嘴。我天天在戏班子里吃饭，却只能压压腿，咿咿呀呀吊嗓子，什么戏也不能演，完全就是一个吃闲饭的人。我觉得自己对戏班子是个拖累。可做饭就不一样了。我会找野菜。我会多找一些野菜，混着粮食吃。

高班主不同意，我就只好还是吊嗓子，学翻跟头。我吃得苦。所以，一年多工夫，我就能唱一些简单的曲子了，跟头也会翻几个了。有时候，观众点了某出戏，兰姐嗓子唱塌了，高班主就叫我顶一顶。遇到了武戏，高班主也会让我跟着小红姐一起上台翻几个跟头。到第三年，我会的戏就更多了。枪也会耍了，鼓和锣也能打了，胡琴也能拉几声了。有时候，谁生病了，我就顶上去。戏班子的人都夸我聪明，说我有这个扮相，有这副嗓子，一定能成个台柱子。

我心里对高班主，对戏班子所有的人都充满感激。越是这个时候，我就越想养父，想小石头他们。有时候，演完戏，卸了妆，别人睡觉时，我会一个人在外面待一阵，望着天上的月亮想一会儿养父和小石头他们。我真希望他们都在月亮上看着我。有几回，我问小红姐，我们在哪儿，哪个省哪个县，小红姐说不知道。我又问兰姐，兰姐也说不知道。

我们戏班子里识字的人不多。识字最多的是拉胡琴的聂师傅。他会写节目单子。每天晚上演什么，都是他安排的。他还会认地图。有时候，高班主问我们到哪儿了，聂师傅就拿出一张地图来看，然后就说我们在哪儿了，是哪个省哪个地区。聂师傅是个跛子，据他自己说，如果不是跛子，他就在小学校当老师了。因为腿跛了，书教不成了，就到高班主的戏班子里来了。聂师傅平常对我不错，除了教我拉胡琴，还主动教我识字、算算术，而且十分用心。只要看到我有空，就叫我，香椿，过来认字。我就跑到他跟前，让他在我手板里写个字。我现在能识几个字，能算算账，都是他教的。

一天我们去了一个很大的村子。演完戏，队长便跟高班主说，他给我们找好睡觉的地方了。我们这个班子总共有十一个人，六个男人、五个女人。平常，队上如果不能帮我们找睡觉的地方，就帮我们借两间大房子，我们只要把草席子往地上一铺就在地上睡起来，男人一班，女人一班。队长给我们找好了住处，我们就省事多了。

队上让人来领我们去各家住。我和小红姐跟着一位大婶走了。我们到大婶家里洗漱时，队长领着聂师傅来了。队长对大婶说，少算了一个，你家床铺多，这位师傅腿脚不太好，就让这位师傅在你家睡吧。这样聂师傅就跟我和小红姐住到了一起。

那天晚上，我们吃的是白面馒头，并且队长还让我们每个人带两个馒头，明天在路上吃。我当时就想起了养父和小石头。所以，洗了脸以后，就没有上床睡觉，而是到了外面，坐在院坝边上一个石磙上看月亮。

我也不知道在外面坐了多久，聂师傅出来了。看见聂师傅，我便问他我们这是在哪儿。聂师傅说，大地方是江西。我问江西距我们那个县城有多远。聂师傅说中间隔了几个省。等了一会儿，聂师傅便问我是不是想家了。我说是的，我想起养父和小石头了。聂师傅说，进屋去吧，外面露气重。我站起来，跟着聂师傅进屋了，一直跟进了聂师傅的卧室。

聂师傅一进门就坐到床上，看我进去，似乎突然想起什么了。香椿，你是不是还想走，想离开戏班子？我摇头。我确实没想过再离开戏班子，我觉得戏班子太好了。聂师傅又说，香椿，你可不能有走的想法，对你不好。你想想看，你现在回去能做什么呢？跟小石头他们一起混日子，你什么东西也学不到，以后靠什么过日子呢？对戏班子也不好。兰子年纪不小了，唱不了两年了，你就是台柱子了。我说我真不是想走，我只是想起养父，想起小石头他们来了。聂师傅说，我知道了，我相信你，你回去睡觉吧，免得小红等着。他把手往外挥着。

可我不想走，我还想和聂师傅说说话，想让聂师傅能抱我一会儿，就像小时候养父抱我那样。我说小红姐已经睡了，我出去的时候就在打鼾。说着就坐到床上，把聂师傅的一只胳臂抱在怀里，把头靠在他的肩膀上。说实话，在那一刻，我有了那么一只可以抱着的臂膀，可以靠靠的肩头，感到很幸福。

靠了一会儿，我准备走了，把聂师傅的胳膊放了下来。就在这时，聂师傅一只胳膊搂住了我，并且鼻子伸到我颈上嗅了一下，说，香椿，你真的很香。我既兴奋又高兴。我说是吗，还从没有人说过我香呢。聂师傅又嗅了我一下，说确实很香，比香椿还要香。聂师傅这时就双手抱住了我。我的脸一下子红了。心里怦怦地跳。说实话，那时我对男女之事也知道一点点了，可我不知道聂师傅是不是要那样。我既害怕，又有点好奇。

聂师傅抱住了我，就开始亲我。然后，双臂抱起我，把我丢到了床上。我想走，要从床上爬起来。聂师傅说，你就让我闻一闻吧，就开始解我的上衣扣子。我呆呆的，以为聂师傅解了扣子闻一闻就罢了，也就让他解了。聂师傅闻了一阵，就把自己的衣服脱了上了床，抱着我。我感觉很舒服。可我到底有些害怕。我问聂师傅，这样会不会怀孕？小石头曾对我说过，男生和女生脱了衣服睡在一起就会生个小娃娃。聂师傅扑哧一笑，说不会。我们没脱裤子呢。接着用手摸我的胸前，说你还没发育呢，妈妈儿还只有一颗李子那么大。

聂师傅这样一说，我就放心了。可聂师傅褪我裤子时，我还是抓住了他的手。聂师傅喘着粗气，手上用了劲儿，我就把手松开了，我不想聂师傅难受，不想聂师傅生气。可我把手松开以后，聂师傅也把手拿开了。聂师傅说你走吧。我感觉聂师傅是生气了，就说，我把裤子脱了吧，动手把裤子往下褪。聂师傅抓着我的手，说算了。我说，你不是说不会怀娃儿吗？手一犟，把裤子脱了下来。

我不知道这件事有多大，我只是隐隐约约有些害怕。这之后，我和聂师傅又有了几次，我也就不当一回事了。我觉得那就是聂师傅喜欢我，对我好。

过了一段时间，我身上（生理期）来了。再和聂师傅在一起时，有些害怕，怕怀孕。聂师傅弄了一些药片给我吃，说吃了药片就没事了。

时间一长，就有人注意了。一天，负责伙食的崔师傅喊我跟他去挖野菜。到了河边，他从怀里摸出半个馒头递给我，要我赶快吃了。我把馒头接过来，三下五除二下了肚，就开始找野菜。不知不觉到了小河边。崔师傅站在河边望了望我们身边的一堵岩山，说，香椿，那儿像有个山洞呢，你钻过山洞没有？我没钻过山洞，说，那是山洞吗？崔师傅说，是呢。说着把我的手一拉就往那儿爬。

果真就是一个山洞。那时是春天，天还很冷。我们站在山洞边上就能感觉到洞里有一股热气。我弯下腰往洞里望，里面黑咕隆咚的，有些害怕。崔师傅说他带着火柴，什么妖魔鬼怪都怕火柴。他这么说时，就拉着我钻进洞里了。

洞里很暖和，很宽敞，而且不像外面看着那么黑。我们慢慢地能看到洞壁的一些东西了。有的像竹笋，有的像羊，有的像桌子，有的像树，非常漂亮。还有水滴到水凼的声音，特别清脆。

我们在洞里看了一会儿，崔师傅就说，香椿，我想和你好。我不知道他这是什么意思。崔师傅年纪很大了，头发已经白了不少。我望着他时，他又说，你和聂麻子都好了。他这么一说，我吃了一惊。我才知道我和聂师傅的事他知道了。我羞得厉害，往外跑。他抓住我的胳膊，说我对你好不好，没有聂麻子对你好？

崔师傅平常对我也好。我到戏班子不久，有一天我正吊嗓子呢，他喊我去帮忙洗个菜。我跟着他进去，他就悄悄往我手里塞两块糖。像这样的时候很多。有一次，他还给我塞过一条红头绳。好啊，我说。他说，那你为什么不对我好？我这时弄明白他的意思了，摇头。

对于男女这事，我懵懵懂懂的。但我明白，既然我和聂师傅好了，就不能再和别的男人好了。这时，崔师傅猛地抱紧了我，把嘴巴堵到我嘴上了。我想跑，却挣不脱。他亲了一会儿我，手就伸到我衣服里，解我的裤带。我就没有再跑了。我担心他会生气。

这之后，夏老师也找上我了。再就是搞剧务的老董，最后是高班主。他们都对我好，我不想得罪他们。

直到有一天，聂师傅和崔师傅打起架来，我才知道全戏班子的人都知道我和所有男人睡觉的事了。

我很羞愧。好好的戏班子，男人之间闹矛盾了，吵架了。高班主和他老婆也吵架了。我不知道如何是好。我去问聂师傅，聂师傅直叹气，说，香椿，是我害了你。

一天早晨我起床后，就再没有见到戏班子的人。我一户一户地跑去打听，才知道他们早就走了，半夜悄悄走的。独独没有叫我。

我想追他们去。可这时，房东往旁边屋里喊了一声，一个跛脚男人从屋里出来了，一跛一跛走到我跟前，对我说，你跟我走吧。我问他是什么人，他说，我把你买了，你现在是我的了。

男人说花钱买了我，我不知道该怎么办了。去找戏班子，又不知道他们究竟去了哪儿。跑，我连我那时在什么地方都不知道。

我收拾包袱的时候，发觉包里有四十块钱。我平时包里是没有钱的，毫无疑问这四十块钱是他们塞在我包袱里的，是他们几个男人凑起来给我的，因为那时四十块钱对我们来说，是一大笔钱，我想他们当中的某一个人都一次拿不出这么多钱来。那时我们演一场戏最多才十块，一般也就七块八块的。

所以我总觉得高班主、聂师傅他们几个男人，对我是有恩的。他们不得不把我丢下，想着我能过上好日子。你说是不是？

男人看着我犹豫，对我说，你长得漂亮，还会唱戏，我知道配不上你，可我会对你好。我这才打量了男人一眼。男人长得不丑，除了年纪大点，衣服破点，没什么看不顺眼。

我眼睛一酸，没来由地滚下泪来。男人说，你实在不愿意，我帮你找他们去。就是男人这句话，我拿定主意了，跟他过一辈子。我想这个男人不会为难我。就这样，我就跟着这个男人走了。走在路上，我问这是什么地方，他说是胜利大队。我问是哪个省，他想了想说，应该是河南。走了一段，他问我，他们说你十七岁了，我看没有，你到底多大？我想了想说，应该是十五吧，我也说不清楚。他说，按规定我们要打个结婚证的，打结婚证女方要二十岁，别人问你，你就说是二十了。走了一段又说，你到了我们家，什么事都不要你做，你只要给我们家生个儿子，我们家是三代单传。

走了一阵，他又说，我姓李，大名李家俊，不过别人都喊我李瘸子。你呢？我说，我叫秦香椿。

他们家还算不错。有一栋两间的土房子，就像我这栋一样。那几年，我们一直一村一村地演戏，在农家里借宿，看了不少人家。我知道有那样两间房子的人家，要算得好人家了。特别是他们家有劳力。他爹和他妈都还能出工，所以家里也不怎么缺粮吃。我进他们家的那天，他们还办了几桌酒席。

他还真的不让我出工，说我细皮嫩肉的，不是搞劳动的料。那时候，凡是队里的劳动力，都是要参加生产的，也不知道他想的什么法子。我要做的事就是在屋里给他们一家人做饭。

从我进他们家开始，他们家就开始准备我生孩子的事。譬如说布票，原来准备卖了猪，给一家人缝件新衣服的，可怕我生孩子后，没有布票给孩子做衣裳，就只给我一个人缝了一套新衣裳。我心里明白这个孩子很重要，所以，我早把聂先生给我弄的那些避孕药片都丢了。我当时想，只要丢了这些药片，我很快就会怀上孩子。可是一晃一年过去了，肚子里也没什么动静。

他爹妈着急了。一天他妈就问我，和他行房没有，身上是不是正常的等等，我都如实说了。他妈要他带我去看医生，又要他带我去哪里求神。他说，是年龄问题吧，她应该才十六岁。他妈说，十六岁生伢的还少吗？我心里想，也许是吃了那些避孕药的缘故吧，吃了很长时间的避孕药，也许要停个几年后才会好吧。

又过了大半年，肚子还是瘪的。他妈就逼着我们去公社医院检查。公社医院没有检查出毛病。不知道他妈从哪里打听到一个地方有一棵大神树，神树下面的水，喝了治百病，能怀上孩子，就要他去弄神水。那个地方很远，坐两天车，还要走两天，才能到。他一个跛子，走那么远的路，真的不容易，可他还是去了，走的时候挎了一大包我和他妈烙的大饼。过了十多天，他回来了，带回了小半瓶神水，对我们说，弄神水的人实在是太多了，他在那儿守了一天一夜才弄了那么一点。我看那瓶中的神水，浑浑糊糊的，里面浮着没燃尽的香扦和纸钱。他妈让他把神水摆到堂屋大桌子上，忙打来水要一家人洗手，又找来香扦和纸钱来烧，一家人跪下来磕头。

我也很想有个孩子啊，他们一家人盼着，把我当神老爷子供着，这是其次，关键的问题是我想有个伴，想有个自己的孩子。所以，我跪在地上咕咚咕咚一口把神水喝了下去。

没多久我肚子疼起来了，轰隆轰隆的，他妈说这是神水生效了。我们听了都很高兴。一会儿我开始拉稀了。我拉稀的时候，他一直站在我身边守着我。

人拉稀的时候，身子就软塌塌的，连坐都没力气了，只好往床上躺。晚上，他端了一盆水过来，给我擦身子，洗脚，然后一直站在床边，看着我。我说，你睡呀。他结结巴巴地说，妈……说了，今天……你喝了神水。我明白他的意思了，说那就怀啊。他说，你……这个样子。我笑起来，只要能怀上。

他很轻很轻。说，你不动啊。生怕累了我。可一会儿，我又要拉稀了。他就像抱孩子一样，抱着我一跛一跛地去茅房。到了茅房，仍抱着我拉。要知道他是一瘸腿啊。他抱着我拉，是一只腿蹲着的，另一只腿甩在一边。可他就那么蹲着，我现在想起来，都不知道他怎么那么能蹲。等拉完了，再回到床上。这样折腾了两三回，折腾了大半夜，他才说行了。

我虽然累，虽然软，可心里蛮高兴。我相信这回一定能怀上了。

可是几个月过去，还是没动静。一天晚上，我们上了床，他就眼瞪着天花板流泪。我从没看见过他流泪，问他怎么回事，他说，香椿，你给我说实话，在戏班子里，你是不是和别的男人睡了，你是不是还没发育就和男人睡了？我想不到他会问这个问题，说，你听到什么闲话了？他说队上有人说，你一定是被很多男人睡过了，女人睡男人睡多了，就不能生育了。你说，你真的跟很多男人睡过吗？

我不知道怎么回答。也许，怀不上孩子真与他们有关呢。那时，我还没发育，而且还吃了避孕药。可是我不知道怎么回答他的话，承认还是不承认。我不想撒谎，他对我很好，我不忍心骗他。可我又不敢说出真相。我知道如果说出真相，他一定接受不了。

见我不说话，他又说，队上的人说，你这么漂亮，又正是演戏的时候，要是没毛病，戏班子怎么会二十块钱就卖了呢？

听他这样说，我感觉到他像什么都知道了的样子。我说，你别说了好不好？那都是过去的事了。他听我这样说，明白了，就狠狠抽自己的耳光。我提出要走，可他不让。他说你一个人往哪儿走呢？大不了我们老了去住养老院。第二天吃早饭，他给他妈解释说，队上那些人都是瞎说的。香椿怀不上，可能是练功练的。要么是现在人还小。他妈不说话，只往嘴里扒着饭。看那样子，是不相信他的话。他又说，有的人天生就没有生育能力的。

晚上，我和他商量抱养一个的事。他闷了半天，总算答应了。可跟他妈说，他妈不同意，说他们家三代单传呢。

又过了一段时间，队上买媳妇的人家多起来。几个买进来的媳妇，进门不到一年，都生了个大胖孩子。这时他妈就坐不住了。一天晚上，他妈去找了人贩子，回来后，便扑通一声跪到我面前，一把鼻涕一把泪地说，为了给他们老李家留个后，她想给我换个人家。不然，她也好，我也好，有一天去了阴间，没法和老李家的祖宗交代。

我感到很突然。我怎么也想不到他们会让我去给李家换个媳妇。我一点思想准备都没有。我说，李家俊同意吗？他妈说，他不同意，所以我才找你。你比他懂道理。

我一时不知道该怎么办了。家俊对我很好，虽然我并不爱他，可我对这样的生活很满足。我想就这样过下去很好。我想了想说，我是家俊买来的，家俊要我走就走，不要我走我不走。

晚上家俊回来，我给家俊说了他妈要拿我给他换媳妇的事，问他究竟怎么打算，家俊哭了起来。

他哭得很伤心，把我的心哭软了。我当时只觉得他一定很难。想起他对我的种种好，当时我也哭了。我不想再让他为难，劝起他来：我拿定主意走了，你对我太好了，我不能让你们老李家绝后，也不想看到你们母子俩闹起来。家俊揩着眼泪，说你要是走了，会去一个什么人家？他会不会像我一样待你？我说，人到哪里都是一活，别人能活，我也能活。他好我过一辈子，不好我也要过一辈子，我早想穿了，一切都是命。也许这一切都是报应。

我那时真是这么想的。

过了几天，他妈领了一个男人到家里来了。那人个子比李家俊矮，可浑身上下没残疾，样子比李家俊好看。我以为是要嫁给他，直到那人走后，他妈才告诉我，他是媒人，来看人的。说他对我印象不错，会尽量帮我找个好人家。

我已经拿定主意走了，去给李家俊换一个能生娃儿的老婆。可听他妈这么说时，我还是大哭了一场，似乎这时才相信我真的要走了，要去一个我什么都不知道的地方，一个什么都不知道的家里，和一个什么都不知道的男人去生活。

过了个把月，人贩子领来了一个女人，圆盘大脸，腰身很粗壮，人贩子把人交给他妈，问他妈满不满意，他妈像看牲口一样围着她转了几圈，叹了一口气说，还能说啥呢，只要她能给老李家生个儿子，让老李家莫断了香火。人贩子说，这个身坯骨架，只要你儿子行，保证几年给你生一串。

我走的时候，李家俊一直把我送到汽车站。他塞了六十块钱给我。车子走了好远，我回过头去看时，他站在那里，双手抹着泪……

我想不到婆婆会被一个跛脚男人抛弃。我忍不住打断婆婆,“你为什么答应走? 你们不是有结婚证吗? 婚姻是一回事,生不生孩子又是另一回事。”

“我不能害人啊,他们对我那么好。”婆婆说。

“这就是你不断被人抛弃的原因。”我说。

婆婆说,“我信命,我相信这些都是命。在戏班子的时候,小红姐有本称命书,没事的时候就称命玩,可我不知道我出生的时刻,不能称,有一次在镇上演出,碰上一看相的,我请他看相,他说我命里有孤鸾星。”

我又一次感觉到,婆婆生活的时代好像距离我们很远。这不是买卖人口吗?

我想起了我和易斌的离婚。那是第二天上午,我们坐在沙发上。他给我倒了一杯水,然后坐回去,望着我说,“我仔细想过了,我们还是离了好。”

“你就这么迫不及待? 你究竟看上了她什么? 她的蛇蝎心肠、厚颜无耻,还是她的风骚、大奶子? ”我愤怒至极。说实话,我没有想到易斌会看上她。她没我漂亮,没我聪明,没我挣钱多,哪一点都不如我。这让我感到特别丢人。

“萝卜白菜,各有所爱吧。我觉得我和她在一起比和你在一起更合适、更快乐。”

“你现在说跟我在一起不快乐,早干什么去了呢? 你还记得当初追求我时说过的话吗? ”

“时过境迁,没有谁能对过去说过的话负责。”

“如果没有你当初的死缠烂打、软磨硬泡、信誓旦旦、山盟海誓,你现在在做什么你想没想过? ”

如果没有我,我真的不敢想象他现在在做什么。说起来,他的第一桶金,还是我帮他挖的。那时他到我们单位推销润滑油,我告诉了他公司领导的电话和住址,帮他约了公司领导吃饭。我当初做这一切时,我和他还什么关系都没有。我仅仅是在电视相亲节目上见过他一面,还灭了他的灯。因为他的身高、长相、工作、收入、家庭等等都距离我心目中的那个人相差太远。当时,他来到我们公司,说起那场的相亲会,我才有了一点印象。当他谈起要向我们公司销售润滑油时,我心里便有了疑问。也许一开始他选择我就是为了销售润滑油吧。可我当时还是为他牵了线。也许是对相亲现场灭了他的灯有点愧疚吧。没想到这件事情以后,我们的接触多了起来。他直言不讳地说,他选我的号,就是为了销润滑油。因为我对他来说,太完美了,是天上的月亮,他只能望一望。他甚至坦诚地说，他的公司才刚刚起步，他现在开出来的车都是租来的。我不知道怎么回事，我竟然对他有了好感。后来我想，我一定是被他的哀兵之计，被他诚实的外表迷惑了。我怎么也想不通那张诚实的面孔下，掩盖了那么多的阴谋。

他的公司流动资金不够，我给父母做通工作，把父母给我攒下的嫁妆钱拿了出来。后来，流动资金又成问题了，我冒着风险，拆借了我们公司的一百多万资金。没有我，他的公司也许早就垮了。

而对于他的家人，我也尽到一个儿媳的责任。他出差在外，父亲病了，我连夜赶去他的农村老家，把他父亲接到武汉，找最好的医生看病，找关系安排病床，还请了假到医院去侍候他父亲。

每年过年，我都要陪易斌一起回老家过年。易斌那个农村老家，说实话，我住不习惯。碗筷油腻腻的，洗脸是一家人用一塑料小盆，洗澡是一家人共用一个塑料大盆，厕所设在臭烘烘的猪栏边，还有什么菜都一顿一顿接着吃……说得不好听点，简直就是煎熬。可为了让他高兴，我总是乐呵呵地陪着他去，去之前还开着车在城里这儿跑那儿跑，去给他的七大姑八大姨买过年礼物……

难道这一切他都忘了吗？

我把张二凤那个婊子带到我们家来，不过就是几十天时间，他就毫不犹豫地蹬了我，她为他做了什么？难道男人真的都是无情无义的东西，难道几年的夫妻之情抵不过一个女人床上一夜风骚？

我觉得生活对我太不公平了。我就是天底下最最不幸的那个人。

“你觉得我们生活在一起，还有什么意思吗？你会忘掉昨天那一幕？”

说真的，这种事，我可能一辈子都不会忘，想起来我就觉得恶心，像吃了苍蝇，可是我还得想让自己忘掉。现在的男人，有哪个没有一点花花肠子呢？

“只要你和她一刀两断。”我真是这么想的。这种事，别的女人能忍，我也能忍。我不想把我辛辛苦苦培养成熟的老公拱手送给别人，更不想让张二凤那个婊子的阴谋得逞。

我这几乎是哀求了。我想他一定会从中感觉出了我的宽容和隐忍，会幡然醒悟，向我说声对不起，或者来一句保证什么的。

可我错了。他十分坚定，甚至开出了我意想不到的条件。“房子、车子、公司，都给你。我净身出户。法律上，我是过错方。”

我吼叫起来，“你这算是什么？你觉得这样就可以心安理得？你没觉得你这是把我一生都给毁了？”

无论我说什么，他都坚持要离。我也只好同意了。我并不想要那种名存实亡的婚姻。而且我也不想上法庭，把事情闹得满城风雨。

人贩子带着我坐了两天火车、两天汽车，来到一栋土房子里，交给了一个驼背男人。他对驼背男人说，怎么样？还满意吧？男人嘴巴张得合不拢，一条长长的涎水从嘴角挂下来。人贩子又说，话都说好了的，不能生娃儿的。驼背男人点头。人贩子又说，不过，也不一定，生不生娃儿，有的是男人问题。也许她原来那个男人不行。那样你就赚大了。

人贩子说过，驼背男人就进里屋去取了一沓钱，交给了人贩子。人贩子拿了钱就走路了。驼背男人要我坐，我这才坐到了一把木椅子上。他用杯子给我倒了一杯水，说饿了吧，我这就去做饭。我望着他的背影问，你叫什么名字？他转过身来，说，商明贵，别人都叫我驼子，你也这么叫吧。

无论是人，还是家庭，都比李家俊差多了。他背驼得厉害，而且头顶的头发也掉了不少，差不多算个秃顶了。看样子至少也有四十岁了。家里也只有歪歪倒倒几把椅子，几条黑不溜秋的板凳。

我早知道，买媳妇的家庭，一般都是各方面条件比较差的家庭，所以我从没想过我要去的家是什么样的家，要在一起生活的人是什么样的人，因为我无所谓了。我还以为，这个世上没有我不能吃的苦。

可这个家，这个人，还是让我生出了一种奇怪的感觉。我也说不清楚这是种什么感觉，似乎是失望，可又不像，我什么时候想象过我要的家庭是一个什么家庭，要的人是一个什么人呢？说委屈，也似乎不是。我心里很明白啊，我是人家买来的啊，买来的有什么委屈可言呢？

可我心里就是疙疙瘩瘩，不舒服。我心里甚至生出逃走的想法。我想回老家去，回我养父家里，或者去找小石头。

我这时冒出回家找继父或小石头的想法，还有一个原因是现在土地下放了。土地一放，大家各种各的田，粮食有吃了，而且上头对人也没管那么紧了。

驼子去灶房做饭去了，我坐在堂屋里想着这些。不一会儿，他把饭做好，喊我吃饭。我去了灶房。灶房里有口灶，一张木桌子，木桌上放着一钵子米饭和一小烧箕煮红薯，还有一碗炒辣椒、一碗炒黄瓜。我坐到桌边时，他把那碗米饭推到我面前，要我吃那碗米饭，他自己拿个红薯吃起来。那钵米饭太多了，我吃不完，我说你找个碗分些出来，你吃。可他说他不吃米饭，他吃惯了红薯，又说，没多的碗了,你吃不完留下来下顿再吃吧。他一边吃红薯一边说,他这家就他一个人。父母死得早,有个姐姐早就嫁出去了。这些年,他舍不得吃舍不得穿,把每分钱都攒起来,就是想娶个媳妇。可没有姑娘嫁他。他只好托人去买。攒下的一点钱都给人贩子了。你这么漂亮,真是委屈了。

他不说这话还好,一说委屈,我眼里来了泪。他就安慰我,现在政策好,日子会越过越好。他再挣几年,就把这栋土泥巴房子掀了,建个砖房子,让我住在里面舒舒服服的。

听他这么说,我心里复杂起来。为什么呢?他是个好人,或者说是个可怜人。

我想回老家去的想法这时便动摇了,可我又有点不甘心。我说,我虽然是你买来的,可我们还是要去打个结婚证,我不能不明不白跟了你。还有,你得办几桌酒席,接几桌客,办个婚礼,让村上的人都知道我正经八百是你的堂客。他听了我的话,沉闷了好一阵,说好吧,你这也是为我好。

晚上,洗了睡觉,我故意问他我睡哪儿,他愣了一会儿说,我只有一张床铺,你睡铺上吧。我说,你呢?他说,我哪里都可以睡。

他的卧房门不能闩,他把我领到卧房后,又端了一把椅子进来,要我用这把椅子抵门。我瞪了他一眼,他赶忙说,你放心吧,你要先办手续,先办酒,我不会乱来的。他说过后就出了房门,我像心里有气一样,真的用椅子抵住了卧房门,我还故意弄出了一些响声。

睡下后,我一直听着外头的动静。半夜,我起来上茅厕,他听见动静,赶紧拉亮了灯,我这才看到他睡在地上铺开的蓑衣上。我回卧房后,没再用椅子抵门。

第二天早上,我还在睡着,他就叫我了,说要我和他一起去村里办手续。

我们去村里办了手续,又去乡里。跑了几次,才总算把结婚证办了下来。

办到手续,他又张罗着办喜酒。吃喜酒那天,村里来了不少人。那些人都夸他有艳福,娶了一个标致媳妇。

那天晚上,我们才睡到一张床上。一整夜,他一直紧紧地抱着我。他说,村上某人某人出去打工了,田四六分种,没人种,他要接过来种。又说,养猪养羊赚钱,要养几头猪几只羊。我那时以为他只是说一说,并不当真。只说,你一个人种得出来吗?他说,我有的是力气,只要你在田头看着我,我就有使不完的力气。

在田头看着他？我还以为他只是说说罢了。没想到第二天早晨，他做好了饭，就叫我起床，说吃了饭好下地。我以为还在梦中。我说，我没下过地，人贩子没跟你说？他说说了，可你昨天答应了，要在地头看着我的。

我就跟着他去了地里。他真的不让我拿锄头，要我就站在田边歇着。后来我问他为何要这样，他说是我太漂亮了，怕村里的那些坏男人打我的主意。

他真的接了人家一些田过来种。我也不知道他究竟种了多少田，只知道到了收粮的季节，我们家里里外外，到处都是粮食。粮食一卖，他就把钱交给我。

又养了几头猪、几只羊。所以，无论刮风下雨，也无论春夏秋冬，他都一直忙得不停。看他这么忙，我怎么好意思一直像个监工一样，站在田头守着他，也跟着他学起种地来。慢慢地，我就学会种地了。

一晃一年过去了。有一天上了床，我跟他说，看来我是不能生了。他说，我晓得。说实话，听了人贩子的话后，我心里还是对生孩子抱有一线希望的，在老李家生不出孩子，也许真是李家俊的问题呢。我甚至还想，如果我生了孩子，我一定要带着孩子去找李家俊，让他看看我是能怀孩子的。可现在已经一年了，肚子里没一点动静。我想不生孩子可能真是我的问题。我说，我们抱养个孩子吧。他说，你说抱就抱。我说，我们要像亲生的一样待他，让他读书。他说，我都听你的。我说，有个孩子了，我就帮不上你什么了，花费也大了。他说，有个孩子，人活着就有盼头。

可真的想抱个孩子并不那么容易。我们到处托人帮忙，却一晃一年过去，也没有打听到哪里有遗弃孩子的。一天，我们又在一起说抱孩子的事，他说，现在生活好了，孩子金贵了，没人会丢孩子了，估计抱养孩子难了。我说那就算了。他说，可以买，我打听到可以买，少的一万，多的两万。一万块钱，那时是很多钱。我们全县只有几个万元户。我说这么多钱，我们哪有？他说，只要你要，我们去借嘛。一会儿又说，只不过，我说让你住砖房子的，要往后推了。

我知道他这一切都是为我考虑。只要我不提起，他就不会再提这事了。没想到他一天早晨抱回来了一个孩子。

我是真不理解。昨晚上，我们一起上床睡觉的。我没听他念叨一声。我也不知道他昨晚上是什么时候出去的。他说，昨晚上，我不是去经销店买肥料吗？周麻子说，浙江一班打洞子的，给他们做饭的姑娘生了个孩子，才两个月，生父放炮时塌在洞子里了，那姑娘没结婚，不敢把孩子带回家，想给人家养。我听周麻子这么一说，连忙就跑去看了。没给你说，是怕这事不可靠，想不到是真的。

我把孩子接过来，这才看见孩子是个豁嘴儿。

我立即想起了小石头，想起他为了让我看戏班子演戏，偷了钱被警察抓去的事，眼泪一飙就出来了。他看我哭了起来，连忙问我是不是不喜欢，他感觉这个孩子蛮灵醒，这个败象不打紧，现在医院修得好。又说，他只给了人家一千块钱呢。

我说不是。我是想起别人来了，也是这样一个豁嘴儿。

孩子一看见我就笑。我很喜欢这个孩子。我们用奶粉、米面养着他。他给孩子取了个名字叫乐子。

有了乐子，他就更苦了。那么些田，他都要一个人种不说，而且又要了另外几户人家的田种，还多捉了几个猪崽。他跟我说，要早点把乐子送到医院去修嘴儿，他听人说了，越早越好。

想不到这一年，春上就遇见大旱，正播种的季节，滴雨未下。他整夜整夜地从河沟里挑水浇地，好歹把苞谷种了下去，把麦苗保了下来。可正收麦时，雨又下个不歇，下得麦秆儿都塌到地上，麦粒生了秧儿，冒着雨背回家，晾干了把麦粒打下来，堆在屋里，等太阳出来，晒干了，却卖不出去。发过芽的麦子，发馒头、擀面皮都不行，只有打面汤，打面汤也是一煮一股水。春季没了，指望秋季。可七月间，苞谷正扬花时，一场风灾，把苞谷秆子都刮断了，救过来的不到一股。

这样的年景，种田别说赚钱了，劳力搭进去不说，还要倒贴种子钱、肥料钱、农药钱。哪里还能给分种的那几户人家粮食？我劝他不要种了。可他说，年景总是这样的，好一年坏一年，今年年成差，明年一定不错。可第二年更惨。从苞谷扬花时，开始天旱，旱了几个月，别说苞谷，就是山林也黄成了一片，人和猪水都吃不上了。

就这两年，我们亏大了，原来存下来的几百块钱都贴了出去。相反，那些出门打工的，却赚大发了。一个两个回来，大包小包的，穿上了皮鞋，别着手机，像个国家干部。有几户还建起了砖房，在村子里办起了经销店。他跟我说也要出门打工，种田没出路了。

我也觉得打工比种田好些，至少不会像他种田那么苦。可他就是下不了决心，一时说去，一时又说不去。我问他为什么拿不定主意，他说怕我和乐子在家里吃苦。我说你就放心吧，我保证把自己照顾好，把乐子照顾好。他抓了一阵脑袋，瞪着我看，然后说，还是算了吧。现在村上风气坏，你又这么好看，我怕那些男人为难你。他把话说到这里时，我心里明白了。我说，那就不去吧。他又说，我想早点给乐子修嘴，那样你看起来也舒服些。还有房子，我一定要让你住上砖房子。说完就叹气。我说，那我们一起出去，我和乐子跟着你。他说，那哪行呢？那些打工的，都是住在一起。我说，可以租房子呀。他摇头，说那太贵了。城里房子太贵了，也许我做一天，还不够租一天房子的，什么时候可以给乐子修嘴啊。

我能够感觉到，究竟出不出门打工的问题，搅得他很痛苦，也明白他痛苦的原因。可是我一点办法都没有。

一天晚上，他要了我之后，便一遍又一遍地抚摸我的脸，摸了一阵，叹道，你怎么长得这么好看呢，你要是个丑八怪就好了。我说，我变成个丑八怪你不嫌弃？他说，怎么会呢？你越丑我越放心。

我以为他说的疯话。哪个男人不喜欢自己的老婆漂亮，喜欢一个丑八怪老婆呢？

又一天晚上，他弄了个摇窝，在里面垫了棉絮，把乐子放到里面睡了，然后上床，一次又一次要我，就像发了疯一样。到天亮时，他说，和你商量个事。我太累了，眼皮都睁不起来了。我说你说吧。他叹了一阵气就咕哝了一句：我要把你变丑，变个丑八怪。我太困了，已睡得迷迷糊糊了，嘟囔着，你说啊。他说，我决定出去打工了。我说嗯。他说，我不出去打工，乐子的嘴就没钱修，我答应让你住砖房子的话也一时兑不了现。我说我知道，睡吧，天要亮了。他说，可是我不放心你，我怕别的男人纠缠你。我说，我知道，你就放心吧。他说，我想了个办法，把你变成个丑八怪。

这时我才知道他并不是开玩笑了，坐了起来，瞪着他。他望我一眼，把头低下，说，我想了用除草剂，只要把除草剂涂到你脸上，你的脸就会烧坏。

我想不到他竟然想到这个办法。你早想好了？

他突然捏着拳头狠狠地砸起自己的脑袋来，一边砸一边说，我没别的办法了，这些天我就想到这个办法。

我心中很气愤，可看他一下一下砸着自己的脸袋，心又难过起来。我把他的手抓住，别砸了，别把乐子弄醒了。

我理解他内心的苦，可是接受不了他要毁我脸的想法。我对他说，乐子现在还小呢，长大了再修，也不是不行。砖房子不修也不要紧，哪里住着都是住着。

我以为他想通了，把出去打工的念头放下了。因为他又计划买种子肥料了。可他拿了钱一直不去买，也不去田里。每次吃饭时回来，他都和我说，某某去年在哪儿打工，挣了多少钱，某某给他捎信了，说那儿还差人，等等。

那天他又出去了。我在家打扫房间时，看到了墙角的几瓶除草剂。我有点好奇，把瓶子拧开后，闻了闻，闻到了一股淡淡的清香。

这一阵他心神不定，坐卧不宁，饭吃不好，觉睡不好，我就知道他还在为出不出去打工的事伤脑筋，我顿时心里冒出一个主意：把脸毁了，让他安心去打工。

这个想法一冒出来，我自己就吓了一跳。可是无法遏制。我脑子里迅速为这个想法寻找理由：他是为乐子，更是为我高兴啊；他想建砖房子也是为我啊；他想毁我的脸也是为我啊……想到这里时，我便从内心里觉得这是一件我应该做，必须做的事，我浑身有了一种奇怪的感觉。

我找了一条破毛巾，将除草剂倒在毛巾上，然后按在脸上。一会儿，脸上火烧一样疼，似乎有人拿刀子在剥着脸皮，我松开手，摸了一下脸，可脸上并没有变化，就又把毛巾按了上去，直到自己疼晕了倒在地上。

就在这时候，他回来了。看见地上的药瓶，他明白了。他把我手中的毛巾夺走了，立即找来一条新毛巾擦我的脸，这一擦把我半边脸的脸皮都揭下来了，他立刻抱起我往外跑，找车把我送到乡里的医院。

婆婆讲到这里时，停了下来。

我沉浸在婆婆的故事里。我感到有些窒息，出不过气来。

好半天我都说不出话。我只感到有一个巨大的东西哽在喉中。

婆婆叹了口气，又接着讲起来。

“过了年，他就出门打工去了。每个月给我打一次电话，问我们母子过得好不好，说他挣了多少多少钱等等。半年以后，他从邮局里汇了三千块钱给我，要我把乐子送去县医院修嘴儿。

“过年时他回来，带回来了几千块钱。又去乡的预制板厂拉回来几车预制板，说预制板以后会涨价，先把预制板买了，明年挣了钱就可以买砖和水泥。再有两年，就可以给我建砖房子了。哪里知道，第二年到工地不久，他就死了。他喂搅拌机，一头栽到搅拌机肚子里去了，连骨头都搅烂了。

“他就这样丢下我和乐子走了。

“我也不知道怎么了，我遇到的人都好，可是都不到头。

“工地上赔了我们几万块钱。那时钱值钱。我就用这几万块钱，建起了砖房子。我之所以要建砖房子，并不是我想住那种房子，而是这是他的心愿。”

“那房子呢？为什么你现在还住在这种土房子里呢？”

“乐子住着。乐子谈上朋友了。乐子的女朋友说，怕看见我这张脸。”

“什么？”我情不自禁叫起来，“你这不是……被儿子抛弃了吗？”

“其实乐子对我很好。乐子的女朋友也好。年轻的姑娘嘛，胆子小，还爱个面子。再说，这种土房子，我住着蛮舒服。冬暖夏凉。田也在跟前，管起来方便。你看到屋前屋后的橙子树了吗？这都是这几年发展起来的。前年就开始卖果子了，收橙子的车可以开到院坝里来。多好啊，开花的季节，又漂亮，空气都是香的。”

婆婆脸上现出一种迷人的色彩。我相信她这话是真的。

我感到不理解。婆婆这辈子真不容易，一出生就被遗弃，一生都在被遗弃。任谁都觉得她可怜。可她，一点儿也不觉得自己悲苦。她讲出来的都是美好——即使她被遗弃，她被剥夺了一个女人珍视的贞洁、漂亮等等，我不知道是岁月把她生活中的那些残忍过滤掉了，还是她宽宥了生活的冷酷。

婆婆见我不说话，笑了笑，说，“时间不早了，我领你去睡吧。我今天很高兴，你能听我讲这些高兴事。”

我收拾挎包，把除草剂往包里放时，婆婆又说，“姑娘，人心要宽些，心一宽，什么日子都是好日子。世界上总归是好人多。”

我这时才意识到，婆婆一定是看见了这瓶除草剂才要跟我唠叨，她可能是有意开导我。

“世上的事，转个身就是另外一个样子。不相信你可以试一试。”婆婆说。

我望了一眼婆婆。婆婆又说，“你现在可以听到外面的虫儿叫，可以闻到风里的香了吗？”

我用力吸了吸气，真的闻到了一种花香。我已经有好一阵子没闻到花香了。我说，“是橙子花？”婆婆说，“是的。”

客铺在楼上，婆婆把我领上楼，问我愿不愿意明天就在她家里吃早饭。我答应吃了早饭走。她说，“你们城市里一般都是七点钟吃饭，乐子都跟我说过了，就七点钟吃吧。我给你煮面条。”

熄了灯睡觉，却睡不着。动不动想起婆婆来。眼前一时是一个脸上爬满了蚂蚁的新生婴儿，一个流浪在街上的小姑娘，一时又是一个被几个男人糟蹋的小演员，一个被除草剂夺去了美丽脸庞的少妇……

又想这真是命吗？是，又好像不是。可前前后后又存在着某些因果。譬如说她的不能生育，原因也许真的就是戏班子那几个男人作孽。如果没有那几个男人作孽，也许她的生活会是另一种样子。再譬如，如果她生在一个正常的家庭，她知道一些保护自己的常识，也就不会轻易被那几个男人玩弄，结局也许是另一种……

早晨，鸟鸣声把我叫醒了。睁开眼，阳光从瓦缝间射进来。我顿时有一种一缕阳光照进了生活的感觉。下了楼，婆婆立刻打了洗脸水端到堂屋。

出门漱口，看见满眼的橙子树开得花蓬蓬的，花香袭人，蜜蜂在花间飞舞。我顿时相信了婆婆说住在这里很舒服的话。

走的时候，婆婆把我昨天给她的两百块钱递给我，任我怎么说，她都不收下。

回到武汉已是傍晚。到家，洗了澡，好好地睡了一觉。

起床后，我突然觉得应该先收拾收拾屋里。自从易斌拎着包出去后，我再没有认真打理过这个家。客厅和厨房里，到处都是方便面盒、酸奶瓶、饮料瓶，洗衣机里、沙发上堆着脏衣服。

收拾完房子，我又去美发店。我觉得不能以一个弃妇的形象出现在人前。我想起了婆婆“转身”的话。

第二天早晨吃过早餐，我突然觉得自己应该去一趟公司。我已经一个多月没去公司了。

我把一些应该处理的事都处理清楚了，才开始思考如何用除草剂报复张二凤和易斌的事。我终于想到一个法子：将除草剂装进护肤水的小瓶里，然后悄悄放到他们的卫生间里。我知道张二凤和易斌使用什么样的护肤水。

我知道这个方案很不可靠。除草剂和护肤水颜色不一样，而且有气味。也许他们一拧开瓶盖就会发觉不对；也许他们往手上一倒就会有感觉；也许那么一点根本就坏不了他们的脸……

可是，我还是准备实施这个方案，一是因为我没想出更好的方案，二是因为——我不想再为这事挖空心思、绞尽脑汁，我想把结果交给他们的命运。

是呀，早晨他们那么匆忙，也许根本就不会注意护肤水的颜色气味等等，他们拍到脸上就出门了,等到脸上发烧,他们意识到护肤水有问题时,一切都已经晚了。我这样说服自己。

可真正行动我又拖了好几天。到最后，我已经有点为行动而行动的意思了。我已经不关注结果,只在意是否行动了。似乎不行动,就对不住自己似的。

我给张二凤打电话，说水电费过户要易斌的身份证，然后去了张二凤那儿。

张二凤在家等着我。见我进屋,忙给我倒水,问我过得怎么样,谈了男朋友没有。我说,“一个弃妇,生活会怎么样呢,你想象不到吗?”张二凤说,“你原谅我好吗?我们还是好姐妹。”我瞪了她一眼。真说得出口,抢了人家的老公,还要当姐妹。“你觉得我们还是姐妹?还好?”张二凤没接我的话,问我,“要不要一杯咖啡?”

张二凤去煮咖啡时,我拉开手包,把两瓶“护肤水”拿出来揣进兜里进了卫生间,把他们的护肤水换了下来。

张二凤煮好咖啡放到我面前,我啜了一口,便问她能不能把易斌的身份证交给我,她说她拿不到易斌的身份证,但她给易斌打过电话了,易斌说他会陪我去。

我知道她或他是什么心事。我现在成了一个陌生人,或者说敌人,他怎么能随便把身份证交给我呢?“好吧,那我就不等了,他回来了你跟他说,让他打我电话。”

水电费过户本来就是我找的一个借口。我拎了手包站起来。

可张二凤挽留我,说有一件事告诉我。我不想听她说什么,“你觉得我还会听你说什么吗?”张二凤说,“是关于易斌的。”我说,“易斌和我有关系吗?”张二凤说,“他病了。”

“呵呵。”我心想,世上真的有报应?

“白血病,前几天确诊了。”张二凤说时眼睛里滚下两颗泪来。“他不让我跟你说,不想让任何人知道。”

我坐下来。张二凤这时便向我忏悔起来,说当时她太不冷静了,被人甩了,心里难受,恨全世界的人,才做出那种不仁不义的事……

她找原因了,她是受害者,她被人遗弃了,她就有理由让别人被遗弃。别人害了她,她就可以害别人,这是什么逻辑?我也可以去撬别人的老公?我想这样质问她,可我没有。

我揶揄道，“你可以和他离了，另觅高枝不是？”

张二凤瞪了我一眼，“你把我看成了什么人？”

我不想再和她说下去，连挖苦她、骂她的兴趣都没有。正要走时，易斌进门了。他剃了个光头。我瞪着他看时，他嘻嘻一笑，手在光头上抠了几下，问我，“我这个发型怎么样？我想变个形象，现在光头很酷的。”

说着，又以手握拳，举起来，向下拉，摆一个健美POSE，“说实话吧，我是准备去少林寺学功夫的。我早就迷上少林功夫了。”

易斌明显瘦了很多，脸寡白寡白。听到他这样的“实话”，我心里涌起一股难以名状的难受。虽然我和他现在什么关系都没有了，但现在，这种结果还是让我心痛。我有了一种要哭的感觉。

我去卫生间里，把“护肤水”倒掉了。

对着镜子看自己，发觉眼角挂着一滴泪。我抬起手抹了，用水洗了一把脸。我突然想到，易斌是不是早知道自己身体有问题才要离婚？

从卫生间出来时，易斌已坐到沙发上了。他望着我说，“我知道你已经知道了，其实这病没那么可怕，现在医学发达，也就跟一次重感冒差不了多少。找到配型的骨髓，一移植，就没事了。”

回到家后，我打电话问易斌是不是早知道身体病了，易斌说，“我有那么崇高，或者阴暗？张二凤我是真喜欢她的。”

我终究不能确定易斌究竟是知道自己病了才离婚，还是离了才知道自己病了。可是我分明感到我已经不恨他和张二凤了。我把几张银行卡的钱集中起来，总共有四十几万打到了易斌的账户上。我想这对他骨髓移植有用。

周末，我从柜子里找出那瓶除草剂，到了楼下。然后去买了一个小喷雾器，将除草剂灌进喷雾器里，朝小区绿化带的杂草喷去……

【作者简介】韩永明，湖北秭归人，著有长篇小说《大河风尘》《特务》，散文集《日暮乡关》，中短篇小说五十余种。多部作品先后被《小说选刊》《小说月报》《中篇小说选刊》《中篇小说月报》《中华文学选刊》等刊物转载。曾获《当代》文学拉力赛最佳奖、《芳草》最佳抒情奖、湖北文学奖等。

苦楝树

张子雨

一

那棵苦楝树有碗口粗，青铜和父亲搬来时它就在那儿。它毫无道理地长在那儿，像青铜和父亲毫无道理地搬到郊区来一样。

他们搬来时苦楝树正开花，淡紫色的花一簇簇，不热烈也不张扬，甚至有些蔫巴，似乎不欢迎他们来。三根枝杈分别向南、东、北，独独留下西方一个缺口。青铜知道苦楝树的苦，六七岁的时候吃过楝树果子，黄黄的看着很眼馋。那种苦是苦在舌头根儿，有股怪味。好多年过去了，青铜一看到楝树，那苦味儿就在舌头根子乱窜。

这里原来是药材公司的副业场，种药材的。青铜刚来的时候还可以看到几株芍药，后来那几株芍药也没了，不知道去了哪里。副业场有两亩地大，四周是围沟，围沟边长满了狗脊刺，人不敢越界。围沟南有一木板桥，人走到上面忽忽悠悠，有吱吱声。围沟南面是林场的苗圃，栽一些意杨树，有一人多高。意杨树皮子是青的，青里泛白，横竖成行。东边是一大块耕田，种有小麦。西边是几户人家，隔有几百米。北边是一些乱坟，埋了许多不知姓名的人。晚上是黑乎乎的恐怖，似乎总有晃动的影子在鼓包之间穿行。免不了要经过的，汗毛竖起来走过去。青铜晚上在院子里走不敢回头，老人们说人肩膀上有两盏灯，晚上鬼不敢靠近。人一回头就把灯吹灭了,鬼会在后面拽腿。

麦田东有一条大路,距离院子有一百多米,路是用烧过的煤灰渣铺的,有行人,不多。路远处有一高墙大院,从院子探出几棵大树,是梧桐。青铜后来知道那是城郊区供销社宿舍区。

三间瓦房,原是药材公司看房人住的,现在住着青铜父子。住进来不久才拉上电,十五瓦的灯泡,黄黄的。青铜看书的时候要站在椅子上凑近灯光,后来他用白纸把灯泡围成喇叭形,就能坐椅子上看书。

屋后一间小拖房,作厨房用。青铜每天早晨起来做稀饭,有时有红薯,有时没有。没有干的,所以稀饭要做很稠,不能让父亲看到。就那样,青铜一般在上午第二节课时肚子就饿了。那种饥饿让他恐慌,因为抑制不住的饥饿往往让肚子响声很大,老师和同学的目光聚焦在他身上。他很想解释那不是放屁,只是肚子饿了。满堂压抑的笑声让他羞愧满面。

青铜想干脆做米饭得了,但父亲不让。父亲说早晨就是吃稀饭的,吃干饭败家。父亲说这话时目光炯炯如锥,扎得青铜不敢抬头。

青铜怕父亲,怕到骨子里。

青铜不知道为什么父亲对自己那么厉害。既然不喜欢自己,干吗离婚后选择自己和他一起生活呢?父亲脾气很糟。可在外人眼里,业余做医生的父亲和蔼可亲,慈眉善目。父亲在药材公司做临时工,“右派”刚刚甄别。青铜不知道“右派”是什么意思,或许就是站在右边的人。可站右边有什么不好呢?行人都要靠右边走呀。

这些话青铜不敢问父亲,也不好问其他人,包括老师。在班里,同学不喜欢和青铜玩,他们不喜欢这个瘦小、皮肤暗黄的同学。常常在下课时把他当皮球往女生身上推,笑声四起。挨撞的女生并不气那些推人的同学,却给他白眼。

青铜更不喜欢说话了,他在班里没有朋友。下课后除非去厕所,就留在座位上看书。有几次,班上那个最高的男生竟用小便从后面扫射他,尿液越过他的头顶。

后来他不到万不得已都不在学校小便,或者跑到学校顶西头的一个厕所小便,那里同学几乎不去。

苦楝树向西一个缺口,似乎就是给青铜爬树方便留下的。苦楝树表皮光滑,爬起来不会刮破肚子,也没有洋辣子那种虫。那虫身上长一种毒毛,人碰上去就疼,起斑疙瘩。青铜在老家的时候没少吃过它的亏。那种和树叶颜色几乎相同的毛毛虫，有拒人千里的本领。

青铜有时希望自己身上有洋辣子那样的毛，同学一定不敢招惹他。

从缺口爬上去，青铜就可以坐在苦楝树上。有时坐在南枝，有时坐北枝。坐北枝的时间多些，坐北向南边看，有村庄有竹林还有大路。房北那些乱坟堆里荒草凄凉，阴气森森。

放学后，在昏黄的日光里，坐在三杈树枝上，俯瞰着他的脚下。附近只有这棵苦楝树是高大的，这个时候他也是高大的。他可以看见野兔在麦地里寻觅，鼻子灵敏地抽动，豁唇快活地卷着草。他可以听见斑鸠在意杨树林里说话，看见它们欺负麻雀。麻雀在地上不是走，是蹦，灵巧地蹦。如果麻雀在地上走，会像企鹅吗？学校组织过一次看电影，在正式片子之前有纪录片，是关于南极的纪录片。他第一次看到世界上有这样的鸟，它们可以像校长那样悠闲地踱步。

骑在楝树上，风吹过来，带来麦子的青味。没有风的时候，楝树叶子就把自己的味道给他。父亲回来得总是很迟，这里是他的世界，他君临天下，他是大将军腰横弯刀，高头大马，马彪悍地打着响鼻儿。

也只有在下午放学回来后才有这片刻的高大。中午他要自己做饭。用煤炉子做饭。碎煤买回来后要拌上黄泥，用水和，然后用小铲子一坨坨地放在地上晒，如饺子般大小。蒸饭用小钢精锅，烧开以后焖气，然后用小火转着烧，直到闻到饭香。菜更简单，从园子里拔一些野苋菜炒。油不许放多，也不敢放多。父亲回来后会检查炒菜的锅，如果不沾水就表明用油多。油多了，父亲就骂。

每个月都是定量的，你一天吃完都可以，那二十九天你就等死吧。父亲说。

父亲早出晚归，中午就青铜一人在家。如果阳光好，他就可以洗袜子，洗裤头儿，这些容易干。外罩是每个星期日洗的，一天时间干了，星期一再穿。上高一了，他只有一套外罩。下雨天，他就穿父亲从别处要来的雨靴。雨靴漏，他把塑料皮点燃，融化的塑料滴在漏洞处，这样可以尽量延迟进水的时间。冬天雨靴进了水，上课的时候就有一只老鼠在慢慢地撕咬他的脚指头，慢慢地，一下一下地撕。

青铜想，有钱了一定买两双崭新的雨靴，换着穿。

有一天他在路上拾到一个弹弓。这让他喜出望外。弹弓是木把子，磨得很光滑了，用汽车内胎皮子做皮筋，开始拉起来有些吃力，拉了几天后青铜就对它得心应手了。打弹弓一是力度二是角度，他在几十步开外吊一个青霉素瓶子练习射击。弹弓宝贝似的藏着，不敢带到学校，也不敢给父亲看见。否则，他会失去它。

现在他有了一棵苦楝树和一把弹弓，楝树是马，弹弓是箭。这世界可以任他纵横驰骋。

二

班上新转来个女生，叫杨希。

杨希穿的是的确良连衣裙，扎着辫子，背着黄书包，身上有香皂的味道。青铜听同学说杨希的爸爸是城郊区供销社主任，可以批条子的。比如彩色电视机。那时青铜家连黑白电视机都没有。

杨希很快成为男同学偷看的目标和议论的中心。那个用尿扫射青铜的男生金民和杨希坐一排，金民靠北，杨希靠南，中间隔两个座位。一个月下来，金民看人眼都是斜的了。金民写了纸条让同学送给杨希，没人愿意送，也没人敢送，金民发火、请吃糖豆都不行。不想送信的同学就提供一个人选：青铜。

青铜被架到教室东的小树林里，这是勤工俭学时学生们栽的，每个班都有试验田。金民说你把这纸条递给杨希，以后就不尿你，也不把你往女生身上推。他们要欺负你，我就打他们。青铜摇头。金民就拧他耳朵，死劲地拧。青铜疼得吸气，但他不喊。一喊就会惹他们笑，那比耳朵疼更难受。金民手也没劲了，就从书包里拿一本厚书出来。你不是喜欢看书吗？你要是送了，这书就给你。

青铜把书接过来，是小说《艳阳天》。说话算数？青铜问。当然，谁赖日谁妈。金民脸憋得通红。你们都可以证明的。他一指另外两个同学。青铜把书装进书包。把信给我吧，今天下午放学我就帮你递给她。

不许偷看。金民回头还说。他用唾液粘的信，不牢。

下午放学，青铜远远地跟着杨希。杨希和几个女同学麻雀似的说话蹦跳。到了大路上，几个同学分手，杨希往南去，也是青铜回家的方向。

杨希从大路下来，走到一条煤渣路上。正是青铜家东边那条路。青铜跑上去喊杨希，有你一封信。杨希一怔，认出是同学青铜。她一笑，牙齿在阳光下灿然。

杨希来的第二天，同学就把青铜往她身上推。杨希没有给他白眼，而是冲推他的同学嚷，不许欺负同学！

第一次有同学帮他，而且是漂亮的女生。青铜脸羞得通红，在一片哄笑声里逃之夭夭。后面一节课青铜不知道老师在说些什么，他捂着胸口，生怕同桌听见他的心跳。

杨希站下。谁的信？其实她问的应该是谁给我的信。青铜后来分析应该是这样，但当时没顾上多想就说你的信。杨希疑惑地接过。青铜抄小路跑走了。

他飞快地跑进院子，书包往楝树矮枝上一挂，三蹿两蹿就上树了。在树上他可以看见走在路上的杨希。杨希走得很慢，她在读信。后来青铜看见她把信撕碎了，丢进路边麦田里。几分钟后，杨希走进供销社大院。供销社大院院墙很高，距离又远，即使青铜在树上也看不见。

青铜俯身把书包拉到树上，他开始读《艳阳天》。他早知道这本书，曾经借同学一本，才看一个课间休息就被要回去了。可书上那些字吸引了他。一个山村，几个人，有地主有富农有共产党员，青铜想看看里面有没有"右派"。"右派"是好人还是坏人？

可里面只有地主，阴险狡诈的地主，还有一个跌倒也抓一把泥才起来的富农"弯弯绕"，没看到"右派"。青铜想起邻居有个老头，每天晚上都浇菜园，嘴里吃着红薯或者萝卜，咯吱咯吱响。他就是书中的马之悦，习惯夜间出没，窥测时机。可父亲却说他是勤劳的人。难道马之悦也需要勤劳？他抄起弹弓，偷偷跑到老头菜园篱笆前，用石子袭击他的倭瓜花，一个一个花瓣被呼啸的石子击穿、撕烂。马之悦居然种倭瓜。

第二天一早，青铜听见老头恶毒的咒骂声，苍老嘶哑，骂声中似乎还有哭音。他有些害怕，怕老头知道是他祸害的，来找父亲，父亲就会罚他跪，跪在院子里给老头看。

这老头果然不是好东西，如此恶毒。青铜想。他怕这老头阴森的眼。

金民问信送到没有。青铜说送到了。那她有没有说什么？青铜说没有。金民带着疑惑看着青铜。她收到为什么不给我回信？青铜也正眼看着他。那你要问杨希自己。

我问她要你做什么？我今天再写一封，还是你送。

我不干！

金民意外地看着青铜。你敢不送？想不想吃"栗栗糕"？金民把手攥成拳头，中指突出，敲击青铜的头。青铜任他敲。反正你手指也疼。果然，"栗栗糕"让金民中指也不好受，他停下来。那我还给你书，可干？青铜问，什么书？金民说你要是愿意帮我送信，我就带你到我家，都是我爸从一个图书馆拿出来的。图书馆烧书，我爸就拿出了几本，说可惜了。

青铜点头。

杨希笑起来像……像向日葵。青铜突然想起来这个比喻。邻居老头菜园子里有向日葵。这向日葵不应该长在他的菜园子里。

杨希身上的香皂味是淡淡的，好闻。后来青铜知道那是茉莉花味儿。青铜平时用的是臭皂，就是黄黄的那种，刺鼻子。小时候还用过皂角树果子，那果子能洗衣服，也有泡沫。青铜帮金民送信，觉得是在掰向日葵的叶子。可他抵不住小说的诱惑。骑在苦楝树上读小说，看杨希的背影，青铜觉得就是幸福。

他看见杨希每次都把金民的信扔到麦地里，后来几次连看都不看。金民在班里成绩差，还喜欢捉弄老师，会打尖哨，有时还用破牙洞向外吹臭气。

第二次送信时杨希就说你下次不要帮他递了。青铜说我也不想，可他打我。杨希说，为什么不告老师？青铜说，他还有书给我看。杨希问有什么书。青铜就说了《艳阳天》《民兵爆炸队》《山乡巨变》，其实还有《红楼梦》，他没说。他不喜欢《红楼梦》里薛蟠说的那流氓话，那话不能给杨希听到。脏耳朵。

杨希说，如果你不给我送信，你挨打还没有书看？

青铜点头。那好，以后他要是找你送，你就答应，反正我也不看。杨希说。

你干吗不给他回信？青铜突然问。杨希已经走出十几米，回头看他。一个向日葵转过来，他就是太阳。

他那儿都是不好的话，我不想理他。他成绩也不好，以后不能上大学。

我能上大学吗？青铜问。你当然可以，班里就你有希望呢。杨希回头走到青铜身边。可你为什么只穿这一套衣服呀，就这一套？青铜点头。明儿个我从供销社给你领一套工作服，你有多高？一米六吧。

我不要。

青铜脱口喊出来，把杨希吓了一跳。你不要衣服也没必要这么大声呀，烫着啦？

杨希和自己差不多高，可杨希显得比他高多了。

你以后想学什么专业？杨希站在他对面，西边的夕阳照在她脸上。她的脸像大理石雕刻。

我想学化学，以后可以造肥皂。青铜说。杨希愣了一下，突然笑起来。她把辫子笑得跳舞。你造肥皂干什么？你要是需要我从供销社给你拿呀，香皂臭皂洗衣粉都有。

青铜突然恼了。我就要自己造，你们那儿卖的都不好。他从岔道跑了，他眼睛的余光看见杨希还在笑，而且笑弯了腰。

从楝树上，他看见杨希一蹦一跳地往家走，她鞋底下一定装了弹簧。黄书包在身上悠搭，和着她跳跃的节奏。

麦子可以藏住人了，青铜很难见到野兔子了。他的弹弓技术日臻完美，指哪儿打哪儿。他在树上画一个人脸，写上金民。金民的脸、眼、鼻子、耳朵很快就被打烂，两只眼成了两个黑窟窿。

金民连续十几封信都没有结果，也就失去了耐心，目标转向另一个女生。他不让青铜送信了，青铜轻松了许多。可青铜也不再有新书看。放学时青铜常常远远地跟着杨希，从大路岔到小路上以后他就开始飞奔，飞上苦楝树。他喜欢看杨希的背影，喜欢向日葵跳舞，喜欢她的弹簧步。有几次，他看到杨希似乎往他这方向看，但他知道她一定看不见自己。杨希向这边看的时候是逆光，夕阳刺眼。

杨希说要给他领一套工作服，让青铜又羞愧又暖和。她难道对自己有意思？自己在班里成绩当然是第一，可除了这其他什么也没有。总不能让杨希也吃野苋菜吧。她还要给他送香皂，是嫌自己指甲黑吗？脸脏吗？

他和杨希说话的时候总是低着头，杨希穿一双中跟凉鞋，淡色的尼龙袜隐隐现出指甲，圆润有光泽。那色彩刻入脑海，挥之不去。青铜觉得自己真流氓，肮脏，可每次又忍不住地看。

一颗小种子在青铜心里拱，拱得痒痒的。青铜知道那种子有一天会长成向日葵。

三

父亲带回来一只羊，小羊羔，是父亲的一个患者病好后送的。

小羊羔才断奶，瘦小、孱弱，毛细长柔软，紧贴在身上。青铜很兴奋。给它水，不喝；喂它野苋菜，不吃。头往青铜怀里拱，“咩咩”地叫。晚上青铜把它拉到自己床前，羊羔却不睡觉，仍然“咩咩”地喊，比白天凄惨了许多。青铜觉得它和自己一样，跳下床把羊羔搂到床上。它没有妈妈，自己也没有。

第二天青铜要上学，他把羊羔关在屋里，放一些老菜叶和水，又从园子里薅一些青草。上课时耳边老是有“咩咩”声音。他怀疑羊羔是不是撵到学校来了。他要给它起名字，叫“羊晓”。对，它也姓杨。

刚进院子，青铜就听到羊晓声音都嘶哑了。他忙把门打开，羊晓羊晓地喊。羊晓不知道那是它的名字，偎到青铜面前。青铜看到他留给羊晓的食物它都没动。这可怎么好。他抱起羊晓到麦田边，抓一些马齿苋喂它，它吃了。小舌头舔在青铜手上，软软的，温温的。

青铜突然想起了母亲。母亲的手在记忆中如羊之舌。

青铜把羊晓放在草地上，自己躺下。羊晓偎过来，伏在他胸前。青铜手有一搭没一搭地抚摸羊晓的毛，羊晓的耳朵和嘴巴。羊晓的嘴巴湿湿的。

嘿，这羊羔是你的吗？一只脚在轻轻踢他的脚。

青铜猛地睁开眼，光线有些刺目，一时看不清是谁。一个女声。他坐起来，是杨希。他又站起来，努力拍着屁股上的灰。羊晓用头拱他腿。

它叫什么名字？

羊晓。

羊晓，杨希。你怎么给它取的名字和我名字差不多啊？

你是杨，它是羊。字不一样。

读音一样。你把它名字改了。叫“青羊”怎么样？是你弟弟。杨希咯咯笑起来。她笑的时候辫子在摇。

青铜想一想说就叫青羊吧。青草羊群，课文里有过的。就这么说定了？说定了。杨希很满意地走了。青铜心里默念：青羊，亲杨。这个发现让他脸色通红。

她为什么要给我的小羊起名字？青铜心里温暖。青羊去围沟里喝水，青铜怕它掉下去就用手拽住它的腿。河水倒映出他黑色瘦削的脸和乱蓬蓬的头发，青铜心凉了许多，温暖也渐渐散去。

杨希走了后青铜还在想，她放学怎么不回家，给我的羊起名字干什么？他环顾一下四周，才发现自己躺的地方就是煤渣路边，杨希回家肯定能看见他。

苦楝树花瓣掉下来，青羊用舌头卷着吃。细细碎碎的花瓣，是昨夜风刮下来的。要不了多久，苦楝树会有青青的果子，一天天地长大，一天一个样。青羊不嫌苦，青羊也是苦命。青铜心疼青羊，就摘榆树叶给它，拔茇茇草给它，有时挖来马兰头，自己吃也给青羊吃。

马兰头，马兰香。

开开门，接姑娘。

姑娘不吃油炒饭，

煮两个蛋……

小时候采马兰头的时候，村里人会这样唱。青铜就不明白，姑娘为什么不吃油炒饭。油炒饭多好吃啊。炒得油亮亮的，一粒一粒，金黄色的鸡蛋。青铜想自己能吃十碗。姑娘喜欢吃荷包蛋，杨希喜欢吃吗？荷包蛋不如油炒饭实惠，禁饿。

青羊吃饱了，就跳起前腿抵树，有时也抵鸡，抵狗。头顶的绒毛里开始有硬硬的包，后来冒出了角。父亲说这是山羊。父亲近来脾气好多了，青铜有次看见一个女人来找父亲，两人拉手了。女人矮矮的，皮肤黑。青铜有些惶恐，她一来，父亲就高兴。允许他出去玩，或者放羊，或者让他去前面庄子上打羊草。

杨希真送了一套衣服给青铜，是灰色的卡其布。上衣有两个口袋，裤子老长。杨希说你可以卷起来，你还要长个儿的。青铜脸色通红，不知道说什么。杨希说你别告诉别人是我给你的，这一套是让我爸弄的，说给班主任的。青铜点头，问，那你爸知道会打你吗？杨希咯咯笑起来。打我？我爸为什么打我？我爸从来不打我。

你爸打你？除非你不是亲生的。杨希说。

我爸也不打，有时轻轻拍两下。青铜说这话，不敢看杨希。

杨希走了，青铜在苦楝树上哭。青羊在树下蹭痒痒，对着他叫。父亲打起来很疼，我不是父亲亲生的？那我是从哪里来的呢？

父亲发现了那套衣服，问是从哪里来的。青铜说同学送的。父亲扬手给了他一巴掌。撒谎，你同学干什么要送你衣服？同学能送这样重的礼物！说。要是偷的，我就把你的手剁了。青铜说是同学送的，同学看我就一套衣服……青铜突然哭起来，哭得很伤心。自己肯定不是父亲亲生的。可自己的亲生父亲在哪儿呢？

父亲说好，衣服先没收。等我有空问你们老师。青铜扑通跪下去，说爸，你打死我吧。你要去问，我就不上学了。

不上学了，你想干什么？父亲目光如炬。

我去流浪，饿死在外面。青铜脖子一扭，不看父亲。下面一句话他没说，我要去找自己的亲妈亲爸。

你长本事了？那我现在就打死你。父亲顺手抄起擀面杖举起来，又放下了。

青铜身后有脚步声。

你打孩子干吗?

是那个女子。父亲笑着放下擀面杖,说孩子不打不成器。你今天怎么来啦?对青铜说去放羊。

青铜站起来,拿了本语文书,向外走。青羊跟着他。在树林里,青铜抱着它不停地抖,剧烈地抖。青羊想挣脱,青铜搂住了它的脖子。

那套衣服,竟然被父亲抢去了。父亲是强盗。

青铜坐在田埂上,身下都是撕碎的草。青羊用小舌头慢慢地卷起来,对着青铜"咩咩"地叫。青铜问,你有妈妈吗?青羊"咩咩"。你有爸爸吗?青羊"咩咩"。

你有,我却没有。青铜无声地哭,四周寂静,有麻雀在争吵。青羊的舌在他脸上游走,它喜欢咸咸的水。

一只狗冲着青羊狂吠,青铜拿起弹弓绷直。狗凄厉地逃走。

四

杨希第一次走进青铜的小院,青铜不让她进屋,杨希也就不进。苦楝树掉下很多果子,杨希捡起来一个往嘴里放。青铜忙说那不能吃。苦得很。

杨希仰头笑。杨希笑的时候,树上有叶子轻轻飘。树叶子有黄、浅黄、淡青、杏黄的。青铜好像在哪里看过这样一幅画,画中的女孩就是杨希。

我又不是傻子,这是苦楝树果子,黄了后青羊都不吃的。我对你说,我也在农村待过的。杨希说。时间静止。青铜说我拉弹弓给你看,你说打哪儿? 打那个瓶子。杨希拍手。

杨希问,你为什么不穿我送你的衣服,不喜欢?

青铜摇头。舍不得,过年穿。杨希不笑了。你穿吧,过年我再给你要一套,供销社还有黄棉袄,我爸是主任。

不要,我有。青铜执拗地不看杨希。青羊贴着青铜的腿在蹭,从他胯下来来回回。

你妈妈呢? 我没有听你说过你妈妈。我家里都是妈妈给我买衣服,做好吃的。杨希说。

青铜不语。似乎有一只手在头顶,像青羊的舌。

你又不是我妈,你管! 青铜突然恼了,他知道杨希的眼睛一直在跟着他。夕阳在西边，月亮在东边，小草在地上，小鸟在天上。杨希和他不在一个世界。这样的差别，让青铜恼怒、绝望、伤心。

杨希在背后喊。青铜，你长个儿了，那衣服你可以穿的。

在学校，青铜几乎不和杨希说话。那套工作服、那苦楝树、羊晓、青羊，都是属于他俩的秘密。一想到他和杨希之间有共同的秘密，青铜心里就暖和。下雨天，那只老鼠也不咬脚指头了。

金民说，是不是你小子趁着给我送信，和杨希好上了？青铜不理他。金民揪他耳朵，青铜不语。再揪，不语。金民说下次等我有尿了再射你。金民松开青铜，青铜突然对准他的眼猛击了一拳，金民抱着头在地上号。

青铜飞般地逃了。这一招，从杨希站在苦楝树下后就开始练了。奇怪的是，金民从此没有再揪他耳朵，上厕所也离青铜远远的。

风冷了，吹了黄黄的榆叶在他身边飞，苦楝树只有光光的树枝，楝树果一簇一簇的。杨希换上了好看的格子褂，露出粉红色线衣。有时还会穿一件长衫，杨希说叫风衣。在树上，青铜能看到杨希每天换的鞋子。白的、黑的、黄的、绿的、帆布的、皮的、布的。青铜在日记上写“春绿”“秋黄”“向日葵”“格子”。那些字，只有他自己知道。

写这些字的时候，青铜不冷，手却抖。

青羊长成了大羊，洁白的毛柔软暖和。青铜每天割一些巴根草晒干，堆在厨房里。等下雪了，可以给青羊过冬。这是邻居老头对他说的，老头有时会把菜园子里的杂草拔了给青铜。

老头笑起来不像坏分子马之悦了。

周日，父亲和那个女人在家，等来了一个人，拎了绳子和刀的人。青羊突然发出哀号，青铜听得心抖。

青铜，把羊牵来。父亲在外喊。

弄啥？青铜一边看书，一边在扇炉子。炉子上父亲让他烧了一大钢精锅水，催着烧开。青铜以为父亲要洗澡。

今天杀羊，等会儿给你一碗羊汤。

不，不……青铜站起来，脸都白了。爸，你不能杀它。它是一条性命。

父亲很奇怪。羊喂大了不杀了吃干吗，当你老婆，你供着它？

不！青铜拦着门。

滚开，小心板凳腿！父亲很意外，他从来没有看到青铜今天这样大胆顶撞。

父亲的脸都青了。

它是我的，是我的。你们不能杀它！青铜歇斯底里地喊，一脚把钢精锅踢倒，热水淌了一地。炉子里的红煤球也“刺啦刺啦”地响。

父亲震怒了，掂起一个板凳腿劈头盖脸地打。青铜不哭，死死抱着青羊。父亲薅住青铜的头发，喊屠夫把羊牵走，杀！

青铜不知哪里来的力量，把父亲推了一个屁股蹲儿，从屠夫手里抢青羊。青羊绝望地“咩咩”，青铜看到它眼里流出来亮亮的光。女人一声尖叫，后来青铜就什么都不知道了。

青铜醒了已经是半夜，昏暗的灯照着桌子上的碗，碗里有一大块肉，青铜闻到了一股奇怪的味道。他知道，那是父亲收买他的羊肉，青羊的一部分。他跳下床，在院子里吐了起来。他吐得肚子里空了，后来吐得全是呜咽。

他把碗端出来，在苦楝树下刨了一个坑，把青羊的肉埋下，又栽了一些马兰头、野苋菜。这些都是青羊喜欢吃的。

做完这些，他爬到苦楝树上。冬天的清晨，树林里雾气腾腾，鸟儿也冷得不出声，天空被太阳撕开一道道口子，露出血淋淋的颜色。他在等一个身影，春绿，秋黄，格子，向日葵。

等一切安静下来后，青铜拨开了父亲的门。打开柜子，只翻出了二十块钱。父亲柜底子还有一件破棉袄，那是他教育青铜吃苦的道具。在床上，青铜看到了杨希送他的那套衣服，刺眼地、整齐地靠在枕头边。青铜拿起桌子上的剪子，“咔嚓，咔嚓”。

青铜后来爬上了去南方的火车，火车也“咔嚓，咔嚓”。青铜想，他正在把过去也“咔嚓，咔嚓”地剪碎了，包括苦楝树、格子褂、粉红色的线衣，还有金民。

想起父亲的气急败坏，青铜嘴角弯了弯。

五

助理轻轻敲开青铜的办公室门。青铜仰靠在大班椅上假寐，助理站下不说话。厚厚的窗帘遮住了外面的阳光，少许，青铜用手搓了一下脸。

嗯？青铜继续闭着眼。

董事长，您的家乡青山县联谊会秘书长来了。

他是第几次来了？青铜问。

第三次了。他说他父亲曾经是您的化学老师,您那时是化学课代表,也算是故人。

青铜轻轻“哦”了一声,指了一下窗户。助理用遥控器把窗帘的第一层打开,房间里光线明亮起来,透着柔和。

你带他去接待室,我一会儿到。又是劝我回乡投资吧?

他没说,应该还是。助理微笑了一下,她知道青铜不可能答应。

青铜知道,各地都在招商,各出奇招。其实有很多都是招去了后不问,只算是政绩。他有一些经商的朋友都是兴高采烈地去,垂头丧气地回来。青铜不想支持他们这种作秀般的招商引资。秘书长前两次来青铜都没见他,只让助理好好地接待一番。但青铜记得那个教化学的老师,他在一杯清水里滴进蓝钢笔水,水却神奇地变红了,像杨希的线衣颜色。后来知道,那清水其实是石灰水,碱性。

三十年了,冰山没有融化的迹象。化学老师那滴钢笔水突然让记忆清晰,苦楝树下,杨希的线衣在夕阳里温暖干爽,香气迎面而来。

从CBD的落地窗向下看,永远是匆匆忙忙的车辆和行人。没有斑鸠没有麻雀也没有野兔。城市里只蜗居欲望和算计。青铜每年都要出去转转,去山区,去自然保护区,去海边,就是没有回过青山县一次。

秘书长拿出一张发黄的纸,竟然是青铜上学时的化学试卷。老师用红笔写了个大大的“105”,青铜把加试题也做出来了。

青铜点点头,仔细地叠好,轻轻笑了一下,说难得老师用心,这些题目现在我还会做。

青铜的舌根微微泛苦,杨希、金民、青羊、苦楝树、格子褂……这些被青铜刻意覆盖的“痂”,让一张发黄的纸掀开。

助理给青铜倒了一杯白开水。

或许,他是应该回去看看。在漂泊的三十年里,无论经历了什么,都打不倒他。他觉得自己已经百毒不侵了,他用炉火淬出来的盔甲罩住了那块“痂”,他自己不打开,任何人都无法触及。他没有向任何人说过他的过去,说过苦楝树,包括他的前妻。

前妻是青铜在第一次破产后走进他的生活的,或者说她是青铜抓住的一根稻草,他需要一个人在黑夜里陪他,即使不说话。青铜认识前妻的时候,她正离婚寡居,或许这也是她答应青铜的一个原因。前妻家是当地的望族,有一个家族企业，青铜在里面干了十年，直到前妻出轨后离婚。青铜拿了积蓄和补偿金开始了第二次创业，这些年积累的经验和人脉，很快让他如钻出泥土的知了，飞上枝头。

前妻像杨希，特别是背影。对于青铜的过去，前妻从来不问，青铜也没有说。分手后两人还常聊天、喝茶。他们没有孩子，前妻不生。前妻说没有孩子你省了一千多万，青铜笑笑，拱手说谢谢。青铜的很多人生阅历是从她那儿学到的，她的眼光像手术刀，一刀就能扎到人的疼处。她说青铜，我出轨了你也不吃亏。你还可以找一个小丫头，生一窝孩子。

离婚不是我提出的呀。青铜说。

是，可我喜欢在陌生的海域游弋。说实话，我在你这船上待了十年，你也知足吧。当初看上你的，就是你的眼神。你唤起了我内心的母性，现在你的眼神淡了，有了精明。你长大了，也该远行了。你心里有一块领地，我一直走不进去。青铜说你也害了我，现在但凡有个女人出现，我就会和你比较，然后放弃。

那天，他们在一个阳光庭院里喝茶。

前妻说如果把你比作一个动物，你像非洲草原上的猎鹰，看上去懒散、昏沉，一旦有猎物出现，你就眼光如刀，翼展如箭。真不知道是什么经历练就了你的品行，你来自一个小城市呀。

青铜不语。青铜想起来一棵树，或许她没有见过这样的树，一生与苦相伴。青铜去餐馆吃饭，喜欢点苦瓜。苦瓜嚼在嘴里，可以稀释情绪，就有了一个期待，嘴里的苦终究会慢慢化出甜。

青铜换了几次火车，才阴差阳错地来到了南方。他没有目的地。如果说有，那就是只要不是青山县，没有苦楝树，没有青羊的地方。开始他刷盘子，擦皮鞋，最后推销牙刷。确切地说，青铜的成熟是从干销售开始的，每天接触不同的人、不同的脸、不同的态度、不同的门，他必须要说不同的话，用不同的速度。他记忆最深的一次，刚说了先生要不要牙刷，就被推出门外。一只鞋还落在门内，门就被锁上了。青铜在门外等了一个多小时，门都没有开。他索性把另一只也丢进垃圾桶，赤脚走回了出租屋。

脚板在生硬、冰冷的水泥地上，扎心。青铜大口地吸着凉气，他知道，这样的路他必须走。当他从家里出逃的时候，他知道前面就有一堆比楝树还苦的东西。他拼命地吃，吃一点少一点。

死机，重启；死机，重启。他的生活像中了病毒的电脑，后来他索性拔掉电源——去一所大学里学习,静了两年。

"病毒"饿死了,生活流畅起来。

六

县里为了迎接青铜也算是动了心思,他的学校、同学、亲朋好友都查了个遍。而且从助理那里打听到青铜的忌口:不吃羊肉。青铜的老宅子在他父亲去世后,被药材公司收回了,荒在那儿,杂草丛生,原来的三间瓦房也倒了,那棵苦楝树还在,邻居说青铜小时候天天爬树玩。县里安排人把杂草清除,场地平整,苦楝树高大挺拔。县里甚至找到了青铜父亲当年的报案记录,笔录上说这孩子精神上可能有问题,事情的起因竟然是为了一只羊,就没有了踪影。公安机关登记为"人口走失,非刑事案件"。

父亲在青铜失踪三年后去世。

青铜父亲的坟在宅子后面的乱坟岗里,有一个碑依稀能看出两个字。县里找人修了,重新立了碑。这些,都赶在青铜回乡前办了。

青铜安排助理先回了一次,助理回来时带了一些照片。很多地方青铜已经没有印象,只是看到苦楝树时,青铜让助理出去了。

青铜把照片按在胸前。

那棵苦楝树在青铜心里一直没有长大,三根枝杈永远地定格在记忆里。照片上的苦楝树,朝南的那枝已经断了,另外两枝像一个人举着两只手臂。嫩绿的叶子在夕阳中发亮。

助理用的是逆光,青铜喜欢。

青铜让助理陪着秘书长在大都市里旅游,好好招待,等他的时间。他自己悄悄地提前回到了青山,这么多年的摸爬滚打,绝处逢生,他已经没有了怨恨,更不需要向谁炫耀什么。

漫步在青山县城,已经让青铜找不到原来的记忆。原来的学校还在,名字还在,只是两边都成了商业区,霓虹灯闪烁。他记忆中这条路两边都是白杨,高大挺拔,一条河沟围绕着学校。围沟里长满了菱角、鸡头米子、荷花。他想起那时的一首歌:"沿着校园熟悉的小路,清晨来到树下读书……"

突然有了个想法,有机会他会去做。

玉泉路上一家小餐馆吸引了他,"青羊小馆"。他心里一动,踱进去找个位置坐下来。小馆里人不多，服务员过来问，先生，您几个人？想吃点什么？要包厢吗？青铜说不要包厢。

你这里做得最好的、最有特色的菜是羊肉吗？青铜用当地方言问。

我们这里没有羊肉，做得最好的是鱼。服务员把菜单递过来，青铜不看，随手还给服务员。

嗯？你这是青羊小馆呀。青铜有些意外。

青山县是地名，我们老板姓杨，就叫“青羊小馆”喽。

青铜随口点了个鱼，一盘千张炒芹菜，一碟卤水花生米，一碟子苋菜，一箱子啤酒。青铜说最好是野苋菜，就是田埂上、野地里长的。服务员说现在哪里找野苋菜，水泥地上啥都不长。青铜说你问问老板娘啊，万一有呢。服务员说肯定没有，我都不知道野苋菜什么样。青铜笑笑，服务员顶多二十岁，肯定也不知道苦楝树。

一个人慢慢地喝，慢慢地吃。鱼是沿岗河里的鲫鱼，肉细腻略带甜味，这是野生鲫鱼特有的味道。芹菜是细棵子的，青铜在南方城市里从来没有买到过，都是那种棵子像大拇指粗的洋芹菜。小馆里的人在逐渐散去，服务员过来说先生，我要下班了。一个声音从后面说，你回吧，我来服务。

一个富态的中年女人从后堂里出来。先生，难得你喜欢我这个小馆，都吃俩钟头了。看上去你也是性情中人，老妹陪你喝一杯，可行？我不占你便宜，你喝你的，我喝我的。结账的时候还给你打折。

从柜台里拿了一瓶白酒，一碟子花生米，一碟子卤耳朵皮。青铜笑了，说自古都说烟酒不分家。

女人问抽烟不，青铜摇手。那你不介意我抽一根吧？累一天了，现在是我最好的时间。

不介意。但你介意我尝尝你的卤耳朵皮吗？

女人“啪”地一拍桌子，吓了青铜一跳。兄弟，你这样说我很快活，来，你只管尝。我自己买的、洗的、卤的，就是图个吃起来粗坦。

当地人把舒坦读成“粗坦”，“粗”字用重音。青铜觉得，用“粗”更能体现当地人的性格。

青铜说这耳朵皮入味了，火候正好。我不喜欢吃稀烂的菜，没有嚼劲。女人哈哈一笑，说只要你以后来，这个菜做你的保留节目。

青铜隐约觉得这个女人身上有他熟悉的东西，比如仰脸，比如眼光一瞥，比如额头。只是他绝对无法把过去和现在重叠，如果说这个女人是杨希的妈妈，青铜显然可以接受。女人没有认出他，他用的是方言，衣着一般，点菜只有一荤三素，没有坐包厢。这样的顾客每天一定很多，只是今天他走得晚，而老板娘也有了兴致。

女人喝白酒不品，一口干。青铜问咋这样喝酒，女人说这是把几次痛苦串成一次痛苦，我赚了。女人哈哈笑，说这啤酒对我来说只能算灌缝。青铜问你这里为什么没有羊肉，女人说我不吃羊肉，就不做。我不做，你们也就吃不到。

青铜心里轻松起来。

那晚青铜走得很晚，女人已经趴在桌上睡着了。青铜走的时候，只留了一盏灯，还有一百元钱，然后轻轻地把卷闸门关上。

路灯把青铜的影子拉了很长，青铜把两只胳膊伸开，这样就像一棵树。

七

青铜说你们也不要天天陪着我，我不习惯也不舒服。书记点头，说你这样一说，我们就更放心了，你可以看到一个真实的青山县，不是我们宣传册上的青山县。青铜觉得这个县委书记还比较接地气。接下来几天，青铜都只让秘书长陪着，加助理三个人各处去看，也看了老宅子，摸了苦楝树，围着转了几圈，沉默了很久。青铜说原来他几下就能爬上去，现在不行了。助理说就是现在能爬上去，我和秘书长也不敢让你爬。除非下面铺上消防的充气垫。几个人笑起来。又去了父亲的坟。青铜在父亲坟前站了很久，对助理说明天去买个公墓吧，这地方以后要鲜花盛开。

助理问买最大的吗？青铜没有回答。

秘书长问青铜有没有故人想见，青铜想想，就说如果方便，问问我的老同学金民，找到了你们不要告诉他，我自己去找他。第二天就回话了，说金民当兵回来后，安排在供销社的物资回收公司，回收公司现在不行了，金民就下岗了。现在帮回收公司看看仓库、大门，一个月八百块钱，只等着拿退休工资。

回收公司在洼子口，青铜不让助理跟着，太招眼。助理一笑，说董事长也认真看过我？青铜不答。一个人慢慢遛过去。

大十字街南边是老城区，街上零星地有车辆行人，两边的门面还有铁匠铺、制秤铺、老理发店、清真饭店。记忆中还有一个糖果店，青铜有次捡杏核卖给回收公司,得两毛钱,买了一本连环画,买了一块柿饼子。柿饼子甜,青铜一点点地咬,生怕这个甜像水淌走了。还剩大半个放在床头,夜里却被老鼠偷走了。

回收公司大门已经塌了半边,三个人坐在没倒的门边打牌。扑克牌散在一个没有靠背的椅子上,一个精瘦的男人从马扎上站起来,说青铜,就等你来。拉住青铜就坐下,对另外两位说这是我老同学。先打牌,先打牌。青铜没想到他和金民就这样见面了,也好,这更像昨天才见面的老友。

金民脸上还能依稀看到过去的印迹,特别是眉毛里那颗痣比身份证都可靠。青铜本来就不善打牌,一毛钱一张,很快输了二十块。金民打牌的时候目不斜视,出每一张牌都小心谨慎,队友打错了叫唤半天。队友不服,就复牌指给他看。青铜想他当初学习要是这个态度,就不会在这里看大门了。

青铜笑着不吱声,听他们吵。该掏钱时掏钱,该得钱时也一清二白。

天快黑下来了,牌局结束了。金民盘点一下口袋,赢了三十块,说够两个卤菜了。从马扎下拉出来一个袋子,露出两瓶酒。

两个人在路边卤菜摊子坐下来,青铜才有机会说话。

你咋知道是我?

哈哈,我能认不出你?白同学几年了。金民用牙咬开瓶塞,给青铜倒酒。青铜拦住,说我白的不行,啤酒吧。金民说出息,喝啤酒是男人?把青铜手打开,倒满。

你知道我回来?

当然知道。我就想,青铜你这小子发财了,荣归故里了。如果能来找我,就证明你小子还行,没有为富不仁;如果你不来找我,我就从同学录里把你勾掉。

金民手抱着猪蹄子啃。你把这杯酒干了,我就告诉你。金民用油腻腻的手指着青铜面前的酒杯。

青铜一饮而尽,辣得吸溜嘴。

我知道你最想打听的谁,杨希。是不是?你走后,我们找了许久,最着急的就是杨希。杨希不怕你跑了,是怕你想不开死了,跳河了,上吊了,卧轨了。我说他不会的。就凭那小子一拳打得我眼疼一个月,就知道你是心强的人。

金民喝了一口酒。

高中毕业后,我理所当然地没有上大学,当兵去了。杨希也没有考上,可人家有个好爸,就内招进供销社了。后来我们就经常通信,开始总说你,后来不说了，就说我们俩的事，后来就谈上了。我复员回来，就进了供销社回收公司，那时的回收公司红火。第二年我们结婚了，后来我们又离了。

为什么？青铜幽幽地问。

开始吧，两个人可能也就是想相互温暖，后来觉得这个温暖一到现实生活，就变味了，就有了怨恨、争吵、猜疑、绝望。两个看着烦的人，你觉得还能在一起吗？所以就离婚了。离婚后，我们还是同学，反而沟通说话更通畅一些，你说奇怪不？

金民又给青铜斟上酒。

杨希现在呢？

和我一样，下岗了。你见过呀，是个富态的老肥婆子了。金民哈哈笑起来。

你是说“青羊小馆”，确实是她？青铜希望金民给他否定的答案。

是她呀，不是她是谁。她说“青羊”这个名字还是她给你的小羊起的呢，供销社现在不行了，都下岗了。我们离婚后，她开了这家饭馆。

青铜抬头看路灯，看路灯下飞舞的小虫，这样他就可以把眼泪流回去。

你是说那天其实她认出我了，那咋不说破？青铜拿起酒瓶给金民斟上。

你都没有认她，她干吗要认你？不过，你这次回来没有上电视，没有人模狗样地到处显摆，没有拿钱到处砸，说明你还行，本色没丢。杨希是半夜给我打的电话，哭得稀里哗啦的，说见到你，她第一眼就认出你了。说你的眼神和三十年前一样，她说就凭你的眼神，再过三十年都能认出来。

金民端起酒杯，仰脖。青铜端起酒杯，仰脖。

能打电话让她过来吗？青铜颤抖。

明天吧，她现在生意应该正忙。赌场上最能识人，晚上我就对杨希说，今天和你“斗地主”了，还没变，是我们的老同学。说说你吧？咋一不留神混成有钱人了！

青铜记得后来醉了，和金民抱头痛哭。问金民，金民说没有，没有。俩大男人在街上抱头痛哭，多丢人。

八

青铜离开了青山，把助理留下办理具体事务。

他对书记说我确实没办法在你这个地方投资办厂，既然是生意，我就要计算成本，要分析市场。

书记有些失望，但书记没有说。

但我有一个设想，如果政府愿意，我想给县里无偿建一个开放式公园。原来的副业场还有后面的乱坟岗，我要栽满银杏树和鲜花。

书记握住青铜的手，深深地点头。

助理电话请示，场地已经开始施工，只是那苦楝树咋办？县里意见保留。您说呢？

砍了吧，给我、金民、杨希每人做一个木头手串。

嗯，做四个手串。

三个。

四个，我也要一个。

【作者简介】张子雨，安徽省霍邱县人，中国作家协会会员。有小说集《打死我也不信爱情》入选“21世纪文学之星丛书”2004年卷，并获“安徽文学奖”，出版有中篇小说集《爱情会在不远处等我》，长篇小说《黑白布局》《旧城》。多部小说被《中篇小说选刊》《北京文学·中篇小说月报》《作家文摘》等选刊、报纸选载并获奖，或被影视公司改编。

夕阳开开

普　玄

一

李发流是小镇几十年来最坏的人，是一个老流氓，这似乎无可争议。太阳升到街头，李发流带着一个门栓一样高还不会说话的男孩，从镇角上的福利院穿过集市准备去干伤天害理的事，被街头几个正义之士拦住。

开中医诊所的宋国医说，这孩子是福利院的门栓轩，隔天在我这儿扎针灸，你要带他去哪儿？

李发流平时常去老茶馆嫖那些老暗娼，大家都知道，但是这回他要带这个不会说话的孩子去，拦住他的人都很紧张。

门栓轩在福利院由老人们轮流带，这个星期轮到李发流带了，李发流今天去暗娼窝点，把孩子也带上了。

旁边卖豆腐的李疯子满手豆渣冲过来，说，老流氓，你带孩子去那种地方，你不得好死。

怎么了怎么了？带孩子是福利院交给我的任务，我想带到哪儿就带到哪儿，怎么了？李发流梗着脖子说。

断子绝孙的老流氓，李疯子骂李发流。

李发流牵着门栓轩继续往前走，他无所谓，由这个疯子骂。他已经孤寡到住进福利院了,已经断子绝孙了,他怕什么。

天要塌下来了啊! 李疯子在李发流背后喊。

李发流带着门栓轩穿过镇小学门口,碰上课间操结束,一群孩子要去汉江边练合唱。孩子们和卖菜赶集的农人们相互拥挤。农人们各自护住担子,带学生的女老师却护不住这么多学生。她站在一个高凳子上面,数羊一样数自己的学生,大声喊学生朝汉江方向走。

挤出早市人群,走了一气,李发流才发觉他和门栓轩方向走错了,他们本来往小镇旧街去,现在却跟着学生队伍朝汉江边走。带队女老师也发觉队伍后面跟错了人。

你们到哪里去? 带队女老师停下来问李发流。

他是福利院里的门栓轩,从省城来的,不会说话。学生们指着门栓轩叽叽喳喳地说。

你不会说话? 女老师也是从省城来的,她支教一年。她看见门栓轩有一双明亮的眼睛。这么漂亮的孩子怎么不会说话? 女老师心里动了一下。

李发流说,他是一个傻瓜。

女老师说,这孩子怎么会是傻瓜? 支教老师想多问点什么,但是学生们又等着去江边唱歌。

你们去哪里? 她问李发流。

李发流不好意思说自己去哪里。

他叫老流氓。孩子们指着李发流说。

你带孩子去哪里? 支教女老师不明白学生们为什么喊这个戴平顶帽的老人老流氓。

学生们相互看看,都不吭声。

我带孩子去哪里? 李发流看看一群学生,今天真是不顺,碰到的都是喜欢管闲事的人。

李发流拉着门栓轩折身朝另一个方向走。身后的学生们迟疑了一会儿,继续朝汉江边走。汉江上传来采沙船的汽笛声,汽笛的奇怪声音让门栓轩停下来,等汽笛响完,他还呆着。李发流扯着他拐上小镇的旧街。

老流氓李发流在老茶馆门口碰到老暗娼孙婆娘,孙婆娘没想到李发流居然想让她教一个不会说话的孩子干坏事。她吓得手中的开水壶差一点掉在地上。

断子绝孙的老流氓！孙婆娘拧着李发流的耳朵把他扯到茶座不远处的烟酒柜附近骂他。

太阳漂在一个一个的茶碗上面，一张张很矮的桌子边上坐的全是打牌喝茶的老人。七八张桌子，个个斑斑驳驳、颜色老黄，似乎比这一片老人更老。

李发流觉得浑身乏力，他来的时候专门吃了一颗壮阳药，但还是不起作用。也许那个老不死的宋国医说得对，他的肾水被抽空了，脑髓和骨髓的水也被抽空了，他的身体只剩下一个空壳子，只剩下干坏事的想法。

让不会说话的孩子门栓轩也尝试一下女人，这个想法是被卖豆腐的李疯子骂出来的。太阳继续在茶碗上漂，孙婆娘装模作样地给一个一个白脑壳或花白脑壳倒茶，不时趁机凑上去看一张张桌子上老头儿们打的红黑花点长条戳牌。她其实在勾引那些老头儿们，这一点别想瞒过李发流。

我还想多活几年，孙婆娘说，李发流，孩子不行，太伤天害理了。

李发流听不见孙婆娘后面说什么了，小镇逢集，卖豆腐、卖藕、卖萝卜白菜、卖米面粮油的吆喝声和街上卖肉、卖中药、卖衣服鞋子百货的吆喝声此起彼伏。

汉江河两岸生产什么，集市上就能买到什么。

几个涂脂抹粉的中年暗娼在太阳下面的哄闹人群中和门栓轩打招呼，她们围着孩子一惊一乍，一会儿惊呼孩子的眼睛长得漂亮，一会儿奇怪这孩子怎么还不会说话。她们听说孩子来自遥远的省城武汉，这个大城市来的孩子给了她们几个人无限的想象空间。她们掏钱给孩子买了几颗硬糖，门栓轩嘴里含着糖，站在太阳底下看挑担子拎筐子来往卖货买货的人挤挤攘攘，看七八张破桌子前面的一群老人在人流中悠闲地打牌喝粗碗茶。

孙婆娘冲过来拉门栓轩，她担心再慢一点那几个不要脸的女人连这个不会说话的孩子都不放过。

呸！孙婆娘朝那几个女人脚下吐一口唾沫。

伤天害理！孙婆娘说。

茶馆门口传进来汉江上采沙船很响的汽笛声，汽笛声一会儿像船只一样压住屋顶，一会儿像在屋顶上跑。集市上空的太阳突然暗下来。

门栓轩突然像狗一样对着屋顶大喊大叫，汽笛响了很久很久之后，他还在对着这个巨大的黑色声音乱喊。他对恐怖的声音充满警惕。

二

李发流带着门栓轩回到福利院才想起自己今天过生日。今天他七十岁了。自从他的女人徐娘孙无情地抛开他之后，他回到小镇上对着汉江说过，他玩到七十岁就去死，那么今天过后他就要去死吗？

你今天过生日。给他开门的朱断腿说。

你今天过生日，在食堂门口边吃饭边喝白酒的老乡村拖拉机手说。

大太阳底下端着饭碗吃饭的还有老村长、范傻瓜和老地主，他们每个人都和李发流打过架，他们也都知道李发流今天过生日，都不作声，闷声吃饭。

我晚上请你吃火锅。李发流对拖拉机手说。

晚上吃火锅！李发流故意高着声音对院子里几个人说。

过完七十岁生日就去死！李发流想。

太阳很大，门栓轩已经端着饭碗在院子里吃饭，院子里几个闷声吃饭的人都和门栓轩亲热，朝他碗里夹菜。

李发流下身突然疼起来，他躬下身子，想夹住疼痛，但是越夹越疼。只有几秒钟时间，他的额头上已经有了豆大的汗珠。他突然想撒尿，他跑到厕所里撒了半天，一滴也撒不出来。他知道出了事。

我今天过七十岁生日。李发流在厕所里想。

我过完生日就去死。他疼得站不住，他知道是早上那颗壮阳药吃出了事。宋国医曾经警告过他，说他如果再吃那些江湖游医的壮阳药，最后下身会疼得撒不出尿，现在应验了！

虚汗一颗一颗出来，他想出去打一针。

我今天就要去死了，我还治什么病？李发流又想，反正都是一死。

李发流在厕所一直撒不出尿。他一会儿决定去打针，一会儿决定不去打针，折腾了很久，最终的斗争结果还是出去打针。即使死也要舒舒服服地死。

李发流在街上找江湖游医打完针，身上所有的钱都用光了。五年前他从汽车城十堰回来的时候，带了三万多块，钱今天已经花光了，看来只剩下死这一件事了。

福利院里的太阳明晃晃地照着。

范傻瓜在空地上摆钱玩，每天摆钱玩是他的功课之一。他取出一张一百块、一张五十块、一张二十块、一张十块，然后是五块、两块、一块、五毛、两毛、一毛、五分、两分、一分。不同面值的人民币全都在这儿了。他按照顺序一字摆开。

我有世界上所有的钱。范傻瓜说。

世界上还有美元、欧元，还有英镑，李发流挖掘自己的钱币知识，说，那些你没有。

范傻瓜说，那我有中国所有的钱。

李发流哈哈笑。

范傻瓜看李发流哈哈笑，很得意，说，我的钱比你多！

范傻瓜脑袋受过伤，从小没父母，一直由福利院养。他长大后没上过学，却认得钱。他从不花钱，福利院每月发一百块，除了必备的牙膏肥皂要买，其余的钱他全部攒着。他从不把钱存到银行里，他认为把钱存到银行里，就是给了别人。他每天最重要的事情，就是把钱拿出来摆着玩。

李发流承认范傻瓜钱比他多。

在街上找江湖游医打完针返回的时候，李发流身上还有不足一块钱，这是他的全部家当。这些江湖游医这几年卖给他壮阳药，给他下身打消炎针，赚了他多少钱，他已经记不得了。

这是一笔糊涂账。李发流从江湖游医的诊所开始算，算到福利院，一直没算清。

在福利院，吃饭不要钱，睡觉不要钱，每个月还发一百块，除了买牙膏肥皂，还干什么呢？还有什么花销呢？

李发流想不明白，好在不用想明白了，过了今天他就要死了，他死之前总算把钱花完了。

我今天过生日，他在院子里说。

院子里一群人还在晒太阳。只要有太阳的日子他们每天都围坐在院子里晒。没有人理李发流。福利院每个人的生日都贴在食堂的墙上，无论谁过生日食堂都会加几个菜。

今天我过生日，我晚上请大家吃火锅。李发流说。

没有人理他。

老村长倚着拐杖在晒背；喝了酒的拖拉机手睡着了，流着涎水；远处的朱断腿在拆锁装锁；老地主醒着，他在掏耳朵。

一有空就出去嫖娼的李发流是福利院里人缘最差的人。大家都没有女人，他却天天换女人，大家没有理由不恨他。

我过完生日准备去死了。李发流突然对着空中喊一句。

晒太阳的人群仍旧沉默。

我几年前就说过，我过完七十岁生日就去死。李发流又对着场院说。

福利院里每年都要死几个老人，死有什么稀奇呢？除了伤病残，大部分院民年纪在六十到八十岁。八十多岁的人也有几个，这个年龄段，不正是死人的时候吗？

就这样悄无声息地去死吗？

李发流有点不甘心。

人群中掏耳朵的老地主说，噢，对了，李发流，刚才你的女人徐娘孙来找你，她说要陪你过七十岁生日。

人群哄地一下笑起来。

李发流像被一颗雷打住了。他不相信自己的耳朵。他看着地上，地上印着他老鼠一般的影子。

你胡说！他对老地主说。

你爱信不信，老地主说，她到街口找你去了。

李发流从场院走回自己的房间，又从房间走出来看着场院。他明白老地主在耍他。徐娘孙不可能来看他，他的女人徐娘孙又嫁给别人了，他们分手的时候她已经把话说绝了。

李发流走到太阳下面，晒太阳的人群已经散开，有人去菜地，有人回房间，有人去棋牌室。李发流想起来自己还没吃中饭，他不想吃饭，拉着门栓轩出门到街口去了。

李发流在街口张望，看来来往往的汽车。

他在找徐娘孙。

街上人来人往，他四处张望。其实不用这么看，这个女人和他生活了十八年，在人群中逃不过他眼睛。街上当然不可能有徐娘孙的影子。

李发流拉着门栓轩，他想给孩子买一点零食，摸摸身上，钱已经用光了。他知道老地主在骗他，这个王八蛋老地主，总是和他作对。他拉着孩子准备回到福利院，又有点不甘心。这是有名的汉十公路，一边通往武汉，一边通往十堰。他朝十堰方向张望，那是他的女人徐娘孙生活的地方。一辆一辆的车经过，一个一个的行人经过。没有徐娘孙。他知道不可能有。太阳慢慢冷下来。他拉着门栓轩回到福利院。

他从街口返回的时候准备和骗他的老地主打一架，回到福利院里，他又不想打了，还恨别人干什么呢？

今天他过生日，食堂已经在准备火锅了。

李发流吃生日火锅的时候喝多了，夜里做了一个梦，梦到徐娘孙死了。他在梦中哭起来。他把门栓轩惊醒了，门栓轩坐在床上，对着李发流咿呀乱叫。

你乱叫什么？李发流说，你一个傻瓜，你明白一个人想念另一个人是什么滋味吗？

不行，我现在还不能去死，我不能死在那个老娘儿们前头，我要去看看她死没死。李发流说。

三

李发流到汽车城十堰去找徐娘孙，他在死之前必须搞明白这个女人是不是已经死了。这个女人比他大八岁。一个七十八岁的女人是否还在世，那是坐在家里想不出来的。

李发流走在十堰中心的百川河岸上，他在河边来来往往的人群中寻找徐娘孙。百川河是一条由周边山泉水汇集而成的迷人河流，冬天枯水季节仍然清流汩汩。在百川河的两岸，住着密集的居民。李发流在岸边寻找他原来和徐娘孙开茶馆的门面，已经改变的环境让李发流迷失了方向。好在河流不像人变化得那么快，他根据河流的位置找到了，茶馆已经消失了，那间房也已经拆除，正在打桩准备盖高楼。

李发流站在打桩机前面，他不明白，他为什么找到这里。他们当初开茶馆是租的房子，即使没有拆除，徐娘孙也不可能还守在这里。

李发流沿着河岸四处寻找，岸边沿街全是商铺，卖面食的、卖衣服的、修脚的、理发的、卖水果的、开中药铺的，应有尽有。大多数都是最近几年开张的店铺。李发流找到两个当年就存在的店铺，一个收破烂的，一个弹棉花的，他站在门口看了半天，也都换了主人。

没有人认识徐娘孙。

李发流在人流中穿行，他不知道去哪里打听他的女人徐娘孙。徐娘孙最后嫁给了一个七十多岁的姓朱的干部。朱干部曾经当着他和众人的面吹嘘自己有七套房子。那么,徐娘孙住在哪一套,那一套在哪里?

李发流终于在河边晒太阳的人群中找到一个他认识的老婆婆，他有点激动。

我准备去死了,我想打听一下徐娘孙死了没。他语无伦次地对面前的老婆婆说。

老婆婆耳朵已经有些背了,听不明白他在说什么。李发流提高声音又说一遍。

我也准备去死了,老婆婆说,你去死,你为什么要告诉我呢?

李发流取下帽子,冬天的阳光照在他斑秃少发的脑壳上。婆婆,你认一下我,我是前些年在这里开茶馆的老李啊。

老婆婆认出他来了。

你是徐娘孙的男人? 老婆婆说。

李发流眼眶一热,点点头。

她嫁给朱干部了,你怎么又来了? 她说。

李发流不知道自己怎么又来了。

你准备去死了,你又想她,舍不得她? 老婆婆对着河流说。

李发流点点头,问,她还活着吗?

她都快八十岁了,你还来干什么? 老婆婆问。

我只来问问她死了没,李发流说。

她男人有三个女婿,你当心啊。老婆婆说。

我准备去死了,李发流说,我梦见她死了,我赶过来想核实一下……

我也准备去死了,人的寿命真是太长了。老婆婆说。

你还在想她,你想见她,你瞒不了我。老婆婆望着太阳和河流说。

老婆婆开始自言自语,李发流只有听她说,随她怎么说。你想瞒住一个河边晒太阳的老婆婆,那纯粹是自作聪明。

我前天在另一个地方碰到她了,她前天还活着。老婆婆说。

她还活着? 李发流问。

她前天还活着,老婆婆更正。

我不知道她住哪里,她男人有那么多房子,谁晓得她住哪里? 你如果在这里住上几个月,可能会碰上她。老婆婆说。

李发流当众说过完七十岁生日就去死，过完生日他不去死不说，还跑到十堰找他的女人去了。回到福利院后，众人都调侃他。

老地主说，李发流，以后别吹牛。

李发流莫名其妙。

老地主说，你说你过完生日就去死，大家都听见了。

一圈人在场院里面点头，说，是听见了，听见了。

李发流说，我没有找到人。

李发流没有找到徐娘孙，他没有亲眼核实徐娘孙是死了还是活着。他必须真真切切搞明白之后，他才能去死啊。

活着多好。人群中有人说。

是，好死不如赖活着。有人附和。

李发流很没面子。他现在还不想死，徐娘孙都没死他凭什么先死？最关键的，徐娘孙那个有七套房子的男人，那个朱干部，他还没死，他李发流凭什么先死？

李发流发现门栓轩在老地主手上，他去牵门栓轩，老地主拦住他。

这个星期该我带了，老地主说。

李发流准备开口说话，老地主先开口了。

你刚才说你这回没找到徐娘孙？老地主问。

对，我没找到，我听说她还活着，但是我要当面搞清楚她是死是活。李发流说。

徐娘孙如果死了，你也去死吗？老地主问。

李发流不明白老地主想说什么。

徐娘孙如果没死，你死不死？老地主又问。

院子里人群哄笑。

李发流想打老地主一顿。这个当年的老地主，总在和他作对。这个老地主说李发流在“文革”期间批斗过他，李发流怎么也想不起来了。

这个老地主是全福利院最能挣钱的一个人，他每天早起打扫全福利院的卫生，每天挣五块钱；碰到福利院自留地蔬菜和农作物成熟，他总是抢在前面干，每天也能挣五块钱；喂猪，挑泔水，还有，照顾病人，只要能挣钱的地方，都有他。但是他从来不花钱。

好，不去死了，那去干什么呢？

早上起来，没事干；上午，没事干；下午晚上，没事干。早上，上厕所，吃饭；中午，吃饭，上厕所；下午，上厕所，晚上再吃饭。

李发流和徐娘孙开了十几年茶馆，每天起早贪黑烧开水，准备厨具，收拾炉灶，是充实而忙碌的。离开徐娘孙之后，李发流回到小镇上，每天操心的事就是嫖暗娼和花掉身上的钱。对于一个专门把嫖暗娼当作一件事的人来说，也是充实而忙碌的。他只想活到七十岁，花光钱后死掉，现在，不去死了，钱也花光了，他不知道该干什么了。

院子里每个人都有事干。

看大门的朱断腿一条腿截肢了，半截子腿木桩一样在地上走路，每天却最忙。他最喜欢来客人，只要来个客人要开门，他就用他那木桩一样的半截腿飞跑着去开门。开大门关大门是他的专利，谁去帮忙他都会生气。朱断腿还有一个特长就是修锁配钥匙。没有外人来的时候，福利院大门基本上是关闭的，他就把他的木箱子搬出来，里面有各种奇形怪状的锁，他就坐下来，打开黄油盒，一会儿拆锁一会儿上锁。

老村长当年当村长的时候就拄拐杖，他每天都要看《人民日报》，福利院办公室订的这份报纸只有院长和他两个人看。他比院长看得仔细，每一个内容都逃不过他的眼睛。看完报纸，他就开始练毛笔字。

只有他李发流没有事干。

四

李发流再次到十堰去找徐娘孙是一个月之后。身上没有钱的李发流等到了一个月的福利补贴，刚好门栓轩又轮到他带，李发流就带着孩子出现在人流熙攘的百川河岸。

他没想到，只过了一个月，上次见到的那个老婆婆就死了。

河边依旧有一些晒太阳的人，河流依旧在流。李发流连续问了几个人之后，站在河边哭起来。

你是老婆婆的什么人？旁边的人问，你是她亲戚吗？

李发流说，她说要去死，就真去死了，我也说要去死，我怎么死不了啊！

旁边晒太阳的人哈哈笑。

老婆婆死了之后，谁能证明他曾经是徐娘孙的男人呢？门栓轩站在河边，他看见一黑一白两只狗站在河中间的大鹅卵石上。

李发流想到一个严肃的问题。只一个月，耳朵背的老婆婆就死了，那么，徐娘孙会不会也死了？

李发流带着门栓轩在百川河两岸寻找，找到徐娘孙退休前的单位，那个单位早先是大型汽车厂的配套厂，现在大部分搬到省城武汉，留下的看门人根本没听说过徐娘孙这个人。徐娘孙五十五岁退休，已经二十多年，门卫都换了十几茬了。

李发流带着门栓轩顺着法国梧桐大道朝徐娘孙的女儿家里走。路两边的法国梧桐没变，街道十字路口的废旧火车铁轨没变，还有几幢老式楼房。所有这些没变的东西让他心安。这些没变的东西见证过徐娘孙曾经是他的女人，见证过他们在这条路上拉过手，说过话。

徐娘孙的女儿不是亲生的，这个抱养的孩子长大后对徐娘孙态度非常恶劣。她一直反对徐娘孙和李发流在一起。主要原因是李发流没有工作，没有退休费，几十岁了还要天天辛苦干活养活自己。

徐娘孙的女儿住的那幢筒子楼居然消失了，那个地方准备盖商场，周围的人谁也说不清这个片区的居民搬到哪里去了。李发流心里发慌，他的腿脚在地上扎不住根了，踉踉跄跄朝前面飘着走。

徐娘孙从这个地方消失了吗？

李发流站在那里迷茫了一会儿，清醒以后却看不到门栓轩！

李发流看看周围，快到下午下班的时间了，夕阳很软，街上的人流慢慢多起来。李发流先朝徐娘孙退休前的单位跑，跑了几步感觉不对，又折转身跑。

这孩子丢了怎么得了！

这是省城里的孩子！

这孩子能丢吗？

李发流每个毛孔都奓开了。

李发流不知道该朝哪个方向跑，他站在废旧铁轨附近的十字路口，判断不了方向。孩子穿着蓝色的外套和蓝色鞋子，李发流在每个方向都找不到一个蓝点。夕阳又软了一点，十字路口的自行车和小汽车多起来。

李发流知道这样找是找不到了。他冷静了一下，看见一个高台子。这个高台子早先是指挥过路火车的瞭望台，他爬上瞭望台。

他能看见冷冷的又红又软的太阳，能看见百川河中间的航标值班楼，能看见远处的几幢楼房。他的视力不行了,他只能看见这些很大的东西。但是他努力地扒着眼眶四处看，他扒着眼眶像探照灯一样四处看的样子让过路人非常奇怪。

他发现了一个蓝点,不对,两个蓝点?他怀疑自己眼睛出了问题。他的眼眶怎么溢出了泪水？他怎么总是把一个点看成两个点?

他真的看见了两个蓝点。在废旧铁路通往百川广场的方向,有两个正在移动的蓝点。

李发流朝蓝点那个方向猛喊一声。他把嗓子都喊破了,一颗冷太阳好像卡在他嗓子里。李发流跳下瞭望台,他的腿跌痛了,他顾不了那么多,爬起来直接朝蓝点的方向跑。

的确是两个蓝点。

除了门栓轩之外,另一个蓝点居然是他日夜想念的徐娘孙!

你果然来了。徐娘孙说。

怎么是你？李发流简直不敢相信自己的眼睛。

我知道你会来。徐娘孙说。

我差点把孩子丢了。李发流抓住门栓轩说。

徐娘孙没想到碰巧走在身边的这个这么好看的孩子居然是李发流带来的。

你赶紧回去,徐娘孙给李发流掏了一百块钱,说,你连夜走。

我梦见你死了,我哭了。李发流说。

我现在是别人的老婆。徐娘孙说。

你让我现在就走？李发流有点恋恋不舍。

才过几年,你怎么老成这样子？徐娘孙说。

徐娘孙催李发流尽快走，因为她的丈夫朱干部马上要出来和她一起去跳舞,让朱干部看见李发流来了,那可不得了。徐娘孙继续看门栓轩,这孩子怎么这么漂亮？怎么有这么好看的一双眼睛?

这孩子不会说话。李发流说。

徐娘孙蹲下来,抱住门栓轩。这么漂亮的孩子怎么不会说话?

他是一个傻瓜。李发流说。

你才是一个傻瓜。徐娘孙说。

徐娘孙很快搞明白了,这孩子患的是自闭症,小地方都把患这种病的孩子叫门栓娃。意思是说长到门栓一般高了还不会说话。

孩子,叫奶奶。徐娘孙说。

奶奶。门栓轩喊。

他说话了。徐娘孙说。

教他几个字他跟着学可以,他不会自己说。李发流说。

你懂什么,这种孩子其实聪明,徐娘孙说,你以为像你?一生只晓得擀面条包饺子。

徐娘孙让李发流尽快走。

好好活几年,好好地死,她说,不能再来了啊。

五

李发流带着徐娘孙给的一百块钱和门栓轩上火车返回，事实证明了徐娘孙的英明和预见,没有她给的一百块钱,李发流当天夜里就回不到福利院。李发流原来都是坐慢车直接从十堰到小镇，但是慢车停开了。现在从十堰到襄阳,启动了高铁和动车,直接到襄阳市,车票也大大涨价了。

夜里李发流带着门栓轩赶到襄阳市,已经没有到小镇的公交车了,打出租车要几十块钱,李发流有点舍不得,他想在车站里蹲一夜,但是门栓轩冻得受不了,一直哭闹,李发流只好狠心打出租,赶到小镇上,徐娘孙给的一百块钱刚好用完了。

李发流开始后悔和心疼这几年花在暗娼和壮阳药上的钱,他开始明白,他要想去看徐娘孙,别的钱可以没有,路费没有是万万不行的。

但是,他仅有的挣路费的渠道被老地主断了。

李发流把前往十堰的惊险吹牛给众人听,老地主别的不传,只把丢孩子的事汇报给福利院院长,院长不让李发流带门栓轩了。

李发流要去见徐娘孙,他要挣带门栓轩的这个钱。

早上起床,门栓轩还在睡觉,老地主已经把福利院院子内外打扫干净了,太阳刚升起他就挣了五块钱;早饭后太阳照到菜地,他把门栓轩带到菜地又挣了另外一个五块钱;一天到晚,他走到哪里带着门栓轩晃到哪里,带门栓轩的收入是每天十块!

凭什么好事都让他一个人干?

有一天，李发流起了一个大早抢着扫地，等老地主起床的时候他已经把院子内外都打扫干净了。地上已经开始结霜，上面有李发流刚刚扫出的印痕。

你凭什么扫？老地主说。

今天这五块钱归我。李发流说。

老地主气得不行，第二天特意起早，结果李发流又把院子内外扫干净了。就这样，他们为了扫地展开竞争。一个六点起床，一个五点半；一个五点，一个四点五十。

有一回，两个人同时早起，同时摸到扫帚，结果就打起来了。

两个年过七十岁的老人在清晨的福利院里为争夺扫地权打起来了，围观的人劝架。院长赶到的时候，两个人都倒在结满冰霜的地上，李发流抓着老地主花白的头发，老地主抓住李发流通红通红的耳朵。

院长一来，两个人都松开了。

李发流和老地主松开之后，都累得起不来，都觉得吃亏，都向院长投诉，老地主伸着脑壳说头发被扯掉了，李发流偏着脑壳说耳朵被扯破了。

院长说，没分出输赢吗？

两个人气喘吁吁，都说打平了。

院长说，既然没分出输赢，那就再打。

两个人都不打了，围观的人一哄而散。

老地主说李发流抢了他的扫地权，李发流说老地主抢了他的门栓轩，互不相让。

说到根子上，两个人都想挣带门栓轩的钱。

院长说，李发流，你把孩子差点搞丢了啊，这是天大的事，孩子的爸爸知道了会依你吗？

李发流低头认错。

他还带孩子去嫖娼，老地主说。

福利院院长站在霜地上看李发流和老地主两个人，重新思考他们哪个人带门栓轩合适。门栓轩原来由福利院几个老人轮流带。门栓轩虽然不会说话，但是坐不住，特别能跑，没有一点体力的人是带不了他的，后来有几个老人带不动了，就改成老地主和李发流两个人轮流带。老地主带孩子很用心，每天为擦屁股的事和门栓轩较劲，但是孩子不听他的。这孩子情绪焦躁的时候喜欢咬自己的手指头，如果有人拉他，他就会转移视线，像狗一样咬人。老地主有一回胳膊上被门栓轩咬破,他要院长给他钱去打破伤风针。院长给钱之后,他却没去打针,只在厨房里用面疙瘩在伤口上滚了几滚。李发流呢?他从来不给孩子擦屁股,门栓轩如果自己不擦,他就让孩子臭着,但是只要他带孩子,孩子从来不闹。这孩子服他。

院长觉得李发流带着省心。

弄丢了孩子,十个你李发流都赔不起,他说,这孩子可是省城来的啊。

李发流高高兴兴带孩子走了。

李发流带门栓轩去汉江河边听声音。这孩子对声音着迷,特别是汉江边的声音。不管多哭多闹,只要一听到汉江的声音他就安静了。街上的汽车声和喧闹声对他无用。

这个秘密是李发流偶然发现的。夏天的汉江河边,谁会为一颗芝麻炸开的声音发呆而长久不离开呢?但是门栓轩这个不会说话的孩子,他站在一颗芝麻面前听芝麻炸开的声音。一颗炸开了,又一颗炸开了。他站在那里一直听,忘记了自己和周边的世界,一听半天。

发现了这个秘密之后,李发流觉得带门栓轩简直太简单了。

李发流发现门栓轩会听声音,是因为他自己会听声音。从小到老,会听声音这个神奇的能力,一直伴随着他。

最先知道他有些特别的当然是他母亲。很小的时候,他能听到汉江里面有狗叫的声音,他母亲认为他有毛病。他上小学后天天吃不饱饭,忍饥挨饿,他每天都能听到街上的包子馒头香,香气在蒸笼里晃动得咯咯有声。那种声音多么奇妙。那个时候他母亲还没太注意,还以为他是幻想。天天挨饿的人谁听不到香气呢?

直到他听出别人肚子里有蛔虫。

当时旧街上住着一个民办教师,黄皮寡瘦却不知道得了什么病,天天喊肚子疼。一个中医用针灸给他扎治肚子疼的足三里也没扎好。李发流却听出他肚子里有蛔虫。他能准确地说出有二十一根。没有人相信。他母亲也不相信,但还是决定试一试。她煮了一锅苦楝树根汤水让那个人喝。结果那个人吐出了一大堆蛔虫,他母亲数了一数,刚好二十一根。

他母亲吓住了。

他母亲相信了他原来说的话,相信他有一双神奇的耳朵。但是这种能力,能听几根蛔虫有什么用呢?有本事你把金子银子和大米白面听回来呀。

李发流听不回来。

后来他们到农村落户下乡，那个时候李发流正值青春期。他每天听到的都是动物交配的声音，特别是牛。牛交配有声有势，动作庞大，带着大地的动力，那多带劲！李发流能精准地听出谁家替队里放养的牛在交配，交配到哪个环节了。这些声音天天折磨他，让他朝牛棚里跑。

三十四岁的时候，李发流从下放的农村回到小镇上，那时候农村开始承包土地，城市里开始放开市场做生意。李发流以为自己的时代来临了，自己的女人也会来临，但是他从小镇上折腾到襄阳市，又从襄阳市跑到十堰，前后奔波了十三年，都没有找到女人。

李发流一开始贩柴。他坐木船到汉江河对岸的河西，在西山上砍柴，然后坐木船回河东镇。一担柴百十斤，卖两块五，除去来回各两毛的船票和买柴钱，他还可以赚一块多。他要养活母亲。当时有一个镇上的裁缝，经人介绍准备嫁他，看到他家里的生计之后叹气走了。

四十岁的时候他离开小镇去襄阳捡破烂，当时有一个流浪的女人跟了他半年。他们在捡破烂的小棚里做饭炒菜，每天晚上他回去能吃到热乎乎的饭菜了，但是半年之后那女人偷偷取了他的钱跑了。

就在李发流开始绝望的时候，他听声音的神奇能力派上用场了，他听到遥远的猪羊嘶叫的声音。当时他住在襄阳市区捡破烂的棚子里，市区里不可能有猪羊叫。但是猪羊冥冥中叫得他无法入睡。每天晚上，他的床就像撂在草坪上，周围全是猪，全是羊，轮番嘶叫。他回到镇上，回到原来下放的村子里，碰到一个熟人。这个熟人看他可怜，请他去十堰帮忙杀猪杀羊。这就是命了。猪羊的叫声把他带到另一个城市，有了另一种人生。

李发流已经四十多岁了，没有房子没有钱，好在他有力气，他每天早上陪人买猪羊，白天里扯猪腿，白刀子进，红刀子出。有吃有喝，白天忙碌，晚上睡觉，一个月拿八十块钱。有一天，他的雇主在晚饭后对他说，有一个刚刚退休的女人看上你了，你去见一下。

这个女人就是后来和他生活了十八年的徐娘孙。

李发流再去看徐娘孙的时候没敢带门栓轩去，没带孩子去，他的运气就没那么好了。

天气已经很冷，夕阳像一只冻僵的红皮萝卜悬在百川河上面。

李发流哈着白气在一个社区院子门前面守了一天，上次见面徐娘孙无意中说了这个地方，他记住了。他守到傍晚，终于守到徐娘孙出来。

徐娘孙迎着冷风出来，准备去办事，突然看见哈着白气躬着虾米腰的李发流，她吃了一惊。

你来干什么？徐娘孙说，说了不让你来，怎么又来了？

李发流说，我不看你一眼熬不过，我看一眼就走。

徐娘孙让李发流尽快走，她伸手到荷包里准备掏一百块钱，像上次一样给他路费。但是今天她下楼匆忙了，身上没带钱。

冷风吹过来，冻得像红皮萝卜一样的太阳僵在那里，马上要下雪了。

你死了心吧李发流。徐娘孙说。

你们镇有句俗话，说得真好，朝阳是开门的，夕阳是关门的，你想要我再跟你，除非夕阳能开门。徐娘孙说。

那我走。李发流哈着白气说。

徐娘孙忽然关心起门栓轩来，她问李发流上次那个孩子为什么没跟着一起来，又夸孩子眼睛长得漂亮，说孩子可怜，这么大还不会说话。

永远不要再来了，徐娘孙反复告诫他说，夕阳会开门吗？

六

宋国医不再给李发流把脉看病了，李发流想在宋国医诊所门口的太阳下面找把椅子坐，宋国医不让他坐。

小李，你就站着，宋国医让人把李发流找到的椅子搬到屋里。

李发流七十岁，宋国医还喊他“小李”，因为宋国医九十一岁了。宋国医九十一岁了，还在给人看病，还声若洪钟。他每天早上还在街口耍刀棍，每天还用拳掌朝自己身上捶打。

雪还堆在地上，太阳越晒越冷，看病的人还在哈气跺脚，只有宋国医不怕冷。宋国医在小镇上看了一辈子病，远处襄阳、丹江口、老河口有些在大医院看不好的病人都跑到他这里看。附近襄阳市有几个大医院都来请他去坐诊。他哪里也不去。他在小镇上看了一辈子病，看了爷爷看父亲，看了父亲看儿子，看了儿子看孙子。

宋国医在给门栓轩把脉，门栓轩为什么从省城住到小镇的福利院，除了门栓轩的爸爸原来是小镇的人以外，主要原因是小镇上有宋国医。门栓轩的爸爸带他在全国跑遍了大医院都治不好，最后回到小镇上找宋国医。

宋国医看病身子端正，容貌威严，他不给李发流看病，李发流马上就知道自己时间不会长了。曾经有一个快死的病人来找宋国医，宋国医不再给他开药方，病人走后，宋国医叫人把他坐过的椅子烧了。一个星期后，那个病人就死了。现在宋国医不给他把脉看病不说，连椅子也不让他坐，傻瓜都明白是什么意思。

李发流站在太阳下面，心一点一点变冷。

朝阳是开门的，夕阳是关门的。

那么，李发流就等着关门吗？

中医诊所旁边卖豆腐的李疯子用菜刀在砧板上剁，边剁边有腔有调地骂，看病的人纷纷围观。汉江中游这一带，替人骂人叫诅人，李疯子诅人是祖传下来的。

李疯子今天在诅一个不养父母的人。两个老人站在李疯子边上，请她诅他们的儿子，因为儿子不给他们生活费。

李疯子问，如果下个月再不给钱让他怎么样？

老父说，让他出门摔跤。

老母说，让他出门头上撞包。

李疯子说，搞这么轻，让他出门撞车行不行？

围观的人都哄笑起来。诅人能把人诅撞车，谁信呢？

但是两个老人信。

两个老人说，撞车重了一点，万一撞死了，我们的孙子怎么办？

李疯子说，那好，搞轻一点。

李疯子用菜刀在砧板上剁，边剁边唱歌诅人。她诅人一般要诅七天。她诅了一阵，人群散开，李发流走过去。

李发流想请李疯子诅一个人。

李疯子不干。

李发流说，我加倍付钱。

李疯子诅人，每个小时只收一块钱，李发流觉得李疯子收费太少了。诅人可不是一个轻松活。

你给我再多的钱我都不诅，李疯子说，你自己就是一个人人诅的人，你干那么多坏事，凭什么还诅别人呢？

雪安静下来，李发流带着门栓轩到汉江边去听风吹雪孔的声音。雪天里街道清冷。小摊贩们缩着脖子在门口守店，街上没有行人和车辆。李发流和门栓轩踩着硬雪在一片冷清中穿过老年人棋牌室，穿过街办小学，缓缓地朝汉江走。

老年人棋牌室无人，雪已经把门口的路封住。李发流拉着门栓轩站在门口，心有不舍。他和徐娘孙以前在这里开过五年茶馆。那个时候他们生意多好？雪天茶馆里也坐满了人。两毛钱一碗茶喝一个上午，后来涨到五毛。中午茶客不想走，他和徐娘孙做面条饺子卖给他们，面条一块五一碗，饺子三块钱一碗。

那时候店门口挂着一个招牌“徐娘孙茶馆”。徐娘孙本来不叫徐娘孙啊，她只是姓孙，当年他们从十堰回到小镇，开茶馆，店招牌叫什么名字呢？徐娘孙说，叫徐娘吧，我还不老吧，徐娘半老，风韵犹存。李发流说，加一个字，徐娘孙茶馆吧。名字就这么定下来，慢慢有了名气。所有的人都喊她徐娘孙，包括李发流和徐娘孙自己。后来他们搬到十堰百川河去开茶馆，茶馆名字还叫徐娘孙。

李发流带着门栓轩经过镇小学，那个年轻的女支教老师在空旷的操场上训练孩子们合唱。门栓轩被合唱吸引，站在栅栏外面往里看。支教老师教孩子们唱，孩子们不唱，都嚷着说歌曲太老。

支教老师在校园里面看见了门栓轩。

支教老师和门栓轩一样，在小镇上是没有名字的，人们不愿费力去记他们的名字。他们不记得门栓轩叫陈什么轩，他们喊他叫“门栓轩”或者“省城来的不会说话的孩子”；他们嫌支教老师的名字“刘什么婷”太拗口，他们直接称呼她“省城来的老师”或者“支教老师”。

支教老师认为自己曾经也和门栓轩一样得过自闭症。她从小死了父亲，她父亲安葬那天她跟着到郊区山上，亲人们都告诉她，说她父亲很快会回来。她看见了大片大片的蝴蝶跟着她父亲的棺木飞舞，蝴蝶带着风告诉她，她父亲不会再回来了。回到家以后，她突然失语了，不会说话了。她每天坐在墙角里，无论谁和她说话她都开不了口。有人说她年纪太小去上坟，把她的魂吓丢了。她妈妈叫她说话，她不说；打她，她也不说；用筷子撬她嘴巴，也无法让她开口说话。但是她心里特别明白，所有的话都在肚子里，被一块岩石堵着。这样的情形持续了接近两年。

支教老师在铺满白雪的校园里隔着栅栏和门栓轩说话。

你进来上学好不好？支教老师说。

李发流在边上说，他是个傻瓜，上不了学。

支教老师说，你才是个傻瓜。

支教老师当年不说话，也有人说她是傻瓜，但是她心里明白得很，她每天都看见大片大片的蝴蝶在空中飞舞。那些蝴蝶，就是跟随她父亲棺木上下飞舞的蝴蝶。颜色有黑有白，有黄有红。她在墙角坐了两年，她想说话，她的嘴还张来张去，话却出不来。

她最终开口说话得益于一支曲子。这支曲子某一天在邻居家的录音机里面放出来，只有旋律曲调，没有歌词，但是歌词却被她跟着旋律唱出来了。她一开始没有感觉到，但是邻居家录音机的旋律停止以后，她还在唱，她妈妈听到了。

她妈妈看着她流泪，她才明白，她又重新会说话了。

她也哭起来。

支教老师和门栓轩话还没说完，李发流就拎着门栓轩走了。

李发流带着门栓轩穿过街镇和麦地去汉江边听雪孔里的声音，下雪天汉江边的雪孔里有飞机一样的呼啸声，谁知道其中的奥秘呢？雪孔里面藏着一架架飞机吗？门栓轩站在雪地里，听风吹起一股一股高高低低起起伏伏的呼啸声，久久发呆。

远处汉江边还有几个村妇在石头上洗衣裳，棒槌在石头上把衣裳砸成条形。棒槌砸着江水的声音在雪孔中传得很远很远。

门栓轩在汉江河边追逐着这种神奇的声音。他弯下腰寻找，趴在雪孔里寻找，但是他找不到呼啸声来自哪里。他追逐着一个一个呼啸声。雪雾在他身边弥漫。他找不到呼啸的飞机来自哪里。四周一架飞机都没有，但分明有一群群的飞机飞过来。

李发流又找到了李疯子。雪天里的李疯子正在打冻豆腐。双手和围裙上面全都是豆腐渣。

你来干什么？李疯子说，你给我再多的钱我都不替你诅。别人要诅你，不给钱我都诅。

李发流顾不得生气。

我有个熟人，想请你帮忙诅个人，我这个熟人太可怜了，被人欺侮，被人抢走老婆，不诅不行。

李疯子有个规矩，谁请她帮忙诅人，必须讲明为什么诅。只有遭受欺侮的人她才帮忙诅。

被人抢了老婆？李疯子说，不像话。

对啊，李发流说，这个人和老婆生活了十几年，但是他们没有孩子，没有房子，抢他老婆的那个男人有房子啊，七套房子。

七套房子！李疯子张开嘴，一朵零落的雪花从房顶落下来飘到她嘴里。

这个家伙有七套房子，曾经有三个老婆，每个老婆都被他克死了，老到七十五岁的老头子，他却看上了别的男人的老婆。

这个男人该诅！李疯子气愤愤地说。

当然该诅。李发流说。

你这个熟人是谁？李疯子问。

就是我，李发流说。

被李疯子一盆凉水泼走的李发流，带着门栓轩坐小镇上的三轮车去他下放的村子听雪地上麻雀的声音。他从十七岁下放，一直到三十四岁。他在这个村子里生活了十七年。从这个村子离开的时候，三十四岁仍然没有房子、没有饭吃、没有女人的李发流，就知道他这一辈子可能要孤寡单身。

因为他被李疯子的妈诅过。

李疯子的诅人本事是跟她妈学的。

李疯子的妈应该叫老李疯子，是村子里一等诅人好手，也是李发流人生有过性关系的第一个女人。

李发流在村子里的名声坏，是从强行搂抱一个下放女知青开始的。他那个时候怎么控制得住自己野草一般的情欲呢？那个女知青开玩笑和他疯闹，他就强抱了，结果女知青不同意不说，还请了几个男知青打了他一顿，他的名声一下子臭了。没有女人再敢沾他。

那个时候李发流的听力达到了顶峰，他的听力每天都集中在动物交配上，主要是牛。无论白天黑夜，只要闭上眼睛，他就能精准地听到哪个牛棚有牛在交配。曾经有人和他打赌，他说了一个牛棚，那人连忙赶过去看，果然有牛在交配。

他在观看牛交配的时候，发现了一个每天待在牛棚里的弱智女。

李发流打起了那个弱智女的主意，这个弱智女就是老李疯子的女儿，现在卖豆腐帮人诅人的李疯子。李疯子在那个牛棚里玩，春天的牛棚尽管气味臭，却拦不住李发流比公牛还猛烈的欲望。李发流刚刚抱住李疯子，老李疯子出现了。

你伤天害理啊，你断子绝孙啊，她是一个呆娃子，你不知道吗？老李疯子说。

李发流羞愧难当，仓皇而逃。

尽管那个牛棚很脏很臭，逃跑之后的李发流每天回忆的还是弱智女身上的柔软和芳香，他情愿每天朝那个牛棚跑，情愿去闻那个臭味。

有一天晚上，老李疯子拦住准备去那个牛棚的李发流说，我娃呆是呆，还要嫁人生子，你不能动她。你要熬不住，我陪你一回吧。

李发流把人生的第一次给了老李疯子。

陪完李发流，要离开的时候，老李疯子说，我诅你七天。你这一辈子断子绝孙，孤寡一生吧！除非汉江水少一半，你才能解咒！

七

门栓轩在宋国医那里扎针灸，李发流在旁边看太阳下面搬豆腐的李疯子。李疯子每天卖豆腐不数钱，她不认识钱。她丈夫每天在她的豆腐摊上写好价格，买豆腐的人自己朝盒子里面丢钱找钱，从没有错过。李疯子诅人，每天诅一个小时，连诅七天。收费是一天一块钱，价格便宜。李疯子从小半痴呆，却嫁了男人，生了儿子。

李疯子搬完豆腐，看见李发流。

老流氓你过来，她对李发流说，我想起来一件事，五年前你背着盆子、床单、被子回来，就是被那个七套房子的人赶回来的吗？

那是李发流的耻辱史。和徐娘孙分手后，李发流把十堰茶馆里面的东西都便宜卖了，卖不出去的盆子、被子和床单，他舍不得扔。他把这些东西背上火车，背上公交车，一直背到小镇上，很多人看见了他的狼狈相，他被共同生活了十八年的徐娘孙一脚蹬了的消息很快在小镇上传开了。

李发流还没来得及回答，李疯子就答应帮他。

看来你真可怜，那个男人真该诅。李疯子说。

李疯子能让三只筷子立在一碗水里面，能让一颗鸡蛋竖着站在桌子上，这是她的本事。谁也不知道她嘴里念念有词地和筷子鸡蛋在说什么。筷子鸡蛋竖好，她开始替李发流诅人。她拖出一个砧板，用菜刀在上面边剁边唱，李发流听不懂她唱的是什么。

李疯子诅人，请她诅的人没有必要在她身边，只付钱就行，她保证守信用替人诅够七天。

李发流在李疯子诅人的几天里每天带着门栓轩在街上闲逛。小镇的街道越来越拥挤，家家都起了楼房，两层三层四层都有，因为没有规划好，参差不齐。李发流走到原来他住过的老房子，这间屋宅空了多年，无人经管，破落不堪。他从小和母亲在这里住了十七年。但是这间房子不是他家的，是一个被打倒的地主家，由他们租住。他们租了十七年，地主不敢问他们要房租，因为地主那时候天天挨整，抬不起头。

房子！李发流一生都在为房子操心，但是一生都没有房子。最后也是因为房子，徐娘孙和他分开了啊！

他和母亲在小镇上住了十七年，他们一直想盖自己的房子，但是盖不起。那个时候宅基不要钱，只出盖房物料的钱，那也盖不起。饭都吃不饱。他母亲没有工作，每逢热集就在街上卖蒸红薯，每次热集之后，他母亲都带他到街上捡农民扔下的烂菜根。他是蒸红薯和烂菜根养大的。到了十七岁，他的饭量大得不行，吃不饱，每天头都饿昏。那时候上级有政策，他们可以按照知识青年“上山下乡”政策去落户下乡。母亲和他为了活命，落户下乡村去了。

到了乡村，他们也没有自己的房子。生产大队给了他们一间大队部的房子，从中间砌开，他住里面半间，母亲住外面半间，锅灶就支在门口。他们在农村生活了十七年，一直到他三十四岁返回小镇，一直住这间房子。

李疯子诅人诅到第五天，头有点疼。李疯子感觉不对，她怕诅错人。她母亲老李疯子告诉他，只有诅到好人才会头疼。

你是不是骗我了，老流氓？我怎么头疼？李疯子用一条布缠住脑壳，还在用刀剁砧板。

你是不是病了？感冒也会头疼。李发流说。

你别忘了我住在宋国医隔壁。李疯子说。

怎么会诅错人呢？一个退休的朱干部，他有七套房子啊！这个家伙在一个汽车厂里管采购，买钢材，买水泥，买劳保用品，买食品粮油，都要经过他的手。

最关键的，他用这些房子吸引一直想拥有自己房子的徐娘孙。徐娘孙也一直没有自己的房子。她原来和女儿同住一间公家宿舍，退休后和李发流一起开茶馆，房子归了女儿。后来就房改了，房子开始在市场上成为人生重要的资产和商品，住房需要花钱买了。

李疯子头越来越疼，李发流让她休息两天，不诅了，以后病好了再说。李疯子不干。李疯子是说到做到的人。她让李发流找一根绳子，紧紧地捆住脑壳，挥起菜刀朝砧板上猛剁，又开始诅。

诅到第六天的时候，正好门栓轩又在宋国医那里扎针灸，针灸扎在脑壳上，满满一脑壳，像一只刺猬。观看的人都觉得害怕，门栓轩却并不害怕，他已经习惯了扎针灸。门栓轩顶着一头银针过来看李疯子用菜刀剁砧板诅人，他觉得很有意思，似乎听明白了李疯子嘴里的念念叨叨，兴奋地大喊大叫。

李疯子和门栓轩，一老一小，一个头上捆着绳子，一个头上扎满银针，一个边剁边诅，一个大喊大叫，吸引了很多人围观。镇上的居民现在都知道了，从省城武汉来了一个孩子，十几岁了还不会说话。门栓轩长得漂亮，眼睛大而亮，全镇的人都喜欢他。

这一天刚好赶上小学生搞课外活动，支教老师带着学生们从街上过，李疯子和门栓轩的怪样子惹得学生们哈哈大笑。学生队伍停下来，看李疯子和门栓轩又唱又闹。

门栓轩看到学生们穿着整齐的校服。他从来没有上过学，不知道学校的滋味。自从两三岁时他被检查出患了自闭症，十几年来，他一直在求医的路上。这种病最大的伤害是语言，他不能主动说话，生下来至今没有主动喊过爸爸妈妈。他妈妈因为承受不了这个打击，和他爸爸离婚分开了。他爸爸带着他跑遍了全国，北京上海广州，有名的医院去了几十个，都不能治好他的病。他爸爸曾经给他请过专业的感统训练和语言训练老师，他学了很多年，还是不会开口说话。他爸爸最后把他送到老家这个汉水中游小镇，在著名的宋国医这里寻找最后的希望。他先住在爷爷奶奶家，但是爷爷奶奶八十多岁了，带不动了，只好把他寄养在福利院，每天到宋国医那里治疗。

支教女老师穿过人群跑过来，蹲下，一把抱住门栓轩。

你疼不疼？支教老师看着门栓轩满头的针灸问。

满头银针的门栓轩看着支教老师，他回答不了，他听不明白，也说不出来。支教老师不认为他回答不了，她像搂着一个正常孩子一样，一直不停地和他说话。旁边围了很多人，都沉默不语。很久后，有几个叹息门栓轩可怜，也有几个在边上提醒支教老师，告诉她门栓轩听不明白。

门栓轩实际年龄有十六岁了，但是看起来只有十一二岁，患这种病的孩子大都瘦小、单薄，模样可怜。一个人十几年不说话，怎么受得了呢?

一个人不说话，如何难受和煎熬，支教老师是有体会的。语言是一个人的心火，这个心火每天在燃烧，它的出口就是嘴巴，它的材料就是声音和词汇。心里面有美景，心里面有祸害，心里面的东西每天要通过说话一口一口涌出来，和这个世界交换热量。心火不涌出来，闷在心里面是什么感觉? 那它每天都在燃烧一块巨大的岩石。每个人身体里都有一块巨大的岩石，它有时候在身体的深处，有时候就是身体本身。火烧着岩石，岩石压着火，那是什么感觉?

支教老师知道那是什么感觉。她爸爸死了之后，她嘴巴说不了话，心火关在身体里面闷着烧。她想说话。她每天看得明白，听得明白。但是那块大岩石把心门堵住了，把嗓门堵住了。大人说的话，她知道怎么回答，但回答不了。旁边人回答错了，她知道着急，但她就是开不了口。她越是使劲，那块岩石把门堵得越紧。

她被关闭了两年。

两年后，一个偶然的机会她被一首曲子牵引，那股心火顺着岩石缝儿溜出来了，就那么简单！一个人心门打开，一个人会说话了，多么快乐啊！她不知道有多快乐！那天她一首接一首唱歌，她把她会唱的歌全都唱了一遍！那还不够！她找她所有认识的人说话，什么话都说！她说着说着会流泪，说着说着会笑，会笑着流泪！世界上会说话的人是多么幸福啊！

现在，她面前的孩子，门栓轩，有十几年不说话啊，他可不是两年啊！那么他心里面那块岩石更巨大，更黑暗，把他的心门和嗓门堵得更严。他怎么受得了呢?

这个孩子想说话，发急的时候就咬手指头。他想从身体的另外一个地方开一道门，从手指上开一道门。让一肚子的话从这个门冒出去。

支教老师拉着门栓轩问宋国医，您能治好这个病吗?

宋国医端坐不语。

支教老师看着门栓轩满头银针，又问：扎针灸可以扎好吗?

宋国医说，很难。

支教老师说，我听说他在很多大城市大医院都治不好，他只有靠您了。

宋国医叹口气说，早五年来就好了，都是被这些大城市大医院耽误了。

支教老师指着药罐里正在煎给门栓轩的汤药问，这里面是什么？

宋国医说，有十几味药，但是主要是我们汉江流域的麝香和菖蒲。

八

李疯子的诅人咒语能像膏药一样贴到那个朱干部的背上吗？李发流赶到十堰去验证这件事。当年老李疯子诅他，那个咒语就贴了他几十年，让他断子绝孙。现在他希望李疯子的咒语能贴到朱干部身上。

李发流请李疯子诅咒朱干部先病后死，把徐娘孙还给他。

李发流赶到汽车城十堰，他要在百川河广场上检验李疯子诅咒的效果。

中午的时候他还很有信心。太阳已经很热了，春天的气息四处流动。他知道徐娘孙有午休的习惯，他就带门栓轩去吃腰花粉，他相信门栓轩会给他带来好运气，因为徐娘孙和这个孩子有缘分，很喜欢这个孩子。

李发流带门栓轩吃腰花粉，这个店开了几十年，一直红火。李发流第一次见徐娘孙也就是在这个地方。当时徐娘孙已经了解李发流了，她曾经在他杀猪扯猪腿的时候站在远处看过他几次。那天，李发流见到徐娘孙吃了一惊，他没有想到五十五岁已经退休的徐娘孙这么漂亮。她洁白的牙齿和好听的普通话在后面的日子里闪闪发亮，主导着他们的生活。

第一次见面他们就确定下关系，当天晚上，两个人就拥有了激情的生活。黑夜平静之后，李发流才明白这个有洁白牙齿和说好听普通话的女人生活的艰辛。她离婚多年，没有孩子，只抱养了一个女儿，养女参加工作后对她也不好，突如其来的退休生活带给徐娘孙的，是晚年的恐慌和对前途的无望。她抱着李发流的身子，抽泣着说，我晚年有依靠了吗？

李发流心里想说的也是这句话。他已经四十七了啊，他终于有女人了！还是这么好的女人！他抱着徐娘孙呼应着说，我们晚年要相互依靠啊。

怎么依靠呢？两个人计划，先攒钱买一个房子吧。

但是他们在一起生活了十八年，一直到李发流六十五岁徐娘孙七十三岁的时候，他们想买的房子一直没买成。

这个城市的房价像什么呢？

他们在十堰开了十一二年茶馆，他们的茶钱由每碗一元，涨到每碗两元，两元五角，他们收的麻将桌位费由每桌一人两元涨到五元，算起来十几年，价格上涨了两三倍吧，但是房子的价格却由最初他们想买的五百元一平方米涨到七八千一平方米！

李发流和徐娘孙很多个夜晚出门看这个城市的房子，李发流能听见一幢幢楼房上面蹲着一只只老虎，朝天空乱叫。他能听到老虎大叫的内容：涨，涨，涨，涨啊，涨啊，涨啊……

他把他听到的叫声告诉徐娘孙，徐娘孙一开始不相信。

房价五百块的时候他说买，徐娘孙觉得贵了，犹豫了一下，一下子就变成了两千，他们决心不再犹豫的时候，房价变成了三千五。李发流拼上了，他卖面条和饺子，来打麻将的老人们，中午在这里吃饭，哪怕一块钱五毛钱他都要赚。烧开水，倒开水，买菜，做饭，扫地，寒暄。房价年年涨，涨这么快，老人们都在骂，都在恐慌。政府下文了，抓房地产商了，有人围楼盘了，出来这么多事，房价该下来了吧。

但是，十几年来，房价涨了十四五倍！

吃完腰花粉后李发流带着门栓轩在社区门口等了一个下午，傍晚的时候，终于看见了徐娘孙。不过他们看见的不是徐娘孙一个人，还有朱干部！

这么说朱干部没有被李疯子诅病？

没有！接近八十岁的朱干部腰板挺直，红光满面。

李发流跟着朱干部和徐娘孙朝广场上走。傍晚的百川广场，有很多人出来锻炼。广场上有很多个片区，每个片区都有音乐，都有老头和大妈，都有嫂子和媳妇，都有孩子和老人。夕阳沿着河流上游的山影泻下来，像一只一只铁环，在广场上滚动。广场上四处都是红红的阳光，四处都是滚动的铁环。

李发流头开始疼。

莫非李疯子没诅到朱干部身上？莫非李疯子诅到他李发流身上了？

李发流在十堰的最后两年，也就是他六十三岁以后，每天都听到城市上空的老虎叫。开始是一只老虎，后面老虎越来越多。每幢楼屋顶上都蹲着老虎，一群老虎蹲在空中叫，涨啊涨啊。一直喊涨。所有的房子都听它的话。夜越深，人睡得越沉，它叫得越清晰。涨，涨，涨。涨啊，涨啊，涨啊。李发流听到一只老虎叫的时候，徐娘孙说他是神经病。后来徐娘孙信了，她也隐约听到了叫声。为什么全城的房子都齐刷刷地涨呢？原来都在听老虎指挥啊。

李发流六十三岁正准备将就着去买一个一室一厅的那一天，房价突然间上涨了百分之四十。

那一天他和徐娘孙脸都绿了。

那一天，房子涨价的消息让他们窒息，绝望像一口深潭淹没他们，浓黑的夜一直朝这口深潭里面灌水。他们静静地躺着，无法入睡，也没有彼此说话。

在这口绝望的深潭里面，徐娘孙准备悄悄一搏，李发流也准备悄悄一搏。

处在绝望之中的不单是他们两个，飞涨的房价让一批批老年麻将客心理都失衡了。他们建设汽车城的时候，还拿着低工资，大部分人在福利分房期间住的小房；现在退休了，工厂效益滑坡，工资都不高。没房和有房的都在恐惧。

恐惧如同煤烟一样弥漫到茶馆里的各个房间。每个房间里的老人都在咳嗽，他们咳来咳去，咳成一片。

只有朱干部例外。

朱干部有七套房子，他不怕老虎叫。

会挣钱的朱干部在大家恐慌的时候，却不慌不忙地开始实现他的另一个目标。

他看上徐娘孙了。

经常来茶馆打麻将的朱干部看中了徐娘孙的美貌，一口洁白的牙齿和一口好听的普通话。谁说女人老了都长得一个样？差远去了啊！朱干部懂女人啊，他要让自己的晚年不单有钱，还要有女人，他看中了年龄虽老却精致而有风韵的徐娘孙了。

他看出了徐娘孙和李发流的差距，徐娘孙是退休工人，有退休费的，李发流属于盲流，一天不干活都没得吃。还有，至关重要的一点，他们没有拿结婚证，也没有共同财产。

他不慌不忙，第一步先取得徐娘孙的好感。第二步，也就是茶馆的老人们天天咳来咳去为房子恐惧的时候，徐娘孙犯错误了。她掉进了一个陷阱。

徐娘孙参与了集资。她把她所有的退休费都取出来了，投进一个温泉养老项目。她不能指望李发流了，她要自己去搏一下。这个温泉项目太诱人了，给他们描绘了美好的前景和巨额的回报，但其实是一个骗局。徐娘孙发现这是一个骗局之后已经晚了，钱已经交了，要不回来。她不敢对李发流说，她找朱干部帮忙。朱干部带着徐娘孙四处找人，试图在骗局中利用私人关系把钱要回来。但是这个骗局太大了，更多人继续受骗，包括李发流和茶馆里的很多老人们。

徐娘孙天天和朱干部一起四处找关系，她不待在茶馆了，她对李发流说她在照顾养女的孩子。徐娘孙四处找关系讨账期间，发现李发流在茶馆里面组织老人们集资参与这个温泉养老项目。

徐娘孙和李发流大吵一架，坚决不允许他介入这个项目。

李发流不知道徐娘孙已经陷进去了，他不明白徐娘孙为什么歇斯底里地发火。他坚持给骗子公司帮忙，因为骗子公司许诺事成之后给他一套房子，什么东西比房子更诱人呢？

他们越走越远了，见一回吵一回，关系逐渐冷却。

这个时候朱干部却提出和她结婚。朱干部带徐娘孙参观了他所有的房子，给她描绘了晚年安稳有依靠的幸福生活。徐娘孙动心了。但是扔下共同生活了十几年的李发流，她于情于理都说不过去。她在李发流和朱干部之间反复权衡，拿不定主意。她最后寄希望于上天。她想结婚了，要领结婚证，正正规规地结婚安度晚年。她把想拿结婚证的消息同时告诉了两个男人。她要看在一个固定的时间里，上天把她给哪个男人。

你回老家办身份证，办完我们领结婚证吧。某一天，徐娘孙和李发流吵完架，对他说。

徐娘孙给李发流安排了往返的时间和流程，并且反复交代，要他那一天一定到民政局去，她在那里等他。她没想到，李发流却在这一段时间里，给骗子公司提供老人们的电话和名单，组织老人们去考察所谓的项目。

她在约好的时间里在民政局等不到李发流，朱干部却来了。

九

李发流站在百川广场上，远远地看着夕阳照耀着傍晚跳广场舞的人群，远远地看着红光满面的朱干部环绕他的女人徐娘孙在跳舞。朱干部没有被诅倒！他用手环住徐娘孙的腰，左边转一圈，右边转一圈。夕阳美丽的光环罩在他们身上。

李发流看着看着，突然站立不稳，他支撑不住了，他要倒下了。眼前的夕阳怎么一下子破了？夕阳破开了，夕阳流着水，水包围着百川广场，把跳舞的人群淹没。四处漂浮着人群。李发流看到自己在水里漂着，夕阳还水流不止。他知道要出事了。他要一头倒在水里面了。他告诉自己不要倒下。

五年了！五年没见朱干部，他活得更好了。

五年前徐娘孙安排李发流回去办身份证回来拿结婚证，李发流没回去。他以为徐娘孙是在开玩笑。十几年都没有拿结婚证，现在要那个证干什么呢？对他来说，和搞温泉地产项目的人对接，早点搞个房子最重要，他有这么多退休老人的联系方式，这么多退休老人在他这里打牌，对他很信任。信息和信任，这是温泉地产公司看中的。

他在约定的时间没去领结婚证，等他办证的徐娘孙从此成了朱干部的女人。

他当然不能接受。

来打麻将喝茶的老人们都被这个消息震住了，也都不能接受。

李发流不管那么多，他每天依然去接徐娘孙。徐娘孙给养女带孩子，带完孩子出门，李发流和朱干部都在门口等着。

朱干部说，你还来干什么？我和她是夫妻了啊！

李发流说，她是我的女人。

朱干部说，我们有结婚证。

李发流说，结婚证算个狗屁！

朱干部觉得李发流简直是个文盲加法盲，这个人怎么连法律都不认呢？天天去接别人的老婆？简直是岂有此理！李发流觉得朱干部简直是个流氓，凭什么和别人的女人拿证结婚？我的女人一下子就成了你老婆？

他们俩每天抢一个女人，茶馆里的麻将客议论纷纷，大都向着李发流。朱干部动怒了，他决定教训一下李发流。有一天李发流正在睡觉，公安局派出所来把他抓走了。

李发流被派出所关了几天，理由是他带头参与非法集资。那个温泉地产项目终于东窗事发，直到这个时候，李发流才明白为什么徐娘孙那段时间一直不在茶馆，一直那么坚决地反对他参与这个项目。幸运的是他帮忙集资的事还没有成功，那些麻将客们还没有受到损失。

从派出所出来以后，李发流无家可归了，茶馆的房东不再将房子租给他，里面所有属于他的东西都被清理出来，堆在门口。

他知道这是朱干部在扫地出门了。

他卖掉麻将机，卖掉椅子凳子，被子盆子床单这些卖不掉，他舍不得扔，他拎着这些东西走到百川广场。

李发流望着百川广场的天空说，朱干部，你想让我走？我偏不走！

他心中只有一个信念，就是见到他的女人。他找了一根棒子挑着舍不得扔的被子盆子和床单，开始流浪生活。

但是徐娘孙却再也不出来了，他见不到了。

他在百川广场周围当了几个月盲流，身上的钱一天天减少。

他在一个早晨等到了朱干部。那个早晨阳光通红。朱干部也是满面通红，他抹着腰准备在百川河边锻炼。他后边没有徐娘孙。李发流抽出挑被子的棒子跟着他，被他发现了。

朱干部有三个女婿，很快就开着车赶来两个。他们先推倒李发流，强行把他的东西扔到车上，然后拖着他到火车站，要他尽快坐火车滚蛋。

现在，朱干部不仅没病倒，还红光满面，看起来比五年前更年轻了。夕阳破在地上，流出的水把李发流淹没。百川河上空的声音怎么发生了变化？他怎么听到一声一声遥远的狗叫。回！回！回！回啊！回啊！回啊！

狗在叫他回。他猛然间明白，这只狗就是他小时候听到的那只在汉江里面叫的狗。他母亲骂他神经病，不相信汉江里面会有狗，但是他分明听见了狗在汉江的深处叫。狗叫的时候嘴里含着水，声音就是回，回，回。

汉江里面的狗在喊他回，李发流明白自己不行了，他看到了自己的寿限。他现在不能倒下，他必须要回到自己的故乡小镇才能倒下。

他怎么回得去呢？他手中还有一个孩子。

这个孩子没有让他倒下。他的眼睛已经看不见了。他牵着孩子，不，孩子牵着他，他们往回走。从百川广场坐车到十堰火车站，从十堰火车站到襄阳火车站，从襄阳火车站坐车到太平镇。一百多公里路，前后五六个小时辗转。他们是怎么回来的？李发流牵不回来孩子，孩子应该也牵不回来他。李发流的印象中，沿途一直有一种声音，孩子的声音，和外面的风声、夕阳声、人声，还有遥远的狗叫声混合。他们如同两只狗，一只老狗一只小狗，手拉着手往回走。

这个孩子，一下子变得很勇敢，保护着他，给他找座位，不让别人碰他。帮他排队，帮他买票。牵他上车，牵他下车。孩子在买票。孩子在说话。孩子发出神奇的声音。孩子一下子变得聪明伶俐。孩子最终把他安全护送回来。

十

李发流回来就倒下了，福利院院长带人抬着他找到宋国医，宋国医不给他治。

抬走。宋国医说。

已经不行了吗？福利院院长说，好像还有一口气。

他的肾早就空了，骨头和枯柴差不多了，他身上已经没有油了，油被他耗光了，他早就是一个空壳子了。宋国医说。

福利院院长叹口气，说，这个李发流，前些年干的坏事太多了。

福利院院长要准备后事，他问宋国医，还有几天？

宋国医说，三天看看。

三天过去，李发流没死，宋国医有点诧异；七天过去了，李发流还没死，宋国医不相信。他跑到福利院一看，大致明白了。

李发流被放在院子里靠墙的地方晒太阳，他斜趴在门板上，一晒一整天，院子里的人来来往往，没有人理会他。人们等着他断气，但他就是不断气。

是太阳的阳气救了李发流。

人的背部和脊柱有五十三个大穴，集中着膀胱经和督脉，血液和水分。正是立春时节，太阳这几天曝晒，每天悬在空中。

宋国医让人抬着门板送李发流到他诊所，既然上天不收他，既然太阳还给他面子，那就再试一试。

一直不愿给李发流看病的宋国医出手了。

李发流趴在门板上，身体下面铺着枯干的柔软艾草。宋国医治疗的办法还是一个，晒太阳，再加一点汤药。晚上，他让福利院来人抬走，第二天上午再抬来，他就让李发流每天在这里晒。

宋国医问福利院里的人，李发流病成这个样子，他和孩子是怎么回来的？福利院里的人也在问这个问题。

李发流晒太阳救命成了小镇上的一个奇迹，全镇和四周的乡村都在议论这件事。赶集的人三五成群地围着宋国医的门场看这个奇迹。

李发流趴在门板上。

卖大米白面的、卖葱姜豆角的、卖菠菜豆腐的、喝茶打牌的，街上全是人。

小镇原先号称小汉口。上游陕西的烟茶,下游襄阳汉口的私货,南来北往在这里交汇。这里人的祖先是从江西迁来的,江西填湖广,一批一批人迁过来。这里早先有江西馆、汉口馆、陕西馆,有各种大戏台子,唱戏跑马。后来,上游丹江口水电站把水闸住,商船少了,人就少了。

赶集的人都围观议论李发流。

街上认识他的人都在传播,这个干了一辈子坏事的老流氓,全镇名声最坏的家伙,在快死的时候,太阳在救他的命。

赶集的人三五成群地相互打听,李发流病成这个样子,他和孩子怎么回来的?

门栓轩一天也没离开李发流。李发流每天趴在门板上晒,孩子每天都从福利院过来陪他。门栓轩在李发流晒太阳的那些日子吃遍了全镇,玩遍了全镇。他会大吃大喝,他会发笑,会发怒。他能在人们的引导下说五个字以内的话,但就是不能主动说话。

有一个卖豆芽的人跑过来和宋国医说,他家的豆芽吃了可以让门栓轩开口说话。后来卖千张和卖魔芋的也都说他家的东西吃了可以早点开口说话。后来越来越多,卖面条和炸油条的也都凑来。宋国医把他们都打发走了。

一群孩子在宋国医诊所和李疯子豆腐店边上的场坪玩跳房子,门栓轩围在外面看,他对这个游戏很痴迷。孩子们唱:

天上跑白云,
地上雨淋淋,
要得天门开,
打个门栓来。
…………

一只瓦片在地上移动,在方格里面移动,门栓轩站着看,蹲着看,趴着看,满脸通红,眉开眼笑,但是孩子们要他跳,他却不会跳,当然也不会唱。

他跟着张口,他跟着嬉闹,但是不敢向前。宋国医看过多少孩子?这个孩子肯定在幼小的时候受到惊吓,他的身体深处潜入了一种可怕的声音,地狱般魔鬼般的黑暗声音,需要另一种声音来牵引。但是谁都不知道另一种声音在哪里。

孩子们又开始唱：

河东芝麻开，
河西荠菜开；
河东金锁开，
河西门栓开；
河东天门开，
河西夕阳开。
…………

十一

李发流晒太阳救命的一个多月，刚好是支教老师和门栓轩相处的一个多月。

这一个多月里，支教老师一有空就把门栓轩带到学校的琴房，她想用音乐把门栓轩身体深处的话语牵引出来。镇小学琴房里原来只有脚踏风琴，现在换了钢琴，全校会弹钢琴的却只有支教老师一个人。钢琴支在窗户前，窗户外面是麦地，一片一片的麦地外面，才是汉江。支教老师坐着弹钢琴，门栓轩站在钢琴前面发呆，偶尔探头探脑看着窗外，嘴里发出低低的呜咽之声。

你看见蝴蝶了吗？支教老师问门栓轩。

门栓轩愣着。他显然没有看见，窗外并没有蝴蝶。

当然，不是那种有形的、看得见的蝴蝶，支教老师说，是那种看不见的蝴蝶。

门栓轩还是愣着。

支教老师在寻找曲子。她相信有一首曲子是专门为门栓轩谱的。每个人都有一首上帝为他谱的曲子，但不一定都有缘听到。支教老师当年听的那首曲子名叫《谁来告诉我们令人不安的消息》，她当时听完泪流满面，歌词如水流一样从她嘴里溢出。谁来告诉她令人不安的消息？不是亲人，不是妈妈，不是邻居同学和发小，而是风和蝴蝶。她父亲死的时候，大人们都告诉她父亲很快会回来，但是一只蝴蝶，在一阵风的吹送下，从空中降下来，告诉她，父亲永远走了，不再回来了。

这首曲子里面有父亲的嘱托，让她一下子安心和稳定。这首曲子告诉她，父亲虽然没有在她身边，但是一直在看着她，爱着她，支撑着她。她又说话了。

十几年过去了。

支教老师想打开门栓轩说话的门，但是她找不到上帝留给门栓轩的那首曲子。

十几年过去了，这个世界越来越让人不安了，每天会有更多令人不安的消息，但是照样没有人告诉我们。

在她支教前，研究生快毕业的时候，她突然又要失语了。

她的母亲再婚了。再婚有什么呢？她父亲去世那么久，母亲再婚是应该的，但是惊讶的是所有的人都瞒着她。她偶尔放假回去看见家里多了一个陌生男人才明白发生了什么。

她不想和母亲说话了。

令人不安的消息一个接一个，她要毕业了。她在跑工作。这个世界变化这么快。立交桥天天在修。路修到长江下面，但还是天天堵车。毕业四处找不到工作，研究生、本科生不如职校生，职业技术最受欢迎，但是大学却都在扩招。变化最快的还是人，她的室友、好朋友、男朋友……

支教老师在研究生三年级的时候差点结婚，她的男朋友向她求婚的时候，她有点犹豫。因为她并不爱他。他赖在她宿舍里不走，像日本武士那样头系布条，静坐在地板上绝食三天，把她打动了。她准备答应他的时候，风和蝴蝶给她带来了令人不安的消息。

原来那个男生为了留在省城，又用同样的方法绝食三天向她的一个女同学兼好朋友求婚，她的女同学也被打动了。她的女同学追求浪漫，她认为这个绝食行为就是最大的浪漫。他们随后拿了结婚证。因为女同学的家庭背景，那个男生也留在了省城。

她成了一个被抛弃的人。

她并不觉得失去这个男生有什么不好，因为她并不太爱他。

但让她愤怒却无处发泄的是，身边这么多人都知道这个消息，却不告诉她。

她那一阵子张张口想说话，但是每回又都把话活生生地吞到肚子里去。

她想说，我并不爱他，我也没有答应他。但是她张张口，她说给谁呢？

她想说，我爸爸让风和蝴蝶提醒我，我最终没有上当。但是说出来也没有人相信,没有人值得她去告诉。

她想说,那样一个男人,下一次向谁绝食呢?

有一回她一天没说一句话。有一回她两天没说一句话。有一回她一个星期没说一句话。她一开始以增加天数为乐，这个世界上的人有什么话要和他们说?有什么话非说不可?直到有一天她必须开口说话的时候她找不到相应的语音和词汇,她变得语无伦次,结结巴巴。

她吓住了。

她忽然感觉她所有的话语都在朝肚子里面退缩,她又要回到十几年前吗?

她不想回到过去。

她重新找出当年牵引她说话的那首曲子,那首曲子旋律依然优美,歌词依然清晰,但是却拉不出她每天朝肚子里退缩的话语了。

她找不到办法,她每天使暗劲,却不起作用。她明白自己需要大哭一场,却哭不出来。

她决定去支教。到一个安静的小镇,疗救自己。

她从省城来到汉江边这个小镇。

门栓轩站在支教老师面前,牵引他的蝴蝶和旋律在哪里?

门栓轩看不到蝴蝶。

支教老师发现门栓轩对音乐有兴趣。他对熟悉的曲子比一般人反应快。他本来在学校操场上玩耍,但是一听到支教老师屋子电脑里响起熟悉曲子的前奏序曲,周围的人还没明白怎么回事,他已经撒腿朝支教老师屋里跑。支教老师以为找到了让他开窍的方法,但是没想到他一直停留在这个程度,再也不进步。

当初牵引支教老师说话的那首曲子对他不起作用，她准备的中外曲子和古典现代曲子,她一首一首弹奏,他也没有明显变化。

一个多月就这么过去了。

一个多月里,支教老师上午课间操以后,会到宋国医诊所门口李发流躺着的地方,那时候门栓轩已经扎过针灸,她把他领走。下午放学的时候,她再把他送到宋国医那里,由福利院的人把李发流和门栓轩一起领回。

下午送门栓轩返回的路上是支教老师最忧伤的时候。

在镇小学和宋国医的中医门诊部之间,是一条长长的集贸市场,下午学生放学以后,集贸市场上的卖菜农民大多返回,地上都是残物垃圾。小镇的清洁工第二天凌晨才打扫清除。

这个小镇有什么好呢？支教老师看不明白它有什么好，这么脏这么破不说，而且学生不爱学习，农民不种地。

小时候他们常说，农民不种地还叫农民吗？现在看，他们这个镇，汉江边这大片大片的土地，都卖给地产开发商，或者搞工业园区，农民们很多都不种地了，中青年人大都到城里去打工，只有老人守在家里，收地租，喝茶，发呆。

最不能忍受的是，每次她用了一天工夫教育却毫不见效的门栓轩见到李发流之后，显得那么亲热。

门栓轩怎么那么喜欢李发流这个老流氓呢？这是支教老师最不明白的事情。每天上午她去接门栓轩时，都看见门栓轩坐在李发流旁边拉着他的手；每天她去接门栓轩到学校，他都不情愿。他不愿意跟着支教老师走，他愿意留在李发流旁边。每天傍晚放学，门栓轩一看到宋国医诊所门口躺着李发流，就立即冲过去，紧紧拉住他的手。

晒了一个多月太阳的李发流仿佛听到了天上的雷声。汉江河上空的雷声就是汉江河两岸的灯泡和太阳。雷声一过，惊蛰就到了。

雷声把李发流喊回来。小镇出大事了。

老流氓你醒醒，汉江河的水少了一半了，李疯子说。

汉江河的水真的少了一半了！

全镇的人都被这件事震住了。

汉江河的水好像是一夜之间少的，原来江水一直到左岸的梅花树根，现在一下子落了至少五尺。岸边站满了男女老少，都赶过来看水少了一半的汉江。河中间本来很小的沙洲大面积裸露出来，对面的堤岸清晰可见。

原因很简单，上游老河口的王甫洲把汉江拦住，建了一个水电站。

一群一群人，男女老少，都拥过来看汉江变瘦变小，没有人说话。他们只是看，从中午看到下午，又看到傍晚，都不肯离开。

他们有什么办法呢？

年纪大的老人们都还记得在上游建丹江口水电站，那气势多威武！再就是南水北调，把汉江的水送到北京，送到天安门、故宫和长城，送到这些他们只能在电视里才能看到的地方，给那里的人们喝。现在倒好，前面只隔一个县，老河口又拦住汉江建水电站。他们是距离最近的下游，水一下子少了。

李发流站在人群中。

他还有点懵懂。汉江水会少一半吗？他们在这条江边生活了几十年，他们从小赌咒发誓，说某件事绝对不可能时，就说除非汉江水少一半。但是现在汉江水真少了一半。

老流氓，汉江河的水真的少了一半！李疯子又对李发流说。

汉江河中间，采沙采石船来往穿梭，他们把沙石运到岸上，再由汽车一趟一趟运到城市里，盖一幢一幢高楼。

老流氓你怎么还不明白，李疯子说，我妈说过，汉江水如果少一半，你就可以解咒了！

十二

李发流清醒过来之后，宋国医和小镇上一些人对他们如何从十堰返回表示震惊和疑问。他病得那么重，手上还有一个孩子，他们是如何从那么远回来的？有没有第三个人和他们一起？他们有没有被人救助过？

李发流说是门栓轩把他牵回来的。

李发流开始讲那个时候的门栓轩，对周围的一切都充满警觉，他像一个保护神一样，保护李发流买票，保护他上车下车。他们周围有一种奇怪的狗叫声。回，回，回，这个狗叫声一直飘荡着。狗叫声带动着周围其他的声音。构成一股神奇的回响。这个神奇的声音给他开路，带他们回来。

李发流逢人就讲。

听李发流讲故事的人哈哈大笑。

门栓轩能把李发流从十堰牵回来吗？那可是有一百多公里！那可得火车转汽车！门栓轩能买票、认钱、认路，能牵着一个大人行走吗？

众人不相信他。

宋国医和支教老师将信将疑。

李发流起来之后，门栓轩离开支教老师，又和李发流天天混在一起了。

支教老师到汉江边去找门栓轩，她拉门栓轩回学校，门栓轩不去。

门栓轩每天和李发流到汉江边玩。

支教老师不明白李发流这个老流氓对孩子使了什么魔招让孩子那么听话。她跟着门栓轩和李发流到汉江边，她想看看他们在那里干什么。

惊蛰的雷声在汉江河上响过之后，地下的虫子打开泥土，泥土是它们的门。汉江河里的荠菜打开地面，地面上铺开一层层薄绒的碎花。

门栓轩在汉江边寻找声音。

门栓轩在汉江边搬石头。他听到石头下面有声音。他搬开一块石头，没有找到他听到的那个声音，他又搬开一块石头，仍然没有找到那个声音。他把石头搬开了一大片。他在石头下面找到了荠菜，找到了千足虫，找到了红如火苗的蜈蚣。他趴在地上听荠菜拱破土地的声音，听千足虫用足须叩击土地的声音，听红蜈蚣敲打石头的声音。但是所有这些都不是他要寻找的声音。他站起来。他四周张望。他突然开始奔跑。

门栓轩在追一股风，他断定他听到的那个声音在那股风里，但是他追了一段，那股风散开了。他又去追一棵树，他发现那个声音在树里，他追到树下面，趴在树根那里寻找，那个声音却跑到了树梢，他站在树下张望，那个声音也散开了。他最后看见了一只微风中的鹭鸶，是这只白色的鸟带走了声音？他追得满头大汗，最后那个声音没有了。

他站在堤岸边的石头上，四周都飘荡着那个声音，但一下子又找不到声音在哪里。

嗡……

渴……

咝……

呼……

李发流在汉江堤岸上给宋国医寻找菖蒲。菖蒲开窍醒脑。早春季节的菖蒲，码头上没有，在河堤和上游的干渠那里，依然有肥厚青翠的绿叶，依然有泛白的梗苔。

菖蒲长在水边的石头上，长在阴湿的水泥管边上，长在河堤和田垄之间。它似乎是汉江河很贱很贱的草，安静地趴在那里，没有声音。

这里有一大片一大片的菖蒲，开着黄色、紫红色的、细白色星状的小花，卑微却茂盛地长在僻静的水边。它的前面是汉江千百年冲积形成的沙洲，后面是堤岸，在大片大片荒僻的湿地上，它们把花开给汉江。它们的花没有浓香，不招惹大片的蜜蜂。但是它们是珍贵的药草，它们身上有淡淡的药香。

前面有一个废弃的干渠，远远地左右伸展，像架在天空之上。这条渠李发流曾参与修建。他至今还记得修干渠的时候成百上千人插着红旗呼喊劳动号子的场面。这条干渠曾经把汉江的水引到山坡上，供成千上万亩田地抗旱用啊，现在却废在这里了。

李发流没想到，这条干渠下面生长着这么多菖蒲。土地荒芜了，农民们不种粮食都外出打工去了，但是菖蒲却随着季节自由自在地生长。四周都是声音，蝴蝶、蜜蜂、野刺峰、麻雀、八哥……它们的叫声表面上乱七八糟，其实有精确的秩序。

李发流抬头往上看，眼前的干渠老了，废了。

汉江水退了一半，按照老李疯子的说法，他李发流可以解咒了。解咒了，就是不会断子绝孙了吗？就是不再孤寡一人了吗？那么他现在还继续去找徐娘孙吗？找到徐娘孙他就能不孤寡了吗？

不，他不会再去了。

徐娘孙就如汉江河里的水，退下去就退下去了。

剩下的时间，他该做点正经事了。

他唯一能做的正经事，就是帮助门栓轩说话。

这孩子有特殊的听力，声音应该和他有缘，是打开他嘴巴的钥匙。

李发流最早发现门栓轩对声音敏感是在襄阳市区一个人流拥挤的商场，那天门栓轩在人流中走失了。李发流一开始和保安守在大门口等。后来李发流学了几声狗叫，没想到门栓轩很快出现了。李发流以后又试了几次，每次都很灵验。李发流就明白了这个孩子的窍门。

李发流坐在汉江边，坐在干渠下面大片的菖蒲丛中，风声树声，牛声羊声，虫声鸟声，石头声水流声……所有这些他都太熟悉了。他带着孩子，一待一整天，他们在大太阳下面，在开阔的汉江面前寻找那个声音。

整个春天和夏天，李发流都带着门栓轩在汉江河边听声音。他有什么过人之处呢？支教老师经常在他们后面跟着，一直想不明白。她和李发流展开了一场争夺战。她想把孩子拉到身边，孩子却不愿跟着她。李发流对孩子不闻不问，孩子却天天追着他。

夏天来的时候，李发流坐在汉江边又有点想徐娘孙了。他克制着自己。他发觉自己坐在堤岸和草坪时的姿势和朝向总是朝着汉江的上游，朝着徐娘孙的方向，那怎么行啊，他调整方向，正对着汉江河西，或者干脆面朝下游襄阳。但还是不行。他在汉江边行走，他对着汉江和花草骂徐娘孙，但是不管他怎么骂，徐娘孙却像河边的杂草一样，茂盛顽强地生长在他心里。怎么办呢？他只好开始骂自己，骂自己贪色，骂自己是个小人，骂自己没出息。骂来骂去，徐娘孙还在那里。在面前，在汉江河里，在风中，在花草丛中。

你来,我告诉你一个秘密。李发流对门栓轩说。

我告诉你一个秘密。我发觉你小子和我一样,也喜欢女人,是不是?你别否认,否认也没用。好。那你要尽快找,找一个好女人。你不要像我一样,拖到快五十,只有找那个不能生孩子的老娘儿们。

我这一辈子最恨的人只有一个,那就是夸你长得好看、夸你眼睛漂亮的老娘儿们徐娘孙,李发流说,我和她生活了十八年,她把我扔了!

但是,我这一辈子最爱的人也是这个老娘儿们,你说怎么办?李发流说。

你恨一个女人没用,李发流说,你还得爱着她,我今天告诉你这个秘密。

你来,我告诉你一个秘密,李发流说,你小子现在还不会说话,但是你要相信你最终能说话,李发流喘了一口气,继续说,你一定要有女人,有女人才有后代。你不能学我,我没有女人,没有后代;你不能学我,断子绝孙,孤寡一生。

夏天的时候,李发流和门栓轩出了一件事。

李发流和门栓轩顺着干渠往前爬的时候,中间的一段支柱因年久失修垮塌了,他们下不来了。

干渠的下面,离地有一百多米,如果摔下去,就会没命。

李发流和门栓轩爬上干渠的时候已经快到中午了,整个下午,李发流都在寻找逃生的方法,到傍晚夕阳下来的时候,李发流慌张了。

一个脑壳比房子还大的夕阳,横在汉江河上面。

夕阳漂在变瘦了的汉江河上,摇头晃脑,像一个失重的大头孩子。这个夕阳和过去的夕阳不一样。汉江河过去的夕阳多么悠闲,像漂在温暖的澡堂。过去的夕阳是有根的。夕阳是一棵树,它的根深深地扎在汉江里面。他们能看见夕阳漂在水面上,看见夕阳下面又长又黑的根须。他们看见的夕阳是他们的祖先种在这一段汉江河里的,否则你无法解释为什么夕阳落在这一段汉江河上纹丝不动。

过往的船只摇晃飘动,过往的飞鸟摇晃飘动,过往的河水是一节一节相连的,过往的鱼虾是来往悠游的,但是夕阳不是过客。夕阳是这段汉江河的男主人,白天他出去工作,晚上他要回来。河里面有它的房子,有河鱼、蚕豆、黄豆、萝卜、白菜和大葱给他下酒,有他巨大的床,有一大盆水给他洗澡,有温暖的树根吸住他,有巨大而温暖的巢穴让他放松休息。

李发流后悔自己过了七十岁生日没去死。他是当着汉江河发过誓的,发了誓为什么不去死?为什么还活在这个世上害人?为什么要梦见那个老娘儿们?

为什么要去百川河看那个老娘儿们?

天快黑的时候,门栓轩情绪焦躁起来。他一天没吃饭了。李发流白天沿着干渠和涵管给他摘的野豌豆苗,他一开始不吃,后来饿极了开始吃了。

门栓轩平时总是跑动,现在缩在一个不能动的地方,他受不了,他急躁乱动。李发流抱不住他,两个人缩在涵管里挣扎,把李发流累垮了。门栓轩憋不住拉屎的时候,李发流拉住他双手,他屁股朝着干渠外面,他可能在悬空拉屎的时候看见了地面,他吓住了,也一下子安静了。

天快黑的时候,李发流急得哭起来。

从李发流哭开始,门栓轩一下子变得机敏,他仔细地聆听着半空中的声音。顺着声音查看下面的立柱。

那天先逃出悬空干渠的是门栓轩。支教老师放学后照例在汉江边寻找李发流和门栓轩,她在汉江边的码头岸没有找到,沿着河岸往上游走,门栓轩经常玩耍的河滩和沙洲都没有。支教老师返回头,她以为门栓轩和李发流今天没出来,还在福利院。她赶回福利院没有看到人,她有点慌了。

那天支教老师在夕阳下面的小镇上寻找,她从菜市场找到镇政府和工业园,四处都见不到人。薄薄的雾气环绕着夕阳,夕阳变小变软的时候,她想起了干渠,最近几天,李发流总是带着门栓轩朝更远的干渠方向走,她决定再沿着汉江往上游走,到干渠方向去。

她看到刚刚从干渠上爬下来的门栓轩。

她紧接着发现并找人救下了李发流。

救下李发流之后,支教老师惊奇门栓轩是如何自己从干渠上下来的。这条废干渠,中间垮塌之后,在悬空的干渠之间只有一条旧立柱。门栓轩能从一百多米高的立柱上爬下来吗?

李发流信誓旦旦。

他是看着门栓轩往下滑的。门栓轩往下滑一段,他朝门栓轩挥挥手,又滑一段,他再挥挥手,他一直朝立柱下面挥手,门栓轩像一只松鼠一样,一截一截往下滑。门栓轩双手环住立柱,一会儿往上看,一会儿往下看。

门栓轩往下滑的时候,四周充满了奇怪的声音。风声、夕阳声、虫鸣声和植物的声音,还有遥远的狗叫。门栓轩在这个声音的世界里一点一点下滑。

门栓轩像一个英雄。

李发流讲给小镇上的人,所有的人又是不信。宋国医还是将信将疑。

第二天，支教老师借这次事故，强行把孩子带到学校，不让李发流带了。

支教老师把门栓轩强拉着带到学校，门栓轩不情愿。有一天，两个人为了练一首曲子闹了别扭，门栓轩一口咬住了支教老师的手指头。

门栓轩不知道松口，他不知道他咬的是谁，不知道这是天天教他开口说话的老师，他不知道老师是不能咬的，他除了认识他爸爸，再就是李发流，其他人在他眼中大致是一样的；他不知道他咬的是手指头，他不知道咬手指头和咬一块木块有什么区别。木块是硬的，手指头里面的骨头也是硬的……这就是门栓轩的世界。

支教老师大声喊叫。她喊着喊着，腰逐渐弯下去。她的腰似乎要断了。她的腰继续弯，她已经喊不动了。她去抓门栓轩的头发，推他的脑壳，撬他的嘴巴，所有这一切都毫无作用。她听到她的腰咔嚓响了一下，她疼得腰继续往下弯往下矬，她像一只彩色的布袋，终于坠落到地上了。

她出现了幻觉。

她似乎找到了那首曲子。

谁来带给我们令人不安的消息?

这个令人不安的消息里，现在有彻骨的疼痛。

支教老师被咬了！校园里传来一片惊叫！

支教老师被咬伤了，血流如注。

她蹲在地上哭。

她听到了另一个神奇的声音。她看见了大片大片的蝴蝶，看见了风。它们终于来了。她听到了从遥远的天际飘过来的音乐。这首曲子让她哭，一直哭个不停。

那首曲子的歌词里面增加了疼痛的内容。

支教老师站起来，门栓轩去哪里了?她朝汉江边走。她忽然发现她能哭了。

她从镇码头一直哭到遥远的干渠，那群蝴蝶和风一直跟着她。蝴蝶和风传来她父亲的嘱托。父亲还是那句话，虽然没有在她身边，但是一直在看着她，爱着她，支撑着她。父亲告诉她，长大了也要笑，长大了也要哭，想笑就笑想哭就哭。

她哭到干渠，看到遥远的天空，开阔的江岸，夕阳夹在两段废旧的干渠之间。她趴在那里呕吐。她把这些年想哭的东西都哭出来了，都吐出来了。她忽然轻松了。堵在她心口和嗓子的岩石居然消失了。

但是她的手指头肿得像一根棒槌，上面还凝着乌血。闻讯追过来的校长把她强拉着到医院去了。

十三

李发流一大清早就失去了带门栓轩的权利。他怎么可能没有门栓轩呢?但是清醒的事实却是,门栓轩在老地主的手里。

李发流远远地看着老地主和门栓轩,看着他们走出福利院,看着他们走到宋国医诊所和李疯子豆腐店边上,又看着他们走进集市。他看着花白头发的老地主拎着门栓轩的衣领,像拎着一个萝卜。

我现在带门栓轩。老地主逢人就说。

以后每天归我带。他说。

老地主向人们介绍门栓轩咬支教老师的一些情况。他说,责任就在李发流这个老流氓身上,孩子又不懂,他只是一个傻瓜,对吧。

支教老师是能咬的吗? 那可是省城来的! 支教快结束了,欢送会都准备开了,镇里、县里、市里的领导都准备来讲话了,会议材料和会场都准备好了,那还怎么开呢? 那领导还不发脾气吗?

更远一点说,李发流这个老流氓,他还带孩子嫖娼,他还把孩子在十堰汽车城搞丢过,他还带孩子上了一百多米高的旧干渠,他差点把孩子摔死了,是吧。

老地主拎着门栓轩在集市上走了几个来回,该说的话他都说了,但说完之后老地主总觉得有点不对劲。

原来李发流带门栓轩,集市上摊贩都和他们热闹说笑,他们一边骂着李发流,一边夸孩子眼睛漂亮,给孩子东西吃,那多让人羡慕眼热? 现在,老地主带孩子,大家怎么都默不作声?

就连最喜欢给门栓轩油条的那个摊主,本来油条已经夹在半空中了,又缩回去了。

李发流无事可干,戳在李疯子豆腐店门口。李疯子原来每天骂李发流是老流氓,今天却忽然之间不知道该说什么了。

汉江水少了一半。她对李发流说。

李发流点点头。

李发流戳在阳光下。阳光落在他身上,发出奇怪的声音。李发流看着阳光发呆,阳光能把他这个宋国医放弃治疗的人救活,也一定能治好门栓轩!

李发流一直在寻找那个能帮助门栓轩的东西。它可能是菖蒲，可能是汉江两岸的阳光，可能是声音！但是真正让孩子像一个勇士，让孩子不单能说话还能帮助人的，是那种"特殊的时候"。

那种"特殊的时候"，就是上次从十堰回来的时候，就是他们在干渠上的时候。

但是门栓轩却不在他手里。

李发流无所事事地混了一天。

李发流给宋国医和李疯子讲述门栓轩那种"特殊的时候"。

孩子是自己爬下去的。李发流说。

孩子边爬边和我说话。李发流说。

他在那个时候特别牛。李发流对宋国医说。

宋国医和李疯子似信非信。

镇上的其他人都不信。上次从十堰回来，大家都不信，这次更没人信。

孩子自己能下去？有人说。

他莫非是只鸟？又有人说。

我们都爬不下去。除非是猴子！

夜里李发流醒了，他摸摸身边，门栓轩不在。门栓轩在老地主的房间里。夜里醒来对李发流来说是很难受的一件事，屋子空空荡荡，似乎全福利院全小镇只有他一个人。

汉江水少了一半，他可以解咒了？

解了咒他也不会再去找徐娘孙了，他跑不动了，也不想跑了。那就让那个诅咒还贴在身上吧。已经断子绝孙，孤寡一生了。几十年来诅咒像一根深入肉中的刺，已经变得温暖。这个刺和他的生命连接着，刺痛着，喘息着，温暖着，生长着，一生也就这样过来了。

他出门站在院子里，他走到老地主门前。门栓轩在老地主房间里。李发流已经很熟悉这个孩子睡觉的样子，他每次睡觉都满头大汗，要用一个干毛巾垫在背后。这孩子睡觉是一个大问题。他总是捏着拳头，睡觉对他来说是一件恐怖而辛苦的事，梦中会有深深的恐惧袭击他。他仿佛一直处在紧张之中，随时准备抗击什么庞然大物。

可怜的孩子，你比我李发流还可怜。

老地主屋子里一片黑暗，没有声音。

李发流在门前站了很久。

我一生总得做点什么事。李发流想。

李发流站在福利院的夜空下似乎又听到了遥远的狗叫声。回，回，回。

汉江里的狗都在喊他回了，他明白时间已经不多了。

他要让全镇的人都明白，门栓轩在关键的危机时刻是厉害的、勇敢的，是孩子救了他，而不是他救了孩子。给孩子寻找“特殊的时候”，寻找到那种神奇的声音，孩子就能开口说话！

李发流终于等到了机会。

门栓轩一个人留在老地主的屋子里了！

老地主陪福利院院长去看望被咬伤的支教老师，他把门栓轩锁在屋子里。他没想到门栓轩锁在屋子里会大吼大叫，会咬门咬窗。他没想到门栓轩关不得。

李发流听到了孩子的吼叫和哭闹。

李发流打开老地主的门，拉着孩子就跑。

李发流把门栓轩偷走了！

最先发现的当然是老地主。老地主从市里看望支教老师回来，门栓轩不见了。他叫嚷起来。

十四

李发流带着门栓轩从福利院出来，从集贸市场穿过，一开始准备朝汉江边去，走出小镇到农田的时候，才想起干渠已经上不去了。他带着孩子折返身赶到小镇汽车站，他带着孩子上了公交车，又朝十堰赶去。

他们在襄阳火车站的时候，福利院的人已经发现他们失踪，开始安排人在镇集市和汉江边寻找他们，谁都没想到他们会再去十堰。

因为李发流已经说过好多次，不会再去，再说，以李发流的体力，人们也不相信他能去。

李发流在襄阳火车站就不太顺利。他没有想到现在是暑假，火车站人这么多。他牵着孩子在拥挤的人群买完票准备进候车室的时候，工作人员拦住他。工作人员说门栓轩没买票。李发流原来带门栓轩到十堰是不买票的，他说门栓轩不会说话，那几回的工作人员首先是吃惊，也就不那么认真。但是李发流这回碰到了一个认真的工作人员。他说如果不会说话，应该拿出残疾证，李发流不知道门栓轩有没有残疾证。他只好又去补票。他身上没有多少钱，又补了一张票，钱更少了。

折腾很久又进候车室。候车室开了中央空调，空气太冷了，他冷得抱着胳膊。火车上也是空调，李发流一直抱着胳膊。李发流冷得不停地抖动，一会儿开始打喷嚏，他一下就感冒了。他不知道自己能不能坚持下来。他知道自己命不长了。他死没什么，但是他死之后再也没有一个人像他这么了解门栓轩了，门栓轩能带他回来他们都不相信，那怎么行。他想让小镇上的人再看一次，门栓轩是如何带他回来的。

他知道这是一趟生命之旅。

现在的火车太快了，又平稳又快。窗外开始泛着湿土黄，马上到秋收了，玉米、芝麻和红薯都成熟了。火车在隧道里面钻，在丘陵的谷地里奔跑。这条路他跑了快二十年了。他从壮年开始跑，跑到现在，他把火车由绿皮慢车跑成了高速动车，他把窗外的农田跑熟了一茬又一茬，也把自己由一个壮汉跑到了生命即将结束。

这么快到十堰了。

应该是下午两三点的样子。日头还那么高。他和门栓轩每人吃了两个包子。他因为感冒头疼还流鼻涕。

还有时间。

李发流坐在十堰火车站门前广场的一个石阶上，心神不宁。他的毛孔里面进了冷气。他在石阶上一直抱着胳膊。他在太阳下面心神不宁，过了一会儿他发现自己坐的方向朝着百川河，他把头扭转过来，朝着襄阳方向。十堰火车站人照样多，暑假期间到处都是学生。他四处看着学生，看着看着又转到百川河方向了。

他意识到这是一个问题。

我还朝着百川河方向干什么？李发流问自己。

你还想着那个老娘儿们吗？李发流骂自己，她害你害得还不够吗？

她害了你一生，李发流朝着襄阳对自己说，她差点把你害死了。

李发流开始在心里历数徐娘孙的坏处。他在他们共同生活的日子里寻找，譬如徐娘孙喜欢睡懒觉，譬如徐娘孙不会做饭，特别是手擀面。他找到一条骂一条，骂着骂着，他发觉又朝着百川河方向了。

太阳还高，似乎还有点时间。

门栓轩坐在他身边，也朝着百川河方向。

你转过来。他对门栓轩说。

门栓轩转过来，不明白李发流要干什么。

你给我老实交代，你是不是想那个老娘儿们了？李发流对门栓轩说。

我知道你小子喜欢女人，李发流说，我也知道那个老娘儿们喜欢你。

你今天老老实实在这儿待着，我告诉你，李发流说，我们是来检验你的水平的，不是来让你看那个老娘儿们的。

李发流在石阶上坐着拧来拧去，不停地数落着门栓轩。门栓轩呜呜咽咽，中间对着广场撒了一泡尿。

门栓轩突然拉着他朝百川河方向走！

李发流跟着门栓轩走，开始自言自语。

这不怨我吧。这不怨我吧。这不怨我吧。他反反复复说。

你门栓轩为什么一定要去？你去那个地方干什么呢？他一直说。

李发流看到了法国梧桐，看到了旧铁轨，看到了他第一次寻找门栓轩的那个瞭望台。

他走不动了。他烧得越来越厉害。宋国医说过，他已经是一个空壳子了。他这个空壳子经不住感冒。他不停地打喷嚏和流鼻涕。

他知道不能再走了，该回去了。再不回去，他就永远回不去了。

他站在瞭望台下面喘气。现在怎么办？他想返回，又不甘心，百川河马上到了。他想爬上瞭望台朝百川河看一下，但是他爬不动了。

他连一个台阶都爬不上去了。

他靠在瞭望台前哭起来。

徐娘孙，不是我不来看你。他哭着说。

你看我，我走不动了。他一边哭一边说。

在瞭望台对面那条街上，车流人流越来越多，又到快下班的时候了，夕阳开始变红变软。他不知道，这个时候全镇人都发动起来，在四处寻找他们。镇公安向上报了警，镇上还组织了捕捞队在汉江打捞他们。

李发流猛然听到城市上空传来遥远的狗叫。回，回，回。

你手里有孩子！

他知道他们必须立即返回。但是怎么返得回去呢？孩子必须拉着他，穿过人流赶到火车站，必须买票上车，必须从十堰到襄阳，下了火车再上汽车返回。

李发流望着天空、夕阳、车流和人流，恐惧起来。小镇上的人已经全部发动起来。公安局已经通过襄阳火车站购票系统监测到李发流带着孩子到了十堰。

李发流是赶到襄阳火车站后死的。他直接倒在火车站出口，众人连忙朝宋国医这里送。众人还指望李发流像上次一样，被太阳晒一下，起死回生。但这次没有可能了。

他早就死了。宋国医说。

但是镇上的人分明看到门栓轩和李发流是一起从火车站出来的啊。他们这回终于看清了，是门栓轩牵着李发流，而不是李发流牵着门栓轩，在人群中亦步亦趋地走出来的。

他早就死了。宋国医自己也觉得奇怪，不相信地摇头，说，应该在火车上就死了呀！

众人围着李发流发呆。大家沉默着看着他。似乎他还活着。人们似乎还想骂他几句，这么多年，人们骂他已经骂习惯了。天气很热，门栓轩和迎接他的支教老师及一群孩子已经玩到一块了。

孩子们又开始唱：

河东芝麻开，
河西荞菜开；
河东金锁开，
河西门栓开；
河东天门开，
河西夕阳开。
…………

【作者简介】普玄，原名陈闯，出生于湖北省谷城县，现居武汉。毕业于华中师范大学，后读北师大作家班。曾在《人民文学》《收获》《当代》《十月》《小说月报·原创版》《钟山》《花城》等刊物发表小说数十篇，并多次被《小说月报》《中篇小说选刊》《小说选刊》选载。获《当代》《长江文艺》《芳草》杂志小说奖、湖北文学奖、新屈原文学奖、百花文学奖。

约束带

钟晶晶

1

所谓约束带，是捆绑人的带子。有警用和医用两种。形状可分为皮带金属扣形、棉布护垫形、一字形、螃蟹多足形等。使用部位为手腕、脚踝、肩胛、腰部，而以手腕最常见。

在一本出版于二〇〇六年的《医用护理教程：设备及使用》一书中，我发现了这样的句子：

> 约束带：一种保护病人的安全装置。用于对躁动病人治疗需要固定其身体某一部位时，限制其身体及肢体的活动。使用约束带的目的：一、控制病人的危险行为，如自杀、自伤或极度兴奋冲动造成的攻击；二、防止意识障碍、谵妄躁动病人坠床；三、对护理、治疗不合作的病人，保证护理及治疗的顺利实施……

捆绑我姥爷的那根约束带，我把它定义为螃蟹多足形。其设计颇有技术含量：中间用细密的针脚缝成长方形的整块儿，两端各拉出六条细长结实的布条，像一只螃蟹被无限拉长了的腿脚。我姥爷的手腕先是被中间的螃蟹身躯裹住，再由众腿纠缠打结，最后，才绑到病床栏杆上。可以想见，一旦被这样的怪物捆绑，再强壮的汉子也无法挣脱。

几年前，我的姥爷就被这样的约束带捆绑着，固定在病床的栏杆上，整整四个月。

姥爷被约束带捆住的那一天，也是他被插上胃管的日子。已经九十开外的老人，却迸发出野牛般惊人的气力，要靠着四个成年人——一名护士，一名医生，还有我和母亲，八只手齐心协力，才按住了那拼命挣扎着几乎要撞翻床铺的身体。之后，医生把一根豌豆粗细的管子插进他的鼻孔。那管子顺着鼻咽部向下，通过喉咙进入食管直至胃部，以输送他无法用嘴进食的营养物。之后，为了防止他拔出这根胃管，医生用约束带，将他的双手，一左一右，绑在了床栏杆上。

姥爷目眦尽裂，沉重地喘息着。他的脸涨得通红，嘴里发出呜呜的野兽般的吼声，用仅能活动的腿脚蹬踹着表达自己的抗议。但毕竟是老人，毕竟除了新插的管子，身上还有入院后从未间断的尿管、输液管等。这些纵横交错的管子和那至关重要的约束带有效地制约了他身体的活动。过了一会儿，他便安静下来。是我看错了吗？我看到姥爷的脸渐渐变黄，变灰，一滴泪水，挂在肿胀、皱纹密布的眼角。

我没想到姥爷从此再没有被解开。直到四个月后他死去，直到咽下最后一口气，医生才从他身上撤下了所有的管子——输液管、氧气管、胃管、尿管、心电监护、血氧测定，还有那根约束带。

姥爷是捆着约束带走的。就像那个被钉上十字架的人，他在生命的最后一刻被缚着，动弹不得。

2

现在，窗外的木槿花开了。一簇簇雪白的花朵集中在枝条的顶端，姿态低调，花期却长，要从春末开到深秋。当我在电脑上写下这篇文字时，我眼中出现的，却是距此几千公里的另一座城市。那城市坐落在黄河横穿而过的两座山峰之间，河边耸立着一排排苍老嶙峋的大柳树，它们有个意味深长的名字——左公柳，是当年清朝名将左宗棠率领大军一路西征种下的。这座城市扼守着从中原前往新疆青海乃至中亚腹地的河西走廊，在解放战争中经历过一场异常惨烈的争夺战，之后，统辖西北五省那支野战军便将自己的军区总部设在了这里。

我母亲便出生在这军区的一座宿舍楼里。母亲说，那宿舍楼共有两层，原本住的都是单身的军人，随着这些军人结婚生子，楼道也被煤炉、菜筐以及婴儿的啼哭声塞得拥挤不堪。在位于南侧的一间不足十平米的小屋里，姥爷和姥姥结婚并生下了我母亲姐妹三人。在母亲的记忆中，悬在天花板上的灯泡总是暗淡的，到了夜深，便只有一盏台灯亮着。当我那年轻的姥姥带着女儿们熟睡的时候，姥爷总是站在桌边画画和抽烟。他抽的是一种叫黄金叶的廉价烟草，暗褐，微金，黏黏的带着甜香，被放进喇叭筒状的薄纸中，点燃了，深深地吸一口许久才吐出来。在吞云吐雾的间隙姥爷眯缝着眼睛盯着桌子上的画稿。那铺在桌子上的白色宣纸，用铅笔勾勒出骑兵、牧民、奔跑的马和骆驼、巨石嶙峋的山峰和茫茫沙漠，以及戈壁上的红柳。它们影影绰绰，沉浸在梦里，等着姥爷用毛笔把它们唤醒。那些躺在砚台边或插在笔筒里的或粗或细的毛笔，大白云或小狼毫，那些一管管被挤捏瘪了肚子半躺半坐的颜料袋儿，群青、朱红或者靛蓝，是姥爷手中的法器。姥爷眯缝着眼睛看着画稿，就像一个神仙面对他即将造出的世界。有时他匆匆忙忙地这几笔那几笔，仿佛要和脑子里的什么东西赛跑；有时他却一动不动地发呆，直到手中烟卷的白烟直直向空中升去，灰烬堆积成的软软歪歪的小山坍塌了，山底下暗藏着的红色灼了他的指尖，他才猛地一惊，将烟屁股狠狠捻灭在罐头盒里。

这罐头盒是姥爷的烟灰缸。姥爷吸了一辈子的烟，却从未用过真正的烟灰缸。多少年后女儿们送给他的水晶天鹅烟灰缸或陶瓷雕花烟灰缸都被他珍藏在书柜里。姥爷的烟吸得扎实，拿烟的姿势也质朴，他用大拇指和食指捏着烟，而不是像电影里的阔少或贵妇那样伸长了食指和中指姿态优雅地拈着烟。他的吸烟真心实意，贪婪，甚至凶狠，毫不浪费，每一口吸进去的烟都必须经过了牙齿、舌头和喉咙乃至每一个肺泡的贪婪吸收后，才恋恋不舍地从鼻孔和嘴的缝隙间慢慢漏出。我相信假如可能，姥爷定会在肚子某处挖个地窖，把这些烟雾深藏起来。

看到这里想必你已经明白了，我的姥爷是一名军人也是一位画家，他在这个军区的报社当美术编辑，早年创作的骑兵和草原牧民的画作小有名气。在有关姥爷的回忆中，我最喜欢这样的时刻——在母亲五岁那年，姥姥带着三岁的二姨回了四川老家，将她独自留在姥爷身边。姥爷每天接送她上幼儿园，带着她去黄河边的林荫道跑步，去食堂吃饭。在家中只有父女俩的傍晚，她，竟然也占据了书桌的一角。姥爷十分慷慨地把砚台和笔筒旁边一处刚能容下一只胳膊肘的地方租借给了女儿，再给她一张从废纸上裁下的边角，一支铅笔头，于是他站着，她跪在椅子上，父女俩一起作画。我见过母亲幼年时的画，它们有些隐晦地分布在陈年日历、盖腌菜缸的旧报纸、压在褥子下面的姥姥剪的鞋样上，那些精准又饶有趣味的笔触仿佛得自天人。人人都夸她画得好，但姥爷却发现这女儿能画的东西相当有限，确切地说她只会画人而且只是漂亮女人，那些顾盼含情的古代美女飞舞着长袖从天上翩翩而降，背景却是缥兮缈兮的空白。这女孩儿的目光永远只聚焦于脑海中那些不知来自何方的美人，这让关注大千世界的姥爷匪夷所思。作为一名现实主义的速写行家他给女儿配置了硬纸板和铅笔画纸，身体力行地带她去观察万物实地写生，然而当他兴致勃勃地画下眼前那些山水树木河流房屋，几个小时过去，却发现身边女儿的纸上仅有一些辨不出是何物的杂乱线条，以及藏在边边角角的千篇一律的睫毛狐媚的美女眼睛。他终于明白了，这个貌似有天赋的孩子永远对眼前的真实世界无感，也就是说，她永远也成不了他所要求的那种货真价实的画家。

母亲说，那些遥远的夜晚她独自睡在墙角那张带围栏的小木床上(作为长女的特权)，睡眼蒙眬中望着姥爷投向墙壁的巨大黑影。北风在窗外凄厉地盘旋尖叫，被封住的铁炉火慢慢燃烧，空气混浊的房间里满溢着煤炭和烟草的味道。夜渐渐深了，吸烟的姥爷开始咳嗽。这沉闷的咳嗽声伴着他投向墙壁的影子，在漫漫长夜中进入我母亲的梦里，化作一位山峰般的长发巨人。

这些林荫道边的跑步以及与姥爷一同绘画的夜晚，只有短暂的不到一年的时光，却留下了某种习惯和印记：很长一段时间，我幼年的母亲晚上必须摸着姥爷脖颈上的一个痦子才能睡着；那痦子在我姥爷后脖颈上，靠近发际下方。而且，她是那么畏惧人群，畏惧加入任何群体的游戏，畏惧和他人相处；只有回到家里才感到坦然和自在。只要有一支笔和几张纸，便能安安静静地独处一天。这些习惯，真是像极了姥爷。

追溯姥爷生命的源头，我会看到秦岭深山中的一座古庙。庙里供奉着古老的太白山神，门前有一棵大槐树，一条清浅的小河从树边流过。庙门的牌匾是乾隆皇帝的御笔；庙后的荒草中有一块石碑，记述了乾隆四十三年关中大旱，陕西巡抚毕沅亲率百官来此祈雨后果然大雨三日的神迹，以及乾隆皇帝题写这致谢太白山神碑文的经过。数百年前这里曾香火旺盛，直到清末，才渐渐凋敝。就在抗战爆发的第二个年头，我姥爷跟着一支难童院的队伍来到了这里。

姥爷是个孤儿。从他八岁那年被自己的父亲从绥远垦荒区的难民帐篷里抱出来送上那辆运煤的卡车，穿上那件胸前写着“山西赈灾儿童战时教养院”标签的黑土布棉袄之后，就再也没和自己的亲人相见。在秦岭深山中这座太白庙里，父亲和几十个流离失所的孩子以及几位青年教师一起，睡在铺着麦草的土地上，喝着清得见底混杂着老鼠屎的米粥，从附近村民的庄稼地甚至田鼠洞里捡拾救命的口粮。饥饿、寒冷、营养不良、肺炎伤寒、疟疾痢疾，镰刀一般收割着脆弱如纸的生命，庙后山坡上的密密麻麻的坟茔，埋葬着越来越多死去孩子的尸体。而那些大浪淘沙般活下来的孩子，则如同高海拔山顶上嶙峋坚硬的矮树，无一不身材矮小，筋骨结实，神情冷漠。抗战胜利后，难童院却解散了。姥爷走出大山来到平原四处流浪，靠着打短工、雕刻月饼模具、为人画像谋生。转变发生在一九四九年春夏之交的某一天。这一天古城西安郊外的枪声停歇了，城中出现了一队队戴着“中国人民解放军”徽章的人。他们当中的某一位正带着士兵们在贴标语，正巧看到了一位坐在莲湖公园门口给人画像的少年。军人停下脚步，看着少年那只被冻得发红的手指捏着的铅笔下快速生长出的人物，嬉笑嗔怒仿佛跳荡在纸上。军人看得入了迷，问：小兄弟，跟我们走怎么样？少年心不在焉地问，去了有饭吃吗？军人笑着说当然有！于是这少年便夹起画板跟着军人走了。在挺进大西北的行军途中，少年的工作便是在沿途的石壁土墙上涂写鼓舞士气的标语或宣传画，在经过激烈的战斗解放了那座黄河边的城市后，他涂抹画画的地方也从石壁墙面改到了大军区办公楼的某张桌子旁。这少年便是我姥爷。姥爷名为军人却既没练过正步也没上过战场，除了腰杆笔直和走路迅捷这两样外，他对组织纪律一向无感。他保持了难童院带来的生活癖性，终生不知失眠为何物，从不洗脚洗澡，光着身子睡觉，半夜将尿撒到房间的墙角里。刻骨铭心的饥饿记忆让他一见食物便两眼放光，永远是饭桌上最先动筷子的人。从不知寒暄也从不计较之后还有什么，他抓起筷子便将最近的盘中之物夹起塞进嘴里。就如同他从不小口吸烟一样，他的夹菜也是大规模的，结实而高效的，那一筷子的内容也是实打实的，从筷子到嘴永远走最短的路径。待食物入嘴，他嘴唇闭得紧紧，坚固的牙齿发出锋利如铡刀的嚓嚓切割声响，从不吧嗒嘴也从不掉落一粒米，那紧闭的嘴唇让人想到一扇戒备森严的大门。这样的结果便是，他一口气吃光了先上来的凉菜拼盘以及他力所能及的所有热菜，待最后面那压轴的最最奢华的主菜上来时，他已经满脸发红腹部凸起无法站立了。有这样吃相的姥爷显然很没有风度，有很多次他被食物噎得满脸通红上不来气，要靠别人猛拍他的背部才摆脱困境。对此他的解释是：在难童院，你若少吃一碗饭便会饿死——吃饭的速度，是决定生死的大事。

姥爷从小便无亲无故，独自闯荡，面对生死。这样的姥爷很少流泪更不善交际，沉默寡言的他总是独往独来。他从不与众人喝酒打牌吃饭，更不屑花时间与人掏心掏肺，那些呼朋唤友热火朝天的场面他一如既往地缺席。他的天性中绝不缺乏慷慨和同情，对自己在难童院的朋友和他认为需要帮助的人他会打开自己柜子的最里层并把口袋里最后的所有掏出来，然而他却与通常的人心世故隔着一层玻璃。他只能按字面意思去理解旁人的话语，又不会识别人的脸色，那些拐弯抹角暗藏机锋的言语在他就如超出双耳接受范围的天外之音。偶尔他也会出现在人群中也会说话甚至滔滔不绝，但只要你注意观察便会发现，他似乎并没有和人们真正地对话，而更像是自说自话。姥爷显然是活在自己的世界里。这个世界只需两样东西：一支可供他画画的笔，一个可供他吃饭的碗。

因此姥爷便有了孤僻清高的名声。平日里上班，无论对级别比自己低的员工同事以及高自己一级几级的领导，一律是一张公事公办的脸。每逢家中来人他不知寒暄招待更不会倒水奉茶，说不上两句便兀自钻进画室，留下妻子和客人赔笑周旋。碰见有人送东西，他分不清是有求于己的奉迎还是朋友间的礼尚往来，一概冷冷拒绝。姥姥说，若是可能，姥爷临死定会自己挖坑把自己埋了。确实，他于人情世故是那么隔膜那么笨拙，假若没有上帝给他派来的那个精明能干，个性品性样样都与他相反却又与他互补的女人，他真的是寸步难行。这女人便是他的妻子，我的姥姥。

3

我对姥姥最深的印象便是一件事：搓洗抹布。姥姥每天都会用肥皂和洗衣粉搓洗抹布。无论在她以前住过的平房还是在她晚年生活的楼房里，姥姥总是一丝不苟地搓着抹布。一盆泛着洗衣粉泡沫的清水，一方搓衣板，一个哗哗作响的水龙头。姥姥弓着腰，满脸通红，头发蓬乱，全身力气都压在了那泡得发胀被来回揉搓的抹布上。仿佛，手下的抹布和她有着深仇大恨，又仿佛，这抹布是一件必须拼命打磨以便向生活开战的武器。在姥姥家里，锅碗灶台光亮如新没有一丝油腻；每一方床栏杆每一根椅子腿甚至柜子的顶部都会被肥皂水反复擦洗；连阳台瓦盆里栽种的花花草草的每一片叶子，也被擦拭得纤尘不染。这个家不像是家而像是一个介于医院和军营之间的所在，它安静、干净而且遵循着某种铁定的秩序。铺在床铺和桌子上的塑料布必须每天用肥皂水擦洗一次；早晨六点起床七点开饭晚上九点以前必须上床睡觉天天如此年年月月如此，即使你发烧腹泻，即使你因生病不得不再次躺在床上也必须按时起床和吃饭。因此在我从小体弱的母亲那里便有很多这样发着烧喘息着从床上被拖起的经历，那些温暖的被褥无论如何必须在规定的时间叠起哪怕半小时后又被展开。这样的房间这样的家庭是绝对不允许有混乱和意外的，一片蒜皮的抛洒一滴汤水的溅落都会引发一连串不愉快的惩戒和数落。我那意志坚强的姥姥掌控着一切，大到每次出行的路线时间车次，小到每日清晨的早餐吃的黄瓜的清洗的角度以及削皮的方向，甚至拿筷子的姿势。在她的铁腕下这个家庭的日常就像一根笔直的，闪烁着刺目寒光，绷得太紧随时可能断裂的钢索。

我对姥姥第二个印象来自她那两条紧蹙的浓黑的眉毛。在低矮的额头上这眉毛像老鹰翅膀那样高高扬起，眉心竖立着宛若刀刻的川字纹。这川字纹是那么深那么醒目，已经永远无法退去，加上那锋利的目光，那鼻翼边呈八字展开的法令纹，她不是显得心事重重便是严厉愤怒。平心而论，姥姥对我远比对我的母亲和姨姨们纵容和溺爱，但我受到的最严厉的制裁也来自姥姥。六岁那年，在院子里玩耍的我私自跟随一位邻居去她家里吃了一只肉包子，姥姥得知真相后勃然大怒，那块被水泡得木质泛白的搓衣板被扔到了我的脚下，我被命令跪在这搓衣板上。我认为这是姥姥的一个玩笑，我怎么也理解不了邻居家的一只肉包子和这搓衣板有什么联系。一向疼爱我的姥姥怎么可能让我那稚嫩的膝盖压在那坚硬的有棱角的刑具上？我拒绝执行这个命令，发现姥姥丝毫不像开玩笑，便去另一个房间求母亲为我说情，让我迷惑不解的是母亲一直沉默。在耽搁了十几分钟后我回到了姥姥身边，央求无果后便跪在了搓衣板上。跪了多久我已经记不清了，似乎是钻心的疼痛让我哭了并开始求饶，姥姥心软了，她说的一句话我至今记得，她说你晓得吗，换作是你妈和你姨姨她们，我得让她们三个人一起跪而且跪到天黑！

由此我明白了，姥姥脸上的乌云是如何笼罩了我母亲和姨姨们童年的天空。

我百思不得其解的是，姥姥那张在家里阴云密布的脸，一出了门，便阳光灿烂。对待外人，我姥姥永远笑口常开。我还记得在那座家属院里，在进出大门都要经过的那片葡萄架下的长椅边，姥姥和几个老太太摇着蒲扇聊天的样子。只要天气好，姥姥必定坐在这里。众星拱月般在她周围的是几个年龄相仿的家属或退休职工，她们或是大声交谈或是窃窃私语，或是观察点评着每一个进出院子的人，和每个经过的人或是笑脸相迎或是冷漠点头，隔着楼上楼下的间距与某个看不见的人大声打着招呼。葡萄架下的这个方寸之地是这座大院的观察哨和信息中心。各种家长里短流言蜚语小道消息源源不断地汇集在这里，对这些消息或流言加以点评是姥姥的长项。她目光锐利知识丰富，三言两语便显示出人情通达和明辨是非的智慧。她不仅知道姥爷单位里涨工资和评职称的最新政策，也知道院子里各家各户的隐私和难处，更知道社会上发生的各种大事小事和政府的相关文件。她总是恰到好处地劝解家庭纠纷并给需要的人提出聪明的建议和帮助，加之她内心火热总是慷慨助人，她的人脉便盘根错节如一棵枝叶葱茏的大树生长开来。和冷漠孤傲的姥爷相反，姥姥的朋友遍天下。她的势力范围不仅涉及院子里那些与她地位相仿的家属大妈，还扩展到了街边的小贩、马路的清洁工、医院里的大夫、银行的雇员，甚至姥爷工作单位的编辑主任们。姥姥与各色人等都能周旋得游刃有余并很快赢得对方的好感，这些朋友使她成了院子里信息最灵通能量最大而且最受尊敬的人。生日里她会收到花束蛋糕，住院时会有人提供干部病房，那些让我们手足无措的难题，小到紧俏商品的购买大到孩子的就业难题甚至我姥爷在单位的分房子调工资，她这个家庭妇女竟然都能施展一番拳脚。我还记得姥姥迁居北京那天，全院子的人都出来了，近乎一百名男女老少前呼后拥，其声势足以盖过院子里官职最高的人。

写到这里我发现了一个矛盾：我母亲和姨姨们眼中的姥姥，和邻居们面前的姥姥，是截然不同的两个人。我那开朗乐观满面春风的姥姥仅存在于他人面前，而一回家，她的脸，便像拉上窗帘的房间一样暗了下来。该如何理解这样双面的姥姥？也许，她是有意为之（对孩子，可以给他好心但绝不能给他好脸——很多年后，姥姥这样对母亲透露她的教子秘方），也许，纯属无意，姥姥是把一生中所有的不如意所有的怨气和愤懑都发泄到了与自己最亲近的人身上。

4

我的姥姥出生在南方。那里闷热、阴暗而潮湿，长着苔藓的竹楼终日响着淅淅沥沥的雨声。在那竹楼里住着我的太姥姥（姥姥的继母），还有作为独子被娇生惯养的我的舅爷爷和早早嫁过来的舅奶奶。我姥姥的生母在她刚出生就死于难产，亲生父亲也在她十岁那年疯癫而亡，只给自己的孤儿和续弦留下了一大堆治病欠下的债务，以及刚好在中华人民共和国成立后能被判定为地主成分的田产。一顶地主成分的帽子如无法挣脱的梦魇一般压制着家里所有人。如果说身为孤儿的姥爷是一枚天地间无拘无束随风飘荡的蒺藜籽儿，我姥姥就是压抑在庭院墙角石头缝里的一棵荠菜苗。作为最不值钱的大龄待嫁女的她生活在继母、长嫂、势利眼亲戚们的挑剔目光下，身份介于婢女和女儿之间，每时每刻都必须委曲求全、小心翼翼。八岁便给继母端水洗脚，十二岁便给全家人做饭给自己做鞋缝制衣服，十八岁那年因不愿嫁给一位驼背男人而逃婚出走。她偷偷跑到县城报考了航空技校，录取通知到手，继母和嫂子却拒绝给她学费和被褥。于是她步行六十里山路去另一个县城向自己的亲哥哥也就是我的舅爷爷求救。关键时刻我那浪荡公子的舅爷爷显示出对胞妹珍贵的骨肉亲情，他把口袋里的最后一角钱都拿了出来，把唯一的被褥都交给了妹妹。他说妹子你好好地走，出了这个家就莫再回来！

这一段历史曾被姥姥反复说起，这是她人生最辉煌的时刻，犹如孙悟空挣脱五行山二郎神劈山救出了母亲，她也挣脱了封建大家庭的牢笼踏上了头顶幸运之星的大路。成绩优异的她毕业后被分配到了一家军工企业（几十年后这家企业因生产大型飞机而蜚声海外），成为寥寥可数的几位能操作高难度铣床的技术尖子，因参与技术攻关屡屡立功而被任命为最年轻的班组长，多才多艺的她还是厂办专栏的诗歌作者，舞台上《小二黑结婚》的女主角。在一张颜色泛黄的老照片中，我看到了年轻的姥姥。齐耳短发，鸭蛋脸，眉毛浓黑，鬓角别着一朵灿烂的牡丹，凝眸注视你的眼睛十分锐利，既透出天资聪颖又带着她那个年龄女孩少有的成熟和自信——然而，然而，然而，然而这时候，我的姥爷出现了。

很多年前的一个傍晚，在我姥姥工作的那个深山中的保密工厂里，下班归来的她在宿舍床头上发现了一张青年军人的照片。这军人穿一身军装相貌清秀，假若不是眉毛略显清淡，像极了当时银幕上的王心刚。照片背后写着一个男人的名字，一个距此八百里的另一座城市的大军区政治部的通讯地址。姥姥当时并不以为意，她正受着众多男技工的追捧，这从天而降的青年军人的照片和地址被她视为一种恶作剧。然而几天后来自这青年军人的信便到了。之后是第二封，第三封，第四封。出于好奇姥姥读了那些信。她惊讶地发现对方竟然和她一样也是无父无母的孤儿，而且他的画儿画得极好（随信他附上了自己作品的照片），他的感情是那么诚挚，状物抒情又是那么细致，言语又是那么风趣，渐渐地她开始盼望这些来信。她重新拿起那张军人照片。在某一天，她怦然心动。这军人，你已经猜到了，就是我的姥爷。

这一年我姥姥二十一岁，我姥爷三十一岁。导演这一幕的是我姥姥的一位堂姐。她也在军区所在的那座城市工作。在得知我姥爷因为身高问题婚姻屡屡受挫，便决定给这对年轻人牵线搭桥。行动是同时展开的，就在我姥姥看到那张英俊的青年军人照片的同时，我姥爷也在自己的办公桌上发现了那张年轻姑娘的照片。多年后我看到了这两张决定命运的照片，不得不惊叹我姥姥的那位堂姐的智慧，这两张半身胸像都极大地提升了主人公们各自的优点而掩盖了其缺陷（例如他的身高和她发黑的皮肤），而用通信取代直接见面，无疑是培养他们感情最聪明的办法。作为文艺女青年的姥姥自然喜欢文墨，巧的是我那身为难童院孤儿的姥爷也写得一手颇有浪漫情调的好信。两人通信的内容很快从一般性的问候发展到比较私密的领域。作为无父无母的孤儿，同病相怜让两人惺惺相惜，距离和想象更让感情之树蓬勃生长，虽未谋面，两人却已开始谈婚论嫁。

半年后，他们在一个火车站会面了。这次会面在两人心中引发了震级相同震波方向却完全相反的地震。姥爷对眼前的女孩儿产生了巨大的疼爱和怜悯，他觉得这位在通信中显示出的女强人实在是太黑太瘦太弱小了，明显患有营养不良，他痛下决心以后要好好待她把她养得白白胖胖。他说到做到，当下便在车站给她买了一大瓶钙片和几罐子当时很是珍稀的奶粉；而我的姥姥，抱着这奶粉和钙片欲哭无泪——她想象中的那个高大帅气的白马王子，居然成了比她一米五六的个子还短一两分（多年后我姥爷辩解说他其实是和姥姥一般高的，只是作为男人显得矮小一点儿）的半拉残疾！这让姥姥颇感失望，甚至萌生退意。然而，长久通信培养出来的感情之树已经在那儿了，说不上叶茂却也根深，她是不忍一下子挥舞斧子的。就在她犹豫的时候，发生了一件事情，让她没有退路，义无反顾地投入了姥爷的怀抱，步入了她这一生也没有机会撤离的婚姻。这件事情，我在后面再详细写来。

姥姥在结婚的第二年便生下了我的母亲。这不足五斤的早产儿体弱多病，姥姥只好把她带回工厂上班。白天寄放在有家人照料孩子的工友那里，晚上便和孩子一起睡宿舍。她一如既往地拼命工作，就像她怀孕时仍然用肚子去顶沉重的铁锭(这也是她早产的原因)，如今她依然加班加点。一切的转折发生在我母亲周岁不久的这一天。这一天，我远在千里之外的姥爷做了一个梦。他梦见自己来到一个病房里，一个穿着雪白婴儿服的小女婴正坐在床上。羊毛般的鬈发十分触目，睫毛忽闪的大眼睛充满灵气。他心中一动。他知道这就是他的女儿，一年前妻子抱走时才刚刚满月，如今竟出落得如此可爱了！他心中欣喜伸手去抱她，却蓦然惊醒……这天傍晚，他便接到了妻子发来的女儿病重的加急电报。后来的情形与他在梦中看到的一模一样。在他坐了一天一夜火车汽车赶到那个工厂医院病房后，他看到了穿着白色病号服的鬈发大眼睛的女儿。她刚刚退烧，在病房里病情相同的三个孩子中，唯独她活了下来。姥姥哭着向丈夫讲述了一切。本来孩子的病已经好了，但临出院要照X光片复查，拍片回来后三个孩子便同时发烧了。复发的肺炎来势汹汹，尽管医生又用上了刚刚停下的土霉素，但那两个孩子还是死了。绝望中的姥姥冲进了院长办公室，以一位军人家属身份来请求和要挟，才特批给孩子用了十分稀缺的红霉素。我姥爷当即下定了决心。这天晚上他和妻子商议许久。他说他工作的那个大军区有一座全军闻名的大医院，在那里红霉素是寻常的药物。他说只要妻子办理随军带着孩子调到他身边，孩子今后看病便绝对有保障。至于妻子的工作，姥爷认为不成问题，那座黄河边的城市原本是工业基地，有技术有文凭的姥姥绝对不愁找不到工作。据说那两个月姥姥经历了剧烈的内心挣扎。一边是可爱却又多病的女儿，一边是她心心念念的事业，哪一个都是她不愿放弃的心头肉。直到有一天她接到了通知，“由于身体的原因”她被撤下了班组长的职务，要强又爱面子的她才下定决心抱着孩子离开。我想姥姥的心里必定有着“此处不留爷自有留爷处”的悲壮、豪迈和自信。然而这一年正赶上中苏断交许多工厂倒闭，阴差阳错，姥姥找到的不是工作岗位而是自己的第二胎，之后又是第三胎。找工作的计划便这样一再拖延，几年后姥姥才发现自己竟然稀里糊涂地丢掉了那拼死争来的公职成了一名家庭主妇。除了在军区属下的印刷厂当过两年临时工，姥姥终其一生都围绕着家里的炉台床铺为一家人的吃喝打转忙碌。

5

失去公职一事成了我姥姥终其一生永远也化解不了的心结，成了她的自卑自怜乃至悲伤痛苦愤怒和暴躁的根源。几十年来这枚坚硬的毒刺在她心中越扎越深，并随着年深日久生根发芽且枝叶繁茂，遮蔽了这个家庭稀疏的阳光。她没有那些大字不识的农村军嫂进城之后的随遇而安，她只有心比天高却出师未捷身先死的悲愤悲壮。她把这悲愤悲壮化作了钻研家务和治理家政的勤奋和严酷，久而久之，便成了家属群中出类拔萃的能人。我姥姥和别的母亲不一样，这是我母亲和她的姐妹从小便被告知的。她能读报能写字甚至读过《红楼梦》和《安娜·卡列尼娜》；最最难能可贵的是，她的家务活儿也做得堪称一流。她做的川菜在那个军队大院里颇有名气，最著名的便是用橘皮冰糖黑芝麻糯米做的甜烧白，每年冬天的腊肉、咸鸡蛋和四川泡菜是邻居们喜欢的礼物，除此之外，她还是军区大院缝纫组里那位拿着剪刀划定尺寸的裁剪大师。她比那些没有文化浑浑噩噩的母亲们聪明得多能干得多，为这个家做出的牺牲也更大和更多，由此她在这个家的地位和权威当然是无可动摇毋庸置疑的。姥姥不仅用她坚强的意志而且用她的喜怒无常，掌控了这个家庭。

姥姥掌控人的方法其实很简单：身体力行和暴力惩罚。除了前面提到的对子女的暴力惩罚，她也暴力对待她自己。姥姥对自己和他人都毫不留情。她能够用一把斧头砸碎姥爷千辛万苦花重金为她买来的治疗心脏病的药片，能够在争吵中用绳索勒住自己的脖子或啃咬自己的双手直到鲜血淋漓，即使在她八十岁的时候，还能从抽屉中拿出一把菜刀，气势如虹地拍在桌子上，对我那已经九十岁颤颤巍巍的姥爷怒吼：杀死我，或者，把你自己杀死！面对这样的姥姥，这样精明强干劳苦功高说一不二霸气凶悍的姥姥，所有人，无论我那意志懦弱心思糊涂的姥爷还有同样懦弱糊涂的我母亲和姨姨们，又有谁能反抗谁能忤逆呢？

压制是一点一滴形成和收紧的，如同一根指头便能挑破的蛛丝在经年累月中变成坚硬的钢索。母亲说，在她很小的时候，每隔三五天最多十天，在某个清晨，姥姥这片饱含负荷的雨云便会电闪雷鸣一回。起因通常很小很细碎，微不足道，例如一段被遗忘在案板上的葱头儿，或是一次洗黄瓜时的过早掰断的瓜尖，都会让姥姥从生气数落到勃然大怒到涕泪横流。不错这都是鸡毛蒜皮的小事，但反复发生便不是小事了。它们的反复发生说明人们对她多年的训诫充耳不闻甚至故意对抗，这种充耳不闻和故意对抗说明了人们对她的意见的忽视和冷漠，这种忽视和冷漠说明了对她人格的蔑视。而她，她是什么人啊？她从吃奶时便死了亲娘，年少便受到继母的虐待，因为出身不好而备受歧视，靠着努力和勤奋拼死拼活逃脱封建家庭考上了技校，在工厂里拥有着那么独立而幸福的前程，却因为一次错误的婚姻、一次错误的抉择而丢掉了工作。一个原本是造飞机的技术骨干，却成了造饭造人的行尸走肉。多年来为了这个家，她含辛茹苦任劳任怨累死累活牛马一般，落下了一身病（肾炎和心脏病）并牺牲了一切（工作、公职、前途），却得不到一点点尊重和理解，天理何在？她活着，又有什么意思？老天爷啊，她如此卑贱悲惨的生命为何存在，她为何不痛下狠手了断这生不如死的生命！姥姥的怨愤上升到了存在论的高度并直达人生的终极追问，得到的答案是消极的否定的令人绝望的，绝望的姥姥便开始了某些极端的举动，例如砸东西摔碗盆，例如以头撞墙或抄起菜刀，自然，每次都被丈夫和孩子们阻止了。姥姥这样做不止一次，但每次都吓他们不轻，每次他们都会认为，这一次姥姥是真的要离他们而去了。他们拼命去阻止姥姥，用细声细语或满脸泪水哀求姥姥，是我们错了都是我们的不对，我们会改过我们改过还不行吗？在他们的哀求下姥姥激烈的动作放松下来但哭声却在持续，姥姥自然是不甘心的，既然无法达到形而上的毅然了断便朝着宣泄和苦情戏的方向发展下去。她的悲愤不甘委屈伤心如滔滔江河绵延不绝，其强度长度和烈度足以让她哭到天昏地暗群星摇落而她自己也四肢瘫软口唇发青，连双手都鸡爪一般抽搐起来。姥爷手忙脚乱地抱着姥姥不停地捋着她的胸口帮她顺气，几个孩子则匆匆递上温水毛巾或几粒速效救心丸。她们既不知怎么劝慰又无法躲避更不敢离开，不错，门是大开着的，但她们谁也不敢朝那里挪动半步，脚步生根一般站在那里，宛如风暴中东倒西歪的小树，所能做的，唯有暗暗祈祷，姥姥的暴怒和哀伤能渐渐平复，这场席卷全家的狂风暴雨能早点过去。

姥姥这种极端暴烈的情绪宣泄和戏剧化举止在几个孩子的心中印上了难以消除的阴影。我注意到，我的母亲和她的姊妹们，都无一例外地成了严肃苛刻的母亲。她们不善于感情表露，尤其是那些亲切的感情表露。她们举止拘谨庄重有时甚至显得麻木和冷漠。对那些亲昵的情感语汇，例如抚摸，例如轻柔的劝慰，例如甜蜜的言语，她们感到不安和陌生，手足无措。她们不知如何向亲近的人(尤其是向自己的孩子)表达这种柔软感情,因为在她们从小学会的情感语汇中,除了暴烈的自我发泄,便是深深的沉默和躲避,而在这两极之间,在原本应该有情感之水缓缓流淌并交融沟通之处,是一片空白地带。以至于很多年后,经历着不同生活和处在不同境地的她们,在一点上却惊人的相似:她们都没有和自己的孩子建立起亲密的亲子关系。她们的孩子都更爱自己的父亲,而不是母亲。不管她们多么不愿意承认,姥姥在她们身上印上的那种压抑和疏离,又被她们完整地复制到了自己的生活中。

6

在我母亲的家事地图中，一个难以绕开荆棘密布的地段，便是一九六八年。夏初的一天,姥爷在几个神色严肃全副武装的军人陪伴下回到家中,取了几件换洗衣物便离开了。他去了城市郊区一个名叫"学习班"的地方。之后,他便消失了整整半年。姥姥原本乌云密布的脸如今更是终日冷雨凄凄。半夜时分,她哭着告诉孩子们,凡是进了那个学习班的都是有历史问题的军人,她们的父亲很可能凶多吉少。于是在这拉紧的窗帘下,母女几人低声哭泣。年幼的女儿从母亲那里知道了一个词:保皇派。

幸运的是几个月后姥爷回来了。他虽然通过了历史审查却被发配到一个小县城的武装部。对此姥爷的心态倒没有什么明显的变化,流浪汉出身的他对这场风暴本没有足够的敏感。敏感的是他的妻子,那个从小顶着地主成分的帽子在夹缝中求生存的人。自幼在政治上低人一等的自卑,使她对地位和名望这些可以给自己带来安全感的东西具有极大的渴求，原本以为嫁给一位根正苗红的军人能一劳永逸,但命运捉弄,她那无能的丈夫却"站错了队",从而让她丧失了刚刚到手的安全感。于是她知道丈夫是靠不住的。于是她只有拼命努力,来重新赢得这种安全感和地位。

在丈夫滞留学习班的那个寒冷的冬季，姥姥开始带着孩子们打扫楼道和厕所。她是自发地做这件事的。北方的腊月,寒风刺骨。天还黑着,我母亲和姨姨们便会被姥姥从被窝里拉起,戴上帽子和头巾,提着扫帚出门。她们年纪最大的八岁,最小的只有五岁。寒风吹得我母亲和姨姨们双颊刺痛(不久两姊妹都生了冻疮),我姨姨几乎抓不住扫帚。姥姥算准了时间,她知道过不了二十分钟,上班的人们便要起床。果然,一阵阵开门声响起,水房的洗漱声响起,推着自行车出门的轱辘声响起。所有路过的人们都看到了母女几人冻得通红的脸颊和双手。他们感动地跟姥姥打招呼，又干好事呢？你可真是好人啊！或者，天太冷了，让孩子们回去吧！姥姥总是笑容可掬地停下手，朗声说，没事儿没事儿，她们就是该锻炼锻炼！不久，母女几人的“好人好事”的事迹便上了大院里的宣传稿。我的小小年纪的母亲竟然成了学校里的模范分子，站在了礼堂的讲台上……

听母亲说，从小她最常听到的话便是，这东西（肉、菜、白米、糖果，总之是那个食物匮乏年代里一切难得弄到的好东西）绝对不能吃，留着给客人吃。于是，家里最好的东西永远是留给他人的。在某个支援世界人民的捐献仪式上，姥姥竟然当众让女儿脱下了身上的棉袄。有人来家中做客，孩子们躲在厨房里或另一个小房间里，闻着那摆放着餐桌的大房间里飘来饭菜的香味，听到那里的笑语喧哗，她们饥肠辘辘却只能等待。姥姥没有将这些菜肴分出一点给孩子。因此孩子们所能有的最大的期盼便是等客人离开后，得到饭桌上那些残羹剩饭。

与此有关，另一条铁的规则便是，有错的一方永远是自己的孩子。但凡有人上门告状，哪怕并不是告状而只是稍微的询问，姥姥二话不说，第一个举动便是痛打自己的孩子。她绝不会询问事情的过程和真相，没有，一句都没有。仅仅就他人上门这一事实，便足够引发一场众目睽睽下的暴力惩罚。而且当着他人的面，姥姥下手更狠。我母亲和二姨身上最重的伤痕都是在他人的目光下留下的。如果说二姨头皮上的伤痕源自她八岁那年给同学的作业本上的胡写乱画，对可能引发的政治问题的恐惧让我的姥姥不得不在邻居面前做一次庄严的表态，那么我母亲屁股上的紫癜，则来得有些离奇。那年我母亲只有四岁。几个大孩子指派她钻进篱笆去摘连队菜地里的西红柿。她只知道那是些很红很好看的小果果，摘了这些可爱的红果果便会得到大姐姐们的夸奖，而她又是多么想得到这些夸奖。然而一阵脚步声响起，那些大姐姐四散奔逃了，她却被警卫营的战士提着领子带到家属楼。我姥姥正在用火钩子通炉子。她站起身，飞起一脚踢倒孩子，之后，抬手便将烧红的火钩子砸在女儿的开裆裤中暴露出的屁股上，一股皮肉烧焦的青烟升起，那个高大的警卫营战士脸色变得惨白……

这些经历给我母亲和姨姨们造成的心理暗示便是：这个家，除了食宿之外，不会给她们任何庇护。她们头顶的遮蔽早已被撤去，她们暴露在世间的寒风和烈日之下，她们在外面遇到的一滴冷水，在家里会变成万丈冰凌。在这里有着和别处一样严酷的法则。这里不允许犯错误也不同情弱者。我的小姨，曾两年高考失利。她复习功课的地方，也从最初的客厅，移到了漏雨的厨房。她最常听到的来自姥姥的判决便是，你若是能考上大学，我用手心给你煎豆腐！我的姨姨并没有哭泣。她穿着衣服睡觉，用冷水洗脸，她高考志愿填写的学校，离家越来越远。几年后，她干脆远涉重洋，到了地球的另一边……

我发现了一个有趣的现象：我的母亲和姨姨们，每逢遇到困难或委屈，总是彼此倾诉并寻求解决，而绝不向父母倾诉。我外地工作的姨姨在十六岁那年患了心肌炎，写信求助的，不是我的姥姥，而是我十八岁正在大学读书的母亲。姐妹们谁失了恋或交了男朋友，谁生了病需要治疗，谁在买房子或卖房子，谁准备出国，谁要离婚，所有的喜怒哀乐，所有的痛苦徘徊，所有的谋划，所有的支援，都在姐妹间秘密进行。她们的父母被严格地隔绝在了姐妹们的信息通道之外。除了逢年过节的礼节性问候，父母生日时数量丰厚的馈赠，报喜不报忧的蜻蜓点水般的探望，姐妹们都把自己的生活和思想向父母隐藏了起来。她们绝不在父母面前暴露自己的生活现状和内心。似乎在很早的时候，在她们幼年的时候，她们便从心理上离家出走，并已长大成人。更确切地说，她们没有童年。

母亲说，她一直记得，她们和姥姥一起度过的那些下午。在那些下午，姥姥这片乌云并不电闪雷鸣，而是阴雨绵绵。通常是姥爷不在的时候。她们围在姥姥身边择菜或绕线团，干着某种家务。这时候，姥姥便用忧心忡忡的语调，向几个孩子描述她们即将面临的可怕未来。姥姥的身体不好（确实，她经常浮肿腰疼和胸口疼），她注定不能长寿，多则数年少则数月她将病死（她已经在夜里瞥见一个徘徊在窗口的黑影了——是的，那是一个黑影，在半夜里，在窗口阴森森地来回移动，那必定是带走她的死神），即使她不病死，她也会自杀，因为她太累了，太苦了，再也再也再也无法忍受了。她多次明确地宣布或隐晦地暗示，她已经准备好了，不会等太久了，那件事情很快就会发生。于是她们眼前便出现了一幅场景：在某个清晨，她们四处呼唤，最后在某个角落里找到她，苍白僵硬或血肉模糊地躺在那里。那么，假如她死了，会发生什么？那时候，她的丈夫必定会找一个新妻子也就是她们的后妈（会的，他们童家的男人都是这样，他们每一个童家的男人都会娶二房，姥姥咬牙切齿地说），这个后妈一定会虐待这几个孩子，这个笑面虎一般的后妈，也许会在明面儿上在众人面前装着对她们好，但背地里却下狠手残害她们，她会挑唆丈夫和孩子的关系（别看你爸爸现在对你们好，那是因为我在，若是我不在了，看他怎样对你们！有一个后妈就会有个后爸），她会给她们喝带老鼠屎的只有几粒米的清汤，穿塞着柳絮长满虱子的破棉袄，让她们踩着结冰的土地提着沉重的木桶去提水，或在黑暗中在寒风中光腿跪在门外，甚至给她们的饭里下砒霜，在棉被里塞进缝衣针。——你们听没听过，有个父亲，在后妈的教唆下，把他前妻的孩子用麻袋装着，扔到几百里外的祁连山的雪窝子里？人们找到他们时，两个孩子紧紧抱在一起，都已经冻硬了！那可怜的孩子的腿，已经被野狼啃光了肉，白骨都露了出来！——姥姥的声音在渐渐暗淡下来的房间中幽灵一般游荡，孩子们脊背发冷汗毛倒竖，不由自主地蜷缩起双腿，仿佛那儿已经变成了冰冷裸露的白骨；姥姥长叹一声，姥姥的眼角落下滚滚泪水，她哽咽着说她对自己是毫不在意毫不可惜的，她可怜的是她们这些孩子，"从娘身上掉下来的肉"，这几个没娘的孩子可怎么办啊！几个女儿意识到问题的严重：她们的生活岌岌可危如履薄冰随时都可能堕入万丈深渊，而阻止这一切发生的唯一办法，便是不让自己的母亲自杀。

母亲说，她还记得一个夏日的夜晚，当这样一个间杂着电闪雷鸣和潇潇细雨的漫长的白天过去，哭累了的姥姥昏昏睡去，全家人都睡了，她却摸黑起床。她只穿着小背心，在寒气中发着抖，蹑手蹑脚，手里提着一只白天便偷偷准备好的空口袋。她先摸进姥姥的卧室，从抽屉中找出安眠药，又来到厨房，找出菜刀，最后来到库房，找出角落里的绳索和斧头。她把这些东西，安眠药、菜刀、绳索和斧头，装进面口袋里，提着，回到自己的房间。她把它们塞进自己的枕头底下。她躺着，枕着那些安眠药、菜刀、绳索和斧头。她看守着它们。她确信，只要看管好它们，母亲便无法得到它们，而无法得到它们，母亲便不会自杀了。而看守着这些药片、菜刀、绳索和斧头的她，无疑是看守着自己母亲的生命，看守着自己和妹妹们的安全和未来。夜色越来越深，她大睁着眼睛凝望着黑暗不敢入睡，生怕母亲在她睡着的时候把这些东西拿走。她祈祷着，一遍一遍在心里祈祷着，眼里含着泪水，上帝啊，可怜可怜我们吧，让妈妈不要自杀！

这一年，她刚十二岁。

7

我一直以为，我的姥爷和姥姥无论出处和性格都恰成两极。他们的出生地一个东北一个西南，在中国的版图上恰成一条对角线，而他们两人给人的印象，也和他们出生的土地一样，一个干旱开阔坚硬寒冷粗粝单纯，一个潮湿狭窄黏稠闷热复杂。姥爷有多么清淡如水姥姥便有多么浓墨重彩，姥爷有多么单纯姥姥便有多么复杂。简单地说，当他们两人同时说出五这个数字的时候，姥姥则很可能指的三或者八，甚至是五的倍数，而姥爷必定是指的四和六中间的那个数，是五本身。

母亲说，她一直记得这件事情，发生在她九岁时的事情。那时她和姥姥姥爷以及姨姨们还住在那个北方大城市的军区筒子楼里。不知为什么，有一个星期天，姥姥不在家，想必是姥姥做临时工的那个工厂加班了，而姥爷在家陪着几个孩子。姥爷翻出了许多大大小小的硬纸壳以及碎布、细铁丝、胶水瓶和各色颜料，用刻刀和剪刀，为她们制作玩具。姥爷是个天生的能工巧匠，用纸片和铁丝制作的会翻筋斗的小人是他的强项，更不用说什么身躯长长的会一节一节向前蠕动的毛毛虫，张着大嘴吐出模拟火焰的红丝带的长尾巴龙，以及一朵朵仿佛冒着香气的玫瑰花了。和他矮小的身材相反，姥爷的手却修长而匀称，手腕细腻而白皙，带着几分贵族气。看着这样的手不慌不忙地折叠、裁剪、粘贴、缝补、上色，一个个活生生的动物或花草从那翻转腾挪的手指间诞生，真是一种享受。女儿们着迷地围着他，趴在他温暖的肩膀上膝盖上，闻着他略带鬈曲的浓密黑发散发出的淡淡的烟草和油腻味，盯紧他的手指。她们不仅见证着奇迹也预约着奇迹，她们不停地收到礼物也下达着更多的指令，而父亲这个无所不能的上帝则会一一将它们实现。例如，那个会翻筋斗的小人能不能来个后滚翻？能不能支撑着铁绳纹丝不动地倒立片刻？又譬如，那条会吐火的龙能不能吐出花朵，而且是一朵黄色小花？答案当然是肯定的，因为她们的父亲无所不能；因此，当那小人倒立着一动不动地支撑在纤细的铁丝上时，当那些黄色小花纷纷扬扬从龙嘴喷出来又洒落在桌子上时，她们大声尖叫着笑起来，一同笑的还有姥爷，他似乎比孩子们更享受这创作和游戏的时光。时间一小时一小时地过去了，不知不觉中天已经快黑了，猛然间，她们听到了楼道里传来自行车的铃铛声以及下班归来的姥姥和邻居打招呼的声音……姥爷这才如梦初醒神色大变，快收拾，你妈回来了！她们匆匆藏起那些奇形怪状的作品以及剪刀、胶水和线团如同罪犯藏匿证据，但还是晚了——姥姥进门时，他们正忙做一团，而姥爷，尴尬地拿着扫帚，站在满是纸屑的地上。

姥姥的脸先前还带着一丝残存的笑意，但当她的眼睛掠过灶台（没有丈夫在清早信誓旦旦地答应做好的晚饭，却堆着尚未清洗的肮脏的碗筷）、桌椅（一只椅子很猖狂地倒立着，上面还放着一只可疑的胶水瓶和硬纸壳），以及地面（扔满纸屑、绳子头以及皱巴巴的布片）时，脸色暗了下来。

你们干什么了？她问。

没，没什么，姥爷结结巴巴，我，我带孩子们玩来着。

玩？你们就这样玩？不吃饭了？明天还上不上班，上不上学？

是这样，我正准备做……姥爷低声下气。他上前去接妻子手中的提包，却被妻子一把推开了。

姥姥瞥见了我二姨身边尚未合上的抽屉。她一把拉开抽屉。那些数目庞大的作为罪证的龙、花朵和小人赫然在目。姥姥一把抓起会翻筋斗的小人。小人的双手正握在铁丝做成的单杠上，两条单薄的用线绳连接起来的腿晃来晃去。

这是什么？

这是人，噢，小人。

我还没瞎，当然知道它是个小人。姥姥说。她移开放在炉子上的水壶，将它扔进火里。

小人一开始还若无其事地躺着，但之后，在一阵看不见的风的吹拂下他坐了起来，摆动着双臂，仿佛感到了炉火的炙热和即将到来的被焚毁的危险，试图要逃离。他的眼中闪烁出惊恐的泪光，他嘴唇张开，一声呼救在那里喷薄欲出……但接着，他放弃了，面孔灰白，无力地倒了下去。这具她们刚刚还在为之欢呼、欣喜的精美的创造物，如今成了软弱无力的纸片，在火舌的舔舐下变黄，变黑，摇摆着，渐渐被侵蚀、缩小，瞬间化作灰烬，飘荡在半空，消失不见。

姥爷和孩子们目瞪口呆。没有反抗，连一声惊呼也忘记了。唯一发出声音的是姥姥。她扔完了一个小人再扔第二个小人，扔完了小人再扔龙和花朵。她的屠杀和毁灭是大批量的、干脆利落的、毫不留情的、极其高效的。仅用了短短一分钟她便销毁了我姥爷一天的创造。之后，砰的一声，她放回了水壶。

我不在，你们就翻天了！

她说的是“你们”。我的姥爷，一句也没有争辩。他和几个孩子一起站在那里，注视着那开水壶下的炉子。似乎不相信，他整整一天的欢乐和创作，如今已化为灰烬。

我们的姥爷在年轻时是一个美男子。除了身高有待商榷，他那白皙的皮肤和端正的眉眼五官、精致笔挺的鼻梁很引人注目。我很喜欢看姥爷笑的样子。他笑的时候，眼睫毛都在跳动，大大的嘴角上扬，露出一口洁白整齐的让人羡慕的牙齿。这是一种清澈透明的、被阳光穿透的笑，彻彻底底的阳光男孩的笑。这种笑意在很多年里，在我们已经长大时，还常在姥爷的脸上出现，那就是当他看到我姥姥的时候。那时候我的姥姥已经年老色衰，在我们眼里她皮肉松弛肤色暗淡，因长年的皱眉而在眉心出现了两道深深的竖纹，这严重影响了她那原本就不出众的姿色，可是在我姥爷的眼中，她还是这世上最美丽的女人。每当看到我姥姥，隔得远远的，他的脸上便荡出了这种灿烂的笑容。写到这里我突然明白了一个事实，姥爷在姥姥心里，也许只是一个长不大的孩子。

在能记得清的对往事的回忆中，姥姥反复讲述的关于姥爷的逸闻趣事如下：

他们刚结婚的时候，虽然姥爷每月有近一百元的工资（在二十世纪六十年代初这绝对是一笔巨款），还有很多稿费收入，但他却是两手空空，连一件多余的衬衫都没有，为什么？因为我的姥爷是个败家子。每月不菲的收入都被他吃了（每周日去一次鸿宾楼，三十只饺子一盘牛肉拼盘外加一瓶啤酒是他每周必点的标准餐），别人都知道攒钱为将来的养家糊口做准备，而我的姥爷根本不会，于是在我母亲一岁生病住院时，不得不向人借款两百元，这笔钱，在我母亲能在地上奔跑时才还清（很多年后，当我自己有了孩子时我才明白，“能在地上奔跑”和一周岁的距离并不像我姥姥刻意忽略的那么遥远）。

我姥爷是个很古怪的人。每每在地上见到螺丝钉碎木头或绳子头儿都会捡起，分门别类地装进罐头盒小心珍藏起来，他认为这些东西“将来都会有用”，但是，他会扔掉工资存折稿费单，或另一些更重要的东西。证据便是，就在我姥姥辛辛苦苦精打细算地攒钱准备还清那笔因女儿生病而借下的两百元欠款时，却在一次洗衣服时，意外发现了被我姥爷遗忘在裤子口袋里的一大笔稿费汇单。尽管早已过了取款期限，但仍可看出那是一笔巨款，其数目随着姥姥的不停讲述仍在逐渐增加。

我的姥爷对金钱的价值天然地不敏感。他能记住自己所描绘的马匹在奔跑时每一个蹄子落地的方式，观察到树木枝叶在阳光和微风下最微妙的光影变化，但是永远记不清自己工资的数目。从结婚的第一天开始，他便把工资全部上交自己的妻子，除非必须（例如外出乘坐公交车），他口袋里不会有多于车钱的零花，而且一回家，哪怕只有一毛两毛甚至几分的剩余，他也会如数上缴。这样做的结果是我姥爷一生从未为金钱费过任何心思，自始至终保留了一种婴儿般洒脱和纯洁的无视，有了自己的轻松自在，但代价便是，他丧失了家庭中一些重大问题的话语权。当妻子如数家珍地说起那些水电煤气、柴米油盐、衣服鞋袜，乃至交通费、学费（通常精确到几角几分）等等，他只能听着，脸上挂着木讷的微笑。妻子是精明的，对数字有着绝佳的记忆力和心算能力，而这正是他欠缺的。妻子打点着一家人的吃穿用度，既精打细算地过日子又能未雨绸缪地添置最新款的电器和家具，该有电扇的时候有电扇，该有电视机的时候有电视机，和那些家境更好的邻居相比从未有寒酸和落伍之气。任何时候家里来了人，姥姥都能变魔术一般从柜子里拿出崭新的用具包括被褥，而这些东西是什么时候添置的，他一点也不知道。由此，对妻子的运筹帷幄的能力，他佩服得五体投地。而且最最让他汗颜的是，妻子除了脑子好，还有极强的动手能力，除了做一手好菜缝一手好衣，甚至换电灯泡修水管这些本该他来干的男人活儿也都代劳，相比之下，自己裁纸画画做玩具的那点儿技巧，就只能算作是游戏了。

确实，这个家没有了妻子，就像船儿没了舵和桨，只能原地打转而不能前进一分一毫。这一点，姥爷深信不疑。

我姥爷把自己对妻子的钦佩之情毫无保留地展示在孩子们面前，久而久之，他养成了这样的说话习惯：

这事情要问你妈……

你妈说……

你妈说这样，那便是这样。

他从未打骂过孩子，却也从未挺身而出庇护孩子，在她们遭受打骂的时候，他总是保持暧昧的沉默。天长日久，他的形象，便成了孩子们家庭生活中一个有些温暖却又有些模糊的，时有时无经常缺席的影子和背景。

8

但事情一开始也许并不必然如此。

在他们刚刚结婚的时候，有一天，他去上班，回来时看见那个他刚娶为妻的年轻女子站在门口，眼望操场上正在训练的士兵，背靠着门，一边哼着歌，一条腿十分不雅地抖动着。

不知为什么他心里十分不舒服，姥爷对我们讲，一个刚刚结婚的女子，怎么可以那么随意，站没个站相，在男人面前抖腿呢？最最让姥爷不能容忍的是，那天傍晚，在操场上，他和妻子正在散步，妻子突然兴之所至，当着许多战士的面，在双杠上翻了个筋斗！

据说那天回到家里姥爷便发了火。不知道姥爷说了什么，总之姥姥是哭了，并且答应以后再不做如此轻浮的举动。据说姥爷后来还给姥姥带回一套《古诗源》（在当时确实匪夷所思），让姥姥陶冶情操，提高文化素质——虽然就绝对文凭来说，姥爷在难童院之后流浪途中靠着时断时续的学业拿到的“高中肄业”证书，远不如姥姥的航空技术学校的优等生奖状，但我不得不承认，在我的印象中，姥爷绝对更有文化。但凡有时间他便画画写字，还经常翻弄着那本装在盒子里的《古诗源》，和平易近人喜欢聊天的姥姥相比，更显得有几分清高的贵族气。

我不知姥爷身为难童院长大的一个孤儿，这种贵族气从何而来。很多年后，当我来到北京，参与了几次姥爷家族亲戚们的聚会，才知道了姥爷身世的渊源。姥爷虽然出身贫寒，却出自一个满族八旗大家族。这个家族的始祖曾参与过努尔哈赤的起兵，位列开国十六大臣，其后代平定过朝鲜镇守过山海关，出过几任总兵、两位顾命大臣和一位太子妃——咸丰皇帝身为皇子时的第一个嫡福晋，假如这位被追谥为孝德圣显皇后的女人能多活几个月，和那个著名的女强人慈禧共同垂帘听政的人可能就是她了。一种骨子里的傲气和清高深深扎根在这个家族的血脉之中。这个家族在满族的龙脉之地沈阳老营曾拥有连绵的房舍和田地，即使因日本人的入侵而丢弃了全部家产举族逃难，颠沛流离，然而几十年过去，仅就我姥爷的爷爷这一支脉，就出了四位画家十几位教授，却没有出过一位商人。由此可见，我姥爷身上的艺术气息和对金钱的不敏感，确实是有渊源的。而且这个家族的人都和善、敦厚、忠于家庭。这个家族没有人离婚。这个家族也没有人发财。在一份字迹模糊的族谱里，我看到了这样的字句：生逢数百载乱世，亦无一人为匪。这个家族和所有的老满人世家一样讲究礼仪。在那次难得的家族聚会中，我看到了许多和姥爷相仿的面貌和微笑，以及同样的文雅、礼貌、清高而又疏离的谈吐。所有人都坐姿端庄，面容和善，轻声细语，文质彬彬，却又有种老死不相往来不食人间烟火的隔膜冷漠的派头。我突然明白，把姥爷放在广大的人群中是个异类，然而放在这里，却非常正常了。

有些东西真的是骨子里的，不会被境遇、经历和命运改变的。我一直好奇，从小缺衣少食、忍饥挨饿、居无定所、颠沛流离的姥爷，连中学都没有读完的姥爷，何以有那么一种鄙夷金钱的贵族做派，那么精致的审美情趣。在姥爷并不丰富的物品中，那些最美丽、最昂贵的也最有艺术品位的，都买在他与姥姥结婚之前。那时他独身一人，收入优裕，可以随心所欲的购置自己喜欢的东西。一双意大利产的咖啡色麂皮手套，一辆英国产的三枪自行车，一尊点缀着梅花的宋代瓷瓶，一把印着纪晓岚题字的绿花瓷壶，一方青龙盘曲的乾隆时期的砚台，就连他随心所欲买的一根盘着几条龙的木雕拐杖（买的时候他年方二十）也是那么精细雅致，在市场上找不到相似的仿品。姥爷绝不买便宜货，一出手必买最昂贵的佳品。这种喜好和挑剔，只有在我姥姥嫁过来后才有了改变。接管了财政大权的姥姥很快扭转了丈夫挥金如土吹毛求疵的贵族癖好，转而以实用、节约、经济实惠的理念指导一切消费。她买的东西都很便宜很大众，最最要命的是丝毫不顾及审美。有时候节俭和审美是可以兼顾的，假如你真的有品位，而我的姥姥，恰恰缺了一点品位，却又缺得理直气壮。久而久之，她的审美迅速取代了姥爷的标准在家里大行其道，这样做的结果是，虽然这个家庭的开支很快出现了结余，却也让它的审美层次迅速跌落。几十年过去，我还能记得我姥姥家的样子。洗得发白的旧毛巾上印着大大的红花。所有的家具都用颜色各异的廉价花布盖着。一块捡来的地板条和一块废弃的花瓷砖并排放在锅子下面。用过的一次性塑料餐盒被洗干净，密匝匝地拥挤在冰箱里。而且令人痛心的是，原本是艺术家的姥爷的艺术审美也受到了影响，他绘画中的色彩也变得杂乱而俗艳，但凡有女人的形象，也都长着妻子的浓眉大脸。

姥爷降低了自己的艺术品位来迎合妻子，却并没有得到妻子的应有尊重。日子一天天过去，除了年龄在增长，姥爷的职位、工资收入和获奖数目却都在原地踏步。随着对丈夫的艺术前程渐渐失去信心，姥姥终于认定丈夫是个窝囊废。他原本就不谙世事不善交际混不了官场，没有经济头脑更经不了商，唯一的长处便是画画，而如今，这个唯一也不过尔耳。假如说以往她对丈夫的工作还有几分因着无知而产生的崇敬，如今，这种崇敬更被一种淡淡的鄙夷所取代。这种鄙夷不仅体现在她对丈夫颐指气使毫不尊重，到了晚年，更发展为当众指责和训斥。

在母亲尚未把姥姥姥爷接到北京之前，老两口曾有十年独自生活在西北。每年过年，母亲和姨姨们轮流回家陪伴他们。在饭桌上，在茶几边，在那几十平米的方寸之地，我经常听到这样的声音：老童，你过门槛要先跨这只脚，别用那只脚，这样才不会碰歪了脚垫子。那脚垫子可是我才洗过的，你要懂得尊重别人的劳动！老童，你要用这只公勺从盘子里舀菜，别直接用筷子夹。谁吃你口水哈喇子碰过的脏东西？给你说了多少回了，怎么就记不住！老童，你看看你，怎么又把勺子这样放了！不能那样放，要这样放！别把我的话当耳旁风！老童，你坐椅子别只坐个边儿，要往后靠，像这样，把脊背挨到椅子上。你别嫌我多事。万一椅子向后一滑你摔下来怎么办？什么？你说你根本摔不下来？你说这话真是没良心！你从不考虑别人只考虑自己，也不想想你多大年纪了？若是摔下来，骨折了，可让我怎么活呀！

在相聚最初两天短暂的欢乐过后，姥姥家中很快出现了日常的沉闷压抑。客厅空了，人们回到各自房间，姥爷独自一人在书房画画，而姥姥则在女儿的卧室里，关着门，低声谈话。姥姥谈话的主题便是向女儿们控诉丈夫。丈夫的无能、丈夫的糊涂、丈夫的愚蠢和执拗、丈夫的懒惰，以及她为此付出的辛苦和遭受的伤害。母亲默不作声地听着，之后便开始开导和劝解。母亲劝姥姥想开，放开。是的，人都是有毛病和个性的，尊重别人的个性允许别人犯错也会让自己轻松。但母亲的劝解总会招致更多的诉苦和抱怨，因为任何劝解最后都会被认为是站在姥爷一边为他脱罪和辩解，其结果便是母女反目和争吵。姥姥涕泗纵横，而母亲铁青着脸，不发一声。这种周而复始的争吵渐渐成了母亲和姥姥心中的死结。每次母亲回家之前都会心神不宁心怀畏惧；而每次离开的时候，尽管有些愧疚，母亲却总像是松了一口气。

9

姥爷八十岁生日不久，突患肺炎住院。由于母亲正和二姨在国外，我这个外孙便连夜乘飞机赶回父母所在的城市，拉着行李箱进了姥爷的病房。我在姥爷床头支了一张帆布行军床，二十四小时不离开地照顾他，输液吃药，打饭洗脸，搀扶着他上厕所。发着高烧的姥爷比平素更矮小了，满脸通红，浑身滚烫，呼吸如鼓，如一截即将燃烧的矮树桩。然而，让我忧心的并不是他的疾病（我对姥爷的生命力充满信心），而是他的不服管教。他能在输完液的半夜，在我筋疲力尽地终于躺在椅子上裹着毛毯想歇息的时候，突然从床上爬起来，拖着挂在身上的各种监护电线，在卫生间洗脸刷牙，说是天亮了，查房的医生就要到来，他也能在我去护士站送尿样的短短几分钟，从病房里消失，踏上离这里足有几站路的回家之途，更不要说将夹在胳肢窝里的体温表扔进水杯，将原本分成三次的药一次吞下。我好说好劝，甚至大声呵斥，都无法让姥爷听从我的指挥。非常奇怪，一向脾气温和的姥爷在我和我母亲乃至我的姨姨们面前却格外的倔强和凶悍，我们的命令在他看来根本不必执行——在他看来，就连医生的话也是不屑一顾的。

一天，当姥爷第十次扯下粘在他胸口的心电仪电极，宣布“都是骗人的”，并十分嚣张地要把这“破玩意儿”扔到地上时，姥姥进了病房。姥姥围着围巾穿一身厚厚的棉袄，头顶和肩头还沾着雪花，手里提着热乎乎的鸡汤。姥姥就这样站在房子当中，一声不响地看着姥爷。背对着门的姥爷正好看不到她。于是姥爷那番嚣张的昏话她便都听见了。姥姥的脸越来越红，最后成了青紫，她大喝一声：浑蛋！

这一声怒喝分贝极高，既有着姥姥惯有的洪亮和锐利，又有帝王的威严和底气，那一刻我觉得窗户都嗡嗡地发出了震动。姥爷转过头，完全吓傻了。姥姥站在房子当中，手里还提着盛着鸡汤的饭盒，便开始涕泪交加地怒骂。

你这个老不死的浑蛋！疯子！神经病！孩子几天几夜不睡觉地给你端饭洗脚端屎端尿，那么多医生护士没日没夜地给你看病、打针、输液，我一天到晚家里医院两头跑，累得腰都要断了，你竟敢胡说什么都是骗人的，你说孩子骗你，医生骗你，你是想要气死我吗？想气死孩子吗？你的良心被狗吃了！就连狗吃了别人喂的东西还知道叫两声感恩呢，可你，你就是个忘恩负义的浑蛋！你比蛇蝎还毒！你是生怕我不死，想立马在这里气死我吗？我这几十年没日没夜辛辛苦苦操劳一辈子，怎么就碰上你这么一个浑蛋！你走！你现在就给我出院，自己滚出去，也别回家，爱去哪儿去哪儿！我若管你我就拿我的手心煎豆腐！你最好去死！你挖个洞死了，我连眼睛都不眨一下！

姥爷立马低声下气起来。嗨，瞧你说的，哪儿那么严重，我只是……我只是一时糊涂……我戴上，我戴上不行吗？

姥爷乖乖捡起地上的心电监护仪电极。

姥姥指着床，厉声道，躺那儿，把东西给我戴上！

10

然而母亲说，在她的记忆中，姥爷也曾有过反抗。那是在他们结婚多年后，他正当壮年（大约四十出头）的某一天。在那个夏天的早晨，在忍受了妻子的第九百九十次怒吼训斥之后，他照常去上班。他照旧给报纸设计版面并画了插图，在中午的时候照旧去食堂吃了午饭。没人注意到这个男人的内心发生了什么，没人注意到他有什么异样。这个沉默寡言的男人从来也不会向任何人吐露心声。然而到了傍晚，一天的工作结束后，这个男人留了下来。即便在这时也没人注意到什么，因为这个男人工作努力，加班也是常事。然而这次，这个男人工作到了深夜，到了凌晨，到了子夜一点，之后男人关了灯，拉过办公室的椅子，把它们拼凑成一长条，把报纸铺在上面，男人便躺在这个由椅子和报纸组成的貌似床的东西上，并给自己身上盖上了报纸。

那时候姥爷刚刚转业到了地方一家小城市的报社。他正处于人生的低谷。没有手机，家中也没有电话，人们只能靠大门口传达室的门房或楼道里的一两部电话转达消息。可以想见，在没有得到姥爷的任何通知也无法联络他本人的情况下，他的深夜不归给家里造成了多大的恐慌。姥姥一开始以为丈夫临时加班回来会晚一点儿，但在超过以往晚归的时间点后她便以为丈夫出了事。姥爷工作的地方离我们的住处隔了两个街区，步行需要半个小时。丈夫很可能在这段路上遭遇了什么不测，例如晕倒或被什么车撞倒（尽管可能性很小），或者更糟糕，他在单位被什么人强行带走了（“文革”后期这种事偶有发生）。过了十二点，心急如焚的姥姥把几个孩子从床上叫了起来，出发去找姥爷。夜深人静，姥姥打着手电，背着最小的女儿，而我的母亲拉着二姨的手跟在后面。街道上空无一人，隔着很远才有一个电线杆和路灯，而在这之间，是一段长长的黑暗地带。母亲说，那天晚上的情景她历历在目，因为她们从未在这种深夜离家出门。刚刚从热乎乎的被窝里被叫起来，她浑身发冷，头还是晕的，妹妹捏着她的一只小手也是冰凉的。前方树影憧憧，但她们期望看到的那个男人一直没有出现。她们一直走到他上班的地方。那幢土红色的三层小砖楼在黑暗中静悄悄的，大铁门已经锁了，幸好供行人出入的小铁门还是开着，母女几人悄悄进去。她们打着手电上了楼。

长长的走廊灯光暗淡，散发出陈旧的纸张、尘土和尿臊的味道，不远处的洗手间里传来水龙头的滴答声。姥姥放下最小的女儿，敲了敲丈夫办公室的门。没有人回答。沉滞的空气中，唯有她们沉重的喘息声。屋里和所有的房间一样黑着灯，没有有人的迹象。母亲低声说我们走吧，爸爸不在里面。而姥姥不为所动，再次敲门。母亲至今不知道姥姥为何这样做。是一种什么样的直觉，或夫妻间的感应，让她坚决地站在了门口。她继续更用力地敲门，用变了调的声音喊：

老童，你开门！

姥姥的声音变了调，以往的洪亮清脆被此刻的低沉和嘶哑代替，在黑夜的寂静中有些怪异。母亲感到妹妹握着她的手哆嗦了一下。小妹妹将头埋在她后面，几乎要哭出来了。房间里的灯亮了，传来椅子挪动的声音。门开了，姥爷睡眼惺忪地站在门口。

他们四目相对。也许是片刻，也许有很长时间。不记得他们说了什么。在我母亲记忆中只有这一幕：头发蓬乱、睡眼惺忪的姥爷，有些懵懂地站在门口。而姥姥，脸涨得通红，一把推开姥爷，冲进房间。

现在想起来，姥姥的那一冲肯定是要证实姥爷是不是一个人在房间里。结论是姥爷确实是一个人。房间里没有第二个人。偌大的办公室，七八把椅子拼凑到一起铺着皱巴巴的报纸，一看便是一个临时搭起的床铺。姥姥的脸色稍微松了松，但接着，一脸的紧张和愤怒被一种更加绝望的悲哀代替——是的，姥姥是悲哀了，真的悲哀。这悲哀强大到她找不到一种合适的方式来表达。而以往她惯用的那些方式，无论是歇斯底里的怒骂，张扬的哭喊，还是激烈的摔打东西，都针对的是一些鸡毛蒜皮的小事，而此刻，面对丈夫的不归，这如此严重的事件，她竟然找不到一种合适的方式来发泄自己的悲哀和愤怒。很多年后，我才明白了此事对姥姥的打击。它与其说是一种反抗和挑战，不如说是一个丈夫所能表达的更深层次的鄙夷和厌弃，对她辛苦操持的这个家，对她这个妻子的嫌弃。而这，姥姥如何能容忍？

姥姥什么也没说。她一言不发。而这，反而让姥爷方寸大乱。这个懦弱的男人原本用这种方式来表达自己的不满——也许一开始仅仅是逃避，不计后果的逃避——但此刻，妻子的一反常态的平静反而让他害怕。他赶紧做解释：我加班太晚了，怕回家吵你们……

姥姥没等他说完，转身就走。深知后果严重的姥爷和孩子们急忙追上去。抱着小女儿的姥爷跑在最前面，母亲和二姨跟在后面。在这个夏日的夜晚，一家人像一条长长的乱糟糟的蜈蚣在黑暗中跌跌撞撞地前行。幸好姥姥没有冲向铁路也没有走到某个深井边或爬向某座高楼。她快速行进的方向是熟悉的家，这让他们略微安心。但这侥幸没能持续多久。快步如飞的姥姥显然有什么计划要执行。他们紧赶慢赶还是晚了一步。刚一进门，抢先到家的姥姥把自己关进了里屋。

那个晚上，姥爷对着那扇紧闭的门说了他这辈子说过的最多的话——无论是甜言蜜语地哄，还是痛彻肺腑地忏悔抑或是诚惶诚恐地哀求。孩子们也跟着抹眼泪，高一声低一声地喊妈，一句一个自己将来要好好听话。可任他们怎么恳求和敲门，那紧闭的木门寂静无声，宛如一道墓门。姥爷下定决心咬牙撞开门已经是三个小时以后，天色大亮。

我们的姥姥，面色青紫，口吐白沫，一动不动地躺在地上。脖子上，缠着一条一端绑在床头上的白色丝巾。

从那以后，全家，便对姥姥缴械投降了。

11

这个故事写到这里才进入真正的核心。这核心便是变化。变化发生在我姥爷八十八岁那年。这一年，我姥爷因为疝气引起的肠嵌顿，被推进了医院的手术室。

要说姥爷的变化仅仅因为这次手术，有点太过简单。事实是，姥爷的变化在两年前便开始了。最初的征兆是他辨不清方向和屡屡迷路。一次他走进电梯，对着一串数字迷惑良久，怎么也想不起自家的楼层，还有一次他在离家两个路口的街区迷路，靠着一位熟人引领才回到家里。老年性踝骨肿胀和拇指外翻畸形让他一向迅捷的步伐变得蹒跚，只能在屋里徘徊。加上耳聋愈发严重，他仿佛被囚禁在一个寂静之笼。整个世界都变得陌生、模糊和遥远，离他而去，他抓不住这世界。他丧失了安全感。他的耳背已经到了只有对着耳朵大声喊叫才能听见的地步，他却反感别人对他吼叫，他认为人们不尊重他，训斥他，便以同样的吼叫和挥拳砸桌来回应。一些匪夷所思的想法和念头如藏在沟底的瘴气慢慢升起，弥留在他满目疮痍的脑回路中。比如，这个家里有些异样。为什么妻子每次外出买菜总要一个人独自去而不让他跟着？为什么她每天到了那个点儿便要下楼去喂那些猫？他从窗口向下凝望，看到的那个站在林中空地与妻子聊天的男人是谁？后来便到了那一天。那一天应该被浓墨重彩地写入史册，那一天我们家的权力格局发生了重大的变化，因为那一天，我的姥爷脱胎换骨成了一个新人。

那一天是我姥爷从医院做完疝气手术回家后的第二十天。半夜，我姥姥被一阵窸窸窣窣的动静惊醒。姥姥一向神经衰弱，几十年如一日地吞服安眠药才能换取比黄金还珍贵的三小时睡眠，因此任何打扰她睡眠的行动都会让她怒火攻心。她先是翻过身想继续睡觉，可那窸窣声越来越大竟然移动到她的门前。她先是愠怒之后便有些担心，莫不是家里进来了人？老伴儿不会这么早摸黑起床呀。她正准备穿衣看个究竟，可还没容她直起身子，她卧室的门便被推开了，她看见一个人站在门口，手里拿着什么东西。从阳台照进来的月光汇聚在那东西表面又反射回来，寒光刺目地一闪让她浑身一凛如冰水劈头淋下——她看清楚了，那是一把菜刀！

我姥姥足足有一分钟一动不动地僵在那里，直到看清楚了那人不是别人正是我的姥爷。

这当口儿我姥姥已经本能地按亮了床头的台灯，她看见我的姥爷花白的头发一根根竖立着，面孔发青，混浊的眼睛露出一种她不熟悉的神情。原本有些佝偻的腰身此刻竟然像一段老树桩一般挺直了，眼神里的光亮有一种她从未见过的凛然和精明、暧昧又混沌糅合的色调，就像蒙着一层薄雾，那薄雾的基调是冷，坚硬的冰冻底下挂着霜雪冒着寒气的冷。这神色不是她丈夫的。这是另一个人的。一个陌生人。一个心狠手辣的陌生人的。

姥姥感到了害怕。这是她结婚五十多年，甚至是她此生从未有过的害怕。她抑制住牙齿格格的颤抖，尽量冷静地问：你要干什么？

丈夫不说话，拿着菜刀朝她走来。他的步履不再蹒跚，却有着不可思议的从容和迅捷。她差点就要尖叫了，他却停住了，弯下腰，撩起床单朝下面望去。他望了床下，又走到阳台边，看了看摆放着花盆的阳台，之后又走回来，站在房子当中，望着她。

她把被子拉到胸口。就好像房间当中站着的不是老伴儿，而是一个陌生人。

我看见一个男人从你房间里走出去了。他宣布。

她愣了愣。直到他重复第二遍时才想到辩解，没有的事，我一直一个人睡着。

我看见他从你房间里出来。我躺着，就从我的脚指头那里，看见那人走出去了。

你躺着，根本看不到我的房门，她反驳。

我亲眼看见他从你房间里出去了。我追出去，到过厅里，他不见了。我去取了菜刀，他就不见了。他一定是趁我取刀的时候藏起来了。

你在胡说，她鼓起勇气，根本没什么男人，你是看花眼了。

他藏到哪里都不管用。我总有一天会杀了他。

剩下的几天他开始不停地描述杀人的细节。他说得津津有味，绘声绘色，带着微笑和快感。

我会从他的太阳穴那里刺进去。那里是全身最薄弱的地方。一下子，他就咽气了。

还可以勒住他的脖子，横着，割断他的喉咙，这样……他比画着，血呼啦一下就涌出来了，黏糊糊的。

我会做一种切割人的机器，竖着，一片用齿轮控制的薄薄的刀片，半人高。把人放进去，一转一转，人就切成了薄片，就像切羊肉片。他狞笑着。

心脏从正面不好刺，有肋骨挡着，稍微向右边，右下腹，那里软软的是脾脏，刺一刀才是致命。或者从脊背左后方的肩胛骨下，斜着刺进心脏。（这是哪里来的知识？）

很可能他会防备，但我也技高一筹。动作要迅速，致命地一击。我会躲在门口，拿着铁棍子照他太阳穴，一下毙命。

我从来不会手软，因为杀人很有快感。从来我就爱杀小动物。我用铁丝勒死过十只猫，给五只蹦跳的兔子剥了皮，还有不计其数的大狗，我一刀就捅穿了它们的喉咙。（我母亲说过，我姥爷平生没有杀过一只鸡。杀鸡从来是我姥姥的事情。）

…………

姥姥给我母亲打了电话。我母亲换乘了三趟地铁，赶到家中去弄清事件的缘由。在长达几个小时令人疲倦的谈话后，她得出结论：我的姥爷，被一个杀人犯附体了。

母亲说，第一步，她试图劝说父亲放下杀人的念头。她的理由是，无论因为什么原因，杀人都是不对的，这个世界上无论何时，无论哪个国家的法律，都规定了杀人是犯法的，会被判处死刑的，杀人偿命天经地义，因此杀人是划不来的。若是有什么冤仇非要报，可以打110报警，警察会帮他们抓住坏人并送到法院，法院会判处坏人死刑，因为他们就是专门干这种事的。但她遭到了姥爷轻蔑的拒绝。那些窝囊废警察和法官能干什么？都是饭桶！等待他们复仇？那得是猴年马月了！是男人就得自己报仇！大不了我坐几年牢，我这么老了，多坐几年牢就不出来了！判死刑？你说他们会判我死刑？不可能！绝对不可能！

阻止不成，母亲便开始探问为什么要杀那人。那人到底是谁？他干了什么？

他是个坏人，姥爷的口气不容置疑。你问他长什么样叫什么名字？不知道。天太黑我看不清楚。但我知道那就是个坏人。该杀的坏人。我知道。我清楚得很。你问他干了什么坏事？他侮辱妇女！你问侮辱谁了？那还用问就是你妈和你们！什么，你竟然说什么事情都没有发生你们都好好的？那是骗人！你们别想骗我蒙我。我清楚得很。这事情从头到尾我都清楚得很。你问什么事情我清楚得很？就是这件事情。这事情你知我知，还有你妈她也知道。别看她装作什么事情都没有，她是在装糊涂，她是在隐瞒，她今天出门一趟说是去打水买东西，其实是给那人通风报信去了。这件事情你们都瞒着我。你还是问究竟什么事情？你非要我说？那好，我告诉你。就是你妈她欠了钱这件事。是的你妈欠了人家的钱。就是那个坏人的钱。那个坏人就用欠了钱这件事，逼着你妈和他干那事。不光你妈，还有你，还有你和你妹妹。我家女人都被那狗东西干了。什么？你说这都是我幻想出来的事？你才是胡说！我问你，若不是借了他的钱，为什么这些日子，我明明看见你妈身上没装任何钱，回来却大包小包地提着东西？她用什么买的东西？还有你和你妹妹，哪里那么多钱买东西？

…………

关于那个“坏人”，还有一些不堪入耳的细节。那人没有精子，不能生育。但是他有钱。他便用有钱这一点来强迫我们家的女人去给他生孩子。这里有个逻辑漏洞：没有精子如何让女人生孩子？于是在另一个版本中，我姥爷自己也被卷进去成了一名受害者：姥爷说只有他的精子能让人受孕。因为他是个清朝贵族，血统高贵，身体强壮（年龄的因素在这里被忽略了），因此在某一天某个暧昧的晚上，他也被列入名单，被捆绑着索要精子……

姥爷的幻想让我们目瞪口呆。这些幻想饱含着性和暴力，从根本上颠覆了我们对他几十年人生的一贯认知。我那一辈子忠厚老实正直善良的姥爷，怎么到老了老了，却变成一个嗜血而下流的杀人狂魔？

最最直接感到受威胁的便是与姥爷同居一室的姥姥。生平第一次，她感到自己既不了解也无法掌控这个男人。为了安全她听从了我母亲的劝告，每天在入睡前藏起家里的菜刀剪刀老虎钳子甚至那根坚硬的拐杖，并在丈夫入睡前喝的牛奶里偷偷加入一粒安定。半夜里持刀入室这种极端举动虽然之后没再出现，但白日里，暴力的冲动仍然如苏醒的火山口的青烟缭绕不散。我姥爷宣布家里进入战争状态。由于妻子和女儿们很可能暗中通敌，出于自身安全他拒绝吃家人准备的任何食物(当然在极端饥饿的情况下有些许例外)。妻子给他喂的那些已经服用了几十年的药，他把它们扔进马桶。为了防备敌人偷袭，他宣布取消午睡，并在卧室、厨房、卫生间等每一个必经的通道，摆放了大大小小的盆子，倒立的空酒瓶，因为它们发出的声响足以吓退敌人。

从未上过战场的姥爷动用了他所有的军事知识为即将到来的杀伐做着准备。有一次姥姥被一阵叮叮咚咚的砍砸声引到丈夫卧室里，发现他正在卖力地拆卸一只钢管椅子，准备用钢管做武器伏击那半夜偷袭的坏人。还有一次他下楼砍伐树林中的竹子，打算用削尖的竹竿刺入坏人的心脏。为了搜出藏匿在衣柜中的入侵者，他竟然将半人高的柜子拖到屋子当中并拆卸了柜子的背板，将那些折叠整齐的衬衣毛衣扔到地上。在发现家里的拐杖和菜刀这些自卫性武器都莫名地不见踪影后，他在自己的睡衣里藏进了一套年轻时做版画用的木刻刀子，是姥姥打电话给母亲并由我的父亲将那套刀子夺了下来。年近九旬的姥爷不仅迸发出奇迹般的体力，连精力也变得异常充沛，整整一个白天他为种种突发奇想和未知的危险而不停忙碌，持续多年的长达四个小时的午睡突然取消了，让我那原本期待着能松口气的姥姥没有了喘息的机会，到了夜里，她又要为丈夫可能的持刀而入战战兢兢。那个夜晚让她的心头产生了永久的恐惧，在随后的几个月里，她反锁房门，轻手轻脚，就连洗漱也不敢开灯，生怕惊醒已经入睡的丈夫。原本就睡眠不好的她更加难以入眠了，几天几夜下来她和丈夫一样疑神疑鬼如惊弓之鸟，所不同的是丈夫防备的是那个“坏人”，而她防备的是自己的丈夫。

姥姥几十年确立的权威和秩序如今遇到了结结实实的挑战。如果说女儿们是靠着成家立业远走高飞而摆脱了她，而丈夫，却是躲进了自己用非理性癫狂铸就的烽火台里对着她万箭齐发。然而若以为她就此投降那就错了。意志坚强如铁的她对待家人从来没有“妥协”二字。她拒绝我母亲提出的让她离开丈夫住进旅社的建议，也拒绝让丈夫离开家住进女儿家去。她决定留在战场的最前沿固守阵地，用一如既往的铁腕镇压家里的暴乱。她用絮絮叨叨的反复解释，用伴着泪水的动之以情晓之以理的劝说，用怒骂吼叫甚至房门紧闭限制丈夫的人身自由，却都没有让丈夫乖乖回到往日的正轨。于是有一天，争吵中的她从抽屉中取出那把菜刀，啪地放在桌子上，她怒喝道：

杀了我，要么杀你自己！

然而此时的丈夫，已经无法理解妻子言语中的逻辑内容。他看到的只是日复一日的怒骂以及那张眉头紧蹙充满杀气的脸，以及刀锋闪烁的寒光。妻子的愤怒只能让他心中的怀疑和敌意更加清晰成型。有一天，他把前来看望的女儿叫进里屋，低声说，你妈要杀死我。我告诉你，一旦有一天我出了事，你要告诉警察。他递给女儿一张纸。上面是歪歪斜斜的几个粗大的字：

我老婆杀人。

这张纸存在我母亲的抽屉里。从绘画的宣纸上扯下的一角，呈半圆的撕痕。用碳素签字笔写就，字迹颤抖，透出一个老人的焦灼和心慌意乱。这张纸让我百感交集。我觉得姥爷很可怜。我和母亲交流一番，决定带姥爷去医院看病。这次治疗被伪装成一次对踝关节的例行检查，姥爷开始服用的一种名叫利培酮的抗精神分裂药物，也被伪装成治疗踝关节炎的水剂。所有的病历和处方都做了真假两份，以应付姥爷拿着放大镜的反复核查。让我们欣慰的是治疗很快生效，在利培酮的剂量增加到每天一毫克时，一些复杂而有趣的变化出现在姥爷身上。例如，在那个令人恐惧的杀人狂魔渐渐隐退时，另一个极具雄心的出版社总编又会来到姥爷身上，这位总编认为家里的客厅可设立一个"驻京编辑部"，于是有两天，母亲每天都会带着姥爷亲笔写的给中央某位领导的倡议书和规划回到家里。杀人犯和总编轮流在姥爷的头脑里坐庄，甚至在一天之内来回折腾，比如说，清晨姥爷还是一个兢兢业业的总编，一个午觉醒来便又成了杀人狂魔。好在这种轮换正好消减了每个角色的能量，姥爷每次扮演角色的强度和时间都大为缩减，有时一番劝说也能让他放弃自己的执念。似乎，很有希望，姥爷会恢复成了一个相对正常的老年痴呆患者。

姥爷的治疗有了效果。姥姥的状况却不容乐观。在陪着母亲多次看望姥姥的时候，我亲眼见证了姥姥的哭诉和抱怨。这种抱怨在她们母女交谈的第三句话开始，甚至不到第三句话，不用寒暄也不用转折和铺垫，一张嘴就切入正题。母亲曾试图转移姥姥的思路，用社会新闻、娱乐八卦、旅途风光，甚至别人家更大的悲惨来冲淡姥姥眼中永远的悲哀抱怨的底色，但每次，都会被姥姥拉回到抱怨诉苦的正道上来。她那紧蹙双眉下的眼睛永远聚焦在自己婚姻的不幸上，除了抱怨和控诉自己的丈夫，姥姥不关心任何别的话题。不错，抱怨是姥姥一生中谈话的永恒主题，但现在这哭诉抱怨中更增添了切切实实的内容。在心底的最深处她并不接受丈夫是一名病人这一事实。是的，有一种病叫阿尔茨海默病。丈夫似乎是得了这种病并且无法治愈。按照医生的说法以八十八岁的高龄得此病不算太意外。但是，怎么偏偏是他？明明到处都有九十开外依然健步如飞头脑灵活的老人，他怎么偏偏就不行？上苍怎么可能无视这么多年她做出的奉献和牺牲，怎么能让她一辈子都在受苦，怎么能让她在晚年承受这一切？

姥姥不堪忍受。她甚至说到自杀，说到要离家出走。每次的劝解都以哭泣和对某个悲惨结局的庄严宣告而结束。母亲变得筋疲力尽。有一天她对我说，她怀疑家里真正的精神病人其实是姥姥。于是，除去以往每日来家的小时工，再雇一位住家的全日制保姆来帮助姥姥便提上了议程。

12

新保姆姓张，是我母亲从一个家政公司找到的。母亲去面试了一番，从几个候选者中选定了这个四十多岁的河南女人。母亲之前为姥姥找过好几任小时工，深知遇到一个用得顺心又放心的人是可遇不可求的缘分，更何况这次是一个住进家里与父母昼夜相伴的人，从某种程度上说是要物色一个新的家庭成员。这个成员面善心慈固然重要，麻利的手脚也不能忽略。我母亲发现了一个规律，凡容貌中等以上者心态也相对和顺乐观，而丑陋的人多脾气乖戾。这是不是因为好看的人更常受到善待也就更自信乐观更容易相处呢？总之我母亲得出的结论是，第一眼的感觉很重要。姓张的保姆便这样脱颖而出了。她胖胖的白脸总是荡漾着笑意，谈吐也很大度得体，她进京做家政多年，之前也服侍过老人，炒得一手接近南方口味的好菜（她的家乡河南南阳离湖北很近），这让从小吃米饭长大的母亲颇为惊喜。让母亲中意的是她的丈夫和孩子远在广东打工，家里的老人都已去世，在北京没有兄弟姐妹等等亲属，因此也就不存在每个周末请假串亲戚的头疼事。母亲当即交了定金将保姆带上了车，在车上特意将家里的局势简明扼要地通知一番，嘱咐说家中老爷子因老年痴呆行为怪异因此对其言语不必在意，而最最重要的是一定要事事听从老太太的指挥，一切以老太太的心情快乐为唯一准则，因为这个家，老太太说了算，这是我母亲的原话。

张保姆的住处被安排在姥爷的画室里，用作床铺的折叠大沙发头一天便由我母亲和姥姥铺好了洁净的床单被褥。我姥姥和姥爷坐在客厅等待新保姆的上门,一向精细的姥姥连保姆洗漱的卫生间都清理出来了。张保姆十分热情地问两个老人好,姥姥也带着她指点了家里的地方以及该注意的事项,尤其是晚上必须反锁好的房门(姥姥及时在第一时间向她暗示了丈夫夜间可能有的"糊涂行为")。一切似乎都很顺利。至少在我母亲离开的时候,她乐观地断定这个家至少有一两个月的稳定时期。

一开始确实如此。母亲不放心磨合期的姥姥和张保姆的关系,第二天便去登门探望,却发现家里的气氛异常平静祥和,姥姥正和张保姆聊天,我姥爷虽一如既往地耳聋听不见声音却也十分安静耐心地坐在一边。他脸上的乖戾凶悍之气没有了,我的姥姥的神色也平和松弛了许多,显然一个陌生人的到来让家里剑拔弩张的战事得到了缓解,这让我的母亲非常欣慰。隔了两天她再去,发现父亲的头发剪短了,穿一身很少穿的新毛衣,满面笑容地看着眼前保姆为他冲泡的豆浆,洁净而精神,像是年轻了十岁。而保姆也脱去了刚来时的灰色廉价运动服,换上了一身翠绿的毛衣,镶嵌在胸口的星星点点的钻石孔雀衬得丰满的胸部十分瞩目。我母亲原本不是敏感的人,但这些不同寻常的景致还是让她注意到了。确切说在姥姥那座充满暮气和古板的沉闷之色的老房子里,似乎冒出了某种鲜艳的、生机勃勃的东西。母亲对此倒没什么成见,她一向马虎大条,对新事物也毫不反感,但姥姥却深感忧虑。她把女儿叫进里屋,低声通报了家中的动向,主要是围绕着姥爷的动向。

你爸爸精神头特别大,几乎不睡午觉了。

这不是好吗?你以前一直抱怨爸爸越睡越傻。再说了,这一两个月他不是已经不睡午觉了吗?

他对小张夸个不住,脸都笑开了花。小张就给他剪了一次指甲,他便夸她手稳,适合打枪,还说要给她报名奥林匹克射击班,他来教她。他说自己是军区的射击冠军,还翻出了这个……姥姥拿出一张发黄的纸,上面用钢笔细细勾勒出一把五四式军用手枪。下面的落款是1957年8月。其时我姥姥姥爷尚未相识。

啊啊。我母亲有些惊讶。这么久远的东西,他怎么能翻得出来?

可不是嘛!姥姥说,你可见他是多么上心!

在饭桌上,总是给小张让菜。小张你吃这个,小张你吃那个。小张你累不累?你去歇息吧。你去睡午觉吧。哼,他对我从来没有这样过……最让人寒心的是他在小张面前对我的态度。我给他吃药，他不吃，说我要毒死他。小张喂他，他就吃。还说以后就要小张来照顾他。你说说，这可让我怎么想？

妈妈，你以前不是一直抱怨爸爸是个拖累，没日没夜地折磨你吗？来的路上我也叮咛过了，要小张照顾他的起居。这样，你就可以歇息一下，放松放松了。

哼，那可不是这样的照顾法儿。我给你说，你爸爸的变化可是大了。以前他不愿意出门。你记得不记得，你和你妹有次推他轮椅出门，他一直抱怨你们把他颠簸了，怨声载道，急着回家？哼，现在可好，小张推他出门，可高兴呢！第一天出去半小时嫌短，第二天延长到一小时！他们竟然去看广场舞！你知道吗，广场舞！那可是你爸爸最反感的啊！平素我和他出门都绕着那地方走。他说那些跳舞的人恶俗极了。可现在，他竟然就在那地方待了一小时！

母亲回家对我说了姥爷坐轮椅看广场舞这一幕。我们都笑了。一向清高的姥爷连和邻居打招呼都觉得厌烦，此刻，竟在那些扭屁股拍手簇拥成群的大爷大妈面前津津有味地坐了一个小时，真让人不可思议。尽管我和母亲谁都没点破，但我们都明白，促成这一改变的关键人物当然是保姆小张。她曾经承认，在打工之余她最爱的消遣便是跳舞。那么在那震耳欲聋的欢快热烈的歌曲声中，在我那老眼昏花的姥爷面前，小张会不会也情不自禁地走入舞蹈的人群中呢？即使不进入人群，站在姥爷的轮椅前，她会不会随着音乐欢快的节拍，一边拍手一边扭动那丰满妖娆的腰肢？我们无法揣测当时的情景，但我们能感到这一景象给我垂暮之年的姥爷造成了多大的震撼。单从他和保姆回家很晚且从无怨言这一点，可见他是非常乐意接受这一切的。想到几十年来姥姥那安静干净得近乎窒息的家，想到姥爷终日要面对的姥姥那愠怒阴沉的脸，我们叹息了。我说，可怜的姥爷！

我和母亲达成了共识。我们都心照不宣地默许了这种情况，并对姥姥的担忧不以为意。相反，我们对姥姥在这个家里几十年如一日地跋扈和威压终于遭遇隐约的松动和挑战感到高兴。不就是一个喜欢笑又比较活泼的保姆吗？什么也不会发生，也不可能发生。而且，就此让姥姥明白，姥爷作为一个男人是需要也可以得到另一个女人的笑脸的，不是更好吗？

我们没有想到，事情的发展还是超出了我们的预期。

刚过了两天，母亲又接到姥姥的电话。姥姥在电话里大哭，姥爷和张保姆不见了！而且，家里的户口簿也不见了！此刻已是傍晚八点半多了，天色已黑。我和母亲马上打车赶到姥姥住的小区。还没进门就在楼下遇见了姥姥。姥姥站在黑暗中，花白的头发影影绰绰，被风吹着起伏飘荡，个头显得比平素矮了许多。她絮絮叨叨地说，晚饭后保姆便推着姥爷去遛弯。直到看完了一集电视剧，她才意识到时间比平时晚了。她准备出门寻找他们，进里屋换衣服，才发现放贵重物品的抽屉开了个缝，钥匙挂在抽屉上，而平素那钥匙总是放在另一个抽屉里的。拉开抽屉她便发现户口簿不见了。房本在，存折在，银行卡在，甚至装现金的牛皮纸口袋也在，但就是户口簿不在了。在我们到达之前，她已经去广场转了一圈，跳舞的人已经散了，楼前楼后的道路也没有人。她甚至去了小区通向外面的两个大门，执勤的保安称并没见到一个坐轮椅的老人。听到这个消息母亲倒冷静了下来，她知道姥姥一向精神紧张，而保安称没有见到姥爷，那就必定是没有离开，因为一个坐轮椅的老人毕竟目标太大。问题的关键是他们究竟去了哪里，又为什么拿走了户口簿？鉴于小区有大小五十多座楼，沿着一座人工湖很不规则地排列开来，那些小路纵横交错，就连在小区住了几年的人也不知道别的楼的方位，因此寻找起来确实有难度。那么张保姆有没有可能在离开广场的时候走错了路？姥姥排除了这个可能，她语气激烈地说他们把户口簿都拿走了，指不定要干什么！她说的是“他们”。我和母亲都没有说话。

我们决定分两路寻找。母亲去了湖的北岸。我陪着姥姥继续沿着我们家所在的南岸向前探寻。这里的楼房都错落在一片梧桐树林中，夜色中的梧桐树叶和悬挂的果子在风中瑟瑟作响，楼房里的灯光时隐时现。我担心姥姥在林子里的石阶路上摔倒，让她跟着我，她却坚持要走在我的前面。她高一脚低一脚走着，像一头拉着犁的老牛气喘吁吁，满头白发在风中飘荡。突然姥姥停了下来。她用冰冷的手抓住了我。你说，他们拿走户口簿要干什么呢？她喃喃地问。她扬起的脸上，那双眼睛在黑暗中竟然发着幽幽的光。她干枯冰冷的手死死抓着我，尖锐的手指甲掐进了我的手腕。我有些害怕又不知如何回答。我说姥姥，咱们还是找到他们再说吧。你说，他们拿走户口簿要干什么呢？她似乎没有听见我的回答，喃喃自问。她松开了手。我松了一口气。可就在这时，姥姥扬起头，对着天空，发出一声凄厉的叫喊，老——童——姥姥的样子让我想起了一只对着星空长啸的老狼。我心头一凛，浑身的汗毛都竖了起来。这声音是那么惨烈，那么绝望，带着哭腔，歇斯底里，让人忍不住要捂住耳朵。老——童——姥姥的声音在风中，在夜色中，在这黑暗的梧桐林里幽灵一般游荡，竟然带着几分鬼森森的气息。

老——童——童——童——

我的心头突然涌出一个念头，姥姥不是在呼唤一个人，而是呼唤一个死人，一个早已不在这个世界的人。确切说姥姥不是叫人，而是在叫魂。与其说这声音包含了太多的东西不如说包含了太少的东西，因为这声音中有着一种冰冷的，让人毛骨悚然的寒意。时至今日，我没有向任何人说出这种感觉，甚至自己的母亲。我感到，在这个萧瑟的秋天的夜晚，姥姥用自己的方式，把姥爷埋葬了。

那天其余的事情我便有些记不清了。电话打来了，是母亲。她在湖对岸找到了姥爷，他自然和张保姆在一起。户口簿也找到了，就在姥爷的外衣口袋里。张保姆陈述道，她对姥爷将户口簿装在身上毫不知情。广场舞散场后他们便起步返回，半路上遇到一个老乡聊了几句耽搁了时间，回家后发现家门紧锁，只好再次外出去寻找姥姥。至于为什么他们会到湖的对岸，张保姆解释是黑暗中迷了路。母亲和姥姥都没有追究事实的真相，因为鉴于姥爷的老年痴呆，真相也不可能追究。她们所能做的是，当晚，便结算了张保姆的工资，辞退了她。

我和母亲打车将张保姆送回她在家政中心的临时住处。我们是以姥爷需要去外地治病暂不需要保姆的名义将她辞退的。张保姆自然明白我们的用意，她十分聪明地并不追问下去，却一个劲地夸奖姥姥是如何善良她为此又如何感激，并发誓她并不知道姥爷为何取了家里的户口簿，又几次解释当晚晚归的原因。母亲自然也顺水推舟，说姥姥姥爷对她的印象也很不错。张保姆便讲起这几日她推着姥爷在院子里遛弯，姥爷是如何高兴，如何兴致勃勃地看广场舞，还几次三番地企图把自己的轮椅让给她坐。她说姥爷讲了许多他和姥姥年轻时的事情。

大爷说，那时候，有很多人反对他和大娘结婚。大娘的工厂有很多人写信告大娘的状，大爷还是坚决和大娘结婚了。那签名的，有一百人。

我注意到，母亲一愣，之后便脸色铁青。

那天回去的路上，我想搞清楚保姆说的是什么往事。我问母亲，那一百多人的联名告状信到底指什么？是否真有此事？母亲疲乏地说，她记不清了。

13

那天晚上，姥姥和姥爷爆发了激烈的争吵。争吵中姥爷骂姥姥是毒妇，虐待他，要置他于死地，要和她离婚，愤怒的姥姥动了手。姥爷拄着棍子便离家出走。他跌倒在楼梯，右小腿骨折伴轻微中风，住进了医院。

14

病床上的姥爷迅速地衰老下去。他昏花的老眼已不能正确聚焦事物，他的牙齿高矮不一地断裂，残垣断壁间蓄满了口水再源源流出，丝丝拉拉挂在胸前。他含糊不清的口齿发出呜呜哇哇之声，句子被简化成一两个单字，你必须凭着侦探般的推理和对他日常生活的了解才能猜出其背后含义。比如，见到我，他会不停地叫着，“九，九，九”，只有我们才知道这个貌似“九”的发音其实是“柳”，而这个“柳”意指他的女婿也就是我的父亲大人柳某，因此这个“九”，则是“代我向你爸爸问好”这句话的极度浓缩。还有，每当他感到腿疼，他便叫“王”，“王”，相信我，这既不是称呼他身边的护工也不是他身边的任何人，而是指一位王姓医生。这位王大夫给他开了一种只对手术病人才使用的强效镇痛药，对姥爷的腿疼极为有效。因此，“王”这个字所扩展开的全句应该是：“我要吃王大夫给我开的那味药。”

随着老迈的加剧姥爷的声音日渐含糊，能够发出的音节也越来越少，到最后连“王”或“九”也发不出来了。于是有相当长的时间，我们靠写字来互相交流。我们把要说的话用大大的字写在纸上放到他眼前，他也会写上简单的几个字回应。那时他还能颤抖着写上只言片语，他的字迹还能辨认，但后来，他能写的字越来越少，字的笔画也越来越潦草并退化为某种既像蚊子又像苍蝇的多脚动物。他已经无法把笔画按一定的规则展开布局在一个固定的空间，却像不负责任的懒汉，把所有的横撇竖捺都如堆柴火棍子一样重重叠叠地堆放在一起。

如何把姥爷稳定在医院接受治疗花费了我们大部分心思。这项工作比给他治疗更让人费心劳神。我和母亲以及二姨分成昼夜三班二十四小时寸步不离地守护在姥爷身边，不停地重复着那些机械动作——把他企图扯下输液管的手拿开，扶正他总是歪斜的身体，帮他翻身，脱裤子便溺或给他擦洗，喂水喂饭，排队缴费，叫护士更换输液瓶。在弥漫着消毒水、尿液、饭菜和药品气味的急诊室里，筋疲力尽的我们变得烦躁。时间被分割成不同的长度来考量我们的耐力，从刚进医院时等待一张CT或化验结果的一个小时，到输完一瓶液体的几个小时，再到输完几瓶液体的一个昼夜，直到完成一个疗程的几天几夜乃至一个月。回家，这艘亮着灯的希望之船，似乎离我们越来越远。

我是后来才隐约明白姥爷可能回不了家的。那天医生用含糊不清的语气告诉我们，由于中风和骨折造成的抵抗力下降，姥爷的肺部感染总不见好转。尽管最近一次的感染已被控制，但新的感染似乎正聚集起力气准备卷土重来。医生说到现代医学对肺炎的控制，说到这个三甲医院所能使用的现今国内最先进的几种抗生素，但也谈到，盘踞在姥爷身体里的病因（聚集在肺部的浓痰）的无法消除，姥爷无可遏制的衰弱和免疫力的低下，说到细菌对抗生素的撒手锏——随着药物和细菌的反复较量，那些细菌和病毒会产生越来越强的耐药性并在自身衍生出更强大的新型菌和病毒，因此，到了最后，每具老人的身体都会成为一个超级“毒王”。出于一种本能和直觉，我没有问，毒王和新型抗生素，孰胜孰败？

不久，随着姥爷的日渐衰弱，插胃管便提上了日程。

15

对于姥爷插不插胃管这件事，我母亲是持保留意见的。因为我母亲在她三十三岁那年因为胆囊摘除手术，被插过一次胃管。她说那非常痛苦。她说在被插管的十几个小时里，即使在被麻醉的手术过程中，她也不停地做着噩梦。她梦见十几条又粗又硬的蛔虫从自己的鼻子里钻进了喉咙，而且卡在那里，钻心地疼痛并且恶心。她不停地用手扯着那蛔虫，却怎么也扯不完……手术之后她被推进病房，在刚刚恢复意识的刹那，她便聚集了全身的力气，拼命对医生哀求，给我拔了吧，拔了吧……

那时她三十三岁，插胃管是手术必需的，而且只插了不到二十四小时便拔管了。她不认为给九十高龄的老父亲插管有什么必要，况且这被拔出的日子遥遥无期。她把这个意见告诉了姨姨们，得到了她们的一致同意。但她们不能也不敢公开表示反对。她们把希望寄托在姥姥身上。她们认为在这个家里只有姥姥能做出这个决断。而且姥姥肯定理解她们的想法，因为姥姥也曾因胃出血做过手术，也曾被插过胃管因而深知其痛苦，因为明智的姥姥早就说过，对老人最大的孝顺和仁慈，便是避免过度的毫无希望的治疗，让他（她）遭受无谓的痛苦。

于是母亲和姨姨带着姥姥一同去了医院。她们在医生办公室见到了主任。主任将一张纸放在桌上。他说你们考虑好了吗？考虑好了就在这上面签个字。那是一张知情同意书。上面列举着一行行授权医生进行抢救所采取的措施。大家都看着它。谁也没动它。谁也没说话。

主任用手指轻轻敲着桌子，主任说，你们还没想好吗？

可是他已经九十多岁了，母亲试探地说，况且插胃管和尿管很疼，他那么大年纪，又中过风，能配合吗？

我们有办法让他配合的。主任说。我们会给他捆上约束带。

什么是约束带？母亲问。

就是固定病人的带子。在医院里常用。简单说来约束带就是捆人的带子。捆上他，你们的父亲就不能动，也绝不反抗了。主任说。

一阵沉默。

这时候，出乎我们所有人意料，姥姥拿起笔，在纸上签了字。

16

被捆上约束带的姥爷成了一株植物。在这个病房里，像姥爷这样活成植物的人还有许多。他们躺在阳光柔和的病房里一动不动地享受着植物的待遇，被约束带和各种管线固定在床上，静悄悄地不发一言或偶尔发出怪异的声响（因无法辨识其意义而可以当作动物的鸣叫忽略不计），承受着液体和氧气的灌注就像植物的定时浇水施肥。人类从出生到死亡的过程就是出自泥土和返回泥土的过程，也就是说在刚一出生和濒临死亡的两个阶段，人都更像植物而不像动物。在看到病区里一位年过百岁的老人后，我的这一信念便更加坚定了，这位身居高位的老人早在五年前就进入了人生中的植物阶段，靠着点滴、呼吸机和血液透析维持生命，成年累月一动不动无声无息犹如一棵栽种在床上的树干，到最后就连相貌也接近了树木——他深陷紧闭的眼窝像树洞，呆滞的脸像皴裂的树皮布满纹理而且质地坚硬，在某些特定区域，例如鼻翼，甚至生出了两三朵灰色的，带着霉点的菌菇。

我无法知道被安置在这样特殊的植物园里的姥爷有什么感受。在他渐渐安静下来的面容中我看到了向着植物转化的一些蛛丝马迹。这里那里，那原本滋润而泛着油光的皮肤正在渐渐凝固定型，仿佛水分正在蒸发或消退；眼球转动的次数渐渐减少，从聚焦于事物渐渐让位于茫然涣散于虚空；口齿间已不再发出令人难解的呜呜之声，尽管他的嘴仍然张着，但那不是出于言语的需要而是出于疼痛——干裂的唇后，溃疡的白色斑点布满了肿胀肥大的舌头。

我们带了紫药水去涂抹这满是溃疡的舌头。这泛着紫色的舌头便愈发触目惊心地狰狞。总体来说姥爷是安静的，但偶尔也会发出很大的声响，那便是他被痰堵住的时候。那声响一抽一抽很像拉风箱一般，每逢这时我们便会按铃，医生便会跑过来，将一根长长的管子插进他的喉咙。

姥爷最终安静下来是他被插上管子的四个月后。在一个明媚的下午，心电监护仪上那根起伏不定一路跳荡的白线在挣扎了几千个小时后终于安静了，化作笔直的坦途。

17

在送去火化的那天清晨，在医院地下室的太平间里，我们这些家人为姥爷举行了一个简单的告别仪式。写着亲属姓名的白纸挂在临时租用来的花圈上，伴着哀乐，我们向躺在白菊花丛中的姥爷鞠躬告别。一切都平静、有序地进行着，长久的疲劳让我们麻木和恍惚。就在仪式结束，工作人员准备将姥爷推走时，姥姥低声叫了一声，踉跄着扑上去，紧紧搂住了姥爷。她声嘶力竭地哭着，用脸贴住姥爷那张已经冰冷的面庞。她泪水涟涟的脸被悲伤扭曲，她被拖着离开时几乎瘫坐在地上。而姥爷，躺在白色的菊花丛中，十分年轻和平静。

18

昨天夜里，我做了一个梦。我梦见在我母亲和姥姥姥爷生活过的那座北方城市里，在黄河边的林荫道上，我被人背着前行。似乎是一个清晨，四周白雾弥漫，高大的柳树和路边的玫瑰花还带着露珠，我趴在那人肩膀上，缓缓向前移动。那是一个军人的肩膀，宽阔而温暖，鬈曲的头发散发出一股油腻味。这味道我很熟悉。我几乎一下子就想到了，这是姥爷的肩膀。于是刹那间，我醒来了。

我给母亲打了电话。我叙述了梦里看到的情形。母亲在那头沉默良久，之后告诉我，五十年前，你姥爷就这样背着我，在黄河边的林荫道上。

母亲说，那时候她只有五岁。姥爷每天清晨带她去黄河边跑步。跑不动了，便背着她。他宽大的肩膀就像一只小船，载着她去了许多地方。母亲说在幼儿园里她一直哭，哭啊哭，直到姥爷来接她才能停止。母亲说你知道吗，每次一趴上那个肩头，我便觉得，温暖了，得救了。

母亲说，姥爷救过很多人。她说你记得吗，张保姆临走时提到的，很多年前姥姥单位的告状信?

母亲说，确实有这样一封信。

母亲说，很多年前，姥姥和姥爷通信半年后在一个火车站见了面。见面后姥姥对这个矮小的男人深感失望。然而事实是，她其实和自己工厂里的一位男职工有着暧昧关系。无论这关系是那位男职工信誓旦旦的正式恋爱，还是姥姥口中的仅仅是这位男职工的单相思，总之，这位男职工在得知自己心仪的女人和外地一位“大军官”交往时，便纠集了一些人给姥爷所在的军区写了一封信。信里检举我的姥姥不仅地主出身，并且轻浮放荡，生活作风糜烂。可想而知这给要强自尊的姥姥造成了多大的打击。且不说这封信在我姥爷的军区政审中引发的后果，单在工厂，她便遭到了孤立。幸亏姥爷在关键时刻支持了她。面对军区领导，面对桌子上那白纸黑字的指控，姥爷坚定地站到了女友一边。

母亲说，在被领导叫去谈话的第二天，姥爷便赶到了姥姥的工厂。当时，我的姥姥已经绝食了三天。姥爷将她带到了厂长面前。面对围观的众人，他说出了一句话，让我的姥姥泪如雨下。

母亲说，就是这句话改变了两人的命运，也造就了我们这些后代。

母亲说，那封检举信到底有多少人签字，从来语焉不详。她印象中父亲说过有几个人，没想到几十年后，他竟在对外人的复述中，变成了一百人。

19

姥爷的骨灰安放在京城北郊的著名皇陵附近。那里依山傍水，是著名的风景胜地。在一座山坡上的松柏丛中，那座写着姥爷生卒年的黑色墓碑被擦拭得很干净，姥爷的名字旁留着很大的空白，那是给姥姥留下的。但凡有闲暇，天气又好，姥姥便叫我们带她来到这里。她带着清水、抹布、香烛和新买的花束，擦拭完墓碑，将一束洁白的菊花，插进小瓶子里。

姥姥变得十分安静而平和。有一天，在这样扫墓的日子，她将带来的白手绢一层层解开，拿出一只蓝色的口琴。口琴很新，几乎没有用过。姥姥把它放在墓碑旁边。姥姥低声说，老童，现在，你可以吹口琴了。

姥姥说，以前你总想吹口琴，我不让，怕打扰邻居休息，更烦吵着我。我还不让你往家里捡石头。我管你太多，待你太不好了！

姥姥痛哭失声。

我想到一件事。在姥爷最后弥留的日子里，姥爷被绑上约束带后的某一天，我来到病房。我看见姥姥坐在床尾，低垂着白发苍苍的头，在干着什么。她在给姥爷修脚。姥爷有严重的拇指外翻，到了老年更畸形到不能走路。任何鞋子都无法装下那奇形怪状的脚。姥姥就把这样一双脚抱在怀里，用湿毛巾敷热了，再用一把很像雕刻刀的刀子，削去那脚底掌骨上一团团发黄的硬皮。姥姥的眼睛已经昏花了，拿着修脚刀的手总在颤抖。我说姥姥让我来吧。姥姥拒绝了。姥姥说，你妈和你二姨小姨都要帮我修，我不让。你看看你姥爷的这双脚，这双脚只有我能修。这双脚修了便不疼了。这双脚，我给他修了整整六十年。

现在，当我在电脑前敲下这几个字时，往事扑面而来，带着一种难以言说，让人无法释怀的况味。我的目光回溯，回溯，回溯到六十年前那个遥远的清晨。那个清晨，一位青年军人走进了这座山沟里军工厂的大门。军人是连夜赶来的。他坐了十几个小时火车和几小时汽车，又走了几十里山路。他矮小的身躯满是尘土，他的头高昂着，穿着军装的腰背挺得笔直。这样的军人在这样的时刻出现在这里是很少见的，于是人们都注视着他并跟了上来。军人大步走着。他走进狭窄黑暗的宿舍楼，敲开那紧闭的门，来到那个面容消瘦正在哭泣的姑娘前。军人拉着她的手出了门，走上了工厂的大路。正是上班的时刻，尾随的人越来越多，这长长的队伍一直来到开会的大礼堂前。那里有一片空地，空地上站着闻声而来的厂长，以及众多厂领导。军人停下了，人们也停下来。人们在等待着。一片寂静。天空湛蓝。云朵静止不动。军人将姑娘的手握在自己的手里。他昂起的面容年轻、端庄、凛然而坚定。面对众人的目光，他挺直宽阔的肩膀，大声宣布：

她即使是一个妖怪，我也要娶她。

【作者简介】钟晶晶，女，满族。曾任编辑、记者多年。1996年开始发表文学作品，2000年加入中国作家协会，2002年加入北京作家协会，曾为北京作家协会签约作家。出版有长篇小说《黄羊堡故事》《昆阳》《李陵》，小说集《战争童谣》《你不能读懂我的梦》《第三个人》。有小说被多种选刊选载。小说《战争童谣》获1997—1998年度解放军文艺奖，《蒺藜之子》获北京市庆祝中华人民共和国成立五十五周年文艺作品奖，《我的左手》入选2005中国小说排行榜，获第二届《北京文学·中篇小说月报》奖、第八届《十月》文学奖、第四届老舍文学奖。

跟踪者

马　南

一

傍晚时候下起了雨。她站在阳台上，看着校园里被大雾笼罩的香樟，很想回家。家里有大片大片的棉花地，比香樟好看。

屋里没有开灯。教授穿着黑白相间的格子衬衣，坐在沙发的角落里。丫头，晚上还是吃卤面。他说。她提起腰上的围裙擦擦手，去厨房倒卤汤。汤是前一天就熬好的，面放进去浸味，再上锅蒸。她靠着冰箱，昏昏欲睡。

有人推她，是教授。丫头，面呢？

她揉着眼看灶上，天，蒸锅呢？蒸锅不见了。她伸手去关火，却被教授拉住了，丫头，吴老师不在。她吓坏了，推他，两人扭成一团，一会儿撞到灶台，一会儿撞到橱柜。她求教授松手，教授掐住她脖子，不耐烦地说，胆子大点。她觉得脖子快断了，手在身后乱抓的时候，摸到一把刀。她拿起刀，想让教授松手。

"砰"，教授倒了，暗红色的血从他身下爬出来，像慌乱四窜的毒蛇。雨大起来，打在雨棚上。万马奔腾，急促不安。

杀人了。她说，我杀人了。

母亲在外敲门，停顿的间隙插进柔声的责怪，起没？刘医生都到啦。唐小笛不敢睁眼，她在被子里抬起手，摸了摸，这才松口气。

也不知从什么时候开始，她开始做这样的噩梦。与噩梦同期而至的，还有对食物喜好的急转——没有任何征兆，她突然对面食情有独钟。她生长在鱼米之乡，面食从来都是应急之食，可她不仅爱吃，做起来也无师自通，有时候她站在厨房忙碌，想着自己是不是该去开个面馆。

刘医生已做好早餐。煎荷包蛋，葱爆面。蛋煎得有点老，面却爽滑可口。她咽下一口，朝刘医生竖起大拇指。阿姨笑着，端来切好的水果。刘医生一来，她就能轻松一顿饭的工夫，免不了在母亲面前夸他勤快。

母亲满意刘医生，却总不满意唐小笛的态度。比如今天的着装。母亲说，老选些乌七八糟的颜色。几天前，刘医生也建议她去买件红的，喜庆。她夸张地瞪眼，没有亮白的肤色，根本无法驾驭。倒不是真没那份自信，她只是从来都不屑于刘医生的建议。她假装咳嗽几声，刘医生连忙拿过围巾给她系上，就是领个证，保暖第一。母亲果然附和，也是，看来婚礼还是要选夏天，好穿婚纱。唐小笛把脚塞进棉靴，啧，少操点心。

出了小区，她把车钥匙扔给刘医生，钻进车里打起哈欠。又做梦了？刘医生给她系好安全带，顺势将她额前的头发捋到耳后。她甩了甩头，归拢的头发又散开来。这个烂教授，下次看我不多捅他几刀。刘医生说，多梦还是肾虚，带你看看中医吧？

肾虚？她重复着这两个字，想起电视广告里那个身体被掏空的男人，呵呵一笑。刘医生递给她一个盒子，别瞎想，肾虚的原因有很多。

盒子由一层紫色亮纸包着，浅粉色的彩带在正中处汇合，聚成一个精致的蝴蝶结。她边拆边说，就没洋气一点的包装吗？说完愣住了。

戒指啊？唐小笛面露难色，拿着盒子，像拿着一个烫手山芋。刘医生笑起来，怎么，不敢要啊？看你平时一副色胆包天的样子。她翻了个白眼，谁没个婚前恐惧症？嘴上这么说，心里早乱了，为什么乱，她也说不好，就觉得这证不能领。

办证大厅坐着很多人，她拿了号，在最后排坐下。刘医生去附近的照相馆取回了两人的登记照。大红的底色上印着两张表情迥异的脸，他笑着，一口白牙，她却似灵魂出窍。窗口吵起来。办离婚证的没谈拢，争论不休，惹来后面一对办结婚证的抱怨。刘医生说，就应该设两个窗口。说话时碰到唐小笛的手，忙抓过来，又是哈气又是搓。唐小笛说，我是真有婚前恐惧，你就不打算让我缓冲一下？

刘医生掰掰手指，上周定的事儿，今天才办，中间隔了六天，你打算恐惧多久？

反正今天不行。唐小笛说。刘医生说，那就明天。不然你就是不愿意。他说完继续给唐小笛搓手，搓得更快了，速度就是态度。唐小笛抽回手，说，心里发毛。刘医生停下来看她，不对劲，你不会还没结婚，就想让我纳个妾吧？本是玩笑话，唐小笛却真翻了脸，扯哪儿去了？

窗口在叫号，他俩的。唐小笛没起身，低头揉着手里的序号纸，直到揉成一个再也无法打开的硬团子。刘医生有些明白了，沉默一阵说，走吧。

刘医生是母亲千挑万选来的。唐小笛参加工作第一年，母亲提前退休，一心为女儿的下半生谋划幸福。对于未来女婿的标准，她没过多要求，憨厚老实是重中之重。母亲说，小笛，别怪妈，你这种情况，只能找个老实人。

唐小笛不以为然，偏偏还有特立独行的要求。认识刘医生之前，她跟许多大龄女生一样，隔三岔五地相亲。每次聊天，她都爱纠结一个问题，喜欢吃面食吗？会不会做？谁都不知道她葫芦里卖的什么药。大家都是年轻人，年轻人关心的话题有很多，至于填肚子的面条，有那么重要吗？聊天就此冷却冻结。刘医生是唯一一个接话的，他说，你要是喜欢，我可以学。这个农村来的孩子，寒窗苦读，凭本事考大学，找工作，懂得生活的不易，事事叫人放心。

刘医生第一次去她家，扛着五斤面粉，一斤羊肉，生姜大蒜都不少，就为给唐小笛做一碗好吃的面。为了这碗面，他苦练了很久，常把自己搞得白茫茫一片。唐小笛笑得直不起身，大喊肚子疼，幸亏只是爱吃面，要是爱吃五花肉，是不是得扛半扇猪来。母亲却在一旁两眼潮热，有这样的男人疼着你，我死也瞑目了。

相处这一年多，刘医生做面的水平与日俱增，唐小笛对他的感情却走势平平。也不是没努力过，越勉强越痛苦。但即便这样，唐小笛从没提分手的事。她心里清楚，没有哪个男人会像刘医生这么对她。出门旅行，他连卫生巾都备着。吃豆芽，他一根根掐掉黄豆瓣，因为她只吃芽。有次她去邻市出差，半夜醒来想喝汤，他做好汤装进保温桶，开了两个多小时的车给她送去。能由着她这么胡作非为的，恐怕只有刘医生了。唐小笛也不是没质疑过刘医生的另有所图，但很快又否决了。刘医生是他们医院最年轻的肿瘤专家，年薪不低，何况他一心钻研业务，也没有弃医从商的苗头，更何况，老唐的公司也不如以前那么景气。怎么说，她都没理由错过刘医生。道理她都懂，可光懂有什么用，口号喊得震天响，一旦要行动，她就开始畏缩。

刘医生开着车，送唐小笛回单位。路上，母亲来了电话，唐小笛说刘医生临时有手术。母亲有些不放心，问，不是刘医生找的借口吧？唐小笛说，怎么可能？病人都快不行了。母亲说，你可不能大意，你大学那个男朋友，还不是神不知鬼不觉把你甩了？她还没说完，唐小笛就把电话挂了。挂完电话，刘医生说，以前可没这么会撒谎。唐小笛说，话里藏刀吧？刘医生沮丧一笑，哪儿敢。

二

一个多月前，唐小笛遭遇了一场跟踪。

那晚她在公司加班，最后一个字敲完，街上只剩下两排路灯。从办公室出来，她习惯性地在包里找钥匙，才想起车被刘医生开走了。家里装修，母亲越来越离不开这个准女婿，去武汉选地板也要叫上他。她站到路边打车，才发现并非易事。公司刚迁到新区不久，沿途凿山而建的楼房才刚刚显出雏形，一到晚上，整片新区跟荒郊野岭差不多。

很快，她发现有人盯着自己。他站在百米开外，不时抬头看她。她往前走了几步，那人也跟着走，她停，那人也停。见唐小笛在看自己，他抬手按住后颈，转了两圈脑袋，做起了颈椎操。这个动作让唐小笛警觉起来，她猛然想起前几天在CBD逛街，无意间回头时，一个男的也是这么冲自己转了两圈脖子。转脖子不可怕，若是同一个人就可怕了。难道他在跟踪自己？要图谋不轨？街边，路灯变成刚从坟茔里爬出来的僵尸，面无表情地吊着头。唐小笛看到一双眼睛，一双像鹰一样的，随时准备扑向她的眼睛。怎么办？她已经嗅到了那人极力克制的暴虐。她不自觉地抓紧了衣服。

一辆出租车远远驶来，唐小笛快速招手，车没停，那人却冲了过来。没有任何过渡，上来就揪住她衣领，把她拎到站牌后。

他喘着气，紧张而又愤怒。一张疲惫不堪的脸紧绷着，面露凶色。唐小笛捕捉到了他眼里掠过的一丝忐忑，直觉是这人还没到丧心病狂的地步。唐小笛极力镇定了一下自己，这个时候，一定不能激怒他。她轻声说，大哥遇到难事儿了？是不是需要钱？我这儿有。那人看着她，手一松，唐小笛两腿一软，瘫倒在地上。他跟着蹲下来，钳住她的脸，凑到路灯底下看。一把军刀在他指尖翻着跟头，亮出阵阵寒光。

有钱了不起？他用刀柄抵了一下她的额头，她的脑袋重重地撞在站牌杆上，发出一声闷响。有钱了不起？告诉你，你也不会活得太长，我不会让你活太长的。

脑袋传来一阵钻心的痛，唐小笛有些绝望。事情没她想的那么简单。搞不好，他就是前一阵网上通缉的变态杀人狂，他对钱没兴趣，只热衷杀人分尸。他拔出了刀，冷眼看着她，刀尖正朝她脸上逼近。在你脸上刻两个字，左边刻个“强”，右边刻个“盗”。他说。刀尖落到她脸上的时候，唐小笛终于控制不住了，哭起来，大哥，饶我一命，我……我……她舌头打着战，说不出一句完整的话来。

刀在她脸上停留几秒，缓缓离开。手机拿来。他说。唐小笛两手在地上摸着，早忘了包在哪里。他抢过包，翻出手机，划了划，烦躁地说，苹果，密码多少？手机扔给了她。她抖着手，输了密码递给他。手机屏幕照亮了他的脸。他的额头上有一排刀刻一样的皱纹，每一条都狂躁不安。他拨了一个电话，很快，身上传来一阵嗡鸣。他把电话扔给她，不再有其他动作，坐到一旁抽起烟来。

唐小笛看着地上那把静默的军刀，侥幸之余又有些费解，不劫财也不劫色，就留个电话号码？他到底要干吗？但不管怎么说，都应该赶紧离开。她慌乱地抓起包站起来，正要跑，他突然起身拉住她，把她扯进自己怀里。

唐小笛的心一下子提到嗓子眼儿。她没敢挣扎，而是安静地待在这个拥抱里。他搂着她，越搂越紧。她闻到一股烟味，浓烈得呛鼻，但并不反感。有那么几秒，两人在沉默中生出一种默契，她挪动了一下头，而他则很自然地随着变换了一个更加舒服的姿势。这份默契给唐小笛壮了几分胆，她说，我们是不是认识？这话似把他惊醒，他一把推开她，滚，滚蛋。

他转身走了，再也没看唐小笛一眼。一截钢筋棍从他身上掉下来，在夜里发出哐当一声。唐小笛全身彻凉。

直到拦下一辆的士，唐小笛还觉得是在做梦。刘医生发来微信说，今晚住这边，明天回。她顺手回了个“好”。刘医生说，早点睡，睡前烫烫脚。她懒得打字了，给他回复了一个拥抱的表情了事，他马上发来一长串跳动的红唇。一直都这样，只要她稍作表示，他就会涌泉相报。这样的恋爱让人踏实，但更多的时候是索然无味，尤其是此时。她靠着车窗，看着街灯一个接一个在眼前闪跳过，陷入无法言喻的伤感。她掏出手机，最后一个已拨电话就是他的，她按了保存，存什么名字呢？她想了想，打了三个字：跟踪者。

回家洗完澡，她敷了张面膜，往香熏灯里滴了几滴精油。放下瓶子才发现滴错了，安神助眠的明明该是薰衣草，可她却用了提神醒脑的迷迭香，在美容保养这件事上，她从未如此大意过。院子里有车开进来，一束灯光从窗前晃过，应该是老唐回来了。

睡得正沉的时候，老唐进来了，他说，快起来，跟我出去一趟。老唐走在前面，她在后面跟着，发现老唐的背没那么驼了，问，爸，最近没去庙里吗？老唐没理她。

坐进车里后，她吓个半死，座位上放着一张遗照，是教授。教授还是穿着那件格子衬衣，微微笑着，温文尔雅。跟着上来两个警察，女的。她想往里挪一挪，才发现双手拷着。

我爸呢？她问。四周是灰蒙蒙一片，看不太远。警察一左一右押着她，随车子缓缓进入那片浓雾里。过了好久，她被押到一个柜台前，身后坐着很多人，全虎视眈眈地看着她。一个穿着法官服的人拿起一把刀问她，是不是这把？她认出来了，是她杀教授的那把刀。她说，他要强奸我。另外一个人站起来，有证据吗？她停下来想了一下，可眼皮老睁不开。她说，他撕我衣服。可那人还是问，证据呢？有证据吗？她说，让我想想。还没等她想清楚，大家都开始朝外走。她裹在人群中大声喊，别走，我有证据。可不管她说什么，都没有人听。两个女警官又来了，押着她。她依稀听见有人说，死刑。

三

“跟踪者”的电话是几天后打来的。这几天，唐小笛一直在等这个电话，她准备了一大堆台词，想要出口恶气。那人很诚恳地给她道歉，说，那天喝了酒，认错了人，真是昏了头。待他说完，她一时语塞，最后只是没话找话地说，哦，那你真是喝得不少。那人却央求唐小笛骂他几句，在他看来，没骂就不可能原谅。他说，我帮你骂吧。我不是个东西，混账王八蛋。我、我王八蛋混账。

这一通骂，让唐小笛心里敞亮起来。喝醉了嘛，可以理解。即使拿了刀，可也没伤她半根汗毛啊。又想到公司的老董，老董去年喝醉后去小树林撒尿，系皮带时，还把自己跟树系一起了呢，不也很失态吗？唐小笛忍不住笑起来，说，好了好了，我不生气了。那人说，要不，加个微信吧。

两人转换了场地继续聊，他先做了自我介绍。我叫高野，河南人，走钢丝的。唐小笛半信半疑，你一口京味儿，怎么可能是河南人呢？他说，我在北京待了有些年。两人断断续续聊了一上午，挺投机。中午的时候，高野说，这个周末你有空吗？我们这边有个杂技演出，能来吗？又说，来吧来吧，算是我给你赔礼道歉，门票七八百呢。唐小笛发了一个思考的表情算是应付，心里却没这打算。别说她对走钢丝没兴趣，即便是有，也不会孤身一人去找他，微信聊聊没问题，跑去见面就是后患无穷，万一遇人不淑呢？可高野却是认真的。探出唐小笛没来的意思，他给她发来了一大堆照片，有他的身份证、工作证、杂技节的活动方案以及正在搭建的舞台，恨不得把心掏出来送给唐小笛，证明自己真的没说谎。唐小笛翻着这些照片，觉得很好笑，但笑归笑，她有自己的原则。

周五这天，公司有两个重要会议，作为行政主管，她要负责整个会务。可那天她也不知是怎么了，老出状况。上午的董事会，她少打了一个董事的座次卡，直到人家落座后她才发现。下午的汇报会，发言材料上有个数据没改过来，弄得总经理在股东面前很尴尬。两个失误对唐小笛来说，都是不该有的，她一向细致严谨，没出过这种低级错误。下班后，总经理叫住她，问她是不是有什么事。总经理说，这几天，你怎么一副魂不守舍的样子？唐小笛一惊，魂不守舍？有吗？

晚上，刘医生约她去看话剧。是一个小众剧场，几个大学生组建的，观众大多是校内学生。这天演的剧目是《新洛神赋》，学生们根据曹植的《洛神赋》进行了大胆的改编。宓妃与曹植穿越到了现代，再续前缘。然而时间无情，曹植一天天老去，宓妃因是女神之身，始终容颜未改。她想尽办法让自己变老，终不能如愿，后来，只能眼睁睁地看着曹植抱病而去。当宓妃站在雪地里，凄凉地叫着子建时，唐小笛哭了，她脑子里闯进一个人，让她有种失恋一般的心痛。

从剧场回来，刘医生笑道，以前没发现你泪点这么低。不过这个改编还真是不错，每个人都要珍惜你爱的人，珍惜自己爱的能力。唐小笛想着他说的话，更难受了。把刘医生送回家，唐小笛下意识把车开到了公司门口。公交站牌还在。那天的场景也历历在目。高野拥她入怀时的霸道和深情，在这柔软的夜色里，催生出了新的勇气和躁动。这一刻她才发现，她并没有放下高野的邀请，她的内心早就开始背叛她，做出了另一个决定。她靠着站牌，一下子释然了。

唐小笛坐的周六早上九点二十的动车，从宜昌到郑州，要五个多小时。她塞上耳机，看着窗外跳动而过的田野和房屋，浑身轻快。刘医生隔一阵就会发来一条微信，嘘寒问暖。她打开行李包，看着刘医生给自己准备的苏打饼干和牛奶，觉得不该对他撒谎说是出差，但如果实话实说，又得为此解释半天——她也未必能解释清楚。有时候，善意的谎言能让事情简单化，你好我好大家好。

车快到站时，高野发来微信，说在车站等她。唐小笛拿出镜子仔细地补妆。她只要稍许劳累，嘴巴就有点发紫，必须要用口红盖住才行。她绝不能让任何人看到她嘴唇发紫的样子。

唐小笛几乎是被人流推着走出站的。几个月没坐动车，不知道从哪儿冒出了这么多人，她很不习惯。她听见有人喊自己的名字，寻声望去，一个男人正朝自己挥手，应该就是高野了。他有些疲乏，大大的眼袋挂在脸上，头发像堆枯草，脑后还高高耸起一撮。他肩上的帆布包老爱往下滑，走两步就得往肩上颠一下，慌慌张张的动作很是狼狈。唐小笛有些怀疑自己的眼睛，那晚他好像没这么老啊。她在心里自嘲，幸亏不是来约会，不然准见光死。

高野递过来一个方便盒，饿了吧？先委屈一下，到了县城再吃饭。她一看，是几个包子，还是热的。不过她不喜欢吃包子，她从来都不相信那些肉馅是干净的。令唐小笛更失望的，还有高野的车。一辆浑身是泥的皮卡。门把只剩半截，唐小笛勾着两根指头抠开车门，看着龇牙咧嘴的坐垫，觉得自己真是吃饱了撑的。哪儿散心不行，非得上这儿来跟这高野凑一块儿。高野说，开的一个朋友的车，除了喇叭不响其他都响，别嫌弃啊。唐小笛见他故意说笑，不好流露不满。上车没多久，手机闹铃响了，是定时吃药的时间。不舒服？高野瞟了一眼她手里的药瓶。她下意识地把有字的那一面握在手心，感冒。

那天降温。出发时，唐小笛为了显腿长，斗胆穿了条九分裤，脚颈子都露在寒气里。动车上她就扛不住了，此时，车上到处灌风，她开始哆嗦。高野看出了她的冷，要脱外套给她。唐小笛说不用，买双袜子就行。高野瞅见一家超市，踩了脚刹车，回来时递给她一双棉袜。唐小笛打开，男士的啊。高野说，错了？唐小笛说，算了算了。

高野点了根烟，没征求她同意。或者，他根本不知道抽烟需要征得女士同意。烟很劣，点了几次都没燃。点燃后却不吸，由它燃着，没多久，烟变成了一截儿灰。车一颠，分几截儿落下。他急躲乱拍，车子差点撞到路边的围栏。唐小笛瞟了他一眼，想想脚上那双土气的男士袜子，心情糟糕透顶。

一个多小时后到获嘉。高野停好车，带她去剧场旁的自助餐厅吃晚饭。刚进大厅，一个小伙子就跑过来怒不可遏地说，弄啥咧，电话也打不通，最后一次走台，就等你。正说着，高野电话响了，对方声音很大，要他赶紧滚到后台集合。高野边讲电话边掏出演出票给唐小笛，随小伙子匆匆走了。

唐小笛根本没什么胃口，应付着喝了碗汤，坐在大厅刷手机。刘医生打来电话，问她到了没有，酒店条件怎么样。唐小笛说，别提了，有史以来最苦逼的一趟。刘医生笑着忙说，回来给你做好吃的，弥补损失。坐了一阵儿，高野回来了，要带她去附近转转。唐小笛说，你不是要彩排吗？高野说，没事儿。

出了餐厅是一条宽阔的马路，高野带着她沿马路拐了几道弯，进了一条巷子。巷子不宽，两边的住户有的已经把煤炉摆到路中间。两人往里走了一段，被一摊污水拦住了去路，唐小笛本打算返回，高野抬头说，我就住那儿，最矮的那栋。

这是栋两层小楼。一进门是客厅，咖啡色的四方桌上，有一台过时的长虹彩电，几把椅子上全是厚厚的灰尘。客厅连着厨房，高野指着一张长长的案板说，以前，我经常站那儿揉面，揉得满头大汗，我老婆就站一旁给我擦。

通往二楼的楼梯没有栏杆，光秃秃的。唐小笛说，这太危险了。高野说，刚搬进来时钱不够，没装。楼上是两间卧室，一间空着，另一间只有一个床架子和一块床板。床头的墙上贴着一张明星画，有点失真，乍一看根本不像王祖贤。卧室连着一个小阳台，阳台上围着简易的钢丝网，生了一层厚厚的铁锈。钢丝网朝外鼓着弧形，像显怀的孕妇。

唐小笛看着空荡荡的屋子，屋里的东西呢？高野摇了摇阳台上的钢丝网，老婆走后我全卖了，看着伤心。唐小笛说，她去哪儿了？死了，高野说完回头看她，其实，你俩长得很像。唐小笛恍然大悟，所以你跟踪我？你跟踪我有一段时间了吧？就因为这个原因？高野畏惧地看了她一眼，把阳台上脱落的水泥块依次码成一排。看到你，我就觉得她还活着。对不起啊，可能你觉得我很变态。唐小笛不语，却收起了最后一道警戒线。一个有情有义的男人，又有什么好提防的呢？

下楼的时候，唐小笛说，你应该尝试一下新的生活。一回头，见高野两只胳膊抬在半空，像练太极拳的人突然被点了穴。唐小笛问，你怎么了？高野说，没什么，下楼梯慢点。

从巷子里出来，唐小笛又回头望了几眼那栋小楼。外墙斑驳破败，已接近危房的样子，四周全是翻修的新房，器宇轩昂，它夹在其中，骤显落魄。她有些心酸，又有些不舍。高野说，快走吧，我该去后台了。唐小笛看着他微驼的背，说，让我想象一下你上台后的样子。高野说，就走根钢丝，没什么花样。

第一个出场的节目是顶碗。演员两手撑地，双腿弯过后背，双脚夹住顶在头顶的碗向前伸出，整个动作轻松而舒展。接着上来一位壮汉，平躺在地，用脚心撑起一个梯子，小姑娘头顶一摞彩绘瓷碗，缓缓朝上爬，一直爬到了梯子顶端。梯子摇摇欲坠，却又无比服帖，小姑娘顶着碗，做了一个漂亮的空中倒立。现场看杂技，跟看电视大不一样，唐小笛从头到尾都攥着拳头，好像台上的表演者就是她自己。

下一个就是高野。主持人介绍说，表演者今天要挑战此前的纪录，首次蒙眼倒走。

全场安静下来。高野穿着亮闪闪的演出服出场了。他眼睛蒙着，全靠手里的平衡杆，在细细的钢丝上一步一探。钢丝悬在高空，四周的聚光灯追着高野缓缓移动的身影。当高野走到中间的时候，钢丝突然微微晃动起来，平衡杆像是受到惊吓，跷跷板一样此上彼下。

观众一阵惊呼。唐小笛死死捏着胳膊，大气不敢出。高野调整了一下节奏，仍然不行，尝试几次后，他只得扯下眼罩，慢慢跪下来放弃了表演。

观众开始喝倒彩，让他滚下去，花了几百块钱，就看这么烂的表演。唐小笛远远看着高野走下钢丝，站到台中间深深鞠躬，像一个迟暮的老人。

唐小笛跟着去了后台。老远听见有人在骂。你故意的吧？妈的，吃不了这口饭就滚。高野垂着头，经理，实在对不住。经理挥挥手，你被开除了。唐小笛看不下去，把高野拉到身后，表演失误不是很正常吗？你懂什么是杂技吗？噼里啪啦一阵后，拉着高野朝外走，她心里很气，气那个唯利是图的经理，更气高野太软弱。她停下来看着他，你不是有刀吗？怎么不掏出来戳他的脸？我看你也就是敢对我动粗。高野喉咙滚了几下，没说话。

他开着车去给唐小笛找住处，因为有旅行团，好多酒店都满了。高野怪自己考虑不周。后来总算在老城区找到了一家快捷酒店，条件一般，幸好刘医生给她备了床单和被套。安顿好之后，唐小笛说，饿了，去吃碗面吧。

面馆不远，两人步行过去。路上，唐小笛说，你为什么不吊威亚呢？命不是自己的？高野说，团里这么要求的，我刚来，也没资格提条件。他点上烟，猛抽两口，那点红光很快拖出一截儿烟灰。他说，以前，闭着眼睛都能走。年纪大了，倒静不下来了，往上一站，脑子里全是事儿。几句话的工夫，烟已抽完，他又续了一根。唐小笛说，你烟瘾不小啊。高野说，走钢丝积下的毛病，待在上面太紧张了，一下来就拼命抽，戒不掉了。唐小笛说，杂技也是拼个年轻。高野叹了口气，看来我也得另谋出路了。

面馆人满为患，高野劈开嘈杂的人群，在靠墙的地方抢到了一张桌子。客人前脚刚走，桌子上满是纸巾和洒落的汤汁，到处油腻腻的。唐小笛扯过几张纸仔细地擦，擦完自己面前，又擦高野面前。高野问，吃什么？唐小笛看都没看墙上的菜单，说，烩面。高野看着她，沉默了一会儿，直到胳膊被人撞了一下才回过神来。

高野的左撇子不是天生的，右手的大拇指和食指都断了一截，用左手吃饭是迫不得已。他张开那只空荡荡的右手说，两根指头被人砍了。打架。唐小笛问，为什么打？他说，一男的在公汽上往一女的身上贴，我看不下去，没想到那王八蛋身上有刀。唐小笛责怪他太冲动，万一砍到了别的地方，就不是用左手吃饭这么简单了。高野说，我讨厌知识分子。明明是个禽兽，还他妈装高端人士。

两人又聊到今后的打算。高野说他想去学修车，搞不好去宜昌呢。唐小笛说，修个车，至于跑这么远吗？高野说，不喜欢这儿。再说，我一人吃饱全家不饿，待哪儿都一样。唐小笛突然想起一件事来，如果是杂技团提出解约，应该支付经济赔偿金。她强调说，是赔偿金，不是补偿金，赔偿金是补偿金的两倍。高野说，记下了，你心真细。唐小笛说，我是看你老实，怕你被骗。高野的笑凝固了一秒。

吃完东西，两人步行回酒店。路上，刘医生又打来电话。高野问，男朋友啊？唐小笛点点头，婆婆妈妈的。高野说，有人惦记着多好，不像我，孤魂野鬼一个。走到酒店楼下，高野说，上去吧，明天来接你。又从衣服里掏出一双袜子，说，女士的。

四

从获嘉回来没几天，唐小笛有了件喜事儿。她提了，项目部副经理。这个职位有点特殊，上一任因经济问题被停职，公司迟迟没任命，拖了近大半年。这半年里，符合提拔条件的同事都在四下活动，表面一团和气，实则暗潮汹涌。她也很想争取一下，但很快死了心，听说人事部早内定给了一个援藏的主管。结果呢，援藏的没回来，她倒上去了。唐小笛从小要强，进公司五六年，表面上装得云淡风轻，其实任何事都不想输给别人。她在电话里激动地跟刘医生说，虽有鹬蚌相争，渔翁得利的运气，但最重要的还是领导对我的认可，是不是？集团主管几百个呢，为什么是我啊，说明领导还是信任我的，是不是？她一个人归纳总结了大半天，接着又感谢了一大圈人，没给刘医生插话的机会。快挂电话的时候刘医生悻悻地说，什么时候你也给我一个好消息啊？唐小笛心知肚明，说，不就领个证嘛，明天就去。一口应了下来。冲动占小部分，最主要的原因是，她不想在这事儿上浪费时间，眼下，该集中精力干事业。身边同龄的朋友都在结婚生子，她也不能再停滞不前，她的身体也不允许她成为一个高龄产妇。

领证前一晚，她给自己做了近半小时的思想工作，想拿出点魄力和担当，一头撞进围城再说。没想到睡了一觉醒来，脑子异常清醒，围城就在面前，她却早没了撞进去的胆子。领证这事儿在唐小笛的豪情万丈中议定，又在她的退缩中狼狈收场，好在刘医生并没有因此冷落她几分。她后来想，那天的临阵逃脱并非婚前恐惧那么简单。在跟刘医生恋爱的这条轨道上，她正在慢慢跑偏，慢慢脱轨，她明知危险，却舍不得踩刹车——她觉得自己看到了另一番景象，充满希望和激情的景象，这让她兴奋。像败兴而归的渔夫，突然嗅到了大鱼将至的气息。

湿漉漉的天气终于放晴。周六一大早，刘医生打来电话，约唐小笛去磨基山转转。还说，既然出去放松，那就一身轻，坐公交去。唐小笛住在郊外的别墅区，开车到市区最快也要半小时。她把车开到刘医生宿舍楼，然后跟他去门口搭公交。唐小笛说，这么费劲，真是吃多了。刘医生握住她的手，我觉得挺诗意的。

公交上人挤人，味道也难闻得很。她恰好又穿着一件胳膊上带铆钉的外套，老在挂别人的头发，别人烦，她更烦。一个老男人挖着鼻孔，上下打量着她，她扭过头，心里升起一股无名之火，气自己竟然听了刘医生这么个稀烂的建议。在站了很久依然没等到一个座位之后，她在心里断定，刘医生没一个主意是对的。

唐小笛下了车，气冲冲地站路边打车。跟着下车的刘医生没敢多言，一路跟回宿舍院子里取车，又随她回家。唐小笛母亲见他俩回来，兴冲冲地约两人下午去看家具，唐小笛拉着脸说，加班。吃饭的时候，母亲问，你俩的证重新领没？见没人作声，说，你俩真是，戳一下动一下，横竖都要我操心。刘医生说，都怪我都怪我，下次一定安排好。他起身给母亲盛了碗汤，又把话题转移到股票上——唐小笛母亲是资深股民。隔着一个紫砂锅，唐小笛给刘医生发了条微信，吃完了你先回吧，我想睡个午觉。发完微信，她看着通讯录，鬼使神差地点开了高野的头像，心里空洞洞的。

唐小笛没等刘医生吃完就上楼睡了。也不是真困，就是不想再跟刘医生耗一个下午。一觉醒来，她悄悄开门，没听到楼下有什么动静，又有些愧疚，自己这么对刘医生，是不是太过分了？便顺手给他发了个微信，问他在哪儿。刘医生说，陪阿姨在家具城，过来吧？唐小笛说，我说了要加班啊。

唐小笛真在办公室待了一下午。工作上的事，只要愿意，总有做不完的活儿。处理完几个文件，她起身伸了个懒腰，搁置的空虚又隐隐袭来。高野一直在她脑子里晃，她努力回忆他的样子，却越想越模糊。她拿过手机，惊喜地发现高野的头像竟出现一个红点，他发来一条信息，晚上有空吗？我刚到。

唐小笛差点尖叫，这是心灵感应吗？他发来手机定位，是个快捷酒店。唐小笛心想，去酒店好不好呢？心里犹豫，手脚已经雀跃开了，忙着描眉画唇，忙着梳头发。

唐小笛按定位找过去，不是什么酒店，一家私人旅馆而已，偏巧还开在一个成人用品专卖店旁。她担心碰到熟人，以竞走冲刺的速度奔上楼梯，而就在这个时候，刘医生掐着时间从电话里蹦出来，问她在哪儿。她贴墙站着，大气不敢出。我做美容呢，她说。刘医生说，那我先回了，明天有个汇报，晚上还要准备一下。唐小笛赶紧说，你忙你忙，不用管我。接完电话，她找到了高野的房间，敲门，却没动静。只好再打电话，高野说，我在楼下的馆子里，快来。唐小笛有点哭笑不得。

这是个炒盒饭的摊子，各种蔬菜装摆在案板上，接受着灰尘和唾沫的洗礼。老板舞弄着铁锅，搅起呛人的油烟。这种地方，唐小笛一向避而远之，她不喜欢闻那种味道，全是地沟油，她怀疑那些猪肉鸡肉全都长了蛆。

一个手上扣着LV皮包的男人正在打电话，看到迎面走来的唐小笛，邪恶地一笑，对电话里的人说，谁说没母的？有，快来。打完电话他盯着唐小笛，野哥什么时候泡了这么漂亮的妞哦。高野说，别瞎说，这是我朋友。高野要了几瓶啤酒，LV在唐小笛面前放了一瓶。唐小笛说，我不喝。LV说，一瓶啤酒又坏不了事。高野说，她是真不会，我替她喝。

高野给LV倒了酒，LV说，我这儿有什么好，但你硬要来，我还是欢迎。唐小笛这才明白，这个LV就是高野说的那个开汽修厂的朋友。饭吃到一半，唐小笛结了账，强行将高野拉走。她说，这人不靠谱。拿个山寨LV还装大爷。我帮你找汽修厂。高野说，我有我的打算，你就别操心了。唐小笛厉声说，这事必须听我的。

第二天中午，唐小笛组了个饭局，让表弟叫来修理厂的余总。本来，高野去余总那儿上班，老唐一个电话就能搞定，老唐的车、老唐员工的车，都在余总那儿定点维修，实打实的大客户，但唐小笛为了让余总更上心，还是让表弟出面把余总请出来。表弟是老唐的司机，跟余总也铁，做个中间人再合适不过。

面对这场因他而设的饭局，高野显得很拘谨，连客套话都没说几句。余总问他懂不懂技术，高野面露难色。余总说，那就先从学徒干起，包食宿。随时去上班。高野忙起身敬酒，弯着腰，诚惶诚恐。余总跟高野同年，却比他年轻很多，两人坐在一起，更衬出高野的苍老。事情谈妥后，唐小笛很高兴，饭局散后，又给余总送了个小礼物。说是小礼物，却并不小，一个卡地亚限量版的打火机。

送走余总，趁着高野上厕所，表弟问，这人谁啊？闷头巴脑的。唐小笛说，朋友。表弟哼了一声，我不信，没见你这么上心过。表弟走后，高野说，他不想住集体宿舍，想去中介看看房子。又问，那个打火机很贵吧？唐小笛说，余总这人正派、义气，跟着他你能学到很多东西，不知比那个LV小混混靠谱多少。高野点头，那是那是。

五

刘医生的精力主要用在两个地方，一个是病人身体里的肿瘤，一个是唐小笛。对待这两处，他有个共同的原则，一旦发现危险信号，必须马上采取措施。工作中的刘医生严谨认真，没有哪个肿瘤会因他的疏忽肆意妄为。与唐小笛的感情也是如此。这段时间，他监测到了唐小笛身上的异常信号。以前，她冲他发脾气，可看他的眼神是热的，偶尔，两人还能像其他恋人一样搂搂抱抱啃啃。可现在不一样了，唐小笛发完脾气，眼里还有拒人千里的冷漠，这种冷漠是潜意识的，连她自己都未必察觉。刘医生断定，她心里长瘤了，其原因或许是爱上了另一个男人，也或许是对他审美疲劳之后的厌倦。不管是哪种原因，都让他着急，肿瘤一恶化，他跟唐小笛的关系也就成了癌。

吃饭的地方定在国际酒店顶楼的旋转餐厅，餐厅全是落地玻璃，抬眼就能看见开阔壮美的长江。菜很讲究，鲍鱼、美式甜点还有空运过来的金枪鱼。唐小笛有了一丝不祥的预感。果然，刘医生倒好红酒，说了一件让她不知所措的事。他要向唐小笛求婚。唐小笛没想到他会来这一手。餐厅人不多，即使一个人没有，她也无法接受。她不喜欢刘医生像偶像剧里的欧巴那样幼稚，谈个恋爱非要搞得尽人皆知。

刘医生拿着钻戒，庄严郑重地看着唐小笛，单腿跪地。整套动作实在太蹩脚，尤其是跪下去之后重心不稳，歪了一下，让唐小笛觉得很不舒服。这哪儿是求婚，简直就是求人饶命。

已经有人过来拍视频了，过不了多久，他俩就会在朋友圈疯转。唐小笛有些恨，恨刘医生把自己往悬崖上推。她求饶地看着他说，先起来，好不好？

刘医生重新坐下后，唐小笛给他倒酒、搛菜，用无法揣测的态度驱散了围观的客人。刘医生说，原谅我今天这样出格，还以为你会喜欢。没想到又办了坏事。其实我也不想这样，我是个不会表达的人，只会说大实话。我想说的是，如果你真的有了别人，早点告诉我。我不希望你为难。如果没有，更好，什么时候结婚，你定。只有你下定决心，我们的婚姻才会长久。

这番话让唐小笛有些动容。她不是铜墙铁壁，一个大男人，跪也跪了，态也表了，还想怎么样？戒指静静地躺在那层厚厚的黑色绒布里，这是刘医生的真心，不容亵渎。唐小笛对自己说，戴上，戴上它，过水到渠成的日子。可转眼间，戒指变成了一个深渊，一个紧箍咒，沾上它就万劫不复。这番犹豫没能逃过刘医生的眼睛。有人了？他问，所以不敢收戒指？唐小笛说，没有。刘医生说，我看就是有。唐小笛看他要揭竿而起的样子，怒目圆瞪，你这话什么意思？刘医生眼睛笑了一下，脸上却没动。

唐小笛转着酒杯，高野在脑子里远远地朝她走来。唐小笛想让他停下来，可他挑衅似的越走越近，他拽着唐小笛，往自己跟前拉，那是另一条路，与眼前的一切都背道而驰。他看着她，眼睛像一把刀，不偏不倚地戳进她心里。一刀下去，遍地开花，她看到了绚烂缤纷的世界。唐小笛觉得荒唐，刘医生再不济，也比那个居无定所，大自己十几岁的高野强吧？自己怎么可能因他而动摇军心？但就在这个间隙，一个怪异的念头从脑子里划过，这个念头带着一个隐形助推器，将站在心里的刘医生推倒，让高野递进而上。唐小笛有一种被人左右的恐惧，什么时候冒出来的念头？还有底线吗？品位呢？眼光呢？滚蛋，真是疯了。唐小笛与心里的另一个自己展开一场赛跑，她奋力地追上她，把她绊倒，把她打败。她冲刘医生伸出手，戒指呢？给我戴上。

回到家，唐小笛倒头就睡。睡了一会儿，她发现自己穿着一条白地儿黄花的连衣裙，正往外走。她来到一片棉花地，裙摆在风里轻轻飘起，像荡漾的水波。柔软的棉花从枯黄的叶子里挣脱出来，探出了头，在望不到尽头的田野里，浮起洁白的一片。高野一直在看她，他的眼睛清澈见底，像棉花一样柔软。他走过来，轻轻拉起她的手。她也变成了棉花，轻飘飘的，快要飞起来。

他拉着她，顺着棉花地往前走，像是走在结婚仪式的红地毯上，白白的棉花纷纷为他俩开道祝福。他们去了一个巷子，高野指着一栋两层楼房说，我们就在这儿办婚礼。她看着那栋房子，阳台上围着简易的钢丝网，钢丝网朝外鼓着弧形，像显怀的孕妇。

唐小笛是在惊吓中醒来的，本来，吉时已到，她就要跟高野入洞房了，但血淋淋的教授突然朝她扑过来。唐小笛翻了个身，有些遗憾，这梦如果继续做下去，会怎么样呢？她不得不承认，高野在她心里已经有了重要的位置。她克制不住地想他，想跟他聊天，想跟他待在一起，想听他讲话，想看他在自己面前晃来晃去。连她自己都不知道，她喜欢高野什么。他明明那么老，那样驼背。他明明不懂穿衣品位，不懂讨女人欢心，不懂说情话。他手指残缺，做着最底层的工作，居无定所。她怎么可能跟这样的人结婚过一辈子？喜欢他，简直比乱伦还严重。她至少也要跟刘医生这样的男人站在一起，才能体现出自己的地位和身份，才能成为别人眼里的正常人。唐小笛有些鄙视自己，在婚姻面前，她也不过是一个精致的利己主义者。

六

在汽修店，高野永远都是话最少的那一个。走钢丝不用讲话，当学徒得多问才行。高野很少问，只是默默地站在一旁看，等别人都休息的时候，就爬到车下自己琢磨。但话不多的高野很勤快，哪怕那些小年轻，也能使唤他跑跑腿。所以，尽管话少，却不招人厌。余总也对他赞赏有加。他专门给唐小笛打来电话，说老高勤快肯吃亏，不多事，学艺也快。唐小笛把高野的进步全归功于余总的管理有方和人格魅力，强将手下无弱兵嘛。绕着弯儿又把余总夸了一番。夸完余总已近下班时间，唐小笛去找高野。他俩几乎每天都聊微信，也没具体内容，多是“在吗”“在干吗”之类的废话，即便是废话，两人也不觉得无聊。

一个师傅听说她找高野，冲一辆帕萨特喊，老刹车，有人找。唐小笛扑哧一笑，干吗起这个绰号？师傅说，他就会修刹车。

高野从车底下钻出来，换下沾着机油的工作服，在伙计们的咂舌中上了唐小笛的奔驰。高野说想请她吃个饭，让她选地方。路上他又改变了主意，干脆去我家吧，我给你做。

高野租的房子是那种拎包入住的单身公寓，不大，但五脏俱全。他原本想租一间地下室，租金便宜，离汽修厂又近，但唐小笛坚决不肯。窗户都没有，坐牢啊？住久了，身体、心理都会生病！她相中这套三十平米的公寓，抢着付了钱。搬家那天，高野提着四个蛇皮袋子站在房里感叹，还是你们有钱人好，办事容易。

高野做起面来有板有眼，尽管右手少了两根指头，但揉面、铺粉、切条，整套动作一气呵成。唐小笛眼尖，在窗台上瞅见两本书，拿过来看，一本《心脏移植护理》，一本《心脏代码》。书有些旧，应该是买了很久。唐小笛警惕地看了一眼高野，又翻了翻书，漫不经心地问，你看这书干吗？高野说，哦，过道里捡的，垫火锅。唐小笛偷偷吐了口气。

屋里很快有了香味。唐小笛说，你是走钢丝的人里面最会做面的吧？高野说，主业做面，副业走钢丝。见唐小笛用开水烫碗，高野说，你跟我老婆一样，都爱干净。我俩经常为这事儿吵架。唐小笛问，她走几年了？高野说，她要是不走，今年整四十。

高野做的是地道的河南浆面条，发酵后的绿豆浆生出醇厚的酸香，配上花椒油、芹菜花、咸豆，色彩悦目，酸辣利口。唐小笛尝了一口，跺着脚说好吃。又说，如果淋一点香油轻轻打浆，味道会更好。高野一脸惊讶，原来你也是行家，哪儿学的？唐小笛说，没学过，凭感觉说的。高野幽幽地说，这感觉太可怕了。吃完面，唐小笛有些热，倒了杯水正要喝，被高野一把拦住。你不能喝冷的，对心脏不好。高野有些不自然，我的意思是，女孩子都不要喝冷的，怕着凉。

事情因那条裙子而起。高野去衣柜找东西的时候，唐小笛看到了那条裙子。尽管它夹在一堆衣服中间，但她还是一眼就看到了。一条白地儿黄花的连衣裙，腰上有两颗纽扣，浅黄色的花，每朵花有六个花瓣。唐小笛疾步上前，她的？高野轻轻摸着裙子，那天，她穿着这条裙子站在棉花地里，我看第一眼就喜欢上了。

棉花地？唐小笛觉得这个场景太熟悉了，仿佛是在梦里出现过。她看着那条裙子，心里升起一万种惆怅，这些惆怅汇聚在一起，唤醒了她身体里的另一种欲望——天哪，无耻！她在心里说。可不管她怎么骂，她眼里已经生出一团火，她听到胸口怦怦地心跳，跳得整个房间都开始震颤。而高野也丝毫没有犹豫，顷刻间，火苗已成燎原之势，两人双双跳进这片火海里，只求不计后果地焚烧一次。

突如其来又蓄谋已久。唐小笛第一次庆幸自己是个女人，第一次知道，吻一个人，会吻得如此缠绵悱恻，天旋地转。唐小笛醉了。她身上还剩最后一件衣服，高野想替她脱掉，唐小笛本能地护住，说，冷。但高野不肯，因为太用力，连同乳罩一起掀开了。唐小笛闭上眼睛，她不得不向高野现出丑陋的身体。她的胸口盘踞着一道难看的伤疤，像变异的蜈蚣。疤痕增生后形成一条肉瘤，僵硬地突起，连她自己看了都有些恶心。高野怔住了，看着这道疤，久久不语。他摸了一下，手有些发抖，像是从来没见过这样的疤痕。唐小笛受不了他看得如此缓慢而仔细，她的自尊在他惊悚的眼神里被一层层撕开，鲜血淋漓。

他翻身下来，不再有欲望和冲动。唐小笛拉过被子紧紧裹着，翻过身去，被高野碰过的疤痕像印上一块滚烫的烙铁，灼热难受。她感觉到了高野的失望，就像满怀期待地剥开一个橘子，却发现里面早已腐烂。她等着他开口，关于这道疤痕，只要他问，她绝不隐瞒，哪怕这是她最不愿提及的事情。她觉得他会问，哪怕是客套的关心。可他什么也没说，他靠在床头抽烟，似乎生出某种排斥和歧义。唐小笛觉得屈辱，也有些寒心，从来没有像此时这样自卑过，从来没有像此时这样无地自容过。

路灯从窗外正窥视着这对沉默的男女。两人开始穿衣服，一左一右立在床边。没有开灯，没有说话。黑暗中只有拉链声、皮带声和鞋子叩打地板的声音。似乎都觉察到了后悔，后悔到彼此生出了恨意，也对自己生出恨意。唐小笛走到门口，一手紧紧握着门把，说，你凭什么嫌弃我？你有什么资格嫌弃我？

唐小笛逃出了公寓。她沿着马路一直往前走。满大街都是璀璨的灯火。她神色慌张地走着，不时与人相撞。她像一个被追杀的逃犯，急需寻找一个藏身之处。马路对面有家酒店，她冲过去，惊起急促的刹车声和喇叭声。她奔向酒店前台，说，要一间房。服务员没来得及反应，她把钱包一拍，聋了？开房！

刘医生赶过来时，唐小笛已经洗好了澡。她洗得很仔细，用掉了整块香皂。

她想把自己洗成一张白纸，便于清晰地留下刘医生的印记。刘医生看着房间，紧张又欣喜，选这儿啊?

她这才发现自己进的是一家情趣酒店。大粉大紫的纱幔，夸张的油画，圆形的粉色大床，每一处都是赤裸裸的暗示。

唐小笛说，来吧。见刘医生发愣，她脱下睡袍说，来。刘医生红了脸，但还是飞快地脱了羽绒服。唐小笛闭着眼，直挺挺地躺下。突然，床一上一下，极富节奏地动起来，唐小笛睁开眼，见刘医生正跪在床上，忽上忽下，满脸窘态。唐小笛跳下床，怎么了？刘医生讪笑，我应该是压到了开关，这床是电动的。唐小笛烦躁地说，关了。好，好，关，关。等刘医生到处摸索，总算找到开关后，唐小笛已经消耗了最后一丝耐心。刘医生抱着唐小笛，要吻她的嘴巴，唐小笛闻到了一股消毒水的味道，这是刘医生特有的味道，她早就习惯了，可今天觉得特别反感。她还瞥见了他脖子上的一颗痣，又大又黑，让她想起蜷成一团、拖着黏液的血吸虫。心情突然坏起来，坏到极点，坏到她不得不尖利地叫喊一声，暴躁地推开他。

刘医生僵在那里，浑身冒着被冷水浇灭后的青烟。唐小笛回过神来，知道自己闯了祸，战战兢兢地看着刘医生。已经不止这一次了，这段时间，她做了无数次努力，要和刘医生好好亲热一次，像正常的恋人那样亲热一次。可只要刘医生一碰她，她就会表现出本能的、激烈的反抗，那种厌恶和拒绝的程度，连她自己都觉得过分。到底是怎么了，心和身体，究竟哪一个才是自己的?她心里究竟住进一个什么样的魔鬼？她蹲在地上，欲哭无泪。

七

刘医生的突然消失让唐小笛措手不及。一个男人，可以把你宠上天，也可以视你为路人。这种落差，无声地扇了唐小笛一耳光。有天周末，她谎称电话没电，让母亲喊他过来吃饭，他挂了，回短信说在手术。他连母亲的电话都敢挂，可见不只是赌赌气。他是在用行动告诉唐小笛，自己已做好分手的打算。

那段时间，公司新收购了一个民营景区，叫鸣凤谷。这个景区因经营不善，年年亏损。公司收购后，请了一批专家望闻问切，开了几个药方子，提档升级是其中之一。专家们说，光舒适还不行，还得有看点。他们建议在景区搞个高空钢丝表演。那天唐小笛也在参会，觉得这项目很适合高野。但仅仅是想想而已，她不会再插手高野的事。那天分手后，两人没再联系，这让唐小笛发誓要与高野断绝。可前一秒发的誓，转眼就土崩瓦解。她一面担心刘医生的一去不复返，一面又不争气地记挂高野。从早到晚，她几乎一直在看手机，看高野发在朋友圈里的所有照片，温习与他之前的聊天记录。她去哪儿都拿着手机，生怕漏掉。可黑色的屏幕始终沉默，像沼泽，揪着她，往更深处拽。干什么都没劲，什么都不想干。她只能拼命地搜刮脑子里那些稀薄的回忆用来平复自己，回忆结束，见他的欲望更是像犯毒瘾一样强烈。

刘医生出了医院大门，见唐小笛从车里钻出来，有些吃惊。下班了？唐小笛问。第一次见她这么低眉顺眼，刘医生受宠若惊。这副表情给唐小笛吃了颗定心丸，她说，走吧，请你吃饭。刘医生说，我要去东站，爸妈来了。唐小笛说，哦，那一起去，开我的车。路上，唐小笛问，叔叔阿姨来干吗？刘医生说，体检。

刘医生的父母唐小笛见过一次，也是在宜昌。她跟刘医生刚认识不久，老两口专门从恩施赶来见了一面。二老都是农民，一辈子面朝黄土，对这个城里儿媳妇满意得无以言表，一见面就抓着唐小笛的手，说刘家祖坟冒了青烟。这次，刘家祖坟似是青烟冒得更狠了，刘母不仅抓住她的手，还把她抱在怀里拍了两拍。看来，刘医生并没给他们报告什么坏消息。

晚饭定了一个小包间，唐小笛亲自点菜。点菜时刘医生在一旁协助参考，又渐渐回归到了那体贴入微的样子。唐小笛想，或许这真是天意，远道而来的老人给自己递来一个梯子，她一定要抓稳抓牢。吃饭时，刘母给唐小笛送了件压箱宝贝，一只层层包裹的黄金手镯。唐小笛拿着那只手镯，下意识看着刘医生。刘医生微笑着说，收下吧，他们就认你这一个儿媳。刘医生话里有话，似乎也在给自己找台阶。唐小笛禁不住怀疑，他父母兴许是有备而来。难道刘医生是在以退为进，暗暗憋着大招？果然，饭快吃完时，二老说想明天去拜访唐小笛的父母。

双方父母见面后的独断高效是唐小笛没料到的。刘宁夏爸妈和唐母都像是守着摊前刚出锅的馒头，生怕晚一秒就没人要了。唐母说，一定要好好看个日子。起身去拿皇历本。唐小笛假意平静，我爸还没回来呢，要不要等他回来？唐母说，这个主我能做。

大家坐在唐小笛家宽敞明亮的大别墅里，个个喜形于色。刘医生将大家坐在一起的场景拍了个视频发到朋友圈，招来一大群点赞和祝福，他也极有耐心，一一回复。唐小笛看着手上的戒指，想想那只黄金手镯，心想，双重枷锁啊。

她脑子钻出一些奇怪的想法。她觉得自己像是一个君王,为了江山社稷,迫不得已,只能亲手掐死自己的孩子,把别人的孩子扶上位。这种心痛,这种隐忍,谁都无法感同身受。因此,当刘医生的父母坐在她对面,笑吟吟地看着她时,她真想举起手里的水果刀,斩断这两张老脸。

她走到阳台,心里有无数只猫在抓,她需要冷静一下。是的,只要不胡来,一切都是欣欣向荣。可自己对高野是胡来吗?不是,是真喜欢,是无法言喻的喜欢。电话响了,是余总,他说,高野打人了。

八

看到唐小笛的一瞬,高野像个闯祸的孩子,忐忑内疚又期待原谅。唐小笛说,上车吧。上了车,两人都有些尴尬。几秒后异口同声地说,还好吧? 目光在半空中撞了一下,又快速闪开。路上堵成一团,车子走了一截又堵住了,车里的气氛也越拧越紧。唐小笛按下窗户,此起彼伏的喇叭声和路人的喧嚣灌进来,让车里有了市井气。高野点了根烟,猛吸一口,又狠狠地朝窗外吐去。

他打的是一个培训机构的校长,是余总的VIP。开除高野,余总也有些无奈,但校长坚持要这么处理,他被打成了重伤,没让高野蹲局子已经是网开一面。唐小笛说,为什么打他? 他骚扰女学生。高野一脸愤恨,这样的流氓,我见一个打一个。唐小笛说,人家骚扰女学生关你多大的事,那女同学你认识吗?你为她丢了饭碗她知道吗?高野激动地把烟吸掉半截儿,说,靠,不认识就不能帮她出头了?都他妈只管自己?他有点把持不住,夹烟的手抖起来,烟灰撒得到处都是。这就是你们有钱人的本性,自私、冷漠、势利。他扳着车门,要下车。唐小笛也烦了,说,别扳了。

两人闷了一阵,唐小笛说,伸张正义没错,但打人能解决问题?还想再断两根指头? 高野说,我们这种人,除了使几下拳头,还能有什么其他办法? 他有些愧疚地看着唐小笛,对不起啊,自从老婆走了以后,我就成了个病人、废人,做不好事,也说不好话。

你这是心病吧。唐小笛说,心病只有你自己治。

鸣凤谷开发前是片人迹罕至的老岭,眼下虽是深冬,但仍有大片苍翠。景区已封园等待施工,唐小笛高跟鞋橐橐的声音在肃穆静谧的深山里格外醒耳。她停下来,指着一座山说,这叫鬼指山。你看,这么多股指头粗的溪水同时流出，像不像鬼的手指？高野边点烟边笑，太牵强，喀斯特地貌会产生溶洞，自然就会流泉水，跟鬼的手指有什么关系，谁又见过鬼的指头？唐小笛说，见没见过不重要，重要的是，景点一旦跟鬼扯上关系就有卖点，游客买账。高野说，都是你骗我我骗你，自欺欺人。他指着与鬼指山遥遥相对的一座山问，这座山叫什么？唐小笛说，望夫石。

这个倒挺形象，特别是发髻。

唐小笛看着望夫石若有所思，真有人为了爱情这样守一辈子，把自己望成一块石头？你信吗？

高野点点头，我信。

说正事儿吧。我们准备在这儿上个项目，钢丝表演。唐小笛还没说完，高野抢过话说，这位置太绝了。距离、高度、游客观赏的角度，都合适。唐小笛说，如果你愿意，可以试试。先拿个竞标方案。我？高野看着空荡的山谷，一脸神往。

就知道你放不下。唐小笛说，讲讲，走在钢丝上到底什么感觉？

站在上面，就好比站在一个别人无法侵犯的地方，很满足，也很安全。还能被人高看几眼。这种感觉，你们这些上等人是不会懂的。有时候我觉得自己只适合走钢丝，细细的钢丝像我这被拉长的命。高野看着远处出神，阳光透过树叶的缝隙，照着他的后背和鬓角的白发。这份落寞让唐小笛对他的免疫力正一点点降低，她默默克制自己想抱住他的冲动，说，你干吗要把人划成几等？

高野说，不是我分的。就说你吧。我虽然比你大十几岁，可我要花好长时间才能办好的事，你一个电话就能搞定。这就是区别。再比如别人看我的眼神，对我说的话，对我赏赐的笑容，都是有亲疏之分的。所有的一切都在提醒我，我是站在最底层的那一个，我处处都得仰视别人。

唐小笛说，可你不是一样对我心存鄙夷吗？知道你想说什么。高野说，那天，你胸口的疤令我想起了另外一件事，跟你无关。在我心里你是完美的，我又怎么敢嫌弃你。唐小笛想开个玩笑，比如很阿Q地说，嫌弃也没事，别人还没有呢。但她没说出口，她没那么自信。

栈道贴着悬崖而建。栏杆已经腐蚀，一推就倒。高野看看下面，这有多高？唐小笛说，别看，吓人。高野把手放在她背上，突然把她朝栏杆处一推，唐小笛叫起来。就在她的身体朝外倒去的瞬间，高野又飞快地把她拉了回来。前后不过一两秒的事，唐小笛吓得面无血色。吓着了？高野笑道，你这么怕死？唐小笛没理他，几大步走到上面的平地，这才愤愤地说，你怎么能开这种玩笑！

从景区回来，唐小笛仍惊魂未定，如果高野的动作晚一秒，她就滚下山崖了。更让她害怕的是，高野把她拉回来的那一瞬间，她在他眼里看到了一丝奇怪的东西。她不能确定那是不是邪恶，她安慰自己说，也许只是与紧张一起冒出来的惊吓。天暗下来，车子抛开数不清的街灯，在夜色里前行。

唐小笛感觉来到了那栋小楼。屋里没人，电视里只剩下扑闪的雪花。高野从楼上下来了，背着一个大包，提着鼓囊囊的蛇皮袋子。

我要走了。高野说，搭拖煤的车。他放下袋子，蹲在她面前说，最多五个月。等还清了账，哪儿都不去了。她说，隔壁的李姐在北京找了个活儿，给人做饭，挣得可多呢。我想去。高野摇头，哪儿也不许去，好好待在家里，把身体养好了，给我生孩子。她看着他拉开门往外走，恐惧像洪水一样席卷过来，她有一种不好的预感，两人怕是再也见不上面了。她边追边喊，高野，别走，等等我。可高野根本就听不到，他背着包，疾步走着，消失在那片暗淡阴冷的暮色里。

唐小笛醒来的时候，满脸是泪，似乎自己真的经历了那一番生离死别。难受了一阵后，又觉得疑惑，高野离家的场景，怎么会在自己梦里重现呢？莫非，自己上辈子跟他真有捋不清的关系？这不可能，她想，这怎么可能呢？刘医生说得没错，她或许真的需要看看中医了。

醒了？高野说。他依旧是低头沉默，小心翼翼的样子。唐小笛说，做了个梦。她说完看着窗外，问，到了？高野说，早到了。

九

为了让高野顺利拿下钢丝表演的项目，竞标前，唐小笛带他去了趟公司。尽管招标由唐小笛他们部门负责，而作为主持工作的副经理，她也有重要的一票，但她还是未雨绸缪地带他去见了分管副总，并按照副总的喜好，给高野做了一份体现专业优势的个人简介。

副总对高野的履历很满意，表示会尽力在经理会上推荐。从公司出来，高野很开心，不停地搓着手。他要唐小笛去公寓吃饭。路上他说，看得出来，你在公司很受欢迎。他又富有总结性地点点头，这说明你是个好人。唐小笛哈哈大笑，人只分好和坏吗？善恶从来都是相对的，那你呢，好还是坏？高野挤出一丝笑，我，反正不是个好人。

高野做饭时，唐小笛几次欲言又止，她想跟他说说关于棉花地的梦，但又怕高野误会自己是日有所思。想想还是算了。面下锅后,高野递给唐小笛一个信封。房租。他说,先还你一半。唐小笛说,不急,你先用吧。高野执拗地放进她的包里,说,我不能欠你的。唐小笛看着他一本正经的样子,有点生气,一定要分这么清?

刘医生发来微信,问她在哪儿,说想见她。他刚刚做完一台手术,手术还没做完,病人死了。这种情况刘医生不是没遇到过,可今天格外伤感。他说生活里潜伏着太多不测,说不定哪天就抱憾而去了。换是以前,唐小笛一定会马上去找他,陪陪他。可此时高野正做着饭,屋里只有他们俩,她不忍破坏这么好的气氛。几番犹豫,她回复说,还有个会要开呢,晚点儿行吗?刘医生索性打来电话,问,明天你有空吗?唐小笛说,明天上班啊,怎么了?刘医生笑笑,没什么,可能你从来都不在乎我吧。唐小笛想要辩解几句,那头已挂了电话。

高野给唐小笛做了碗烩面,自己吃的是上顿剩下的。唐小笛吃得心不在焉,老想着刘医生最后那句话,什么意思?又准备闹分手吗?她觉得很累,这样跷跷板一样的感情有意思吗?可没意思也得往前走。那天,母亲手里的皇历本已经为她指明了路标,再过一个月,她就要跟刘医生举办婚礼。她这才想起来,明天要跟刘医生去拍婚纱照,自己竟然忘得干干净净,难怪他生气。

高野敲敲她的碗,要她赶紧吃。唐小笛搅着面说,我要结婚了。是吗?高野起身拿出一条羊绒围巾,给你买了个元旦礼物。早知道该买一对儿的。他给唐小笛围上,退后几步,好看。唐小笛一把扯下来,不要。高野重新给她围上。说了不要。唐小笛把围巾扔到地上,双手捂脸。高野站在她对面,轻轻抱过她的头。她抵在他面前,泪眼婆娑。老是放不下你,中邪了一样。我知道没结果,可就是控制不了。她说,你为什么不坚持一下,只要你稍微坚持一下,我肯定就会决定跟你在一起。高野在她对面坐下,掏出烟点上。我不会坚持的。离我太近,会害到你。唐小笛仰头看他,淌下两行泪,你这样就没害到我吗?

走,去散散心。高野穿上棉袄,拉着她下楼。大厅里停着一辆旧摩托车。唐小笛说,哪儿来的?高野说,敢不敢?唐小笛说,有什么不敢?

原本说的是去江边转转,但高野临时改变了主意,载着唐小笛朝郊外驶去。到了郊区,高野把油给得很猛,唐小笛看着漆黑的四周,有些怕了,抓紧高野的衣服喊他慢点。可他像是没听见,专拣差路走,车子在坑坑洼洼的路上蹦着,像发疯的公牛。

灯越来越少,路也越来越黑。高野又给了一把油,车子几乎要飞起来。敢不敢跟我一起死？他侧过脸在风里喊。空气里的粉尘都变成了硬物，重重地打在她的脸上。唐小笛忍着七窍灌风的难受对高野喊，慢点，停——停下——话音未落，一个庞大的怪物突然冲过来，那是比黑夜更阴森的屏障，她叫喊了一声，闭上眼睛，随即，刹车声直刺耳膜。一辆大巴车擦着路肩紧急停车，再偏一点，车子就坠下山崖了。

你他妈找死啊！司机气急败坏地从车上跳下来。唐小笛看着他举起了拳头，本能地朝高野扑过去，那一拳重重地打在了唐小笛的身上，她觉得脖子快断了。高野想要还手，司机见势不对，赶紧上车。

高野推开唐小笛，劈头盖脸地骂起来，谁让你挡的？老子稀罕你挡？唐小笛忘了疼，惊愕地看着他。她往回走，高野跟上来说，上车。唐小笛没理他，继续走。他一把抓住她，唐小笛说，真要跟我同归于尽吗？高野说，上车吧，算我求你。

回到家，唐小笛浑身虚脱，刹车的尖利声还在耳边回荡。她看着镜子里苍白的脸，心说，你这又是何苦呢？躺进浴缸的时候，高野打来电话。在干吗？他问。没干什么。她说。还疼吗？唐小笛经他这么一问，委屈得变本加厉，眼泪哗哗直流。高野没再说话，等她哭了一阵，说，我不喜欢女人为我挡拳头，尤其是你。万一他拿着刀呢？你记着，以后别做这种傻事了。唐小笛没答话，用脚背挑起水面的泡泡，说，我想见你。高野说，早点睡。睡不着，我想听你说话。她说完，高野突发奇想，我给你唱歌吧，唱《八珍汤》。

高野的歌才唱到一半，外面响起急促的敲门声。是家里的阿姨。她不由分说地拉着唐小笛一路小跑，挤上了一辆公交。

她们去了人才市场，到处都是人。她被挤到一张桌子前，一个穿白衬衣的人递来一张表，要她快填。她看到表头写着"家政服务"几个字，其他的字没看太清。她挤出人群跑到门口，发现街道和楼房都那么陌生。一个男人走过来，问她，会做饭吗？她说，会做面。旁边那女的像是赶时间，说，得了，就她吧。她跟着他俩上了一辆轿车，车子一直开去，在一个漂亮的小区停下来。进了屋，男人说，我姓贲，这是我太太，你可以叫吴老师。她看着他递过来的名片，很快忘了那个姓怎么读，说，就叫您教授可以吧？

她说完就去厨房做饭。可是找遍了所有柜子，都没找到面粉。这时，教授过来了，端了一杯水让她喝。他扶着她的肩，把整杯水朝她嘴里灌。水堵住了她的鼻子，很难受。可教授还在使劲灌，就在她感觉自己快要窒息的时候，她醒了。

浴缸的水已经凉了。她打了个寒战，披了浴衣给高野打电话，打了好几次，高野都没接。

十

腊月底的时候，高野来跟唐小笛道别。钢丝表演项目定下来了，他得回去招演员，另外，老家还有个爹等他过年。那天高野有点伤感，唐小笛把他送到车站的时候，他紧紧抱了她一下，那个拥抱，粗粝而敦实，又如浓蜜一样甜腻，让唐小笛恍惚回到了某个梦里。后来她想起来了，梦里的高野离开小楼去外地的时候，也是这么抱她的。

不巧的是，两人正抱着，刘医生过来了。唐小笛的脸唰地一红，倒是高野很镇定，他对刘医生点点头，朝唐小笛伸出手，唐经理，谢谢。希望我们合作愉快。他走后，唐小笛赶紧说，来竞标的，搞钢丝表演。你在这儿干吗？刘医生看着她，我来接个专家，看到你的车，就过来了。

晚上，唐小笛约刘医生吃饭。刘医生还在开会，唐小笛把车停在医院门口，从五点一直等到七点半。她翻出块面包，边啃边想，真是悲哀，谈恋爱都谈到这种地步了。一块面包吃完，刘医生打来电话，说他已经点了外卖。唐小笛真想骂娘，刘医生又说，我们聊聊吧。

就近找了家茶楼。唐小笛大大咧咧地倒茶，拿点心，弄出很大的声响，想要简单粗暴地抹去刘医生心里的阴影，但刘医生木然的表情告诉她，没这么简单。刘医生说，是因为他吧？总算知道这几个月来，你为什么这么反常。他看着她，似笑非笑，钢丝表演……会不会走钢丝我不知道，但表演肯定不错。唐经理，叫得挺顺口。还客户，哪个客户会提两个编织袋？搞笑。

唐小笛后背冒出一层密汗，硬着头皮说，不信算了。反正我问心无愧。刘医生说，没事你俩会那样抱着？唐小笛打断他，礼节性地抱一下，怎么了？刘医生更激动，礼节性的？我要是不来，你们还准备来个礼节性的吻别吧？唐小笛恼羞成怒，紧紧捏着手里的杯子，却再无力辩驳。刘医生闷头喝茶，小笛，你打算瞒多久？你要真爱上他我没意见，可你不能这么模棱两可。

我没模棱两可，我也没爱上他。唐小笛双手抱肩，痛苦地说，我也不知道自己怎么了，很多时候，我都身不由己。真的，我快疯了，每天都迫不得已地去想他，我常常做一些乱七八糟的梦。我不知道怎么样跟你说清楚这件事，我就是想说……

别说了。刘医生说，我也不想知道。

两人再次陷入冷战。唐小笛为了缓解与他的关系，提出让刘医生在她家过年。她还逼自己承诺，初四跟他回老家。这个承诺彻底替她打了个翻身仗，要知道，在这之前，他曾好几次要带唐小笛回去，她都不肯。冷漠了几天的刘医生，总算被她焐热了。

春节过得其乐融融。母亲为了显摆这个德才兼备的女婿，把平日走动不多的亲戚分拨叫到家里吃饭，只是忙坏了刘医生这个掌勺，当然，他乐此不疲。自唐小笛提出要跟他回老家，他对她更好了。

三十晚上，亲戚们聚在一起守岁。她因为不能熬夜，提前回了卧室。刘医生想陪她，但打麻将的三缺一，他被几个舅舅抓了壮丁。唐小笛倒乐得清静，上楼将门反锁，坐在窗前发呆。一旦安静，那些躁动的念头又不安分地冒出来。

高野给她发来一个视频。为了发这个视频，他走了十几分钟才找到一个有信号的地方。是一团绽放的烟花，质量不怎么好，扑腾两下就没了，在黑漆漆的夜里很是冷清。唐小笛仿佛看见高野坐在黑暗里，遥望万家灯火，形单影只。她问高野，年夜饭吃的什么？高野说，饺子。又问，怎么不跟朋友一起打打牌？他说，打不好。唐小笛想要补偿点什么，想来想去，唯有发红包。她连发三个，但高野一个都没打开。他说，爹不舒服，回屋了。唐小笛反复看着他发来的视频，很难受，甚至有种罪过。她恨不得马上去找他，陪他过个像样的年。

不知道过了多久，唐小笛睡着了。楼下，牌局正酣，麻将哗啦倒下去的时候，外面有人叫她。

一个人走过来，拉过她的手臂，问她叫什么名字。这人戴着口罩，将她四肢固定下来，说要做一个检查。她很快发现不对劲，那人在她胳膊上系了个皮筋，将一个针头插进去。她挣扎着喊人，叫父亲，叫刘医生，没人应答。药水流进凸起的血管里，她的手臂感到一阵刺痛，太痛了，超出了她忍受的极限。门外站着一个人，是高野。她弱弱地喊，高野，救我。他听见了，四处张望，就是看不到她。剧烈的疼痛又来了，她全身开始颤簸，像是坐上了一辆拖拉机，正经过坑坑洼洼的石子路。屋顶的灯晃了起来，越晃越快，她的眼皮也越来越重，黑暗渐渐覆盖了光亮，直到漆黑一片。她听见有人问，死了？

死了。

手机在嗡嗡振动。有人敲门。她睁眼缓了一阵，从床上坐起来。刘医生端了一盘水果进来，见她脸色煞白，心疼地问，做梦了？她说，刚死了一回。刘医生打来一盆热水让她泡脚，她心里涌起一股暖意，扑进他怀里，默默流泪。

大年初四，唐小笛和刘医生还未出发，老唐先出了事。他的车在下高速的时候，突然朝路边的石栏飞了下去。万幸的是，一片丘陵把车子逼进一条死路，也给老唐留了条活路。但还是伤到了脑子，为了防止瘀血堵塞，必须尽快手术。

从老唐住院开始，唐母的眼泪就没干过。她担心老唐，更担心唐小笛。万一老唐真走了，她再出个什么意外，唐小笛怎么办？三十出头了，该办的事一件没办，别人拖得起，她却不行。唐母冲唐小笛抹了把眼泪，别怪妈说话难听，像你这种情况，能活到五十，算烧高香了。唐小笛极少去考虑这个问题，不敢去想。她总是自欺欺人地想，或许在自己身上是个例外。但母亲的眼泪惊醒了她。现实的东西是逃不掉的，更不会有奇迹的出现。母亲哭完一阵，看着长长的走廊发呆。唐小笛发现，那个麻利泼辣、精神饱满的母亲不见了，母亲老了，老得让她禁不住想骂一句，这狗日的生活。她转过身，推开半扇窗户，灯光里，雪花正纷纷扬扬。唐小笛说，妈，下雪了。

十一

手术很成功。刘医生请了市里最好的脑颅专家亲自主刀，比预期还要顺利。这些天，他忙里忙外，俨然撑起了这个家，也撑起了唐小笛心里那颗始终摇摆不定的心。年后上班第一天，唐小笛没再犹豫，跟刘医生领了证。签字的时候，她心里一阵刺痛，手也跟着抖了一下，高野在脑子里黯然转身，留下一片空旷寂寥。她拿着大红的结婚证，很想大哭一场，挣扎了这么久，还是要妥协。向现实妥协，向自己妥协。天气真好。刘医生搂住她说。她眯眼仰头，天空湛蓝，蓝得轻薄透亮，她努力装出开心的样子说，是啊，大晴天呢。她说完心想，我往后的日子，会有几个晴天呢？好在，老天在紧要的关头给了她希望和慰藉，这天晚上，术后一直昏迷的老唐终于醒了。

老唐出院后恢复不错，半个月后再复查，各项指标都正常。自领证后就一直暗自郁闷的唐小笛难得开心一次，叫上表弟和刘医生去吃火锅。菜上到一半的时候，余总打来电话，表弟听着听着，脸色凝重起来。表弟说，余总请好几个懂行的人查看了姨夫的车，怀疑刹车被人动过手脚，搞不好，是蓄意谋杀。话音一落，大家都张着嘴。表弟觉得蹊跷，姨夫出门的头一天，我还专门开到4S店做了检修，都没问题啊。

大家顾不上吃饭，一起去余总那儿调出了当天维修的监控视频，没看出什么异常。唐小笛觉得不太可能，要真是人为，车一动就出事了，哪儿还能等到回来的时候？但表弟不这么认为，他跟了老唐四五年，敏感缜密，他说，得好好问问。第二天一大早，表弟给唐小笛打来电话，说他们在老地方。

老地方指的是圣天寺。自唐小笛上高中时，老唐就迷上了这里，隔三岔五往那儿跑，跟着僧人吃斋、念经、打坐。更多的时候，什么也不干，就在那儿坐着。唐小笛跟着去了一次，再也不想去了，伙食太差，两个红薯一碗粥，红薯还不让剥皮。

起初，唐小笛母亲很理解，说他这是为公司的生意祈福，为全家祈福，心诚则灵嘛。但唐小笛觉得不像。老唐每次朝蒲团跪下的时候，嘴巴都会哆嗦几下，像是满腹心事无以言说，唯有一跪。那神情，倒更像是忏悔。可老唐有什么可忏悔的呢？他做了十几年慈善，光是学校就捐建了两所，还不让别人知道。房地产市场最火的那几年，公司正缺流动资金，他却拿出一大笔钱，成立了一个什么器官移植公益基金会。唐小笛的妈妈知道后，骂他败家，逼他以唐小笛的名义买了两套别墅，以备不时之需。唐小笛嘴上不说什么，心里也不太赞同老唐的做法，一个私企老板，开公司就是为了盈利，社会责任象征性地扛扛也就算了，太过了就是不务正业。

临近中午，老唐总算出来了。这场车祸一出，潜伏在身体里的老毛病像水里的瓶子，按下这个又冒出来那个，人一夜之间老了十几岁。早些年钱好赚的时候，他到处捐，撒树叶一样，这两年，限购政策一出，房地产开始低迷，银行贷款却不能不还。每天一睁眼，钱只出不进，能不着急？唐小笛看着他有些佝偻的背，心里很酸，小时候他常伸出一只胳膊，挂着她转圈，那时的他力大无比，可如今转眼就眼花背驼了。

老唐说，那天他去襄樊见完朋友，临走时因为吃了感冒药，有些头昏，就在停车场喊了个代驾。到酒店后，他先进了大厅，钥匙是代驾随后送来的。唐小笛问，在大厅等了多久？这人长什么样你有印象吗？老唐摇头。对女儿的担心，他倒是一副泰然自若，说，人命由天不由己，顺其自然。

十二

高野二月底来到宜昌。来的那天，唐小笛早早去接站。她本可以不去，一出站就是直达市区的公交，半小时就能到。这段时间筹备婚礼，大大小小的事等着她，本来就忙。可唐小笛还是要去，她迫不及待地想见到高野，迟一秒都不行。

她早到了一个半小时。把车停好，她小心翼翼地享受着这短暂的、甜蜜的等待。她无比珍惜这样的等待，这种等待是迷人的、孟浪的。它让皱皱巴巴、沉入死海的日子有了颜色，有了香气和味道。这些日子，已经为人妻的她，对高野积压的思念如同洪水猛兽般四处乱撞，急需一个出口。她想象着见到高野的那一刻，很多事情要做。要哭一场，要捶他几拳，要趴在他的胸口使劲闻他的烟味，要与他四目相对五味杂陈。计划的间隙，刘医生偶尔会走进她脑子，她告诫自己要冷静下来。可这份告诫无力而苍白，一旦想到高野就要站到自己面前，道德和约束就通通抛到一边，哪怕是火坑是悬崖，她也忍不住要跳。她戒不掉高野那双装满故事的眼睛，戒不掉他有力而忘情的拥抱，戒不掉他踉跄转身的背影。这都是刘医生给不了的，任何人都给不了。这是她所经历过的最美好的东西，是比激情更让人着迷的东西。她对自己说，最后一次，就见这最后一次。

高野拉开车门进来时，唐小笛吓了一跳。她几乎没认出来。不过是两个多月没见，他瘦了，瘦得整张脸都脱了像，眼眶四周黑压压的一圈，干枯的嘴唇更是裂出几道血口子。

你病了？唐小笛看着他，你怎么了？

没怎么。高野没看她，更没有她满怀期待的温存。他低头系安全带，插了几次都没弄好。

唐小笛把车开到了公寓，说，我又续租了几个月。景区那边的员工宿舍还没弄好，你先在这儿住着吧。高野想拒绝，嘴还没张，唐小笛说，别说了，就这样。

进了屋，高野提着袋子在屋里转了一圈。他像个痴呆的老人，不知道自己下一步该干什么。他明明拿着手机，却问唐小笛是不是掉她车上了。唐小笛怀疑他是不是受了什么刺激，可不管怎么问，他一句话都不说。这时，表弟打来电话，让她赶紧去他那儿一趟，她本想找个借口，可表弟说，非常重要的事，必须去。

高野见她要走，这才回过神来。他走过来，想说句什么，喉头滚动几下，终是一句话都说不出来。他咬了咬嘴巴，猛地把她抱过来。他很用力，胳膊像一道铁圈，箍得她喘不过气。她从这个拥抱中感觉到一丝异常，问，怎么了？

没什么。

唐小笛挣脱出来，看着他，到底怎么了，你肯定有事。高野看了她很久，最后才说，如果有一天，我伤害到了你，你别怪我。我真的是身不由己。唐小笛说，你说实话我就不怪你。高野说，真没什么，你快去吧。

唐小笛开着车去表弟家，路上她想着高野今天的反常，总觉得哪儿不对劲。走到楼下的时候，她给高野发了条微信，不管你做了什么，我都原谅你。

一进门，刘医生也在。表弟神色凝重。姐，姓高的现在在哪儿？唐小笛扫了一眼刘医生，我怎么知道，早没来往了，干吗？表弟拿出手机，自己看吧。我刚从襄樊回来，托人调出了酒店车库的监控。知道姨爹那天喊的代驾是谁吗？他看着唐小笛，是他。

唐小笛一张张划着照片。照片里的男人穿着件军绿色棉袄，面无表情地坐在车里。尽管照片有些模糊，但高野的样子足以辨认。表弟说，这些照片，可以请专业人员再做清晰处理。绝对是有力的证据。这个浑蛋，看我不让他进监狱。

进什么监狱？唐小笛把手机扔到桌上，你还真是热心肠啊，不干刑侦太可惜了。不过，单凭这几张照片，你还是少在这儿大惊小怪的。

表弟惊讶地看着她，摄像头拍得清清楚楚，明明就是他啊。

杀人动机呢？他连我爸是谁都不知道，为什么要杀我爸？唐小笛说完，刘医生坐不住了，事实就摆在面前，你还替他说话，他在你心里到底有多重要？小笛，你不要自欺欺人了。

唐小笛说，谁自欺欺人？你闭嘴，有这工夫，还不如多做几台手术。无聊。刘医生气急败坏，你不能是非不分吧？

关你屁事啊。唐小笛情绪有些失控，我的事不要你管。你知不知道你有多讨厌，装得很有修养，装得很爱我，我早看出来了，你就是爱你自己，就是看上我家的钱。你知不知道你有多恶心，要不是因为我妈整天苦着一张脸，我才不会嫁给你。我只能恨命，我本来也可以像别人一样大胆地选择，大胆地去爱，可我不能，我这辈子就注定要在畏畏缩缩、小心翼翼中过日子，注定要找一个我不喜欢的人过日子。渣男，全是渣男。唐小笛已经有点歇斯底里了，抓起一只杯子扔到地上。啪——屋子里瞬间安静。

刘医生垂头坐了几秒，拿过扫帚扫地上的碎渣，扫到唐小笛脚下的时候说，你走吧。

唐小笛去找高野。她开着车，眼泪肆意流淌。高野的房门没关。他背对着大门,坐在窗前发呆。唐小笛一步步走到他面前,每一步都走得沉重。是不是你? 她问。

高野沉默了很长时间,说,是。

唐小笛歪在墙上,声音小了一大截儿,骗人,你骗人! 高野说,我说过,我不是什么好人。唐小笛的声音已经没什么力气,你骗人。高野依旧坐着,过几天,鸣凤谷的钢丝表演就布置好了,你要是敢跟我上去走一趟,我就告诉你原因。唐小笛说,非得这样? 高野的脸抽搐了一下,一字一顿地说,非得这样。

十三

唐小笛大病一场。头昏,起不了床,饭也吃不进一口。母亲请了医生来家里看,没看出什么问题,又请中医来,把脉说是气虚。刘医生来过一次,送婚纱照。七八个偌大的水晶相册统一包装,占了客厅阳台的一大半。其他的小型相册,刘医生拿进唐小笛房间,随手放在墙角。再过一个多月就要举办婚礼,他俩之间,似乎又有了新的隔膜。他心里有气,却又着急唐小笛的身体,心烦意乱。唐小笛弱声说,高野那事儿到此为止吧,我有办法的。刘医生一脸淡然,随你。

躺了几天,身体渐有好转,也可能是中药起了作用。唐小笛下床走了几圈后,觉得还行,给高野打了电话。你说话算数。她说。

高野坐在鬼指山下抽烟,地上全是密密麻麻的烟头。唐小笛站到他面前,看着他,一言不发。高野抽完烟,指着头顶的钢丝说,今天刚完工。走,上去看看。

表演平台设在鬼指山的山腰,并没有现成的路,只是临时踩出来的几道脚痕。唐小笛几乎是跪着上去的,坡有些陡,零零散散的小石子到处都是,稍不注意就打滑,必须及时抓住两边的树枝。高野几次伸手拉她,她不让。她的膝盖重重地磕了一下,生疼,但她横下一条心,一定要爬上去。她就想知道一个真相,一个让她可以原谅他的真相。

爬到平台,唐小笛虚汗淋漓,手上、脸上、身上全是灰。高野没看她,推出一辆摩托车说,特制的,轮子上有槽,我保证不会掉下去。再系个安全绳,双保险。唐小笛什么也没说,跨上摩托车,紧紧抓住高野。

摩托车驶上钢丝的时候,唐小笛开始恐高。身下是空荡荡、明晃晃的一片,她两腿发软。她不由得抓紧了高野的衣服,高野的衣服就是她此时的全部,是死是活，都由高野说了算。

走到中间的时候，车停了下来。高野转了两圈脖子，是我干的。他说。本来，我想让你爸一头撞死，可那天，他给了我五百块钱，说大过年的不容易。所以，动刹车的时候，我他妈心软了。

唐小笛不敢往下看。她微微发抖，说，先骑到那头再说，行不行?

晚了。就在这儿做个了断。高野猛地晃了一下摩托车，唐小笛还没反应过来，两人都离开车座，悬到半空。

高野！唐小笛几乎喊哑了嗓子。从未有过的恐惧，无法形容的恐惧。仿佛有黑压压的巨蚁开始从地面爬上来，密密麻麻地布满全身，一口一口地咬开她的皮肤，钻进皮肤里，骨头里。她喘不出气，浑身冒汗。救我，高野。唐小笛朝他伸出手，吃力地说，不管我爸做了什么，求你放过我。高野，救我。

你去死吧。高野眼里竖着一座冰川，寒气逼人。今天我一定亲手杀了你。他掏出一把刀，寒光逼人。只要那把刀朝安全绳轻轻一挥，唐小笛就会朝下冲去，血肉模糊。

唐小笛全身瘫软，哭起来，你不是这样的，高野，你怎么变成这样了?

谁想这样? 谁他妈想这样? 都是被逼的，被逼的。高野说，他们说我老婆杀人。我不信。她连只鸡都不敢杀，怎么可能杀人。可她就是杀了，她把人捅死了，整整十刀，她肯定是被逼的，她杀人的时候，肯定比谁都害怕。可是，没人信她。她被判了死刑，死后还被人挖走了心脏。她这人最爱干净，如果知道自己死后敞着胸膛，该有多难受。这些年，我一直在找她的那颗心脏，什么地方都去过，我就想替她出口气。现在，我找到了，在你这儿。你这个强盗，是你拿了她的东西，是你让她死无全尸。你这个强盗。

唐小笛瞠目结舌。

第一次见到你，我恨不得一刀捅了你，看到你哭，我忍住了，想到来日方长。可每次动了杀心，你都他妈装好人，都他妈让我为难。去他妈的善良！去他妈的好人！你为什么不坏一点，你坏一点会死吗?高野狠狠踹了她一脚，唐小笛忽左忽右地转着圈，一边转一边呕吐。她眼前开始模糊，身体缓缓上升。她飞了起来，飞到上空，落到一片棉花地里，雪白的棉花挂在叶子上，像春蚕吐下的茧，让人爱不释手。

一个女人走过来。她穿着一条白地儿黄花的裙子，裙子的腰上有两颗纽扣，花是浅黄色的，每朵花有六个花瓣。高野跑过去，紧紧抱着她，你去哪儿了?

我回家找不到你，你去哪儿了？他的声音裂了，像一支在玻璃黑板上奔跑的粉笔，发出阵阵刮擦的尖利声。女人笑着，没说话。她笑起来很美，有一对可爱的虎牙。高野说，我还以为再也见不到你了，你答应我，再也不到处跑了。女人点点头，挽着他，沿着一条小路往前走去。太阳快落山了，他俩被染上一团金黄色的光芒。快走到尽头的时候，女人回过头，看着唐小笛笑了笑，她的笑像余晖一样温暖柔美，唐小笛有点想哭。

醒来的时候，唐小笛躺在高野的怀里。当几声鸟叫从阴沉的树林里穿过时，他俯下身，把半张脸贴在她的胸口。他终于号啕大哭起来，泪水在那张枯槁的脸上汇流成河。唐小笛的心突然剧烈地跳起来，像要跳出来，擦干他脸上的眼泪。

十四

唐小笛再次见到高野，是在半年以后。

两人约在时代广场。广场上有个衣衫褴褛的歌手正在卖力地唱《城里的月光》，歌手年纪有些大了，遇到稍微高一点的音，不得不微微下蹲，使劲扯一下脖子。高野朝他面前放了十块钱，唐小笛也跟着放了十块。她穿着一件宽大的T恤，高野说，你穿休闲装也挺好看的。

两人找了个临街的饮品店。唐小笛拿出一个笔记本。这半年，她请了长假陪刘医生去西安进修，闲来无事，写了些东西。她把笔记本递给高野，所有的梦我都记下来了。打三角形的是经常做的，打钩的是只做了一次的。这里面有很多你不知道的事，也有她对你想说的话。有时候，写着写着，我自己都想哭。她肯定很爱你，不管她身在何处，是死是活，你俩的感情，她都记着，永远不会忘。

高野紧紧抓着笔记本，小笛，我不是东西。唐小笛摇摇头，你是我见过的最善良的人。高野强忍着泪，不停地点头。他想起正事，从帆布包里掏出一个备课本，我也有东西给你。

备课本整整写了十多页。一定少吃盐。一定少吃辣椒。一定不能喝酒。一定不能熬夜。一定不能过量运动。一定要定期复查……点点滴滴，面面俱到。每一条前面，都加了“一定”，又在这两个字下面打了重重的圆点。字全是用左手写的，歪歪斜斜，大大小小，一笔一画都显得吃力。唐小笛一页页翻着，紧捂着嘴，差点哭出声来。高野见状，赶紧拿过备课本，以后再看，对孩子不好。唐小笛抹抹眼睛，放心，我会替她好好活。

说点高兴的吧。高野说，年底我想回趟获嘉，把那房子翻修一下。等你孩子生了，跟刘医生去住两天。对了，刘医生呢?

唐小笛扭头朝窗外看，刘医生正朝这边一路小跑过来，他边跑边招手，像带着好消息的邮差。

【作者简介】马南，湖北秭归人。作品散见于《小说月报·原创版》《作品》《长江文艺》等文学期刊，部分作品改编影视剧。现居湖北宜昌。

鸿 雁

汤成难

1

何小玉决定和那个人见一面。下班后她就给介绍人黄姐打了电话，电话里支支吾吾的，黄姐问究竟是什么意思，要不要见面说？

何小玉连忙回答："是呢是呢，见一面，我想和那个人见一面。"黄姐说："当初叫你谈，你不谈，现在却想见面了？"何小玉也不说话，听黄姐嗔怪着。

地点定在南门街的一棵老槐树下，时间是半个钟头后。那个时候黄姐应该还没下班，所以何小玉只能单独去和那人见面了。她没有回家，在公共厕所里把头发重新扎了一下，发现镜子里的自己眼角皱纹深了不少，几根白发支在外面，便用水将其捋平，这时正好有人进来，何小玉吓了一跳，赶紧将觑在镜前的上半身缩回，装作认真洗手的样子。

从厕所出来，竟走错了方向，又赶紧折回去，看时间不早了，心想不如打个车。在路边站了一会儿，手臂也没伸出去，大概不想乱花钱，于是又小跑起来，一边跑一边想，为什么是南门街呢？为什么是在一棵老槐树下呢？

她跑得很快，以至于身上很快就汗湿了，何小玉觉得自己不是在跑步，而是在生气，真的，是生气，每一步都在生气，她咬着嘴唇，脑海里都是昨天在淮海路上遇见于健的事——于健正陪一个女孩买衣服，他在橱窗里看见何小玉，就走出来了，于健问何小玉干吗去呢。何小玉说："我们都离婚了，你还管我干什么？"说完觉得自己这话过于负气，不好，应该表现出天高云淡才对，于是又补充说："和朋友去吃饭。"

于健"哦"了一声，他想象不出何小玉会有什么样的朋友，在和她共同生活的二十多年里，她几乎没有朋友，她胆小，腼腆，害怕跟人说话，即使和他们的儿子于平说话都是细声细气的。于健问何小玉结婚了没有，何小玉摇了摇头，眼睛并不看着他。

于健说他结了，就是那个，便用手指了指橱窗里试衣服的女孩，转过脸对何小玉说："你也赶紧找一个吧，你结婚了我就放心了。"

于健的关心在何小玉看来更像是炫耀，于是使她突然产生一种咬牙切齿般的难过。"我有对象了，下个月就结婚。"她小声地撒了个谎。

现在，何小玉正向她的"对象"奔去，她还不知道这个对象叫什么，多大年纪，长什么样……不管了，她恨不得立即去民政局登记结婚，然后双双出现在于健跟前。

南门街人不多，三三两两地聚在一起拉家常，太阳快要落山了，树木流金，槐花静悄悄地飘着，何小玉第一次为这样的情景欣喜和陶醉。找到黄姐说的最大的一棵槐树，可槐树下坐了不少人，一群半老头子围着两个下棋的。何小玉想，难道她的"对象"就在这群人中？于是一个个地看过去，有一个仿佛就是，瘦精精的，戴一副黑框眼镜，两只手抄在裤兜里，笑的时候牙齿黢黑。还有一个看了一眼何小玉，转过去看了会儿下棋后又看了眼何小玉，此人稍胖，个头不高，前额有些秃……何小玉揣摩的时候，人群慢慢散了，围看的人都陆续离开了，只剩下一个下棋的，坐在轮椅上，一边收拾棋盘，一边哼着歌，他瞅一眼何小玉，笑了，说："你要不要来对弈一局？"

何小玉连忙摇头。

"我叫孟天成，你是何小玉吧？"轮椅上的人问。

何小玉愣了一下，吞吞吐吐地问："你，你怎么知道我的名字？"

对方笑了起来，"我不光知道你的名字，还知道你的生辰八字呢。"说完又笑了，他指了指头顶上的槐树，一片槐花正好悠悠飘下来，他眯着眼睛看何小玉。

如果没有这辆轮椅，何小玉会觉得这个画面还挺动人的。

"我是有腿的。"对方仿佛看出她的心思，腾地从轮椅上站起来，在落满槐花的地上勉强走了几步，又坐回轮椅上，“我是有腿的，你看是不是？”

他长得并不好看，但魁梧、结实，笑起来的时候牙龈毫无保留地露出来，这更增添了几分爽朗。“我是试试轮椅怎么样，方便不方便。”他的牙龈又露出来了，“明天我就去截肢了，字都签了，你突然要见面，所以就来了。”他停了停，又说：“截肢你懂不懂？”眯着眼睛看何小玉，把左腿抬起来。“咔嚓，就这样。”他用手掌在左腿上示意了一下。何小玉吓了一跳，浑身一阵哆嗦。

“别怕，姑娘，我还有一条腿呢。”孟天成对何小玉说。何小玉被“姑娘”一词逗笑了，却又不好意思起来，头低得不能再低。孟天成拍拍身边的石凳，邀她坐一会儿，待何小玉坐下后，又转过轮椅用右腿对着槐树蹬上一脚，白色的槐花便颤颤悠悠落下来。“你看，多美。”他仰着头笑，“要是我们在这棵槐树下谈一场恋爱，后半生都能闻到槐花的香味。”

2

何小玉和孟天成的婚礼是在病房举行的，在他们见面后的第二天。孟天成说：“姑娘，你都想好了？”何小玉很久没被叫“姑娘”，脸唰地一下涨红了。她坐在床边，低着头，要是病房的灯光再亮一些，一定能照见何小玉绯红的脸——她有着和她这个年纪不相符的腼腆。

“孟天成先生，”孟天成压低声音说道，“无论贫穷、疾病、困难、痛苦，富有、健康、快乐、幸福，你都愿意对何小玉小姐不离不弃，一生一世爱护她吗？”

“我非常愿意。”孟天成自问自答着。

“何小玉小姐，无论贫穷、疾病、困难、痛苦，富有、健康、快乐、幸福，你都愿意对孟天成先生不离不弃，一生一世爱护他吗？”

何小玉点点头：“我愿意。”声音更低了。

病房里没有其他人，仅有的一个病友还没从手术室回来。孟天成轻轻抱了抱何小玉，在她耳边说：“多时髦，我们这叫不叫闪婚？”何小玉没说话，脸一直红着，直到两个护士进来把孟天成推走了，何小玉还沉浸在喜悦和害羞之中。

孟天成要做手术了，如他描述的，左腿膝盖以下截掉。他患的是糖尿病，起初没在意，直到左脚趾溃烂才重视起来。孟天成说自己真是太幸运了，要是再晚一点，就要截到膝盖上面了。他把两只脚靠在一起，好像在进行最后的告别。何小玉却在一旁哭起来——所有人的不幸都能使其流泪。她悄悄地擦了眼睛，生怕被孟天成看见。现在孟天成进手术室了，据说他的女儿正坐在云南开往扬州的火车上，她还没见过她，孟天成只说了有一个女儿，叫孟小云，在支教，其他还没来得及说。何小玉觉得这几天似乎发生了很多事，饱满地充斥了她的一生，她分明还记得前天遇见于健的那个下午，他说他结婚了，她气得胸脯起起伏伏——她才不在乎他，干吗在乎这个背叛她的人呢？然后是昨天，她和孟天成的第一次见面，好像过去很久似的，好像他们已经相亲相爱了一辈子似的。

孟天成从手术室出来就看见了何小玉，他抬手向她招呼了一下，像战士凯旋。“疼吗？”何小玉小声问。“不疼，怎么会疼呢？”孟天成说，“要是疼我就告他们麻药是假的。”

何小玉扑哧一笑，旋即又严肃起来，她从没在医院笑过，这里应该只属于眼泪和哀伤吧，但现在她已经笑过很多次了。护士正在关照病人的生活注意事项，如果恢复得好，十天左右就可以出院了。孟天成突然接过话头：“果真是个小手术，十天就能出院了。”他安慰何小玉，何小玉没说话，目光不禁落在他左腿处瘪下去的被子上。“我去看过假肢了，很不错。”孟天成说，“跟真的一样，一点都不影响我的身高。”何小玉又忍不住笑了，她想，这应该是她见过的最乐观的人了吧，从昨天的第一句对话开始，她就被这种乐观打动。

3

何小玉去单位申请了提前退休，孟天成说：“姑娘，你都想好了？”何小玉就抿嘴笑，在她做任何决定的时候，孟天成总喜欢这样问，他会帮她分析、判断，却由她做出选择。何小玉想到和于健生活的二十多年里，她几乎没有选择过，结婚，是父母的选择，生活中的一切都是于健说了算，她胆小谨慎，任何事情都不敢轻易做决定，她也没有朋友，更不会有和朋友商量的机会。对于没有朋友这事，于健一开始是赞赏的，认为她简单纯粹，不像那些麻烦女人一样叽叽歪歪，于是何小玉就更不爱与人交往了，仿佛不交朋友是一种美德，她什么都听于健的，听话也是美德。但后来于健却责备她性格孤僻怪异，“连朋友都没有”。突然有一天，于健告诉她他有外遇了，他爱这个家，但也爱那个女孩，他不知道该怎么办。这是唯一一次何小玉自己做的选择，她选择了离婚，迫不及待的，好像每拖延一天就会感到侮辱似的。

何小玉在开水房洗衣服，厚厚的宽大的夹克，孟天成的，昨天不小心洒了汤汁。很多瞬间，何小玉感到恍惚，自己怎么在医院给一个陌生男人洗衣服呢？她和于健离婚三年，三年里她独居，除了工作，几乎很少出门。她的父母早就去世了，这个世上她只有于健和于平两个亲人，现在于健也离开了，她觉得自己活着的意义又缺了一部分。很多时候她想死，又放心不下于平。她想，等于平大学毕业了再死吧；可于平大学毕业了，她又想等他找到工作再死；等于平有了工作，她竟然不那么想死了。她每天按部就班地吃饭睡觉工作，好像生活原本就该这样。

开水房不停地有人进进出出，总是打乱她的思绪，她把盆里的水倒掉，将夹克拧干，浑身充满力量似的。她看着手里陌生又熟悉的衣服，突然有种奇妙的感觉，仿佛她的人生才刚刚开始。

何小玉还没走进病房，已有笑声漾出来了，不消说，一定是孟天成，他总能将病房里的阴霾驱散，到现在他都不承认自己是个病人，认为自己"挺好的"，很快就能重新走路了。他告诉每一个来看望他的人，假肢已经预订了，因为腿长，比腿短的人费材料多了，他不要硅胶的，要不锈钢的，一定会很酷。

何小玉在门外站着，这种时候她是害怕出现的。笑声断断续续的，偶尔会夹杂着一个女孩的声音，何小玉一愣，心想，难道孟天成的女儿孟小云回来了？这么一想她更紧张起来，脸又红了，身上的每一个毛孔都处于害怕之中。突然，手上的盆被一个人接过去了。"嗨，你好，阿姨。"孟小云出现在她面前，"老孟正叫我去开水房看看您呢。"

何小玉羞涩得没敢抬起头，嗯嗯啊啊地答应着对方的话，她用余光看过去，对方简直是小一号的孟天成，每一个五官都像极了，连笑起来毫无保留的牙龈都是一样的。

孟小云搬来凳子让何小玉坐下，自己则站在一旁，孟天成还没做完介绍，孟小云就狂笑起来，说老孟你真是太幸福了。她用手在孟天成的头上抚摸了一下，转脸对何小玉说："老孟还没白发，还年轻着呢。"何小玉看着孟小云的手在孟天成的头上来回摩挲着，心里突然咯噔一下，她想，自己和于平最后一次这样亲密接触是哪一年呢？真的记不得了，她只记得于平高二那年，有一次考试前对她说："给我个拥抱吧。"然后像个大人似的给何小玉一个熊抱。何小玉感到浑身不自在，有些不好意思似的，赶紧挣脱出来，低声说："都这么大的人了，还要抱啊。"再后来，她和于平接触得就更少了，即使何小玉有时拍一拍于平的肩，后者都能像武林高手似的闪避过去。

4

晚饭是在病房吃的，盒饭，韭菜炒鸡蛋、莴笋肉丝，还有一块香酥排骨，孟小云一边吃一边感慨："很久没吃家乡的菜了。"她说藏区主食以糌粑和土豆为主，有时想吃米饭了，就用开水瓶闷一点米粥来，真是香透了。他们无话不谈，从国际形势到星象星座，最后话题又落在最近当红的明星上。"嗨，老孟，你居然知道鹿晗和迪丽热巴。"孟小云的手又落在孟天成脑袋上了。孟天成一脸不屑："我还知道TFBOYS呢，得要跟得上潮流，不然都没法跟你们00后沟通了。"说完两人的笑声都迸出来了。

晚饭后，孟小云要出去洗个澡，她说很久没洗了，孟天成让她带上何小玉。"你阿姨这几天在医院也没顾上洗澡。"孟天成说。何小玉刚要婉拒，就被孟小云连拖带拽挟持出去，一路上何小玉都感到不自在，她很少去浴室洗澡，更别说和别人一起去了。但孟小云一直勾着她的胳膊，不容置否似的。她告诉何小玉有关孟天成的各种好玩的事，然后兀自笑着，有好几次何小玉也忍不住笑起来，笑过之后何小玉突然发觉，人与人之间的关系原来也可以这样简单。

浴室里人不多，一块块铝合金隔板将彼此隔离开来，这倒好，不然何小玉又会不自在了。正想着，孟小云突然跑过来，说要帮她搓搓背，何小玉还没来得及拒绝，孟小云已经将她摁住了。她想，有一种人的热情是无法拒绝的，它们像洪水一样涌来，将人淹没。孟小云一只手搭在何小玉左肩上，另一只手套着搓澡巾有条不紊地在背上来回走着，何小玉浑身都在紧张之中，和孟小云的手接触的一小块皮肤十分灼热，这种热量慢慢传递过来，又慢慢变得温和了。"该我了。"孟小云将搓澡巾在水龙头下洗一洗便递给何小玉，不等对方回复，自顾弯下腰来。这回轮到何小玉了，她愣了一下，好像还在搜寻婉拒的理由。"没事，咋样搓都行，我在那儿难得洗澡。"孟小云低着脑袋说。热气一阵阵地涌来，水流声清脆响亮，孟小云还在说着支教的事——她好像十分喜欢目前的状态。"很好，真的。"她告诉何小玉，"天空蓝得叫人想哭，你和老孟一定要去一次。"何小玉慢慢靠近孟小云的背——这个个头已经超过她的女孩竟然和自己如此地坦诚相待，她觉得这几天真是太奇妙了，和孟天成接触的这几天里，一切都是那么的新鲜，修正了她对一切的看法，包括人与人的关系。

回到病房才七点多，离睡觉时间还早，病房里依旧谈笑风生，有两个小护士也倚在门框上不肯离去。孟小云回来后气氛就更好了，后来不知道怎么又说到了西藏和云南，说到“蓝得叫人想哭”的天空。“老孟，等腿好了你得来草原。”孟小云露出牙龈笑着。

“那肯定要去的，我就是草原上的人，我腿长，适合骑马。”孟天成将包着纱布的左腿抬起来，他说他要骑一匹白色的马，一定要魁梧，因为后面还要坐上何小玉，草原辽阔得很，看不到尽头。何小玉不好意思地笑起来，将身子缩在角落里。

有人提议唱一首草原的歌，降央卓玛的，或者腾格尔的，孟天成爽快地答应了。“就唱《鸿雁》吧，在草原上最适合唱它了。”他顿了顿，清清嗓子，“我要把这首《鸿雁》送给何小玉女士。”

何小玉记不清自己是怎样听完这首歌的，她似乎一直热泪盈眶着，眼前越发模糊，歌声低沉，却很悠长，仿佛飘扬在草原之上——后来，歌声中又掺入了一个女声，那是孟小云的，她打开双臂，似乎正在拥抱什么。何小玉仿佛看见“蓝得叫人想哭”的天空了，还有“看不到尽头”的草原，牛羊欢快地吃着草，河水潺潺，白云悠悠——鸿雁，天空上，对对排成行……鸿雁，北归还，带上我的思念，歌声远，琴声颤，草原上春意暖……

5

孟天成出院后，孟小云就回云南了，她说那里的孩子还在等她，让老孟多多保重。“你真是太幸福了老孟。”孟小云的手又在孟天成的脑袋上摩挲了。

孟天成很快就装上了假肢，他从轮椅上站起来，刚走一步就疼得差点摔倒，何小玉去扶他，他说没事，这条腿还野得很，不过没关系，他会把它驯服的。

他们坐在桌旁吃饭，一盏灯悬在头顶上。多日来的喧嚣，现在突然只剩下他们两个人，何小玉拘谨地嚼着米粒，眼睛时不时地瞟向孟天成，她仿佛又回到了少女时代，羞涩和腼腆铺天盖地。

“其实我早就知道你了。”孟天成突然说。

何小玉蓦地抬起头，怔怔地看着孟天成。“你的同事，黄姐，很早就和我说起你了。”

何小玉点点头，黄姐和她同一个单位，她是材料会计，黄姐是仓库统计，虽不在一个办公室，但常有交接。

“黄姐说你很内向，但人很善良。”

何小玉一时不知道说什么，她仍然不善于与人交流，于健就曾批评过她“三棍子打不出一个闷屁来”。她也记不得自己和黄姐说过什么，好像什么也没有，她很少向人吐露心声。

“黄姐一定也向你说过我吧。”孟天成问，眼睛笑着挑衅地看着对方。

何小玉支支吾吾起来，她真想不起来黄姐说过什么，她害怕与人说话，尤其是这种事，只记得黄姐找她的那个早晨，窗外还滴着雨滴。黄姐就站在她办公桌的侧面，慢悠悠地说话，声音汇入雨滴之中。何小玉多想再回到那个早晨，再听一听黄姐说一说孟天成，究竟会有哪些词语与他有关——乐观、幽默、善良……她想一定是的，一定会有这几个词。可偏偏那个早晨她什么也没听进去，只听见黄姐临走时强调“他是一个好人”，好人，是的，还有什么词语比“好人”更好呢。

屋内突然黑了，停电了。“啊——”何小玉叫了一声。孟天成说：“刚刚上楼时就看见通知了，也没在意。”

何小玉起身去找手电或蜡烛，才发现自己对这里并不熟悉。“坐下吧，”孟天成说，“线路维修，也就停一会儿，通知上这么写的。”

何小玉坐下来，在黑暗里毕恭毕敬。

“正好，让我们说说话吧。”他说小的时候，祖母常常在晚饭后吹灭灯，让每个人说点秘密，“其实也算不上秘密，也就是一些羞于启齿的事，或者白天不好意思说出口的奇异梦想。”

“是吗？”何小玉抿着嘴笑，“一定很好玩。”

“我想听听你的小时候。”孟天成的声音很柔软，“我想象不了，你小时候比现在更内向吗？”

何小玉咬着嘴唇使劲回忆着，她都快记不起来了，仿佛那是一段不属于自己的过往，时间过去太久了，这些年来她很少回忆。“有一次过年，我一个人去看电影，结果，迷路了。”她勉强记起一件。

“后来呢？”

“我害怕问路，不敢跟人说话，便一个巷子一个巷子地穿，还做上标记，一直到天快黑了，才找到家。”

孟天成笑起来，说太有意思了，怎么能内向成这样。何小玉也忍不住笑，好像这件事刚刚发生似的。

“还有吗？”孟天成迫不及待地问。

“还有一次，我穿着新鞋去河边玩，拖鞋，塑料的那种。可我不小心将鞋掉进河里了，其实河水很浅，只要一伸手就能够着，但我不敢。路上有人经过，还有人停下来跟我打招呼，问发生什么事了，因为我脸色看起来很糟。”

“你回答了没有？”孟天成忍不住问。

何小玉摇摇头：“哦，我不敢说话，我害怕和人说话，等那些人走远了，我才发现，鞋也漂远了。”

孟天成大笑起来，说，姑娘，你的内向太可爱了。

“他以前也这么说。”何小玉声音低沉起来。

“他是谁？”

“我前夫。”

“哦。”

“后来，他很厌烦我的内向。”

“为什么厌烦？”

“我不知道，可能真的很让人厌烦吧，离婚时，在法庭上，律师指证我性格孤僻不合群，所以，”何小玉停了停，“孩子判给了他。”

孟天成握住何小玉的手。“我不会厌烦。”他认真地说。

这个晚上，他们说了很多话，何小玉几乎把能回忆到的小时候都回忆了一遍，她很惊讶自己竟然说了这么多话，而且是对着一个刚刚熟悉的人。她还说了自己的梦想，这些年来她从没想过自己还有什么梦想，日子太多余，每一天都在挨着。“我想不那么孤单。”她突然说出了这三年来的渴望。

孟天成把她的手攥得更紧了，黑暗中他的声音特别轻：“等我腿再恢复一些，我们就去买车，我可以开车，我们去云南，去西藏，我要带你去看看草原。”

6

夏天到来的时候，孟天成已经能够自己慢慢上下楼了，他不要何小玉搀扶，让她走在前面，拐弯的时候，他便停下来休息一下，顺便向何小玉嘚瑟，“你看，”他抬起左腿，“我已经将它驯服了。”

他们每天都会走一段路，从家一直走到南门街的老槐树下，那里的人几乎都认识孟天成，看见他来了，总是让出一席地，“老孟，杀一局吧。”

孟天成必定要迎战的，这时围看的人就更多了，何小玉也被包围在里面，换作以往，她一定会逃开，她多么害怕人群啊。但现在她却安然站在一边，认真地看每一张面孔。有孟天成的地方，笑声也多，有人不小心踩到他左脚上了，连忙说“对不起对不起”。孟天成则安慰对方：“没事，可劲地踩，这只脚可结实了。”人群便哄笑起来。

风很轻，阳光从罅隙里透下来，洒在地上斑驳一片，何小玉常常陶醉在这样的场景之中，五十多天前，她怎么也不会想到自己的生活将会改变，那种像死水一样的生活又活泛了，一切都变得舒畅起来，仿佛四十九年的生活正重新开始。很多日子之后的一个晚上，她和孟小云躺在床上的时候，也回忆起这些画面，槐树下斑驳的阳光，初夏的风，还有孟天成爽朗的笑声。彼时何小玉和孟小云的关系更紧密了，像母女，更像朋友。孟小云问她，和老孟有过性生活吗？何小玉并没有害羞，而是平静地叙述着他们仅有的几次——性生活对于糖尿病患者是大忌，她希望他活得长久——我们每晚都抱在一起，你知道吗，抱得很紧，比做爱更亲密。孟小云没有说话，黑暗中何小玉感到孟小云向她挪了挪，伸出了手臂，然后紧紧地抱着她。

小区再次停电的时候，何小玉已经能自如应对了，她和孟天成早早吃完晚饭，洗漱完毕，坐在床上，电灯突然熄灭的瞬间，黑暗降临下来。人们总喜欢说黑暗降临，降临，这是一种多么美妙和神圣的感觉。“说说你小时候吧。”孟天成开口道。这些天她几乎将小时候回忆了个遍，那些都已忘记的事情又被打捞上来，连自己都很疑惑，她何小玉也曾有过一个生动有趣的童年。或许不只是童年，她的少女时代，以及那段未能寿终正寝的婚姻，看起来都那么充满意义。离婚的三年里，她几乎是咬牙切齿过来的，于健告诉她他有外遇的第二天，何小玉就从家里搬出来了，仿佛多住一晚都身心俱焚，没人能够看出她小小的身体里究竟聚集了多大力量，像炸药一样，随时都能将自己引爆。她住在一个偏僻的小平房里，想把自己藏起来，用后半生的光阴去挖一道深不见底的缝。但现在，那些仇恨和委屈都不复存在了，过去的时光也能如流水一样抚平一切。孟天成说，光阴者，百代之过客也。她并不懂具体的意思，但她知道，生命太短暂了，稍纵即逝，为什么不能与过去和解呢。“说说你的梦想吧。”何小玉对孟天成说。

“在遇见你之前，我的梦想是去草原，遇见你之后，我的梦想是和你一起去草原。”说完孟天成笑了起来，“我们开车去，一路驰骋。”

何小玉也被这种爽朗感染了，咬着嘴唇哧哧笑着。

“那你坐好，系上安全带。”孟天成假装从何小玉的右肩上方拉出什么，“咔嗒，系上了。”他也给自己“系”上安全带，点火，挂挡，松手刹，“真是太美妙了。”孟天成感慨道。

“是啊，太美妙了。”何小玉也跟着说。

“你看，草地上都是羊群呢。”孟天成说，“我们应该听点什么才不负这眼前美景？”

“《鸿雁》。”几乎是异口同声。

黑暗中，何小玉感觉正身处草原，自己并不在车里，而是在天空中，像鸿雁一样，俯瞰着辽阔大地。

7

孟天成又住院了，突如其来的。

他浑身水肿，很多器官都在衰竭，胸部大量积水，因为未感到疼痛，所以并没在意，孟天成还嗔怪何小玉：“姑娘，你都把我喂胖了。”直到有一天，积水压迫肺部，使他喘不过气来才感到事态严重。医院开出病危通知单，在孟天成的胸腔打出四个洞来排除积液，之后又在重症监护室观察两天后才转入普通病房。人脱离危险了，但要透析，每个礼拜三次。

病房里四个病人，除了孟天成其他三个都是腿脚健全的，但糖尿病带来的诸多并发症使他们颓丧和绝望，有的脾气暴躁，有的万念俱灰。孟天成右侧的病人叫老李，双眼视力已经快接近于零了，每天对着白亮的窗户发呆，他问孟天成，刚刚是不是有一只鸟飞过？孟天成说：“是，一只小鸟，我也看见了，很漂亮。”而天空里什么都没有。

刚开始透析时，孟天成都会抽搐，眼睛，嘴，痉挛起来。医生说这也是糖尿病带来的并发症——癫痫，每次抽搐时，何小玉总是镇静地将咬合器放进孟天成嘴里，让他不会咬伤舌头。做这些时，何小玉并不胆怯和慌张，使得人们总是惊叹这个女人小小的身子里竟有如此强大的意志力。再去透析时，抽搐的情况减轻不少，孟天成总是对年轻医生说：“没关系，放松，一点都不疼，随便扎。”医生走后何小玉问孟天成，真的不疼吗？孟天成咬紧牙齿，嘴里咝咝地说：“疼，真他娘的疼。”

孟天成瘦掉了一圈，高大的骨架仿佛被剔除了皮肉，但他仍然乐观，每次去透析室，总有几个小护士赶过来，说："嗨，老孟来啦。"他们喜欢听孟天成讲笑话，讲他如何驯服了自己的假腿。"我对它可好了，买鞋时也给它试一试，你得一视同仁，对吧，假腿也是腿啊。"小护士们便倚着门框笑起来。

这样的日子持续了很久，孟天成和何小玉平静地度过每一天，他们似乎并不为此悲伤，吃饭，休息，透析，聊天，还常常"交换"着彼此的过去，那些被重新记起的事情像贝壳一样闪烁在岁月的沙滩上。孟天成几乎无法行走了，何小玉就用轮椅推着他，大多时候是孟天成要自己"走"，他坐在轮椅上，转弯，掉头，止步。"你看，"他向何小玉嘚瑟，"这轮椅也被我驯服了。"

直到有一天，邻床的老李突然不再说话了，他坐在床上，两眼空洞。小护士悄悄告诉老孟："他什么都看不见了，眼前连一点光亮都没有了。"

那是孟天成最颓唐的一天，他要求去医院的浴室洗一次澡，被拒绝了，浴室不允许残疾人进入。后来，何小玉在医院附近找了一个钟点房，在宾馆狭小的淋浴房里，孟天成第一次沉默起来，他轻轻地抱住何小玉瘦弱的身体，让水流漫过。

老李去世后，孟天成决定出院，医生并不赞成这种做法，认为每周三次的透析还是留在医院观察更好。"我觉得我好了，恢复得很好。"孟天成坏坏地笑。

"住得远吗？"医生问，"如果远那还是在医院方便一点。"

"近得很。"孟天成看着何小玉。

为了这句"近得很"，他们把从前的房子退了，在医院附近租了一间——从前冶金厂的宿舍。房子很小，四楼——找不到有比这更近的地方了。

这次租房子，何小玉才知道孟天成并没有钱。"都捐出去了。"孟天成的一个朋友告诉何小玉。何小玉有些后悔当初离婚时没有争取一点财产，那时多么天真，什么都不要，仿佛错误的是她。

晚饭后，筒子楼里安静下来，远处汽车的鸣笛若有若无，孟天成教何小玉下棋，何小玉赢的话，两人都会欢呼起来，笑声飘散在夜晚的寂静之中，十分辽远。

8

何小玉给自己找了一份兼职，为两个广告公司代账。这样既可以照顾孟天成，也能赚些医疗费。孟天成比以前更瘦了，上下楼时也不再是何小玉搀扶着，而是背着，筒子楼里的人常常看见这样一幅画面：一个瘦削的男人伏在一个更加瘦小的女人身上——她执拗地不要人帮忙——弯下腰，臀部一提，就将男人背上去了。孟天成依旧谈笑风生，仿佛肚子里有说也说不完的笑话。上楼的时候，何小玉说："老孟，我们什么时候去登记结婚呢？"

孟天成笑起来："姑娘，你都想好了？"孟天成喜欢这么称呼她。"姑娘，你睡着了吗？""姑娘，你还记得吗？""姑娘，你不后悔吗？"

何小玉也喜欢被他这么称呼，多么美好的名词啊——姑娘，这是一个女人一生中最好的年华。

"姑娘我想好了。"她也笑着回答。

孟小云后来问何小玉，老孟和你有没有去领结婚证？何小玉摇头。"我们约定了很多次，一推再推，每次都因为透析而耽搁，或许是天意吧。"她长长舒了口气，"后来，我们就决定在腊八这天去民政局，老孟喜欢吃腊八粥，他说，多好，全中国的老百姓都将做腊八粥为我们庆祝。"

进入腊月后，孟天成已经需要隔天就透析一次了，他越来越瘦，仅剩的一点皮肉像挂在骨头上一样。有一次何小玉帮他洗澡，突然发现孟天成变得很轻很轻，她弯下腰扛起他，差点将他翻了过去。但尽管如此，透析时抽搐的孟天成仍然有着无比可怖的力量，究竟是怎样的疼痛才使他浑身颤抖——他的眼睛和嘴角被一种看不见的力量牵引着，直到歪斜。"快点！"护士喊道，"快将咬合器放进嘴里。"何小玉来不及找来咬合器，她没犹豫，迅速将自己的手伸进孟天成的嘴里。

待一切都平息后，何小玉的三根手指已血肉模糊，护士为何小玉包扎了伤口，血还是不停地洇出来，她不想让孟天成知道，便装作若无其事地说，是自己不小心割伤的。

他们从医院出来，太阳快要落山了，路上车水马龙，每一个人似乎都在奔赴远方。何小玉看着川流不息的车辆，她不知道人们为什么这么忙碌，他们奔跑着，究竟是为了到达还是离开。

何小玉推着孟天成从老巷里走。青石板路凹凸不平，他们经过一扇扇的门和一扇扇的窗户，每一个被木板隔绝的老屋都显得格外安静——据说这里也快拆迁了。

南门街的老槐树还在，光秃秃的枝条伸向天空，几只小鸟从枝条上扑棱着飞去，消失不见。槐树下也不再有人下棋了，或许因为寒冷，也或许，都搬离了。何小玉将轮椅固定，和孟天成在老槐树下并排坐着，那个过去的春天仿佛又跑回来一样。

到达冶金厂宿舍，天已经黑透了，她把轮椅推到台阶下，锁住，自己再蹲到孟天成跟前，她从肩上握住孟天成的手，腰躬着，慢慢站起来。

孟天成说："姑娘，你后悔吗？"

何小玉笑了，声音特别清脆。"一点都不后悔。"她对孟天成说。

"真的不后悔吗？"他也笑着问。

"为什么要后悔。"何小玉声音更高了。

他们像两个顽童一样逗乐起来，笑声在黑暗中激荡。

何小玉将背上的孟天成提了提，再慢慢往上爬。每一层都有一扇小窗户，何小玉总是在窗户前逗留一会儿，窗外已经黢黑一片，偶尔有一辆汽车经过，车灯像利剑一样将黑夜刺破。孟天成在她背上轻微均匀地呼吸，热气掠过她的耳朵，总使她感到阵阵温暖。他说，姑娘，你累吗？

不累，一点都不累。何小玉总是这样回答，她的手将他箍得更紧了，仿佛要将他嵌进自己的身体之中。

很多年后，何小玉都不会忘记那样的夜晚，他们在黑夜里慢慢前行，他伏在她的背上，紧紧地，贴着，她多想就这样一直下去，一直背着。

但到了晚上，孟天成就去世了。何小玉永远记得那一天，他们不像是生死离别，倒像是短暂的分开。他们回到小屋里，孟天成说他想睡一会儿，躺下后，却一直睁着眼睛，他将屋子反反复复看了无数遍——第一次这样认真地打量这个家。"真好。"孟天成对何小玉说，"麻雀虽小，五脏俱全。"

"我们常常以麻雀来形容这里。"何小玉对孟小云说，"老孟说四楼挺高的，一层一层艰难地爬上去，好像花去半生光阴，打开门，再钻进麻雀肚里，多好，谁说我们不是在天上呢。"

"老孟一定去了天堂，如果不是，那么也一定去了很好的地方，你说，是不是？"孟小云问。

何小玉点点头。"一定是，好的地方，很好很好的地方。"

她记得那个晚上孟天成突如其来的呼唤，他的脸色很难看，五官都扭曲了。何小玉要拨打120急救电话，被孟天成阻止了。"让我抱抱你，姑娘。"他几乎在哀求。何小玉坐在床边，孟天成的双臂紧紧箍着她——她感受到他的力量，也感受到他的痛苦和难过——他将她抱得很紧很紧，整个脸都陷在她的臂弯里。何小玉没有感到慌张，她的手臂也紧紧地抱着对方，很长时间过去，她一动也不动，直到手臂酸疼，直到对方慢慢平静下来，何小玉没有松开手，整个夜里都保持着这一姿势，很多次她觉得怀抱里很空，恍若正自己抱着自己似的。

天亮的时候，她才将孟天成慢慢放在床上——已经停止呼吸了，他的面容十分平静，甚至安详。窗外有隐约的汽车鸣笛，有疾驰而过的自行车声音，遥远得仿佛另一个世界。

9

葬礼很简单，只有几个朋友和亲眷——孟天成的两个姐姐、婶婶、姨婆和侄子。孟小云也从云南回来了，她没有像电视或电影里那样声嘶力竭，而是平静地坐在角落里，偶尔会看一看何小玉，目光乞求着，让她多讲一点关于老孟的细节。孟天成的两个姐姐和婶婶张罗着葬礼——人情往来，火化时间，墓地选择，等等。何小玉似乎帮不上什么忙，只有在她们需要一把剪刀、一支笔，或者别的什么的时候，何小玉才快速地找出来并递过去。

人们在医院、殡仪馆、冶金厂宿舍之间来回——一个人与这个世界的最后联系似乎只有这些了。一切都处理完毕后，亲眷们也要离开了，他们小声地谈论何小玉——恐怕也要走了——他们认为，这短暂的几个月能有什么感情，再说，又没结婚。他们商量着如果何小玉离开了，这间屋子就停租吧，毕竟每个月六百元的费用，谁还来付呢？

只有孟小云不参与谈论，她依旧一个人坐在角落里，或者坐到何小玉旁边。

孟天成的姐姐去照相馆洗了照片，一张给孟小云，一张给何小玉，另一张自己留着。留个念想吧，她说。何小玉接过照片，突然，她喊起来，不要，不要这个照片，我不要黑白照片。所有的人都愣住了，这几天里他们从没看过何小玉歇斯底里——为什么要洗成黑白的，老孟没有死，我不要黑白照片，我要彩色的，老孟怎么会是黑白照片呢……在她断断续续地哭喊中，人们才明白过来——后来不知谁又去照相馆了，重新洗成彩色照片，何小玉才不再哭泣。

亲眷们都陆续离开了，每个人又回到各自的生活轨道中。孟小云也离开了，回到那个她“放心不下”的学校去了。何小玉依然住在冶金厂的宿舍里，屋里还保持着过去的模样：孟天成的眼镜搁在面盆旁边；瓶瓶罐罐的药还在餐桌一角；假肢在轮椅上，新买的袜子还没来得及穿好……孟天成坐在轮椅上笑——那张彩色照片——他的牙齿很白，牙龈都露出来，眼睛弯成了一道缝。

腊八这天，何小玉做了腊八粥，从挑选食材到蒸煮，都十分讲究。花生要红皮的，肉紧，口感略甜；核桃是自己剥的；枣子是新疆产的，个儿大，皮薄；还有桂圆，不要陈的，是刚晒干的那种……她坐在煤气灶旁目不转睛地看着，不时用勺子慢慢搅动。热气袅袅，汤汁渐渐黏稠，间隔还会发出"噗噗"的声响，像一个人轻微而均匀的呼吸。她掀开锅盖，给自己装上一碗，也给孟天成装了一碗——他们相对而坐。吃完后，何小玉坐在台灯下做账，屋子里很安静，远处有隐隐约约的声响——汽车的鸣笛，工地上混凝土搅拌机的声音——这样的声音，并不使人感到喧嚣，相反，因为它的遥远，反而能让人感到夜幕之下的辽阔。做完账，何小玉把灯熄灭了，脱了外套，慢慢坐到床上。她将腿伸直，身体靠在床头背上，这样坐了一会儿，突然，她站起来，迅速转换到床的左侧——孟天成从前坐的位置。黑暗中她抿嘴笑了笑，努力回忆着孟天成"开车"的那个夜晚，他带着她驰骋在草原上。她看见成群的羊，黑黑的牦牛，还有头顶"蓝得叫人想哭"的天空——何小玉抬起右手，启动，挂挡，松手刹——她学着孟天成，动作连贯而娴熟，汽车开动了，向远方疾驰而去。何小玉闭上眼睛，感受着草原的风和阳光，身子轻了，轻得自己都感觉不到了，云海苍茫，大地辽阔，耳边又响起了熟悉的歌声。

【作者简介】汤成难，女，中国作家协会会员，出版小说《一个人的抗战》《只有一只乳房的女人》《比邻而居》，曾获第五届紫金山文学奖，现居扬州。

繁　星

袁　远

第一章

一

屈滔的原计划不是这样的。

按原计划，他回到这个城市，把房子卖掉，拿了钱，就走人。多大点儿事呢。他的房子地段好，户型又是颇受欢迎的两室一厅，价格挂低点儿，好出手的。所以他原以为，滞留的时间怎么都不会太长，顶天两个月。没想到会节外生枝。

这时节，惊蛰刚过，春还柔嫩着，蜡梅和梅花却是老透了，花残叶衰，与万物复苏的春天格格不入。蜡梅枝条上摇晃着的，是去岁老叶，或黄或枯，全然龙钟老态；新叶还得等些时候，才肯冒出头来。梅树呢，已干脆脱尽铅华，只剩了光秃秃的瘦硬枝条，倔倔地伸展着。唯有一树胭脂红梅，先前仿佛打盹儿去了，错过了节气，此时补课似的，兀自开得如烟似雾、灿若云霞，倒叫人惊诧。

屈滔很有些时候没见着蜡梅与梅花了，在高照老城，是没有这两种花树的。高照那地方，地气暖，养不住喜寒的梅与蜡梅，也没什么娇艳华贵的花卉和花树；倒是土著的桃、李、杏和一些草花，每到春天，就嘹亮如歌地开起来，镇里镇外，一派姹紫嫣红。

高照，是过去三年，屈滔待着的地方。一个不大的镇子，山环水绕，地迫林稀，隶属玉津县。玉津乃积年古县一座，县志上记着呢，该县始建于前蜀永平五年，初为津，再为集市，而后城之。高照镇去玉津县五十余里，年代晚得多，明永乐三年初成。年代虽晚，然数百年间偏安一隅，民风自古朴野，镇子面貌变动不大。至今，镇内仍有古庙、牌坊、巨榕，老屋旧院，简陋小店，亦多闲人、老人、异人。直到前些年，开发出了一条新街，复古的青石路两边，渐次开满了咖啡馆、茶馆、旅店、铺桌布的小餐厅、文艺范的工艺品店，游客往来，热闹纷纷，将老镇堆砌百年的安宁哗啦驱散。但转到老街巷里，依然是那亘古不变的静谧调子，雷打不动的安闲舒缓，连公鸡打鸣都有一下没一下的。

在高照，屈滔没工作，没房子，身上经常没钱，却轻松地过了下来。那是他打算终老之地。

他有多长时间没见着梅与蜡梅，就有多长时间没回过这个叫成都的庞大喧嚣的都市，这里曾在年轻时激起过他的万丈豪情。现在想来，所谓豪情，无非一腔澎湃的欲望而已：要有车有房有钱，要实现财务自由，要拥有颐指气使、为所欲为的资本。

有过。

潮水般涌来，潮水般退去。说起来，挺有戏剧性的。

这套房子，是如今他在这城里的唯一资产。

闲置了四年。

进院。进电梯。上楼。打开房门，触目可及的每一处，灰尘都积得跟火山灰似的。他在屋里一走一个脚印。手指划一下餐桌桌面，赫然显出一条粗线，似狭路一条，两头皆无出口。

他拍拍手上的灰，不动声色。时光不是白白流逝的，他的鬓角已生出白发，他的内心已沧海桑田，甚至，连相貌都发生了改变。曾经的圆脸盘瘦削了许多，脸上的线条却柔和了；皮肤颜色深了，皱纹让眼角吃不住重似的，略微下垂，而眼神则洗去了傲岸与尖利，变得散淡、温和。他穿着旧毛衣与对襟衫，与过去西装革履的他，判若两人。

第二天，他去物管办补交了物管费，接着去了房产中介，办理了出售房子的一应手续和杂事。

他以为剩下的事，就是等着了。

如何想得到，仅一天之后，他竟站在一个陌生住宅院的一个陌生房间窗外，心里被震惊和茫然轮番碾轧。他是被老同学王大伟带到这里来的。之前电话里，王大伟听到他声音的第一句话是："老屈，你终于出现了！太好了太好了！"最后一句是："我得带你去个地方。"

然后开车过来，把他带到了这里。

这是一个长条形大房间，在这个叫绿泽苑的住宅院里面的一溜平房的末端；长条房间的一头，摆放着几套圆角的塑料桌椅，房间中央，两个中年女子正费力地带着五六个年龄不一，高矮不齐，但全都表情僵滞的孩子做游戏。也不叫游戏，不过是让那些孩子排成一个纵队。屈滔随着王大伟走到窗边时，队伍尚未排好，两个中年女子手把手地教孩子站队、伸手、拉住前面孩子的后衣襟。她们脸色疲惫，却不急不躁，耐心得好像泥菩萨活过来似的。

王大伟开车带他过来的时候，只告诉他："去见个人，一个跟你有关的人。"

他陡然感到呼吸紧促，他有点明白这是什么地方了。不期然，队伍中的一个小孩兀自蹦跳起来，不说不笑，直挺挺地跳，没完没了地跳，像个失控的机器人，他听见那孩子双脚落地的声音，嘭，嘭，嘭。另一个小孩发出了尖叫。这尖叫来得突兀，无缘无故，其他孩子没反应，蹦跳的那个仍在蹦跳，剩下的，木偶一般站在原处，眼睛都不转一下。

不，不需要谁告诉他，不需要谁给他指明，他看出来了，那尖叫的小孩，就是跟他"有关"的人。

那小孩和他，简直是一个模子里扣出来的。

稍稍有点变形，但还是一个模子里脱出来的。

这小孩是谁？是他的儿子？怎么会？他是怎么冒出来的？

他转身走开。

王大伟跟着他。

来到院子中央。

停下。回过身。那房间隔壁，是一个锁着的房间，淡黄色的木门已油漆斑驳；旁边紧挨着的，是物管办公室，牌子上写着呢；另一间，财务室。这排平房，显而易见是这个老旧住宅院的物管所在地。问题是，那群孩子是怎么回事？为何在这里集训？训个啥呢？屈滔打量着这个住宅院，推测它修建的年代。几幢横七竖八的七层高的楼房，灰色墙体已然剥蚀，发乌；住户阳台的防盗栏上，锈迹斑斑；许多人家的厨房窗口，呈现浓墨重彩的油迹；一个破败的，历史遗迹似的花坛，趴在狭小的院中，两株蔫塌塌的瘦弱的红叶李，花开得有气无力。这是二十世纪八十年代末还是九十年代初修建的房子？不可能再晚了。

王大伟掏出烟盒，屈滔接过烟支。他们默默吸了一支烟。屈滔扔掉烟蒂，问："他叫什么名字？"

"大名岑澈，小名等等。"

岑澈，岑雪妍的姓。

岑雪妍呢？王大伟又掏出烟盒来，他俩接着抽。王大伟深吸一口烟，在徐徐吐出的烟雾中，说了两个字："没了。"

抑郁症，去年割的腕。

二

再过四个月，屈滔满四十六岁。经历过四十一岁那场——不，准确地说，是一连串变故，他本以为再没有什么能够击倒他了。该失去的，他都失去了，该埋单的，他都付了账，差点没付得起。

他还是捡回一条命来的人。

把命捡回之后，他等待着，等着身上的伤养好，能走路，能活动了，便出发了。背了一个背包，揣上银行卡，坐火车，坐汽车，搭便车。车把他带到哪里，他就在哪里住几天，再走。走了大半年，把自己走瘦了，走轻了，走得没名没姓，无欲无求。手机也丢了，即便不丢，他也买不起充值卡，即便不丢，他也没啥人可联系的了。老父老母还在，他不担心，他们跟他的姐姐同住。老两口吃素，姐姐也吃素，吃素多年，素得清心寡欲，万事不惊，对待生活中的一切变故，自有一份淡定。

就这么，他走到了高照。

他没想过，会在高照停留下来，却一天天地住了下来；他没想过，还会跟一个女人建立同吃同住的稳固关系，但是幼君去了又来，再去又再来。最后，幼君甚至把她在一个大城市的工作辞了。屈滔劝她三思后行，"我是有一天过一天，有今天没明天的人，你跟着我，将来不会有个什么好的。"

"我就跟着你，有一天过一天。"

倒不是她这个话，把他激动得回心转意，要重新设计生活。激动也是激动的，但那份激动，莫不如说是暗暗感动。人到了一定年龄，感动也由狂风变成了和风，由巨浪变成了涟漪，涟漪之后，他就想了，幼君年轻，一个年龄小他十二岁的女子，自己说自己老了，其实还是小女子；自己说自己心灰意冷，唯求一瓢饮一箪食，其实心火未熄，仅是一时之念。

他呢，好容易风平浪静了，他的后半辈子，就指着这个风平浪静活呢。

后来，是他的朋友，或者说酒友，老耕，对他说了一番话，让他改了主意。

老耕姓杨名耕，但江湖上的朋友们，不称他为老杨，而是叫老耕、耕兄，也有称耕爷的。老耕跟屈滔一样，是高照镇的外来者，但老耕在高照的时间长，一住十三四年，生生把自己住成了高照的土著，高照的名士，进而成为高照的磁场。

高照历史上，有过奇人、异人、牛人，再奇，再牛，俱往矣。如今的高照，不夸张地说，恰因为有了老耕，渐渐又汇集起了众多的非常之人。比如老刘，光溜溜的脑袋上，鼓一大一小两个包，一笔花鸟草虫，画得典雅沉静，悠远冲融。老刘好酒，号称千杯不醉。千杯，无人见识过，但整整一瓶白酒，或八九瓶啤酒，老刘饮得一气呵成。饮完酒，作画。老刘作画慢，即便酒精烘着肠胃，照样慢慢吞吞，运笔，涂色，涂个三五层，停下，砚一次，再涂，再砚；或两手执笔，一手蘸颜料，一手蘸清水，边涂边刷洗。三两个月，画不完二尺见方一幅画。画不完，喝两顿酒，即忘诸脑后。所以老刘的画，多是未成之作。人说："把它画完哪。"他说："没到时候。"啥时候才到时候呢？老刘曰："不知。"人说："你要把这些画都画完，你哪会缺钱，更不缺名了。"老刘曰："钱，我倒是缺几个，名，我自来不缺，爹妈早给取好了。"

另一个是老侯。老侯个头不高，成天穿件圆领海魂衫，天冷时，罩件毛衣，再冷些，毛衣换成羽绒服。老侯会魔术，空手在人耳边一抓，抓出个蛋，手心一捻，蛋壳碎了，掸掉蛋壳，两口吃掉。又一抓，抓出个手机，围观的人一摸裤兜，喊："呀，我的！"老侯笑眯眯："你的？喊它试试。"手机主人拿过旁人手机，给自己手机拨号，老侯手里即嘤嗡鸣响，老侯笑："果然是你的。"把手机递上。人说："老侯，再来个蛋。"老侯负手，曰："一日一蛋，无多。"人称"一蛋师"。"一蛋师"老侯不止会魔术，还会催眠。一次酒局上，老侯一催眠，两个五大三粗的爷们儿，便相互搂抱着，嘴对嘴啃将起来。众大笑。

还有薛大爷。薛大爷真是个大爷，七十岁往上了，本地人，户籍在高照镇甜水井村。若没有老耕这些人，薛大爷这一辈子，也就是个被湮没的命运，他的邻人乡党，谁在乎他写诗不写诗呢，谁稀罕听他念"人生如参商，愿醉不愿醒"，或者"桃花红，杏花白，邀来春风啜几盅"呢，即便听了，也不懂，更不懂薛大爷那颗寂寞的心。老耕等人聚到了高照，薛大爷才有了知音。

薛大爷写诗，新诗旧诗双管齐下，寒冬酷暑笔耕不辍，一辈子寂寂无闻，却始终对诗歌不离不弃。薛大爷也爱往老耕常去的酒馆跑，两盅酒入肚，便开始抖落乡野故事，五颜六色的，枝繁叶茂的，比下酒菜还下酒。

老耕缘何落脚高照，说来话长。此人经历奇特，当过老师，跑过货运，做过生意，蹲过监狱，拜过拳脚师傅；又饱读诗书，能诗能文。还离过婚。在高照镇，老耕是个闲人，更是个忙人。闲呢，是他跟屈滔一样，无班可上；虽无班可上，老耕却忙，主要忙于交结并招待各路朋友。外地朋友或朋友的朋友来了，都找老耕。老耕来者不拒。高照镇老街新街上，许多酒馆都是他的老巢，他带着外地朋友往一间酒馆一坐，不多会儿，本地朋友便闻风而来，自找椅凳坐下，添上碗筷酒杯，你说我笑，推杯换盏。最后，多是老耕付账。

老耕的钱哪来的，屈滔不知，也不问。正如无人问他屈滔，怎么把日子过下来的。其实在高照镇，他也不是总没活儿干。他替新街上开客栈的老姜，守过几回店；替开日式餐馆的老米，帮过厨，跑过堂；为一个要在新街开餐吧的外地来的女老板，装修过店铺；又给另一个开发果园的女老板做过文案；还有其他杂七杂八的事情，跑腿、修理门窗到通下水道等等。都是些零碎活儿，算不得正经工作。正经的工作机会也有，那开发果园的女老板，邀他加盟做管理，他婉拒了；一个房地产公司，要在高照投资开发楼盘的，向他递出了橄榄枝，他仍是，想也不想便回绝了。

回到正题，老耕对屈滔说了啥呢？

老耕说："老屈，你才四十几岁，往后还有几十年的日子，孤单又不是什么好东西，未必你还想孤单出个什么境界来？"

屈滔说："没那么想。"

老耕说："施幼君没有说非要跟你扯结婚证吧？"

"现在没说，往后呢？"

老耕笑："往后的事，往后说。"

老耕又说："我冷眼看，幼君那女子不错。你好好想想吧。"

三

王大伟是屈滔的大学同学。

当年读大学期间，他俩并无特殊交好，大学毕业一两年后，他们从各自讨生活的小城辞职，先后回到读大学的省城，按下打拼前程的人生按钮，交往才渐渐密集起来。

那些年，他俩运气背道而驰，王大伟越混越落魄，屈滔倒是春风得意马蹄疾，在一家房地产公司移步换景，大步登上了销售经理的宝座。做房产销售，他屈滔可谓黑马一匹，脑子活，胆子大，善出奇招，看似剑走偏锋，实则步步为营；越是关键时刻，越是阵脚不乱，加上思维缜密，心硬如铁，深得老板赏识。回报是高薪巨奖。同学朋友聚会，他不时一掷千金。

王大伟跟他日渐疏离，他召集的同学聚会也不参加了，有两年时间，甚至对他屏蔽了消息。他是从别的同学那里得知，王大伟走了，去了另一个城市；后来仍是从别的同学那里得知，王大伟又回来了。那年冬天，他找到骑一辆破自行车上下班的王大伟，两人在街头吃了一顿小火锅。他丢给王大伟一沓钱，不让王大伟拒绝，“我知道你老婆刚生了孩子，给孩子买点奶粉。”

又过一年，屈滔所在公司高层内讧，一场内部战争，持续数月。在差点成为炮灰之前，屈滔脱身而出。

更改职业线路。三十五岁完成转型，跻身旅游界。做旅游，缘于他妻子曾琰。曾琰一直在旅游行当做事，十多年时间，积累下与东家的各种恩怨的同时，也聚集了一把相当分量的人脉和资源。夫妻二人联手另立山头，胼手胝足地操劳，将一个起初四五个人的小公司，快速做大。最辉煌的时候，他们在城中心的国宝大厦租了两间办公室，员工二十多号人，早晚人声鼎沸，生意忙得鸡飞狗跳。

曾琰退出了公司，做起了闲适的全职太太。

四十岁之前，屈滔对自己没啥不满意的。他一个出身寒微的人，一无贵人提携，二无靠山倚靠，全凭了自己披荆斩棘，在这片动物凶猛的密林里，占得一席之地，当上了一个小小的食肉动物。这份成绩单即便说不上多么漂亮，也足以让他挺胸凸肚。

奇怪的是，就在那段志得意满的岁月里，他竟然睡不好觉了，噩梦不时跑来捣乱，一次次惊得他浴冷汗而醒。从三十八九岁起，他越发频繁早醒。那些个天色刚刚泛青的黎明，他从床上爬起，到阳台上抽烟。青灰色天穹下，远远近近铺满只争朝夕矗立起来的楼宇；道路像铆足了劲的箭，四面八方射将出去；主街道上，唰唰开过的车辆很快拉成了线，随即，街两边路灯流水般熄灭，城市迎来日日不变的喧嚣。他是在一天凌晨不期然意识到，自己内心那条奔腾的大河，已然变得混浊滞缓，夹泥带沙，再打不出欢快飞扬的浪花了。

又如何呢，也只得往前走。内心里，他是把享乐作为工伤补偿的。而在消费与享乐的道路上，曾琰与他齐头并进，曾琰说了："花掉的钱才是自己的钱。"他开玩笑批评曾琰不是过日子的人，曾琰反唇相讥："你是过日子的人？别让我说出不好听的来。"

其实这话里潜伏的危机，他该早点意识到的。

接下来，就是与曾琰的离婚疲劳战。屈滔是不想离的，折腾个啥呀，省省吧，谁的婚姻十全十美？哪对夫妻间没点新仇旧恨？曾琰却很坚决。他家往昔的和睦，就算是表面上的风平浪静，也一去不返。问题是，他们遇到个死结：女儿跟谁？两人都不打算割舍自己的骨血，一谈就谈到剑拔弩张。曾琰最后说："打官司吧。我女儿非跟着我不可！"

那段时间，王大伟陪伴他的时候最多。在他慢慢想开，放下，决定同意离婚之时，公司出事了。

民间有句老话，叫"祸不单行"。他算是中了霉运的大奖，不到一年的时间里，公司旅游大巴出事，家庭分崩离析，紧接着是公司倒闭，然后，他自己出车祸。那车祸纯属飞来横祸，差点收了他的命。

或许，先前频繁拜访他的噩梦就是一个征兆，可他怎么都没想到，装满游客的旅游大巴在安全系数很高的线路上翻车这种小概率事故，会被他的公司摊上。事故发生的头一天，他和曾琰刚谈好办理离婚的日期，事故一出，曾琰为难了。为难归为难，他们终究还是按计划去办了离婚，这是他坚持的。

曾琰前脚跟他离婚，后脚便带着女儿出国去了。那时屈滔才知道，曾琰执意离婚，并非被他在外面拈花惹草的行为彻底激怒，像她先前口口声声说的那样"受够了"，而是重逢了从马来西亚回国探亲的初恋情人。一重逢，老房子着火，还有什么可说的呢。

他不怪曾琰，没啥可怪的。

那场车毁人伤的事故，从发生到最终平息，用了半年时间。一车人，大半受伤，还有好几个重伤者，万幸的是无人丢命。

事故未处理完，他公司的气数就到了尽头。业务断流，员工消失，一夜之间，由欣欣向荣到四面楚歌。他内心一派落花流水，闭眼承受一落千丈和转眼成空的重锤砸击。

公司关张数日后，他开车出城散心。东山再起这个词在他脑子里起起落落之时，车身轰隆一震，车子不受控制地飘了起来，在街面上打转，跟别的不知什么物体连续重撞。他满耳恐怖巨响，两手离开方向盘，下意识地护住头。

他记得当时自己脑子里，很奇特地飘过一句话："果真要落得个白茫茫大地真干净吗？"

他是被一辆闯红灯的疯车撞上的。当即被送进医院。住院一个多月，回家又休养了近三个月。意志最软弱之时，他想过自我了结，一了百了。

王大伟来看他的次数最多。王大伟也是唯一一个，知道他背包出行的人。啥时候回来？没想过，没打算。王大伟说："保重。手机别关机。"

在路上，他被人偷过，丢过东西，丢过钱，再后来，手机也丢了。

便跟王大伟断了联系。

到了高照镇，才有了另一个手机，不是买的，是老耕给的。老耕说，手机还是得有。老耕给的是个旧手机，"不嫌弃就拿去。"

这次回来，如果不是在楼下的邮件箱里，看到王大伟留的两张字条，他未必会这么快地跟王大伟联络。其中一张字条上，王大伟这么写道："老屈，你要是回来了，一定跟我联系，我有重要的事情找你。我手机号码没变，是……"

四

王大伟说，孩子六岁。

六岁，该上学了，可那孩子能上学吗？岑雪妍究竟为什么，要瞒着他生下孩子？究竟是什么道理？

撇开孩子的自闭症不说——屈滔没见过自闭症儿童，但知道怎么回事，就算孩子没有任何问题，屈滔依然不解，岑雪妍当时出于什么想法，是被什么促使着，做出那么疯狂的一个决定的？

他能说什么呢，她人都没了。

现在，他只能指望王大伟来告诉他，整件事情的来龙去脉。王大伟说："找个地方坐坐？"

他们回到王大伟的车上，王大伟发动他的廉价旧车。一路上，二人默默无言。屈滔又想吸烟，忍住了。这事他有没有可能，听王大伟把来龙去脉讲过之后，就丢开，当不知道一样？那孩子如今跟着外公外婆生活，还上着一个特殊训练班，算是有依有靠；而他屈滔，是要彻底离开此地，重返高照镇的。他好不容易，找到那么一个落脚的地方，好不容易，做出一个重大计划，那计划里不仅有他的后半辈子，还牵扯着另一个人呢，施幼君。

即使最糟糕的噩梦，也不曾让他梦到这种状况。

当年，他和岑雪妍有过几次性爱。如果他记得不错，他们的关系，从认识到结束不超过两个月。他是在哪里、怎么认识岑雪妍的？想不起来了，要么是某个饭局，要么是某个酒吧。岑雪妍长得不算漂亮，但说话伶牙俐齿，说到兴头上，双眼发亮，顾盼生辉，陡然间，整个人就有了夺目光彩。

他和岑雪妍的故事，是老套路。那次岑雪妍喝醉了，伏在酒桌上大哭，肩膀一抽一抽的。屈滔不大喜欢这种戏路，年纪轻轻的女子，能受过多大委屈悲苦，能遇到什么奇灾异难，值得大庭广众下飙泪？当窦娥也得生逢其时，当孟姜女至少得有个底层老公。但最后，还是他尽义务，把岑雪妍送回住所。车到了岑雪妍公寓楼外，岑雪妍不下车，不是醉得下不了车，而是她想不通：先前她在酒吧里伤心的时候，他为何袖手旁观？屈滔笑笑，心里说，这有点过了吧，你爱哭哭，还要求观众入戏？嘴里不说话。岑雪妍就要他送她上楼去。这意思很明显了。屈滔稳坐不动，岑雪妍便冷笑："怕我缠上你啊？放心，我是不结婚的人，跟谁都不。"屈滔说她醉了，岑雪妍怒道："你这人怎么这么磨磨叽叽的？白给你都不要？"屈滔明知故问："白给什么？为啥白给？"为这个话，两人开始你来我往地斗嘴，斗来斗去，肢体就缠在了一起。岑雪妍在他耳边吹气如兰道："我想要，给我吧！"她那如兰之气，带着浓郁的酒香。

下一次，是岑雪妍主动给他打的电话。那时候屈滔觉得，岑雪妍的欲望很强，不是他，而是她，总要把对方给生吞活剥了似的。做完后，他和她靠着床头，吸一支烟。她好像从没问过他关乎私人的问题，她只喜欢听笑话，"讲个笑话来听。"他搜肠刮肚，有时是笑话，有时是段子，她便咯咯笑，咯咯咯，嘻嘻嘻。笑停了，翻一个身，又笑。现在想来，她真是有点神经质的。

他们的次数，大概六七次，七八次。然后，没来由地，岑雪妍就没了动静，再无电话打来。接不到她的电话，屈滔便打电话给她，每次都通了，每次她都没接。他就明白，她不想见他了。

那就算了吧。露水一场，来得轻松，去得果决，干干净净，也好。

不久他跟王大伟喝茶，装作不经意地，向王大伟问了一句：最近有没有见过岑雪妍？王大伟曾跟他和岑雪妍一起吃过饭，喝过茶。王大伟说："她是你朋友啊，咋问起我来了？你们两个咋的了？"

他打个哈哈，敷衍过去。时间久了，就把她从大脑内存里删除了。

咖啡餐吧吸烟区有点雾蒙蒙的，空气里弥漫着烟雾、音乐和嗡嗡杂音。屈滔这时候已做了决定，不管这件事情是什么起因，也不管岑雪妍临终前是什么想法，他是不打算蹚这趟浑水的。他蹚不起，没那个能力。

他也没义务，为一个女人疯狂行为的结果埋单。

王大伟递来一支烟，他俩各自吸着。王大伟伸手弹烟灰，屈滔这才发现，王大伟右手食指和中指上有一道明显的伤痕，刀疤？咋弄的？啥时候弄的？王大伟说话了，他说，岑雪妍是去年找到他的。去年开春的一天，他意外接到岑雪妍的电话，一时没反应过来对方是何人。王大伟说，那次岑雪妍没说孩子的事，只跟他打听他——屈滔的联系方式。她没能如愿，王大伟所知的，也只是屈滔那个再也打不通的手机号码。过了三四个月，岑雪妍再次打电话来问询，仍没如愿。最后一次，是去年8月初，岑雪妍电话里提出，想跟王大伟见个面。

咖啡送了上来。屈滔视而不见。

王大伟说，那次见到岑雪妍，他差点没认出来，岑雪妍的脸胖了许多，跟个发面团似的。岑雪妍直率相告，她在吃激素药品。当然，她来找王大伟，不是为了告诉他她吃药的事，她说的是孩子的事。一说孩子的事，把王大伟吓了一跳。

"我问了她。"王大伟说，"为什么要瞒着你生下孩子？是不是因为很爱你？"

屈滔听着。

王大伟说："她说——你别介意啊，她说她对你，谈不上爱不爱的。我又问了，那为啥要生下她和你的孩子？她说，那段时间她在乱来。我问什么意思，她说遇到谁，就是谁，不只跟你。"

屈滔把烟头摁灭，心里倒有些释然。王大伟继续说："我想问她为啥要乱来的，可是，咋问呢，她的脸木木的，看着平静，可越看越是个病人样子。我等着她往下说，她只半低着头，又像在沉思，又像在发呆。"

屈滔想象岑雪妍坐在王大伟面前的模样，过去那个动辄咯咯笑的伶牙俐齿的女子，被面孔肿胀、心事重重的形象替代。女人哪，让他说什么好。

猛然间，他心里狠狠一恸，那个女子，那个曾跟他亲吻过，厮缠过，合二为一过的女子，没了，死了，再也看不到了。她有过的喜怒哀乐，她怕冷似的紧靠在一起的小巧的脚趾，她滑腻的肌肤泛紫的嘴唇，皆烟消云散；她当初的心思，他只能通过别人的转述，去一鳞半爪地追溯。

王大伟说："后来她说，她打过两次胎，不在乎再打一次的，可那次发现怀孕后，她突然改了主意，她觉得那是老天给她的礼物，那是她的孩子，她一个人的孩子。她要把孩子生下来。有了孩子，她就有了相依为命的人，有了相依为命的人，她就不孤单，心里也不会成天空空落落了。”王大伟轻轻摇摇头，吸一口气，“天真哪。然后她说，她的愿望破产了。她说她的一生，就是愿望不断破产的一生。”

屈滔没说话，脑子里没来由地，把岑雪妍和施幼君的相貌，叠合在了一起，好像她俩是一个人似的。真是胡思乱想。毫无道理。

王大伟说：“我当时还是迟钝了些，没有觉察到她有那种念头，我只是问她，是不是遇到了什么难处所以要找你，问题是，那时我也不知道你在哪儿啊。”

屈滔拿起烟盒，他俩点上烟。王大伟说：“她就笑了，边笑边说你看，我这一辈子，就是愿望不断破产的一辈子。”我能说什么呢？她突然站了起来，对我说了最后一句话，她说她没别的意思，只不过想让你知道这么个事，她说你有权利知道。说完她头也不回地走了。”

跟王大伟见面一个月后，岑雪妍切脉自尽。

五

次日，屈滔一觉睡到临近中午，是被施幼君的电话吵醒的。

施幼君轻快的声音淌过来：“大懒虫，还在睡觉吗？”

他含含糊糊应了一声。

一个月前，幼君在高照镇找到一份工作，若不是找到了工作，幼君这次会跟着他一块儿过来卖房子的。他们商议好了，卖房的钱，拿出一部分在高照镇买套小房子，剩余的，做日常开销。

按幼君的打算，以后每年他们外出来一趟旅行，可去的地方多着呢。

电话里幼君问，卖房的事进展如何？幼君说，把价格再挂低点，早点卖掉早点回来，“想你呢。”

他说好。

挂了手机，脑袋昏昏的。昨晚王大伟开车把他送回来后，他没进院子，直接去了旁边小巷里的一家网吧。一连几个钟头，盯着电脑屏幕，搜查自闭症儿童的资料、文章、帖子，直看得眼睛昏花，才下线。

他翻身起床，洗了把脸，下楼，到小面馆里叫了一碗牛肉面。端上来的面，浸在混浊黏稠的油汤里，没个好颜色。本地的面，都这模样，重油，重香辣，为了一个香辣，各种作料齐上阵，混合成不明不白的东西。他吃到一半，吃恶心了，推开面碗，结账。

天气不阴不阳，这城市的天，跟刚才的面汤似的，一贯混浊不爽，积重难返。刚走到公交车站，就来了一趟公交车，他略一踌躇，跨了上去。一站一站，直坐到终点站。他离开的这几年，城市又变样了，又扩张了，车子一路开过去，满眼是一簇一簇的新楼盘，挤挤挨挨，密密麻麻。车到终点，却远不是城市的终点，这城市还大着，深广着呢。他魂不守舍地走着，漫无目的地观看，到一个车站，又坐上一趟公交车。

一直逛到晚上，才打道回府。

第二天，他先去房产中介所，留了一把家门钥匙给业务员。之后，又去了公交车站，换一趟公交车，坐上去。他满腹心事的闲人一个，也只能这般打发时间了。

第三天，他再坐上另一个方向的公交车。下车恰是中午时分，他照例，找了一家小面馆。馆子里的面，依然油腻黏糊让他不喜。有啥办法，胡乱吃吧。

面没吃完，手机响了。是王大伟。王大伟问他这两天过得咋样。屈滔知道，王大伟要问的是，你怎么决定的？过去的两天，王大伟没跟他联系，其实是给他时间，让他做决定呢。好吧。好吧。

他拿着手机，走到面馆外，对王大伟说："我现在只等着卖房子，房子卖了，钱，我拿一半给岑雪妍爹妈，然后回高照去。"

他没提那孩子。他的态度很明确，回避。他听见电话那头，王大伟不动声色说："行，如果你有什么事儿需要我帮忙，打电话。"

王大伟是不是在心里骂他，鄙视他？骂他是个狗日的冷血动物？鄙视他没一点担当？靠，他担当得起吗？他自身难保的人，逞啥狗屁英雄？

他跟面馆老板结了账，走到街上，一时有种四顾茫然的末路之感。

两个多钟头之后，他站在了绿泽苑大门外。

这地方，他以为自己不可能找到，两天前王大伟开车带他过来时，他不曾记过路，却是找到了。没错，这大门，外墙，楼房，不会有错。

往院里走进去，如愿看到物管办那一溜平房。那特殊教室的门边，挂一块竖写的牌子：星星特殊训练中心。挺寒酸的一个"中心"，什么人办的？为啥办在这地方?屈滔走到窗口。教室里,几个小孩各就各位坐在塑料椅里,面前是塑料小桌子,有的在涂涂画画,有的在冥思苦想,有的在啃手指头。仍是两个女老师,一个是上次他见过的,圆脸的中年女子,另一个是生面孔。中年女老师正蹲在一个啃手指的孩子座位边,低声说服那孩子拿上蜡笔画画,一面说,她一面把自己的头,轻轻顶到孩子的额角。屈滔心里动了一下。

他的心跳好像被中年女老师听见了,她站起身,走了出来。

他想走开,没走得了。女老师已到了他面前,说,"你好。"

"你好。"他说。

他们彼此端详。女老师的一双憔悴眼睛,年轻时该是很漂亮的。再好的眼睛也禁不住岁月的揉搓啊。她一个劲儿看他,她是看出什么来了?看出他和那个叫岑澈的小孩,面貌上的一脉相承?随便吧。女老师礼貌又安详地,问他有什么事,他说没事,打扰了,转身要走,女老师叫住了他:"你是岑澈小朋友的亲戚吧?"

他转过身来。女老师试探地问:"是伯父?叔叔?"

屈滔不答反问:"请问你贵姓?"

她姓邱,这个寒碜的训练中心,就是她创办起来的,她也是这里的负责人。

"因为我儿子,"邱老师淡淡地说,"我儿子也是星星儿。我三十七岁那年生的他,没想到……我把工作辞了,后来,到处找朋友找熟人,筹了一笔款子,开了这个班。"

经费有限,所以她才找了这么个地方办班。老师加上她有四个,她自己不领薪,其他老师拿低薪,当作公益。

屈滔问:"这种训练的效果怎么样?"

邱老师微微一笑,深缓吐一口气,"慢慢来吧,有希望总比没希望好。"

屈滔没说话。邱老师说:"岑澈这孩子怪造孽的,父母都没了,外公外婆呢,毕竟是老年人,对这样的孩子来说,老年人的力量是不够的。"邱老师说:"你要是有时间,常来看看他,陪陪他,对他有好处的。"

父母都没了?屈滔苦笑一下。邱老师进到教室里去,照看了一下,又出来,对他说:"跟我来吧。"

就好像她有权替他做主似的,她把他带到了那孩子——大名岑澈,小名等等——的座位边。岑澈伏在桌上画画,哪是什么画画,糊涂乱抹罢了,纸都给划破了。邱老师蹲下身去,轻声喊岑澈的名字,没反应,邱老师说:"画得不错呀岑澈，打扰你一下，看看谁来看你来了？”一边抚摸孩子的后脑勺。

岑澈抬起了头，但不看邱老师，也不看站在邱老师身边的屈滔，眼神定定的。屈滔迎着岑澈的眼睛弯下身，跟岑澈脸对着脸，可他分明感觉到，岑澈的眼神穿过了他的脸、他的脑袋，把他当作了无物。

他直起身来。没等生出什么感想，便听到一个声音。是岑澈，岑澈说话了，一个完整的句子："要是能发生什么奇迹就好了。"

语速很快，声调刻板。屈滔愕然。岑澈又重复了一遍："要是能发生什么奇迹就好了。"邱老师拍拍岑澈的后脑："是啊是啊，奇迹会发生的。继续画吧。"

她站起来，小声对屈滔说："这话大概是他外公外婆说过的，他在模仿，偶尔就会迸这么一句出来。"

六

有希望总比没希望好。那是什么希望呢？屈滔后来想，那其实是绝望。天可怜见的。

跟绝望厮守着过后半辈子，会是怎样一个情况？

施幼君发来一条短信，让他上微信，她有话跟他说。他回了条短信：不方便。

这事，他没打算隐瞒幼君，也没法三言两语对她说清。写信呢，暂时没那份闲心和精力。拖吧。

却不可能总拖着。事情拖到最后，还是个事，可能还是更大更复杂的事。

一周后，他与施幼君通电话。幼君在电话里哭了。怎么会这样？幼君哭着问，怎么会这样？

又两日，幼君不顾一切地坐飞机过来了。

他们长谈了大半夜。

幼君不抽烟的，这个晚上，竟老烟鬼一般，一根接一根地吸，吸。吸到十一二根的样子，她喉咙里一呕，冲到洗手间去，吐了。吐了回来，脸色青白，眼眶深陷，屈滔不忍直视。

屈滔说："幼君，别这样。"

幼君笑得惨淡。幼君说："我也不想这样，可是，你让我怎么办？"

幼君喃喃地，失神地重复："你让我怎么办？"

他这一辈子啊，是劫数未尽还是怎么的，他已爬不动坡上不动坎了，坡坡坎坎却没个完。幼君扑到他身上，幼君说：“房子卖了，钱都给他们，你跟我回去，回高照。”

他不动，不言。幼君说：“你没有那个义务的，那个小孩不是你要生的，你跟我走，没人说得着你什么！”

幼君说：“是我逼你跟我走的，是我逼你做决定的！是我自私，是我无情，是我逼迫你，所有的罪过都是我的，行吗？行吗！”

他把幼君紧紧搂着，要把她勒进自己骨头里似的。然后他松开手臂，咬着牙说：“不行。”

他不能在挥之不去的自责和心神不宁，甚至是悔恨中，度过后半辈子。

这有什么可说的呢。

“那就把小孩带上，我们一起回高照去。”

这话，幼君是第二次说了。她越是这么说，屈滔越是难受。幼君并不明白自己将要付出什么，至少，她低估了她将要付出和承受的。

退一步说，就算回高照，也得等到一段时间之后。自闭症孩子，是拒绝随便变换环境的。屈滔已把岑澈从他外公外婆那里接了过来，岑澈来了一周多，至今尚未完全适应，只不过比头几天略好一些而已。头几天，岑澈发脾气，砸东西，不吃饭，把头往墙上撞。屈滔拉不住，劝不了，只得拿一个靠垫给他垫在墙上。岑澈一门心思撞啊撞啊，屈滔扶着垫子，眼睁睁看着他自虐，叹气道：“你这是何苦来！这么闹很好玩吗！”

若是强行带他长途跋涉去高照，天知道路上会发生什么事。

最后一条路，是幼君留在这，跟他和岑澈一起过日子。可这太不现实了。幼君说过，她与大城市八字不合，她是打定了主意，绝不为都市抑郁症大军添砖加瓦。高照则不同，那里的阳光、空气、物产、五湖四海的朋友、简单明快的生活，都合她心意。她在那里刚站稳脚跟，凭什么要来到这么个天气阴郁的陌生大都市，跟着一个朝不保夕的没钱男人，守着一个没希望治愈的自闭症儿童过日子？

屋里开着灯，他俩却被幽深如坟、无边无际的黑暗包围着、压迫着。最后，他们靠在沙发里，筋疲力尽睡了过去。

黎明的清晖如云雾般翻过窗口，涌进房间时，屈滔醒了，同时听见房门“咔嗒”一声。这“咔嗒”一声，让他睡意的潮水轰然退去，整个人无比清醒，无比疲软。

一下跳将起来,冲到阳台上。从十六楼的阳台望下去,幼君背着大挎包的孤清单薄的身影,正穿过绿意盎然的院内花园间的小径,往大门口走去。

她给他留了一张便条:"给我点时间,让我想想。"

第二章

七

屈滔这套房子,位于城南一环和二环之间。

这一带是生活区,也夹杂着几幢写字楼,写字楼里,出入着朝九晚五的白领;这个片区里还有好几个小户型电梯公寓,住这种电梯小公寓的,多是单身上班族,结婚不久的小夫妻,他们中很有一部分人自己不做饭,没时间啦,不会做啦,要么懒得做。

这就是他赚钱的机会。

房子,屈滔没卖。把客厅重新归置了一番。原先客厅里的东西,卖掉的卖掉,挪走的挪走。另买了一张长条餐桌和两张短餐桌,十几把座椅。

他开始在自己家里,经营餐饮。

每周一三五,中餐;二四六,日本料理。周日休息。

用餐者需提前打电话预定。起初一个月,他中午晚上都只供应八人餐;后来,中午还是八人餐,晚餐则可供应十二三人份。

王大伟借给他一笔钱,他买了辆便宜的二手车。每天凌晨四点半起床,到生鲜批发市场采购当日食材。出门时,把熟睡的岑澈拉起来,背到楼下,放进汽车后座。车开着开着,岑澈就醒了。到了目的地,他便拉着岑澈的手,进入人声鼎沸的批发市场。买完东西,往回开的路上,岑澈一般又会睡着。

头两个礼拜相当艰难。

他不年轻了,又闲散了好几年,陡然间上紧了发条,累得跟个苦役犯似的,却连叫苦的工夫都没有。忙累还在其次,最不省心、最难伺候的,是岑澈。

第一天早晨,到了生鲜市场,岑澈先是死活不肯下车,好容易把他哄下车,他又死活不肯向前走一步。他的面孔是僵的,眼珠也是僵的,眼皮一眨一眨,看样子是被眼前的幢幢人影和不绝于耳的声浪吓住了。屈滔只得把他抱起来,一手抱着他,一手拖着购物车篮。岑澈二十多公斤的分量压在他手臂上,即便两条胳膊轮换着抱，也够呛，时间长了，胳膊酸麻得要废掉似的。

第二天依然。直到十来天之后，岑澈才肯下地走路。走路又不看路，不是磕了绊了，就是踩着了脏东西。有一次屈滔正挑选冷水鱼，眼错不见，岑澈一只脚就踩进了一只盛着鱼的大水盆里。

从生鲜市场回到家，把岑澈安顿上床睡回笼觉，屈滔即动手收拾刚买回的食材，准备父子二人的早餐。然后叫起岑澈，伺候他刷牙洗脸换衣。吃罢早餐，屈滔又开上车，把岑澈送到邱老师那儿。

岑澈的外公外婆是助了他一臂之力的。上午放学时，由老两口去把岑澈接回他们的住所，安排午餐、午睡，到下午上学的点，他们再把岑澈送到邱老师的训练中心。

老两口对屈滔始终没多少话。他觉得这样最好，说不好、不好说的话，不如不说。彼此心照不宣，各尽自己所能吧。

他脑子里偶尔冒出过这样的念头：他是在犯傻。可这事他没办法。他精明了半辈子，犯一回傻，当还债吧。

下午四点，他赶去把岑澈接回家，继续忙活没做完的事。他忙着的时候，岑澈坐在一边，不说不笑不动，要么默默摆弄蜡笔、玩具、橡皮泥。这孩子在想个啥呢？问一百遍也是白问。虽是白问，屈滔还是要问，岑澈不答，他就自己回答，自问自答，权当说话疗法。

他以为自己已经不擅说话了，其实不然。

有一次他说着说着，不由得对岑澈叹气：“你老这么一言不发，啥都不说，你的存在感打哪儿来呀！”

他说：“你不跟人说话，倒也不是没一点好处，好处是什么呢？不显得饶舌，浮夸。老话说沉默是金，问题是你也不能过头了呀，你不憋得慌吗？哑巴都要说话呢，他们用手说，比画，这样——知道吗？”

岑澈沉默依旧，没一点反应。这不影响屈滔，他该说说，该停停，说到后来，有点自娱自乐的意思了。

他对岑澈说：“我们努把力，把客人维系住，以后客人多了，还可以翻台。客人多，我们挣钱就多，等有了足够的钱，我们来好好筹划一下你的事。”

他忙活着摆盘，嘴里继续说：“起码你得学会读书，否则将来那么漫长的时间，咋打发呢？更重要的是得学会照料自己。我比你大四十岁，我活到八十，你才四十岁；我若能活到九十，你不过五十岁——实话说，我活那么长干什么？我走了，被阎王收了，你还得活呀……”

说到这里，一阵揪心，惆怅得不行。这些自闭症人群，从幼儿到少年，从少年到青年，再到中年老年，一路自闭下去，活出个啥趣味、啥意义来呢？想不下去，便又说下去：“我就不明白，你们为啥要自闭呢？自闭一阵子得了，没完没了地自闭，多没意思啊。你到了青春期，未必不想女孩子？那时你又怎么办呢？唉，唉。”

慢慢地，岑澈能给他帮忙了。

岑澈喜欢戳东西，拿着蜡笔往纸上戳，拿着勺子往桌上戳，屈滔便把装有熟土豆的钵子给他，让他捣土豆泥。这个活儿，岑澈喜欢。但有时他犯倔，土豆都戳成烂泥了，还不肯罢手。“给我了！”屈滔说，“你再戳下去，成稀屎了。”

“你成稀屎了。”岑澈发出的声音，好似机器人。

“不是我，是土豆泥，是它，这碗里的东西。”

“你成稀屎了。”

“扯淡，别胡说。”

把钵钵强行拿过来，对着岑澈竖起食指：“不许喊，不许叫，我给你换一个。”把另一个装了土豆的钵子递给岑澈，岑澈果然没有喊叫。

晚上，最后几个食客用完餐，一般是晚七点半光景，偶尔有人加班迟来，也不会太晚。食客们离去，屈滔收拾清扫一番后，就该打发岑澈上床睡觉了。打发了岑澈，他上网再看看次日的订餐情况，关闭电脑，草草洗漱一下，上床，头一挨枕头，即熟睡过去。

他是四月中旬开始营业的，一眨眼，夏已深深。对屈滔来说，这几个月其实是最安适的时光，每天忙累得没一点空闲，也就没时间犯愁和灰心。而更深的绝望，尚在到来的路上。

他如何想得到，不远的未来，还有一场绝望在恭候他呢。

而那绝望到来之前，竟给了他一点希望的甜头。真戏弄人哪。

八

七月最后一个礼拜日，屈滔带岑澈到莲花山公墓，给岑雪妍扫了一回墓。

莲花山公墓在城东南外二十多公里处。很大一面山坡，坡脚坡顶密植松柏，苍翠得沉肃。坡上一排排的，皆为墓碑，隔远了看去，碑们大同小异，挤挤挨挨；虽是挤挤挨挨，也没半点热闹的意思。墓碑总是冷的、安静的。

开车过来的路上，屈滔对岑澈说了："我们去找一找你妈的墓碑，看看她。"

拉着岑澈往山坡走的时候，又说："你妈走了之后，你想过她没有？也许你心里是想她的，却不说，是吧？"又问："你的命是她给的，你知道不？"顿住，停下脚步，弯腰看着岑澈道："你究竟知不知道她是你妈？想得起她的样子吗？"岑澈眼睛看向一旁，屈滔叹气："你简直是个谜啊。"

找到了岑雪妍的碑，一块瘦薄的石碑，"岑雪妍墓"四个字和生卒年月，总结了这女子的一生。屈滔把一束白玫瑰放到碑前。岑澈无所事事站了一会儿，兀自走开去，走一走，站一站，下一级台阶，又站一站。屈滔没去管他，但他再次注意到，即使在这样空旷宽敞的地方，岑澈也不奔跑。他从不主动奔跑，好像没有跑动的意识。

这孩子非但不说话，也不跑动，这是为何？

他在墓碑旁边坐下。周遭是林立的石碑，石碑的丛林伸向远方，灰色的连绵山峦画出一条混沌的波浪形粗线。这是个闷热阴天，热浪在浓雾般的云翳中发酵，蒸腾，烤得这片天地越发静谧。屈滔觉得自己好像给压塌了，又像给什么东西掩埋了，他该对岑雪妍说些话的，却不声不响地坐着，坐得心头荒凉无边。然后站起来，走到岑澈身边，把他拉回岑雪妍墓碑前。

"这是你妈的墓，你喊她一声吧。"

他用手点着墓碑上的字，"岑、雪、妍，你妈的名字。她现在住在这里，你喊她一声吧，喊一声——算了，不喊也罢，你要是会喊了，回家又对谁喊去？"

岑澈的眼神游离了，屈滔顺着岑澈的目光看去，左上方三级台阶之上，趴着一只花猫，黄白斑纹，四肢蜷在腹下，脑袋微微昂起，一双琥珀色眼睛半警觉半懒散地看着他们。这猫打哪儿冒出来的？看着不像野猫，也不是什么高贵品种，该不会是鬼吧？突然，猫立起上半身，眼神变得凌厉。屈滔背上一冷，心里一惊，正待挥手把它赶开，就听见"喵"的一声。

不是猫发出的，是岑澈。

屈滔扭头，对岑澈说："嘿，你还会猫叫啊——"他的"啊"字尚未出口，岑澈又喵了一下，屈滔笑了，跟着也喵了一下。他这一下喵完，他俩不约而同地，一起发出长长的一声"喵——"

猫立起身愣愣看了他们一阵，一转身，撤退了。屈滔对岑澈说："走，我们去追它！"

带头跨上台阶。

岑澈不动，屈滔把他拽了上来。猫在前面小跑，屈滔拉着岑澈去追，岑澈踉跄一下，屈滔说："跑起来！速度快点就跑起来了！像这样——"双脚在地面快速倒腾几下以示范。猫早跑得没影了。管它呢，他对岑澈说："像我这样，来，跑！跑去抓猫啊！猫在那边，不跑就抓不到啊！"

他在前面作势跑动，大幅摆动胳膊，招呼岑澈学样。岑澈不理，他再示范，一次又一次，岑澈垂着胳膊，踉踉跄跄跑了起来。也不是跑，就是个跑的意思。屈滔已相当欣喜了，拍掌鼓励："对，对！""就这样，继续跑！"岑澈脑袋伸向前，开始发力，不料脚下拌蒜，摔倒了。

他让岑澈自己爬起来，岑澈倒是没哭。他继续呼喊："猫在那儿！我看到了！来！我们去捉它，跑啊，快跑！"

时间已近中午，先前，这片墓地上还有两拨祭奠者，在各自亲人的碑前烧纸，供花，洒酒，此时，那些人都走了，这片天地间，就剩了他们父子二人。

屈滔带着岑澈跑到台阶尽头，转过方向，手一指，说："猫在那边！"又跑。

他们就这样，在碑林间跑过来，跑过去。

由慢到快，由沉默地跑，到跑得嘻嘻哈哈。

是的，岑澈笑了，咯咯咯，呵呵呵。屈滔第一次，听到、看到这孩子笑，笑声在空旷的竖满墓碑的山坡上飘荡，如一缕烟岚，一串光斑，在碑林间飘动，跳跃。屈滔听着听着，眼泪就出来了。

他们反复地跑，跑得耳边生风，跑得浑身大汗。

跑到筋疲力尽，一屁股坐下来，然后干脆仰倒在地。

苍天在上，浓雾般的云翳如厚实的被子，将他们覆盖。

九

从公墓回来，岑澈有了变化。很明显的变化。他喜欢喊人了。

却是乱喊。如果这一天他对"爸爸"这个词感兴趣，见着谁都喊爸爸。屈滔头痛道："喊人是对的，这是你走向社会的第一步，但你不能乱喊啊，本来都起步了，一乱喊，功亏一篑，知道不？"

过两天，在生鲜早市，岑澈冲一个买菜的大姐喊："你是你儿子！"屈滔忙喝住他，跟大姐道歉、解释，大姐说："没事没事，这孩子……没事没事。"

是个人都能看出，这孩子有问题。好在大多数人都能谅解。

回头屈滔对岑澈说，"你开口说话是让人高兴的，但你得注意逻辑，'你是你儿子'这话逻辑上不成立,没人是自己的儿子,你是我儿子,我是你爸爸、你爷爷的儿子,你爷爷是他爸爸的儿子,明白吗?"

"你是你儿子。"岑澈说。

"随便吧。"

有一天,岑澈又开始翻来覆去说"要是能发生什么奇迹就好了"。这话是到目前为止,他能说的最长的句子。

屈滔问:"那你知道什么是奇迹吗?"岑澈每说一次那个句子,屈滔就问这么一下。于是岑澈把这句话也学了过去。

一段时间后,岑澈对每个来用餐的客人,都问一句:"那你知道什么是奇迹吗?"

客人们早已习惯了这个古怪小孩,这个偶尔出现在客厅,不说话,不理人,永远面无表情的小孩。要么出于礼貌,要么出于事不关己,客人们从不多问。可这一阵子,岑澈积极地喊人了,对所见之人要么一律叫爸爸,要么一律叫阿姨,叫得人目瞪口呆,还说话:"你知道什么是奇迹吗?"就有忍不住的客人,试探着问屈滔:"老板,你这儿子……"

屈滔直言相告,声音放轻了:"他是星星儿。"

有客人不懂啥叫星星儿,屈滔说,就是天生不爱跟人交流的孩子。

客人们替屈滔叹气。不过叹两声而已。他们都很年轻,自己的事还忙不过来呢,即便自己的世界微波不兴,也没心思去替别人犯愁。只有一个女客人,有天加班来迟,独自用餐时,她跟屈滔聊起了岑澈,她建议,给岑澈弄个小动物来养。

女客人对自闭症儿童似有一点了解,她说:"我听说有一种'海豚疗法',让这种状况的孩子跟海豚玩会有帮助,只不过得是专门的海豚馆,不知道哪儿有。不如先买个小动物来,给他做伴,或许异曲同工?"

小动物,屈滔买过。早先,他给岑澈买过三条金鱼,不出两天,岑澈把它们玩死了。怎么玩死的,屈滔没看见,也休想从岑澈嘴里问出什么来。后来,他又给他买过一只小鹩哥,红喙,黑羽,眼珠子清亮,很机灵的一只幼鸟。也是没超过两天,便一命呜呼。那回屈滔动了怒,拽来岑澈,严肃地问他怎么回事。岑澈脸上无波无澜,屈滔实在有点克制不住,猛一拍桌子:"听着!"

岑澈转一下眼珠,屈滔再一拍桌面,更大声地发出命令:"听着!"随即敲着桌面:"这小鹩哥,还有先前的小金鱼,是买来给你做伴的!你不跟人交朋友,总得跟个什么交朋友吧，人，是社会性动物，啥叫社会性动物，就是得有朋友，懂不？才多长时间，你就把它们弄死了！你就算不喜欢它们也不至于弄死啊！你是怎么把人家弄死的，能不能开口说句话？能不能老实告诉我，你究竟咋想的？”

絮絮叨叨说了许多，从头至尾都很严厉。岑澈当天没表示什么，他的脾气是隔了一夜，才开始发作的。第二天一早，屈滔带他到了生鲜早市，岑澈不宣而战，又不肯下车了。好不容易把他搬下车，抱在手臂上，他一路踢打。把他放下地，他顺势蹲下去，不肯移动。屈滔千锤百炼的耐心几乎破产，一脚踢开了脚边的一颗小石子儿，这一踢倒好了，岑澈一挺身跑了过去，跟那小石子耗上了劲。他不肯移位的问题终于迎刃而解，却把屈滔折腾够呛，又要照看他，又要见缝插针地采购。买完东西，该上车了，岑澈仍不肯结束游戏。强行把他拉走，他跟受刑似的号叫。由着他呢，他这么踢一上午、踢一整天都是可能的。屈滔只好求他：“你是爷，我服你了，以后再不惹你了行吗？”岑澈充耳不闻。

最后，屈滔把石子儿捡起来，又捡了另外几个石子儿，包括一块烂砖头，放到岑澈手上，他才同意班师回朝。

屈滔没空去想，岑澈究竟是跟小动物有仇，还是根本不在意弄死一条生命？总之，他没再给他买过小动物。现在，有旁人提到这个事儿，他一寻思，行吧，就再试一试。

他带岑澈到花鸟市场，挑选了一只两个月大的金毛幼犬。回家后，他把幼犬托付给岑澈，说它还小，需要照顾和爱护，需要进行训练，他说：“金毛是跟人类最亲近的动物之一，你好好待它，它会对你投桃报李的，等它长大了，它还会保护你。你们互相做伴，再好不过了。”

不管岑澈听还是不听，他说：“给它取个名字好不？叫啥好呢？”自问自答道：“先取个小名叫望望吧。你小名叫等等，它叫望望，一听就是一家人。以后再给它取个大名，你跟你妈姓，它跟我姓，叫个屈某某，你不反对吧？”

头两天，岑澈眼中无狗，望望的吃喝拉撒睡全由屈滔操持。等到岑澈开始理会望望了，望望的悲惨时光就到来了。一开始，望望不知大难临头，还跟岑澈亲近，伸出舌头，舔岑澈的脚踝、裤脚，岑澈一抬脚，望望就被碾轧在鞋底，吱吱惨叫。如是两次，望望肝胆俱裂，一见岑澈就躲。望望越躲，岑澈越追，追到后不由分说，一脚踩下去。屈滔惊怒得不行，第一次想狠揍这小子：“信不信我揍你啊！”

他抱起小狗安抚。望望在他臂弯里打着战，他心说罪过啊罪过，一下一下抚摸小狗。它柔软的皮毛，湿润的小鼻头，乖顺无害的小模样，叫他这个曾经铁石心肠的大男人都满心怜惜，岑澈的行为该怎么解释？他怎么狠得下心，下得去脚？

岑澈面向墙壁不作声，屈滔由着他面壁，爱站多久是多久。把望望重新置于自己庇护之下，进厨房，将望望带进厨房，进卧室，把望望带到卧室，不让它离开自己视线。

过了两个昼夜，还是屈滔屈服了，也不是屈服，是他左思右想之后，决定还得再试一下。他把望望再交给岑澈，抓着岑澈的手，带着他轻抚小狗，让他感受望望皮肉的微颤——它有恐惧感哪；教岑澈给小狗喂食，让他听望望喝牛奶时呼噜呼噜的声音。岑澈似乎接纳了这些动作，屈滔退到一边，岑澈抚摸的动作没有停下，屈滔继续退开，进厨房忙事儿去了。忙一会儿，探头往客厅看一眼。

正忙得不可开交，忽又听见小狗惨叫。两步冲出厨房，见岑澈双手捉住望望的脑袋，疯狂地摇晃撕扯。

一边摇晃撕扯，一边嘿嘿笑。

十

望望在这个家里待了仅一周，屈滔把它送人了。不送人，它会被岑澈撕成碎片的。

把望望送走后，岑澈没啥悔过的表现，只不过有点蔫耷耷的，又不爱喊人了。屈滔为岑澈的行为心灰到极点，何止灰心，而且害怕，他搞不懂这个孩子，搞不懂这个带有他的基因密码，长得跟他很像的孩子。他这才缓慢地意识到自己的困顿处境，即便他拼尽全力，也未必能走到云开雾散。

从高照镇回到这里的半年，屈滔不曾喝过酒。这个周六的夜晚，他大醉了一场。醒来已是次日中午，头痛，口苦，眼睛花，手足麻。好半天才反应过来自己身在何处。

岑澈坐在床尾面向墙壁，他饿不饿？要是没人照顾他会不会任由自己饿死？屈滔陡然生出个恶意的念头，饿死倒好，一了百了。

就听见了敲门声。

王大伟拎着两瓶酒来了。

这是星期天，屈滔不营业。王大伟来得是时候，他们有日子没一起喝酒了。

屈滔宿醉未消，一屁股坐进餐椅的时候，感觉自己像一只四处裂口的麻袋。他真希望自己就是一只麻袋，随便往哪儿一卸，不管了。

喝酒之前，王大伟打电话叫了两份外卖，屈滔打发岑澈吃了饭，由他在一边待着。沉思默想是岑澈度日的主要方式，这份无声无息，此时把屈滔感染了，他和王大伟从下午喝到傍晚，自己从头到尾没两句话，多是王大伟在说，王大伟也说得有一搭，没一搭，屈滔听他絮叨，感叹，骂娘，权当他自言自语。自言自语也是天赋人权哪，屈滔心想，要是岑澈也能自言自语一番，他该有多么欢喜！

王大伟一走，屈滔走到岑澈跟前，大声号令："我命令你说话！说——话！"

岑澈不说。

屈滔："你先前不是说过完整句子吗？现在跟着我说：我叫岑澈，今年六岁。"

岑澈无话。

他说："我给你两个选择，一是说话，一是挨揍，你选哪个？你知道什么叫选择吗？信不信我会揍你？"

他满屋子翻找，截获一个木质衣架，啪啪敲打自己掌心，"再不说话我就打你，用这个，看到了吗？你没挨过打是吧？不知道什么叫疼是吧？"

岑澈面不改色。屈滔举起衣架，抽下来，抽到自己臂上，又举起，抽到自己肩上，再一下，大腿，最后，佯装一棍打在自己头顶心，倒下，栽进椅子里，做昏死状。眼皮偷偷打开一道缝，望出去，岑澈处变不惊，站一会儿，走到厨房里去了。

传来撕扯东西的声音。屈滔结束无意义的装死表演，起身走到厨房门边，见岑澈正撕扯着面包包装袋。这小子会自己找东西吃了，他是否该为之欣喜？欣喜个啥呢？这孩子不仍像个密封罐似的，让人看不到内容吗？

转到阳台上，点一支烟。阳台窗外，是高低楼厦，万家灯火，一轮淡淡的硕大圆月，从楼宇的缝隙间浮出，缠着薄如蝉翼的云霭的飘带，美得虚无缥缈。不觉间，云霭退开，剪影般的圆月摇身变成一个浑圆的微红球体，悬于半空，将周遭天空和地面楼宇，映照得仿如幻境。

仿如转瞬即逝的，一个临时舞台。

回到屋里，把岑澈拉到阳台上，让他看月亮。岑澈嘴里嚼着面包，眼睛倒是看了出去，但他看没看到什么呢？屈滔说："其实天上还有星星，很多，密密麻麻的，天气好的时候就能看见，不过现在，云层把它们遮住了。"

岑澈眼睛一眨不眨，屈滔说："云层就像幕布一样，一合上，星星就没了。很多时候天上看似无云，其实是有的，像隐形的幕布。"他看着岑澈，"你知道星星什么样吗？邱老师教过你画星星没有？来，我给你画几颗。"

头晕晕乎乎的，但他还是顺利找到了白纸和几支蜡笔，先画了颗红色的星，换支蜡笔，再画颗蓝色的星，一路画下去，直到纸上铺满五颜六色的星星。他拿起纸端详一阵，说："还该涂上黑色的底色，就像夜空了。"挑出黑色蜡笔，交给岑澈，"这活儿你来。"

岑澈将蜡笔戳到纸上，一划，一拉，画出一个不规整的叉，再一旋，旋出一个歪七扭八的圈。屈滔由他乱画。岑澈画，他说话。他问岑澈："我带你去一个地方看星星怎么样？"岑澈头也不抬。他说："那地方叫高照，一个小镇子，没太多的人，也没有高楼大厦，但白天有太阳，晚上有星星，在那儿你可以看到很多星星，你可以看到星空。"

心里一默，离开高照大半年了，与幼君中断联系也有半年了。他不止一次，扼杀了给幼君打电话的冲动，扼杀着扼杀着，就没了冲动。这个晚上，他调出幼君的号码，几番踌躇，又划开，再调出老耕的号码，一根手指按下去。

老耕的声音传过来："老屈，正想给你打电话呢。"老耕问他还好吗，他没跟老耕说岑澈的事，老耕也没问。老耕说的是别的事，老耕说，薛大爷去了。一周前，一拨人喝着酒，薛大爷脑袋往酒碗里一栽，就走了。这走法，倒也痛快，只是太痛快了点。屈滔想，他才离开多久，薛大爷说没就没了。一声感叹穿肠而过。感叹之后，他想到了幼君，他得想活人的事啊。

老耕心有灵犀似的，话头转到了幼君身上，老耕问："老屈，施幼君是——找你去了吗？"

没有，他和幼君很长时间不通音信了。老耕哦了一下。这个"哦"背后，定然是有事情的。果然，老耕说，幼君离开了高照，就在薛大爷脑袋往酒碗里一栽之前的两天。去了哪里，无人知晓。老耕对此也不太关切，老耕说，"说不定哪天她又回来了。老屈，你啥时候回来？"

他说："我也想回去啊。"

十一

挂了给老耕的电话，屈滔随即拨打幼君手机，连拨三次，皆忙音。想再给老耕打电话，转念作罢。

次日一早，送岑澈去邱老师的训练中心之前，屈滔再打幼君电话，仍是忙音。他不打算触霉头地设想幼君出了什么事，却不免心情沉重。最大的可能是，幼君决心把先前的生活画上句号。可他向谁去求证呢？这世上遍地是人，能吃能喝能说能笑的人，可他向谁去求证呢？

他对着空气说："我不是说过嘛，跟着我不会有个什么好的。"

又说："你吃一堑长一智吧。"

又说："祝愿你从此走向无牵无挂。"

回到他自己的现实。他是否真该考虑带着岑澈到高照去？从长远计，他总得给岑澈找一个安身立命之所，以目前情况看，高照当属位列第一的选项。不过话说回来，小镇有小镇的良善，也有它的淡漠麻木，人世终归是人世，任何一处，都不是天堂的副本。

那就等一等再做决定。

这个等，其实也是期待，下意识地期待幼君会突然出现。

说不定幼君真会再来找他呢。

没等到幼君出现，要债的人出现了。

要的不是他的债，是王大伟欠的债。赌债。一百二十万元。

屈滔觉得难以置信。一百二十万元赌债？王大伟欠的？要债人说："哥，你要不要看一下他写的欠条？"

要债人是两个小伙子，皮衣，寸头，走路轻飘飘，眼皮半耷拉着，眼睛却左顾右盼，像时刻准备躲闪危险，又像随时会跳起来出击。他们倒不是要把王大伟欠的账算在他屈滔头上，他们只是来找人的。

当然不可能在屈滔这里找到王大伟。王大伟呢？消失了，蒸发了，连同他老婆和儿子，都不见了。

屈滔去到王大伟住处，只见到贴满小广告的紧锁的房门。

王大伟上班的公司，屈滔连名字都不是很清楚，只知道是一家代理几个大品牌家电并做售后服务的民营公司。在那公司，王大伟负责办公室工作，说白了，就是个打杂。用王大伟的说话，打杂就打杂吧，图个安稳，一把年纪的人了，养家糊口是天职，不能再意气用事了。谁承想，这个要养家糊口的人，竟欠下那么大一笔赌债。

这城里，还有屈滔和王大伟的十几个同学。屈滔自回来后，不曾跟那些同学联系过，同学的电话号码，他全丢了。眼下，非得联系了。借助电话查号台，好歹查到一个大学同学单位的号码，又通过这个同学，得到其他两个同学的电话号码。几通电话打下来，屈滔把王大伟的事大概理出了个头绪。

王大伟是何时开始出入地下赌场的，已无从得知，也许以往闲聊中大伟透露过一两嘴，但屈滔从未留意。放到六七年、八九年前，即便他明确得知王大伟染赌，也只会哈哈一笑，那时候他咋会把这种事当个事呢。在他离开这城市的几年里，王大伟赌瘾加深，胆子疯长，向着舍生忘死的狂赌之路长驱直入。一个大学女同学电话里告诉屈滔，王大伟曾向三个家境不错的女同学借钱，开口十万八万，口气相当大。其中一个女同学起初相信了王大伟编造的理由，答应了，后来又反悔；幸好反悔了，否则那钱就打了水漂。王大伟或有不知，大学同学们彼此通气后，把他打入另册，聚会再不喊他了。有一阵子，大家还以为他吸毒呢。

屈滔本想问一句，为啥就没人过问一下王大伟有何苦衷？可是，有啥意义呢？再说他又有何权力，变着法儿地指责别人？谁的裤裆里没点屎痕尿迹？只看你有无条件常换常洗罢了。但这就是全部的理由吗？

连续三天，屈滔没有营业。他回归到无所事事的状态，这久违的状态让他感到很舒适，这才是他想要的状态啊。可终归跟在高照的时候不同。在高照，他独身一人，自由自在，后来有了幼君，两人同心同德，不说胜似一人，也差不多了；现在，他身边拖着一个木头人般的小孩，这小孩还不全然是木头，他得吃喝拉撒，得换衣洗澡，得有人伺候，有人保护，他太能占据资源了！思谋一番，他对岑澈说："我俩得说定一个期限，我伺候你的期限，为了你，也为了我，终究是为了你。为啥这么说呢？我要是伺候你一直到我死，我会怎么样呢？我会觉得这辈子了无生趣，慢慢变得脾气古怪，甚至变成神经病，一旦我变成那样，遭罪的是你知不知道？此其一。其二，我死了，你还得活，这话我是跟你讲过的，记得不？你要是一直这么不开窍，还一腔叫人捉摸不透的怪心思，你以后咋活？明告诉你，我可找不到啥地方可以托管你啊。别看现在房子修得多，城市发展快，大家都有肉吃了，可这社会还管不到你这里，没人管你，你就得自己管自己，管不了也得管，听见没有？"

岑澈显然没听，或者说，听而不闻。屈滔说："说吧，我伺候你到什么时候？"提高了嗓子："你今天非给老子说两句话不可，不会说我教你说，不说不许上床睡觉！"

岑澈一双眼睛定在屈滔脸上，眼里没任何东西，无悲无喜，无怒无惧，没内容,没情感,两颗黑眼珠子像两块黑木炭。屈滔一把抓住岑澈,拨浪鼓似的摇晃他:“说话！说话！你会吃饭怎么就不会说话！”你会放屁为啥就不说话！可是摇晃他有用吗？屈滔忽地住了手,凄然沉默。岑澈的双肩从屈滔的铁掌下解脱出来,脸上没啥反应,似乎也在沉思。

不一会儿,岑澈有了动作,走到墙边,屈滔断定他又要用脑袋撞墙。果然,岑澈故技重施。对岑澈而言,这还说不上是技,只是表示不满、抗议的本能行为。屈滔眼见这小子撞了几下,终究无法狠下心来,看他到底要撞到何时,撞到什么程度才罢休,走上去,拿起一只靠垫给他垫在墙壁上。闭上眼,把自己脑袋往墙上一撞,头一嗡,又一撞,再一嗡。痛过之后的感觉是麻,是痛并快乐的麻。这快乐若能通向极乐,他倒宁愿一头一头撞下去,可是他极乐了,岑澈怎么办？他也未必能走到极乐去啊。

他把岑澈搂进怀里,说我们不撞墙了,说自己刚才不该发脾气,“是因为爸爸最好的朋友走了,不知道到哪儿去了。他一走,我感觉在这城里,好像举目无亲了似的,心里很空啊。”

说话间落下泪来。以前他从没想过王大伟好似一个亲人。心里骂一句:你奶奶的王大伟,你个蠢蛋连赌瘾都降不住,你他妈是个孙子!

又补一句:跑远点吧,别让那些人找到你。

第三章

十二

高照还是老样子,日子不紧不慢,阳光明烈依旧,镇边河水亮如银带,到了傍晚,火烧云烧红天际之时,那叫一个壮丽。当地土著至今不知雾霾为何物。街上总有闲人,闲出天长地久的波澜不惊,连公鸡打鸣都有一下,没一下。

高照也有变化,又来了新的人,开了新的餐馆,也有离去的人,改弦易辙的店铺,这叫有来有去。

变化最大的是老耕。倒不是他相貌变了,脾性变了,而是他的生活方式变了;这生活方式的变,也不是他不再热衷呼朋唤友泡酒馆,而是他出人意料地,改写了自己的生活史:跟开发果园的女老板,住在了一起。

开发果园的女老板叫李敏红。李敏红原是做教学器材生意的。并非生意做不下去了，她才跑来高照，而是为了来高照，她将先前做得轻车熟路的生意转给了亲戚，自己退居股东之位，到高照后另起炉灶。这般自讨苦吃地折腾，不是她更年期发神经，只一个原因，为了老耕。据说李敏红和老耕十多年前，就有过山高水长的故事。然老耕这人，是江湖性格，爱的是江湖，是朋友，至于女朋友，爱来来，爱去去，不大放在心上，这就苦了李敏红。李敏红都破釜沉舟了，又不要他老耕供养，反过来还能倒贴他老耕，老耕却始终装糊涂，为此李敏红多次和老耕闹过势不两立。只不过这势不两立之戏，主要是李敏红的独角戏，老耕呢，安稳如泰山，洒脱如流水，把李敏红气得痛心疾首。有一次李敏红找到屈滔，在屈滔面前切齿大骂老耕，连骂带控诉，直把老耕批了个粉身碎骨、稀烂如泥，直说得屈滔对李敏红刮目相看，满怀同情，并认定她和老耕复合的可能性，已妥妥跌进了万丈深渊。

又如何呢，不多久，屈滔看到这二人又和一干闲杂朋友，围坐于两张拼接起来的酒桌边，谈笑风生了。

或许是老耕的态度，叫李敏红伤了心，她托人从外地买来两只鸵鸟，给自己做伴，不再抻长脖子眺望那望山跑死马的中年恋情。两只鸵鸟一个取名叫浑蛋，一个取名叫高兴。她上街，去果园，总带着它们。两个东西初来高照时，还是幼鸟，不出几个月，长得比牛还高了。

屈滔带着岑澈到高照的当天，就在新街老米的餐馆里，听说了老耕与李敏红的“新闻”。其实是一个月前的事。老耕是如何改变心意的呢，发生了什么事情？老米嘿嘿笑：“只要功夫深，铁杵磨成针。”

从老米餐馆出来，屈滔带着岑澈，直接去到老街的酒米巷，找老耕。无人应门。转到另一条小巷，不期然看到了浑蛋和高兴。

它们又长高了一大截，羽毛油亮光滑，昂着小脑袋，神气活现在巷尾踱步。

“看！”屈滔高兴地让岑澈看，“它们是这镇上一个姓李的阿姨养的，它们叫浑蛋和高兴。”

他拉着岑澈上前，浑蛋和高兴四只亮晶晶的小眼睛，探究地盯着他和岑澈。

“不认识了？”屈滔笑呵呵，“我是老屈啊！你们家老李呢？”

岑澈默默跟鸵鸟对视。

屈滔左右顾盼，没见着李敏红或老耕的身影，看到了走过来的另一个熟人。

彼此寒暄之后，熟人看着岑澈，嘴里说，“这是……”

“我儿子。他不爱说话。”

“哦哦，长得像，长得像。”

“它们家老李呢？”

熟人表示不知。

熟人走后，屈滔对岑澈说：“我们回新街，去老姜的客栈，你待在那儿，我去找房子，找一个住得下我们爷儿俩的便宜房子。”

岑澈一动不动，一双眼睛只管瞪着两只大鸟。

屈滔讲道理：它们就是这镇上的成员，想看以后随时可看，现在我们还有事。岑澈哪能理会。他不挪窝，鸵鸟却走开了。鸵鸟一走，岑澈便跟着走，屈滔叹口气，只得尾随上去。走着走着，鸵鸟加快步子，跑了起来，好像听到了一声令下，又好像闻到了什么特殊气息，要么就是想甩开岑澈。

岑澈哪肯被甩开，跟着鸵鸟跑。岑澈一跑，屈滔赶紧跟着跑。从一条小巷，跑进另一条小巷。一个人正从巷子那头走过来，屈滔一看，乐了，原来鸵鸟是奔着那人去的呀。那人是谁？老耕。

屈滔正待喊老耕，鸵鸟已冲到了老耕面前，老耕侧身一让，两只大鸟轰轰奔过去，忽地停住，掉过身子，冲老耕横眉瞪眼。

老耕对两只大鸟扬拳：“你们两个浑蛋狗东西！”

屈滔大笑，“只有一个浑蛋，另一个叫高兴。”

老耕声音越过短短巷道传来：“嗬呀老屈！回来了！”

“回来了！怎么，你跟它们结仇了？”

岑澈停在鸵鸟不远处，仍直勾勾看着大鸟。

老耕：“我跟畜生结什么仇！是这两个东西他妈的莫名其妙，这段时间一见着我，就轰轰冲来撞我！狗日的老刘也不把它们关好！”一头说话，一头警惕着那两只虎视眈眈的东西。

“老刘？跟老刘有啥关系？”

“老李把它们送给……”

话未说完，两只大鸟又向老耕冲来了，老耕忙侧身再躲。鸵鸟冲奔的速度挺快，一下子冲过老耕身旁，冲到屈滔面前，屈滔避让不迭。避开了鸵鸟，只见岑澈追着鸵鸟跑过去，转过身要去追岑澈，扭头对老耕喊：“再聊啊老耕！”

“今晚喝酒？”

“喝！”

十三

屈滔在镇边租了一间很小的老房子,图便宜,也图一个打算。他看中了镇边多宝河下游的一片荒地,准备在那儿开一块地来种菜。

多宝河呈几字形,绕着镇子流过,上游下游靠近镇子的河段两岸,早已是菜地的天下,镇子的原住民各自割据一块作为自家菜园。镇上搞过几次整治,来一次整治,菜地就被铲掉一次,铲掉后不等杂草收复地盘,菜地重又复辟。

屈滔能够开垦的荒地,在更远些的河段。

带着岑澈来高照的路上,他就想好了,他也种菜。自吃,打发时间,还可以得些收入:把种出来的菜,卖给新街开中餐馆的老方。问题是,能卖几个钱呢,还得再找一个活儿。

他去跟新街开日式料理店的老米谈,老米说:"等缺人手了,找你。"

再跟开客栈的老姜谈,老姜说:"暂时不缺人啊。"

他不急,这是高照,总有活法的,大不了去给李敏红看守果园。不想李敏红却说,她正准备把果园卖掉。那果园做了三年,越做越亏,亏不起了。李敏红说这话时,神情轻松,不当回事似的。是啊,如今她有了老耕,生活如愿走进了二人世界,一个果园,算个啥呢。

屈滔在心里叫苦。也只能在心里叫。高照毕竟是欢乐的,老耕在他回来的当日傍晚,摆酒为他接风。隔两日,又打电话叫他去酒馆喝酒。屈滔带着岑澈前往,把岑澈安顿在一个角落坐着。因带着岑澈,他不敢放开了喝,因不敢放开了喝,这酒就喝得不投入,不痛快,跟众人喝不到一个节拍上。非但不能跟大家喝得肝胆相照,后来岑澈还搅出一场事端,闹得大家不欢而散。

事端从岑澈拿脑袋撞墙开始。岑澈丢开了手里玩着的橡皮泥,蹭下座椅,屈滔一见之下,不假思索跑过去,把手掌贴在墙上,刚贴上,岑澈脑袋便撞了过来。众人诧异,诧异后,大家八仙过海各显神通,终究是竹篮打水,转移不了岑澈撞墙的执拗。最后老侯出马,给岑澈变魔术,先变出个草编的蚱蜢,又变出两只核桃,众人笑,"一蛋师"变"核桃师"了,老侯笑一笑,再一变,变出支口红。到了口红出现,岑澈不撞墙了。老侯得意,李敏红笑骂:"死老侯,你啥时候把我的口红摸走的?"

老侯笑呵呵把口红还给李敏红,李敏红顺势旋出口红膏体,给自己补妆。一错眼间,岑澈走到了李敏红跟前,伸手去抓那口红。李敏红本能地一让,岑澈扑倒在李敏红身上。屈滔上去拉岑澈，将桌面的一杯酒碰翻。李敏红忙把口红收了起来，向岑澈展示两只空手。老侯为给李敏红解围，向岑澈拍掌，“来来看这里！”在岑澈耳边一抓，抓出个雪白的馒头。李敏红从老侯手里拿过馒头，饶有兴致对岑澈说：“看这是什么？想吃吗？叫我阿姨！”

岑澈没啥反应。旁边一酒友说：“人不稀罕馒头，要口红！”

李敏红笑道：“小男孩要什么口红。”转脸对岑澈：“你咋会对口红感兴趣呢？”

岑澈当然不会做任何回答。屈滔拿了只小碗，夹了些菜在里面，准备打发岑澈到一边吃饭。岑澈却不肯被牵走，屈滔威胁道：“你最好乖乖听话，不然下次把你关在屋里不带你出来了！”

李敏红把馒头递给岑澈：“听你爸爸话，吃饭去吧。”

岑澈不理会那只馒头，只愣愣地看着李敏红。李敏红笑起来：“那我吃啰！”把馒头送到自己嘴边，假装咬一口，“好吃好吃！”又递给岑澈：“去吃吧。”

岑澈一把抓住了李敏红的手。最初一瞬，所有人都以为岑澈的目标是馒头，转眼就看见馒头从李敏红手里掉了下来，同时听见李敏红“哎哟”一声惊叫。

屈滔心道不好，岑澈双手已紧紧抓住李敏红右手，奋力要把她的食指从手掌上掰掉，李敏红挣脱不了，左手将岑澈一只手腕抓住，屈滔也一把将岑澈另一只手腕握住，皆无济于事。岑澈的劲儿非常之大。屈滔从李敏红的尖叫中，意识到李敏红的指缝被撕裂了。其他人想帮忙却无从下手，李敏红瞪圆了眼睛，盯着自己岌岌可危的手。老耕大喝一声“放开”，声如洪钟，震得众人都呆了一下，唯岑澈充耳不闻，一心一意跟李敏红的手较劲。

有人试图把岑澈的手指掰开，一用劲儿，李敏红痛叫，岑澈的手指嵌在了她的手上，任何外力都会使她雪上加霜。这场面显出了几分滑稽，一群大人，围着一个不说话的孩子无可奈何，还有一个中年妇女不断惨叫。但屈滔不能发笑，李敏红还在水深火热之中呢，急怒之下，一巴掌甩到岑澈脸上，甩得用力过猛，岑澈脑袋在脖子上转了个圈。他心里一紧，伸手想摸摸岑澈的脑袋，李敏红闪电般推出一掌，岑澈身体飘了起来，双手却仍扣在李敏红手上，把李敏红的胳膊狠狠一扯。李敏红哭喊：“我的手啊！”

屈滔担心岑澈会被众人打杀，已有人发出疑问：“这孩子是不是中邪了？”老耕说：“老屈，想办法呀。”屈滔抓起桌上的筷子，啪啪抽打岑澈的双手。岑澈的表情是没表情，既不哭，也不松劲。屈滔也是第一次遇见这种情况，一时间有点发蒙，总不可能把岑澈的手掐断吧。众人都鸦雀无声。这鸦雀无声惹恼了李敏红，她扬起没被控制的左手，对着老耕、屈滔和周围的人一阵乱打，边打边愤愤地骂，骂一干人没用，骂男人都是浑蛋。

一说浑蛋，屈滔想起了鸵鸟，他对李敏红说："老李，你坚持会儿，我去把浑蛋和高兴找来。"李敏红不明所以。屈滔冲到门口，又折回来，把老耕拉上，他得靠老耕把鸵鸟引来。老耕先是不去的，连说荒唐，可是李敏红的手怎么解决呢？只得随屈滔去了。

路上老耕给老刘打了个电话，老刘把鸵鸟从院子里放了出来。屈滔和老耕与鸵鸟遭遇后，一场追跑大戏立时上演。老耕在前面跑，鸵鸟在后面追；鸵鸟不乐意追了，他们还得设法逗弄它们继续追。老耕边跑边说："他妈的老屈，老子一世英名，今天生生为你儿子断送了。"

两只鸵鸟随着老耕冲进酒馆，酒馆一下炸开了锅。相比于窄小的酒馆厅堂，鸵鸟有如庞然大物，往里一跑，椅翻盘落，噼里啪啦。不管怎么说，这一招毕竟管用，岑澈一见鸵鸟，当即丢开了李敏红的手。李敏红总算得以解脱，脸上仍余惊悸；老耕使命完成，一头躲进了厨房；众人合力，将鸵鸟往外驱逐。岑澈跟在大鸟屁股后，与它们一块儿左右奔突。屈滔见岑澈随着鸵鸟跑了出去，一边向李敏红道歉，一边往外追，被什么东西绊了一下，差点摔倒。

隔天，屈滔特意去老耕和老李住处，做了一次正式的道歉。李敏红手上缠着纱布，屈滔觉得自己像个罪人。老耕大度地说没事没事。真没事吗？李敏红受伤的手须假以时日才能养好，而屈滔是支付不起医药费和误工费的，就算眼下李敏红貌似无工可误，却也不能说他不欠这笔费用。

李敏红能说什么呢，她说："算了，以后我躲着你儿子走。"

屈滔想跟他们详细说说岑澈。没能得到机会。老耕接电话去了，李敏红显得懒心无肠。道歉的话反复说难免显出猥琐之气，屈滔不再多说什么，起身告辞。

能想见背后李敏红会怎样跟老耕说他。说去吧。

十四

当天晚上，屈滔右胳膊隐隐作痛起来。次日疼痛加码升级，那痛明显地是从骨头里渗出来的。他倒没太惊慌，这胳膊就是甩出巴掌打在岑澈脸上的胳膊，这是现世报？要么就是岑澈把老李的手撕裂了，子债父还，还在了他这条胳膊上。

本来他已在多宝河下游那片荒地上开始了开荒之事，荒没开完，胳膊竟疼得拿不起锄头了。几日之内，疼痛愈演愈烈，剧烈到了声势浩大、令他坐卧不安的地步。非但胳膊痛，连带着胸口也痛，非但胸口痛，激得心脏也一突一突地作痛。屈滔猛然胆寒，他会不会得了什么绝症？他这胳膊，一没受伤二没累着——锄几下草算个啥呢，怎么会疼成这样？

他犹豫着要不要去医院。去了医院，花钱，花时间，受折腾，一系列检查做下来，医生也未必能确诊病情。再者说，高照这地方有啥好医生呢。

犹豫也是拖延。暗怀侥幸，希望拖些日子，胳膊不痛了。却是白日做梦。疼痛长在了他的胳膊上，只要一睁眼就风起云涌，到了晚上也不谢幕，睡着了都被痛醒。

这绝不是什么好兆头。

倘若他真的患了绝症，那便是死期将至。岑澈怎么办？把他送回他外公外婆那儿，他们能照顾他几年？他们去了呢？

荒地开了一小半，就撂在了那儿。整日闲待在租来的鸽笼般的房子里，也不是个计较。岑澈待得住，坐着发呆，蹲着看蚂蚁，都能打发一整天，屈滔没那本事，囚在屋里，早晚琢磨自己会跟什么绝症有缘。琢磨不出来，也等不来哪位好心的神赐予他启示，搞得做梦都是乱梦。

他带着岑澈出门，不上街，直接往镇外走，在镇子边上转一转，在多宝河岸走一走。走一走，屈滔心情会松快些，但他的问题没解决啊，胳膊和胸口还在痛，濒死的恐慌仍在心头遮罩，岑澈如何安顿依然是个硕大问号。

思来想去，还是只有把岑澈交给他外公外婆最合适。至于他们能照看岑澈多久，凭天意吧。那么他是否立即把岑澈送回去？老两口会不会认为他是在使金蝉脱壳之计？万一他又不死了呢？或者再拖一拖？拖到啥时候？一拖拖到他一病不起怎么办？

他对岑澈说："你让我死都死不痛快啊。"

转眼一周过去。这期间，老耕给他打过一个电话，说他们一拨人在知味餐馆。这是邀约的意思。屈滔没响应，老耕也没再打电话。

没想到，老刘登门来找他了。

老刘进门第一句话是："老屈，这些日子总没见着你啊。"

跟着老刘又说:“这地方,没法养鸵鸟呀。”

屈滔没说话。屋里没茶叶,他给老刘倒了一杯白开水。

老刘又问:“听说你儿子喜欢鸵鸟?”

屈滔想说,是喜欢还是好奇,他也不知。终究没说。

老刘:“你儿子要真喜欢那对大鸟,我送给他。”

屈滔心里热了一下。一热之后即冷下来。能起到啥作用呢?仍没说话。

老刘说,元旦过后,他要回原籍去处理些事情,大概要过了春节才回来,回来时,十有八九会把他老父带来,“老年痴呆了,该我来伺候啰。”接来老父亲,老刘准备搬入新买的房子,那是外来开发商在高照新修建的小高层楼房,在那个住处,是无法养鸵鸟的。既然鸵鸟终归得送人,老刘说:“我想就送给你儿子吧,你儿子这个情况,有大鸟做个伴,说不定有好处。”

老刘说话间,屈滔手臂痛得热浪滚滚。这个痛是无法转移也无法超越的,他把双臂抱在胸前,受不住痛又垂下来,然后再抱起来。他很想躺到床上去,又想跟老刘谈谈生死,可这话从何说起?

他听见老刘说:“我那个院子的租期还有两三个月,你们去住吧,住我那儿,方便养那两只大鸟。”

老刘这可算是好人做到底了。只是屈滔还没想好。

老刘告辞时说:“想好了告诉我。”

这些日子来,屈滔跟岑澈吃饭皆有一顿,没一顿。他不觉得饿,岑澈饿了又找不着东西吃的时候,发脾气,踢墙,他不管,随他踢。岑澈倒不以头撞墙了,他是知道痛了?知道自我保护了?回到不久前,屈滔定会为岑澈这个可被视为进步的表现感到欢欣,会说一番话以示鼓励,但眼下,他一句话都不想说,说一个字都觉得累。

日头一如既往地升起,落下,送来白昼的明媚,夜晚的冷幽。次日入夜后,屈滔给岑澈穿严实了,自己也穿上对襟袄,捂上围巾,领着岑澈出了门。这个时间,老街这一带已沉入静寂,民居门缝里透出的些微光亮和隐约电视声,越发衬得老街周遭幽静如坟,暗秘如梦;新街那头尚还灯火通明。父子二人走出镇子,到河边,到桥头,过桥,沿河向下游走去,愈走愈黑。饶是高照气候和暖,冬夜的寒风也够人受的。走着走着,风忽地狂烈起来,如鞭子狠狠一抽,把屈滔抽了个激灵。

他抬头,星子已经出来了,在深蓝的夜空中清冷地闪烁。他拉拉岑澈,示意他抬头看。示意没起作用，他把岑澈的下巴抬起，让他仰头。过一会儿，拍拍岑澈脑袋，领着他继续走，很快走进了完全的黑暗。定睛，再看，地面笼着一层若有若无的微光，极其模糊地勾出土路的轮廓，稀疏树木的枝条，在风中轻晃；身边河水的浅吟，和着植物放缓的呼吸。屈滔心里很镇定，慢慢地，还舒缓起来。岑澈的手把他的手抓得很紧，他想对岑澈说点什么，没开口，四下观望一阵，搜寻到前面不远处河边一块黑沉沉的大石头，拉着岑澈走过去，坐下。

再抬头，星星比方才更密了，它们在深邃的夜空中，闪烁成璀璨的童话世界。却是冷冰冰、遥不可及的璀璨。他看向岑澈，心说："难怪你们叫星星儿呢，没一点温度，看着是一个人，其实比星星还神秘。"

心里又说："你要真是从星星那儿来的，就回到那儿去吧。"

心里又咕哝一句："你来你去，也没人在乎。"

"要是我死了，"心里继续，"把你留在这个世上，我怎么放得了心呢。"

胳膊的痛楚又把他的心神抓了过去。疼痛持续了这么些天，让他苦不堪言筋疲力尽的同时，依稀又生出一丝希望：这或许只是个来路不明的痛，而并非什么绝症。但不是绝症，为何会痛得不明不白经久不散呢。他不能犯糊涂，不能给自己改主意的借口。他从石头上起身，挺直了腰，伸开手臂向夜空一划："这是星空，满天星斗的星空，看到了吧？"

这声音把他自己吓了一跳。低下头寻思一会儿，吁一口气，再抬头看天，良久，说："要是哪天我走了，我对于你就像这星空对于你一样，是个遥远的存在，帮不了你什么了，所以你得学会死，本来我想……"停下来好一阵，又道："我做不到。"兀自摇摇头，说："我做不到。我能做的，是教给你怎么求死，你看着我，好好看着……"

走下石头，一步、两步，河水已在脚边。蹲身，跪地，俯下头，嗅到了河水的凉气，不多想，把脸浸进河水。

十五

就是这个夜晚，屈滔明确了计划，以后每天晚上带岑澈到河边，示范他如何求死。

到了开春，几阵劲风一吹，寒气就会散去，河水摇身变暖，这是高照气候的特点。如果他能活到那时的话，他可以进一步示范岑澈，从岸边走进河中，不仅仅是把脑袋埋入水里。

这计划让他获得了心安。“记住，”他对岑澈说，“等到你孤身一人又活不下去的时候，死是一条路子。”

这么做对不对呢？说千道万，懂得如何求死，才能安然求生。总之，这计划让他有了目标，心里重新注入了力量，他得抓紧时间做另一件事情，训练岑澈的生活技能。

一夜之后，曙色刚刚爬上地平线，屈滔起了床。出门溜达一圈，回来即把岑澈叫醒，让他自己穿衣穿袜。穿得慢就穿得慢，穿好了，整理床铺。接下来，手把手教岑澈用水壶接水，接小半壶，坐在煤气炉上，打火。水烧开时，让他听响，教他关火，灌壶，再倒入水杯。岑澈捧着水杯喝水，突然叫了一声“爸爸”。

这是来高照后，岑澈第一次开口说话。

屈滔眼睛有点泛潮。父子俩喝了热开水，出门吃早点。路上他对岑澈说：“明早教你煮粥、烙饼，待会儿到了中午，教你煮面条。蒸饭炒菜下一步学吧。这些活儿不难，你已经七岁了。”顿一顿，喃喃重复：“你都满七岁了。”

老街上有一座年深日久的茶馆，木板门，老虎灶，木茶桌龇牙咧嘴，长嘴壶浑身黢黑，黄泥夯的墙壁因日日烟熏火燎，早已沉暗朽坏，几十年前刷在墙上的标语，亦被时光蚕食了笔画颜色。茶客多是镇上老人，老竹椅里一坐一整天。之前几次经过这茶馆，岑澈不曾表示他看见，这一次，他竟站住了，眼睛看向坐在街边的一桌茶客。那是几个穿蓝黑衣服的老人，围着茶桌，默然吸着自卷的叶子烟，慢条斯理斗长牌。

吃罢早点返回途中，岑澈再一次在茶馆门外站住。屈滔想了想，说：“行，我们也喝回茶。”牵着岑澈上前，正要叫茶，只听岑澈突如其来地，又喊出一声爸爸。

喊了之后，岑澈即挣脱他的手，拔腿开跑。屈滔忙转身，看到了好久不见的两只鸵鸟。

他以为岑澈把鸵鸟忘了呢。这段时日他们没见着鸵鸟，岑澈全无惦记的表现，至少屈滔没看出他有什么惦记的意思。此时看到岑澈向鸵鸟跑去，屈滔蓦地有些感动，他还能记住老朋友啊。

鸵鸟在前面闲庭信步，岑澈追近了，它们便跑起来，把距离拉远后，再悠然踱步。如此走走追追，到了老刘的住处。

鸵鸟过家门而不入，屈滔拽着岑澈停止追踪，敲开老刘家的门。老刘媳妇把他们父子让进院子。老刘呢？在屋里，在画画。

屈滔从没见过老刘作画。老刘媳妇通报客人到来，老刘既不回头，亦不作声，只管对着画板，轻挥笔刷涂染。屈滔倒没觉着尴尬，引着岑澈坐下，打量屋里陈设。岑澈坐一会儿，不期然站了起来，甩开腿往前走，屈滔头皮一紧，跟上岑澈，岑澈却没有如他所料地走向墙壁，而是走到了老刘身侧。

老刘瞟一眼岑澈，仍是不语。岑澈不说不动，像目不转睛盯着鸵鸟那样，盯着老刘手里的笔刷。屈滔退回到椅子上，胳膊的疼痛如持续的浪潮，一浪大过一浪，他脑袋嗡嗡着，眼皮发沉，看着伫立在老刘身侧的岑澈，眼睛慢慢就花了。

醒来时，发觉自己在多宝河边。河面的氤氲雾气漫上了岸，漫过他的脚背和小腿。他低头时吓一跳，他的小腿没了！不是被雾气遮没了，而是确确实实消失了，膝盖往下皆是空的，他悬浮于雾气之上，一阵风来就会被吹倒。惊恐中正要呼喊，手被拉住了。拉他的是幼君，幼君近在身旁，笑微微的脸好似春天的桃花，她啥时候回来的？他向幼君张开双臂，竟只抬起一只胳膊，另一只胳膊呢？幼君慢悠悠一指河面："在那儿。"

那截胳膊漂在河面上，像个缩小的尸体。再一看，可不是具尸体嘛！一瞬间，惊恐如雪崩，那是岑澈！他向河中扑去，身体腾空，耳朵里听见两句话，一句是："让他去吧。"另一句是："你知道什么是奇迹吗？"

前一句是幼君说的，后一句是岑澈说的。他摔落下来。身子一晃，几乎跌下椅子，恰听见岑澈又说了一句："你知道什么是奇迹吗？"

老刘转过身，放下笔刷，对岑澈："你能说话的呀？不错不错。"

岑澈却不再接下一句。

屈滔一身虚汗，筋骨疲软得站不起来，靠在椅子里，琢磨方才的梦。老刘另铺开一张纸，拿过一支笔刷递给岑澈："你来画。"岑澈不动，老刘把笔刷递到岑澈手里，把他拉到画板前。

岑澈哪会画画，之前无非拿蜡笔在纸上乱戳乱涂，涂出一片狼藉。此刻，岑澈举起笔刷，竟陡然改了气象，显出几分胸有成竹，在纸上这儿刷刷，那儿抹抹，不用狠劲儿了，运笔挥刷颇有些流畅的意味，甚至学着老刘，把笔刷在颜料里蘸蘸，再涂。

岑澈停下时，老刘抓着岑澈的手，带着他在画纸上添了几笔。画毕，老刘端起桌上的杯子，啜了两口杯里的东西，对屈滔："这孩子有点画画的天分，说不定能画出来。"

屈滔惊讶地发觉，自己尚未开口，眼泪先滚落两滴。年纪大了，人也变软弱了。他问：“画出来又怎样？”

老刘看他一眼，顿了顿，道：“他若喜欢画，能画下去，就是一个活法。”

屈滔埋下头。

听到老刘说：“我呢，没教过学生，也不知怎么教，不过你儿子可以来看我画画，反正他不爱说话也不听别人说话是吧？那就让他来看，我看他看得懂。这些天我有兴致画点东西，你尽管带他过来。”

十六

屈滔记得，他第一次守着岑澈睡觉时，心里冒出个念头，一觉醒来后岑澈能说会道，愿意与人交流，变得一切正常了。是呀，这小孩所有零件都长得齐全，天造地设的一个人，为啥非要像个罐子似的自闭呢？

后来还有几次，他冒出同样的念头，每一次，都被铁打的现实抽了耳光。那是他集中享受失意的时间段，不敢再奢望什么了。

即便按老刘所说，岑澈能喜欢上画画，甚至能画出点名堂，最大的益处是啥呢，无非是岑澈有了一个消磨时间的方式。再往好里想，将来他的画能卖几个钱，算是有了一份收入来源。但根本的问题是，那种可能性有多大？实话说，更大的可能性是像薛大爷那样，一辈子无人问津。

还得抓紧带岑澈做功课。教他学会料理自己，教他溺水。

中午午睡后，屈滔让岑澈自己穿好衣服，带他去多宝河边。去河边之前，引着岑澈在镇上转一圈，他得利用一切机会，让岑澈熟悉镇子的地理。刚走出新街，迎面遇到老耕和一对眼生的男女，边走边说笑。屈滔和老耕如常地打了招呼，老耕介绍那对男女后，问屈滔：“你们这是要去哪儿？”屈滔说河边。老耕笑说是去抓鱼吗，说冬天抓鱼困难，鱼都躲到水底睡觉去了。

老耕似还要说什么，沉吟着。屈滔突然起念，将老耕拉过一边，说：“我带岑澈到河边是去练习溺水。”老耕没听懂。屈滔解释，老耕表情顿时复杂起来，不相信地问：“老屈，你这是啥意思？”

“说来话长，另找时间说吧。”

他牵着岑澈刚走出几步，被老耕叫住了。老耕大步走上来，低声问他：“老屈，你知道自己在做什么吗？”他说知道：“我很清楚。”

他说得很淡定。其实他是想马上跟老耕说个事情的，一件他得拜托老耕的事情。但眼下不是时候。他问老耕哪天有空,“我想跟你谈一谈。”

“你这话说得,见外,我随时都有空——这样,到时候我给你打电话。”

屈滔是这么想的,要是潜伏于他身上的绝症陡然发威,一把收紧他脖上的绳套,把他弹压在床,他绝不求治,不做无用功,不多花一文钱,只做一件事:打电话给岑澈外公外婆,请老两口来接走岑澈。要是老两口遇到啥事来不了呢?这就得拜托老耕了,请老耕或由老耕找个妥当的人,把岑澈护送回去。一应花销,从他留给岑澈的银行卡里支出。银行卡里存着他卖房的钱。

就算他跟老耕的交情不到生死之交的程度,这事也是可以委托的吧?

他又周全地考虑到,万一事到临头,岑澈外公外婆偏偏出了什么意外——不是他心怀恶意,意外谁能预料呢?那么第二重人选,是他父母和姐姐。他父母和姐姐早已一心向佛,他姐姐命苦,本来有个聪明又阳光的儿子,十五岁那年,被一个疯子无端地用刀捅死在夜晚的小吃摊边。这个悲惨事件差点让他姐姐精神失常,也正因为此,他姐姐开始信佛,吃素。

他不愿麻烦他姐姐和父母的,不过到了无路可走的地步,只能指望他们。他对岑澈说:“你要是跟了他们,就让他们带着你学佛吧。不过那样的话,你可就没肉吃了。”

现在,除了按计划训练岑澈,就是等着老耕打电话了。

一天过去,两天过去,屈滔的手机悄然无声。第三天、第四天也跟着过去了。屈滔心里起了疑,老耕这是怎么回事? 这不像老耕的做派啊。是否老耕认为他疯了,要跟他拉开距离?

元旦节近在眼前。这天上午屈滔带岑澈去老刘家,发现老刘媳妇正在收拾东西,他把岑澈送进老刘作画的房间,出来问老刘媳妇要不要帮忙,老刘媳妇连连摆手:“不用不用,没什么事。”

屈滔说:“我想请老刘和嫂子吃个饭,不知你们什么时间方便。”

老刘媳妇说:“哎呀客气啥呀,千万不要客气。老屈啊,有个事儿想跟你说说。”

屈滔请她讲。

老刘媳妇说:“这个小院子我们租到明年三月上旬,本来过些天我们回老家后,就空下来了,所以老刘说让给你们住,谁知道昨晚我侄女打了个电话来,说春节期间——大概大年初二初三吧,她和她男朋友还有她要好的两个朋友想来住一阵子,你看,我没想到冒出这么一出……”

屈滔点点头:“明白了,我们不搬过来。”

老刘媳妇:“你千万别介意啊,本来跟你说好的事,你看这个……”

屈滔笑笑:“不是个事儿,我们有地方住的。”

老刘媳妇又费心为他盘算鸵鸟:“鸵鸟你们养在啥地方呢,白天好说,那两个东西野惯了,总爱往外跑,关都关不住,就是晚上……”

屈滔说:“那今天我就把浑蛋、高兴引到我那儿去?今晚嫂子就别给它们准备晚餐了,我来准备。”

“好的好的。”

他郑重其事跟老刘媳妇说了声谢谢,倒把老刘媳妇说得一怔。

从老刘家出来,屈滔带着岑澈去菜市买了胡萝卜、青菜和馒头,对岑澈说,“这是鸵鸟的晚餐,以后它们就跟我们住了。”

住哪儿呢?“我们给它们搭个窝。”搭在何处?鸵鸟窝不是鸡窝,门前一块弹丸之地就成。他向邻居家借来砍刀、钳子,马不停蹄,领着岑澈往未开垦完的荒地走去,一路上琢磨着鸵鸟窝的样式,思忖着如何干得快些,争取天黑之前搭出个大模样。猛地意识到没觉得胳膊痛了,可这么一想的时候,马上又感到痛得钻心,这胳膊能使上力吗?就听到了手机响。

从衣袋里掏出手机,是个陌生号码。他喂过去,传来的声音叫他浑身一激。

他好半天没说话。电话那头的人说:“我明天回高照。”

屈滔发现自己很冷静,问电话那头的人,回来有什么事吗?对方不绕弯子:“有事!见你!你等着我。”

他微微笑了,笑得眼角发湿。幼君啊!

他问:“你怎么知道我在高照?”

幼君吐一口气:“老耕打听到了我的新号码,给我打电话了。”

原来是老耕。果然是老耕。

幼君问:“你还好吗?”

幼君又说:“先别急着做什么决定,也别急着做什么事情,等我回去后我们谈一谈再说,好不?”

他笑了:“我的事儿挺急的,今天得抓紧时间,不然来不及了。”

幼君喊了一声:“屈滔!”

他笑起来:“我带着岑澈,去给鸵鸟搭个窝。”

幼君没听明白:“什么? ”

他眼睛看出去,看到了沉寂在冬日里的河流,镇子的一角,收心敛性的草木和天边悠然的云朵,他感到阳光聚焦在眉心,他说:“那两只鸵鸟,浑蛋和高兴,现在归我们照管了,我们得去给它们修个房子。”

挂了手机,对岑澈说:“走吧,今天我们爷儿俩得好好出一身汗! ”

【作者简介】袁远,祖籍四川绵阳,生于北京,长于贵州,毕业于四川大学中文系,现居成都。有中短篇小说多篇发表于《人民文学》《十月》《收获》《青年文学》《中国作家》《山花》《大家》《西湖》等杂志,作品被多家选刊转载,并入选多种年度选本。获第六届四川文学奖。代表作有中短篇小说集《一墙之隔》、长篇小说《亲仇》、中篇小说集《单身汉董进步》。

浣纱记

孙志保

一

已经持续十年的高中同学聚会，是由高华盖首倡的。十年前的十月二十日，高华盖由县农机局副局长升任县财政局局长，就像一轮在乌云里挣扎许久的太阳猛地跃入了万里蓝天，万道金光一瞬间照亮了县城的大街小巷。我们的同学聚会就是在万道金光的照耀下开始的。当年的十月三十日，距我们高中毕业八年多一点，我们聚了一次，全班六十九个同学，来了六十八个。蓝亭没来，没人知道她去了哪里，李若若说她也不知道。这是那一年聚会唯一的遗憾。当然，有些人不感觉遗憾，我当时想，如果蓝亭来了，他们肯定觉得不舒服。

上高中时，我是班里的宣传委员。他们喊我汉年，其实我叫潘汉，我不想沾谁的光，不过，我也不在乎他们怎么喊。我为大家服务了三年，累得像狗一样，但是，我喜欢。蓝亭是我们的班长，我们配合得非常好，连班主任吴老师都说我们琴瑟和鸣，如果一直合作下去，极有可能做出一番大事业。这说法有些暧昧，什么是大事业呢？我在心里隐隐约约地想，如果娶了蓝亭，那就是我完成的最大的事业了。我爱蓝亭，高一上学期就爱，到现在还爱着。她真是个美妙的女孩，阳光明媚，快乐纯真，光彩照人，和她在一起，我感到幸福。我曾经幻想过将来和她在一起生活，这幻想是我的太阳，在我头上飘了两年多，却被一把锥子钻了个洞，那时我才明白，原来那不是太阳，是气球。那些往事，我不愿意去想。那把锥子，到现在还能把我扎出血来。我知道自己爱得深，但是，我没有用实际行动表达自己的爱，一次都没有。蓝亭小河里的水清清亮亮的，我怕把它蹚浑了。就把这份爱埋在心底吧！能把爱埋在心底的人，还有什么埋不了的呢？

高华盖那时普通得就像校园里梧桐树上的麻雀，飞来飞去都没有人在意，平常得就像教室后面那个跛腿的落满灰尘的板凳，我们每天都会经过它，却没有人认真看一眼。是的，三年的高中生活，他连小组长都没有当过，主要原因是他的成绩一直平稳地徘徊在及格线以下。我鄙视高华盖，看不起梁才一，从高中到现在，一直没有改变。我认为他们就是酱缸上飞的蝇子，鼻子眼里都是酱味。但是，鄙视，有什么意义呢？十天前高华盖给我打了个电话，让我代他筹备今年的聚会，我的鄙视没有起任何阻碍的作用，毫不犹豫地答应了。只要大家高兴，我可以不在乎自己的内心。

三十四个人，在一个阔大的房间里，坐了满满的两大桌。我使出全身解数，只能做到这一步了。我们班总共有六十九个人，这个数字曾经是我们的骄傲，但是，现在我感到忧伤。

高中毕业那年，我们班搞了一次春游，疯了整整一天，回到学校时天已经黑了。吴老师在学校南门附近的一家小饭店为我们安排了晚餐。五张圆桌，我们密密麻麻地坐着，洋溢着青春的朝气，快乐得就像世界的主人。我们面前的桌子上只有两盆菜：豆芽粉丝、土豆煨五花肉。还有一盆大馍、一锅热气腾腾的白开水。那时光多美好啊，我们就像一条条喝醉了的狗，疯狂地叫着，相互揉搓着。虽然我们从来没有停下来思考过，但是我们相信自己的梦一定能实现，未来，我们一定可以得到无穷无尽的惊喜。

未来，现在来到了我们身边，但是，我们已经忘记了曾经的梦想，每天都在担心不幸的发生。臃肿的身体，被皱纹涂改的脸，还有无聊透顶的扯淡！唉，该结束了！

往年的聚会都放在晚上，今年改了，放在了星期日的中午。大家都有些意见，说白天事多，不敢喝酒，还是晚上更放松。但是，这是高华盖的意思，没法改。高华盖昨天上午给我打电话，让我把饭局由晚上改到中午。我没有问为什么，他不会告诉我原因，即使说了，也不是实话。他说改就改，没什么好说的。一个县城就这么一个财神爷，没有必要得罪他。不过，最近关于他的传闻可不少，大多是负面的。有人说他已经写了辞职信，但是，最近县领导太忙，没顾上研究呢！还有人说他被县纪委约谈了，原因不详。最离谱的传闻，是关于他的私生活的，说他在宾馆乱搞，被老婆拍了视频，已经签了离婚协议。我不相信高华盖会离婚，虽然多年以来他一直想把那个长着一张马脸的女人甩掉，但是，他没有胆子。这一点，我们全班人都知道。

酒宴开始之前，我让酒店的女服务员去找一张音乐碟，喜庆一点的，可以增添一些气氛。聚会走了十年，就像一只十岁的狗一样，老了！你不能再像以前一样，把骨头往它窝里一扔就了事；你得抚摸它的头，告诉它骨头可以补钙，有益健康，一定要坚强地吃下去。女服务员很快找来了一张碟子，向我扬了扬手。我点点头，让她现在就放，然后我转向坐在主座的高华盖，说，报告班长，该来的都来了，是否开始？从第一次聚会开始，我就喊高华盖班长，大家都这么喊。至于是怎么喊起来的，已经记不清了。高华盖喜欢我们这么喊，他一直很响亮地答应。我认为，他是在借机抹平因没有担任过学生干部而留下的创伤。高华盖左右看了片刻，说，该来的都来了吗？李若若呢？李若若怎么没有来？我这才发现自己犯了一个错误。李若若没有来，应该像餐桌上没有摆放餐具一样明显，我怎么没有发现呢？

对于我们的聚会来说，李若若是重要的，不仅仅因为她是县妇联主席，还因为她总能起到兴奋剂和黏合剂的作用。她能把断开的粘到一起，把快断开的焊接得看不出一点痕迹，如果没有她的左牵右挂，那气氛极有可能变得令人气愤。这个李若若，昨天她还说一定来的。我掏出手机，正要给李若若打电话，音乐响起来了，我的天，竟然是昆曲《浣纱记》！我偷偷地扫了众人一眼，似乎没有人听出来。高华盖正在吭吭哧哧地从衣袋里掏手机，吴良和梁才一两个狗东西正凑在一起说悄悄话。我长出了一口气，同时在心里暗暗骂自己：搞宣传搞出毛病了，敏感成鬼了。我是县委宣传部的宣传科科长，也是有品的，但是，在这种场合，我感觉自己仍然是班里的宣传委员。有一个同学曾经这样打趣我：许多年以前，你是姥姥家门前的一棵小枣树，现在你是大枣树了，仍然长在姥姥家门前。我是大树吗？我连小树都不是呢！

我拨通了李若若的电话，还没来得及兴师问罪，被她一句话呛得差点从桌子边飞出去："我正陪蓝亭忙着呢，有屁快放！"

挂了电话，我呆呆地坐着，眼前都是蓝亭的影子。

高华盖还是听出了《浣纱记》的旋律，他脸上的肌肉剧烈地跳了几下，狠狠地瞪了我一眼。我没有理他，我满脑子都是蓝亭，已经顾不上理他了。

自幼儿居住在苎萝村下，
生成了美容颜闭月羞花。
我爹娘去世早谁怜孤寡，
无兄弟少姊妹只剩奴家。
插荆钗紧布裾梳妆淡雅，
为家贫终日里溪边浣纱。
出门来见燕子双飞上下，
碧桃花飞片片杨柳交加。
…………

西施咿咿呀呀地唱着，我似乎看到了一只白色的小鸟，正顶着风雨艰难地飞翔。那是蓝亭吗？那不是蓝亭又是谁呢？我的鼻子酸酸的，很多往事堵在心头，表达的通道却只有一只鼻子。

“李若若到底为什么不来？”高华盖脸色极其不悦，不停地向房间外面看。我知道他在找服务员，他想让服务员把音乐关了。

“李若若在陪蓝亭，蓝亭回来了！”我高声说。我想让所有人都听见，蓝亭回来了！所有人都听见了，他们停止了喧嚣，把目光集中到我脸上。我知道这个消息的分量，知道它产生的效果在下一刻就会显现。是的，蓝亭回来了，蓝亭衣锦还乡了。十七年前，她孤身一人去了南方，从此音信皆无。在我的想象里，她成了一只流浪的小鸟，生活在属于她自己的时光通道里。现在，她终于回来了，就像春天的风，就像风中的鲜花，一下明媚了我的心，明亮了我的脸。我把从李若若那里听到的消息点缀了几颗不大不小但绝对晶莹剔透的钻石，舌绽莲花地说给大家听。蓝亭不是嫁入豪门了吗？我说那家姓蒋的豪门背景深厚得如太平洋的水一样，只见碧波不见底；那家姓蒋的豪门不是有一位中年才俊在南方地位显赫吗？我把他说成一颗冉冉升起的政治明星，不久的将来肯定会照亮长江和珠江；蓝亭回来时，县长不知从哪里得到了消息，跑出县界去迎接，被蓝亭放了鸽子，我把这件事演绎为县长跑到蓝亭住的酒店要求接见，结果吃了闭门羹。我把我的想象力所能制造出的光环都加到了蓝亭身上，然后，看着大家张大的嘴巴和精光四射的眼睛，感到无比痛快。我突然意识到，这些年我之所以与某些同学保持若即若离的关系，就是希望亲眼看到他们为过去的行为后悔，或者，看到他们跌到万劫不复的深渊里，那深渊，是他们自己挖的。

《浣纱记》正唱到热闹处，只听那脸比城墙还厚的范蠡叽叽歪歪地说道：“卿是汉女，仆乃郑生。敢借溪水之纱，权作江皋之佩。持此为定，勿背深盟。”我×你妈，老范，你他妈是古往今来第一无耻之人！

我举起酒杯，提议大家为蓝亭的健康干杯，为蓝亭的幸福干杯。五分钟以前，我不敢这样说，那肯定会招来一些丑陋的白眼。但是，现在我想怎么说就怎么说。我的提议得到了热烈的响应，引来了一阵酒杯碰撞声。有几个同学提议，现在就给李若若打电话，让她把蓝亭请到这里来。我们是她的同学，她可以不给县长面子，我们的面子一定会给的。我把手机拿在手里，问大家是不是真的要打。大家忽然噤了声，都把目光投到高华盖脸上。高华盖给自己倒了一杯酒，一口喝掉，这样的镜头，我十年没有见到了。“你们看我做什么？”高华盖的声音有些陌生，似乎舌头正被火焰包围住，左冲右突，无由得脱。“你们以为我会阻止吗？老实说，这些年我一直想和她联系，但是，你们谁知道她的消息呢？你们谁有她的电话吗？梁才一、吴良，你们谁想打就打吧！我不担心别的，我就怕人家不理你们呢！”高华盖说完，又喝了一杯酒，然后用手抹了一下嘴。梁才一和吴良愣了一下，忽然同时笑了。大家都笑了，好像高华盖刚刚讲了一个非常可笑的笑话。我没有笑，有什么可笑的呢？狗东西，你真想联系蓝亭吗？还有梁才一和吴良，也是狗东西，他们竟然能笑出声来。

貌堂堂风流俊姿，
谢伊家不弃寒微，
却教人惹下相思。
劝君不必赠明珠，
犹喜相逢未嫁时。
…………

西施仍在咿咿呀呀地唱，唱得人心里酸酸的，想哭。那个对爱情充满美好幻想的古代美女，让我想起了蓝亭和高华盖当年的倾城之恋。唉唉，倾城之恋，就像是一场秋雨，打湿了一座小城，打湿了那么多人的心，也把蓝亭自己淋得一病不起……

如果有可能，我要见蓝亭一面。十七年过去了，无论她现在多么荣华，我都要见她一面。我想看看，现在的蓝亭，她的眼角是否还有这座小城留给她的皱纹，她的脸上是否还有这座小城给她刻下的沧桑印痕。

等这边散了，我就给李若若打电话。现在，不打！

二

潘汉当着那么多人高声大嗓地说起蓝亭的衣锦还乡，所有的同学都把目光盯在我的脸上，为什么？他们认为蓝亭在十七年前远走南方是我逼的！如果是我逼的，她倒要感谢我了，困在这座小城里，能得到今天的荣耀吗？

是的，我和蓝亭有过一段往事，时间太久了，有很多细节我都忘记了，但是，我不会因为遗忘而否认。往事会在不知不觉中变成化石，否认它有什么意义呢？男欢女爱的事，就像雌鸟和雄鸟衔柴做窝，窝做成了，就在一起待一些日子，下个蛋也说不定；柴不够，窝没做成，分开是必然的事，你能怪雄鸟吗？我们在一起幸福过、美好过，这不是很好吗？非要天长地久吗？天长地久就是好事吗？我和李小迷倒是有可能天长地久，但是，一想起这事，我就全身发冷。李小迷二十二岁跟我结婚，到现在已经十七年多了，她就像我身上那块被蓝亭用剪刀刺出的伤疤一样，这一辈子都不会离开我了。那种冷热不均的让人厌恶的生活，它要伴我到死，多么可怕！回头想想，这么多年，我是怎么过来的？生活，真他妈不容易！

我知道《浣纱记》是潘汉故意安排人放的，目的明确而险恶，他想让我难受，让我被过去的虫子咬死。我估计他已经听说我这些日子遭遇的破事了，虽然我极力掩盖，但是，世上没有不透风的墙。潘汉在宣传部做了八年宣传科科长，副部长的位子空了一次又一次，他都无法坐到屁股下面，主要原因就是他爱耍小聪明，自以为是。我和蓝亭的事与他有什么关系吗？小伎俩，真是恶心！墙倒众人推，我还没到墙倒的时候，推得不好，会把他自己埋在下面的。

是的，《浣纱记》确实让我不舒服，心里酸酸的。小艾和我闹别扭时，我心里就是这样的酸味。蓝亭爱听《浣纱记》，她甚至能唱全本的《浣纱记》，一板一眼的，水平超过县剧团的演员了。当年我们在一起时，做完爱，蓝亭就俯在我身上唱，唱西施，有时还唱老范，唱得真好听。唱不了五分钟，就把我的劲儿勾起来了。我曾经对蓝亭说过，你这哪是唱昆曲啊？你这是撩人啊！两千两百多年前，西施和老范是有婚约的，这一点在历史上有共识。但是，后来老范带着西施泛舟江湖，那就是一个美丽的传说了。像西施那样的女人，她有资格和老范一起玩水上漂吗？蓝亭没事就唱这出戏，是提醒我一定要向老范学习。唉，这点小心思。那么美丽的女孩子，和她在一起就像做梦一样，谁愿意抛弃梦呢？还要提醒吗？说实在的，那种好感觉，自打和蓝亭分手后，再也没有了。我和李小迷做爱时，实在射不出来，我就想蓝亭，想蓝亭在我身下的各种妖娆，这一招很好用，很快就完成任务了。和小艾在一起时，她的无尽无休有时也会让我疲于应付，这个时候我也会想蓝亭。蓝亭身上藏着解决问题的钥匙，我得解决问题啊！

我这人一生就两个喜好，一是被人仰视，一是和不同的女人做爱。上高中时，蓝亭当了三年班长，我连小组长都没当过。我是班里年龄最大的，原因是我在小学时留级一次，在初中时留级一次。年龄最大，却没有得到相应的尊重，这是令人尴尬的事情。看到蓝亭被那么多同学前呼后拥，一口一个班长地叫着，我的心里很不舒服。班主任吴老师订过一个傻蛋条款，说成绩在前二十名以外的同学不能在班里担任任何职务。为了做班干部，我拼命学习了半个学期，但期末考试的时候只弄了个第四十名。当不了班干部，我就要把班干部弄到手，我认为这比当班干部容易，感觉也更爽。经过认真准备，高三开始的时候，我便向蓝亭发动了一轮又一轮猛烈的攻势。在这个问题上，我从不吹牛，我有得天独厚的优势。我得感谢我的父亲和母亲，他们没有给我一个富裕的家庭，却给了我一张棱角分明的帅脸，还给了我一副好身板。

我父亲和母亲在机械厂工作，都是最普通的工人。我们家的生活一直不好，我父母不缺乏爱情，但是，他们缺乏经济。我上高二的时候，曾经听他们私下议论过，说很快就有机会打翻身仗了，原因是我父亲的一个同学从县经委调到机械厂，当了党委书记。党委书记找我爸谈过话，说你这样好的人品，又是高中毕业，不在更大的舞台上展示，真是亏了。书记问我父亲想做什么。我父亲想了半天，说我想做厂里的工会副主席。书记当时就笑了，说老高啊老高，想不到这么多年过去了，你的志向还是这么一点点，行，我考虑考虑。我父亲一想起这事就激动，一激动就喝酒，所以那段时间我父亲天天醉醺醺的。当时厂里的工会副主席是个女的，长得比我母亲差多了。工会副主席有一个很重要的工作：分鱼。厂子的后面有一个巨大的鱼塘，厂工会在里面撒了好多鱼苗，每年春节前夕都捞几十网分给职工。分鱼很有讲究，比如说，一个职工能分到五斤鱼，一条花鲢五斤，十条鲫鱼壳子也是五斤，谁不想要五斤的花鲢呢？如果你分到一条三斤的花鲢，可以给你配一条二斤的草鱼，也可以给你配五六条翘嘴，看似相同其实差别很大，体现出你在厂里的地位，你与领导的关系，等等。分鱼的事谁负责？那个女副主席！还有，她自己想吃哪条就吃哪条，想吃多少就吃多少，大不了让人多捞一网。所以，我父亲最大的愿望就是当工会副主席。当然，当主席更好，但我父亲做不来，他知道自己做不来。有一次厂里开职工代表大会，让我父亲发言，他写了篇稿子，战战兢兢地念完，回到座位上，才发现裤子已经湿了，小便失禁了。我父亲那年差一点当上工会副主席。当我父亲每天喝着小酒唱着小曲和我母亲一起充满希望地等待天上掉馅饼的时候，他那位同学却出事了——强奸女职工，被判了七年。我母亲气得大骂，说你这王八蛋，再憋几天也好啊！

任何事情都有两面性，我总是能从消极中提炼出积极来。我父母是普通的工人，他们做成一件小事都要付出很大的代价，所以我不敢指望他们帮我，我自己的事情必须由我自己独立完成。如果我不奋发、不努力，我父亲就是将来的我。

我把追蓝亭当作我奋发努力的起点。如果我能成功，我的人生就不缺乏自信了。自信比好成绩重要，比班干部重要，这是我深入思考以后得出的结论。

高二下学期快结束的时候，我在一天夜里做了一个梦，梦见和蓝亭一起玩得昏天暗地，然后我就遗精了。醒来以后，我躺在被窝里闻着手上难闻的气味，暗暗下定了决心。我想象着把蓝亭追到手以后全班同学惊愕的目光和他们无法闭合的嘴巴，忍不住笑出了声。我最大的优势是我的身体，但是，仅有这个是不够的。班里颜值高的同学不少，潘汉就是其中之一，而且潘汉的家庭状况比我好得多，他老爸在县人事局做了十多年的副局长，不知收了人家多少东西。我知道潘汉对蓝亭有意思，但是，他是个老实孩子，高三毕业之前肯定不敢出手。那样的家庭生出这么老实的孩子，真是不可想象。当然，无论他出手还是不出手，我的雄心都不会改变。我还有什么特长呢？我猛然想起来了。刚上小学时，我父亲给我买过一本《千家诗》，逼着我背，他的意思是让我全背了。当我背到第五十九首的时候，我父亲开始了他的狂欢。他认为这是当年我们家最大的喜事，好像那五十九首诗全是我写的一样。那段时间他经常带着我串亲戚，让我现场表演，赢得阵阵掌声。但是，当他带着我向第六十首诗前进时，我无法忍受了，我装着失手，把那本《千家诗》送进了火炉。我父亲知道我是故意的，但是，他不想冒险再去买一本，如果下一次它掉进了稀饭锅里，糟蹋的就不仅仅是一本书了。掉进油锅里呢？那就更麻烦了。我在思考蓝亭攻略时，非常后悔当初的任性，如果我把那本诗背完，我还愁什么？我知道蓝亭喜欢古诗，她的书包里经常带着一本《唐诗三百首》，还有一本元曲。我嘲笑过她，觉得她这样做无外乎两个原因：一是显摆，一是引人注目。现在我也要显摆了。我到街上买了三本书：《唐诗三百首》《宋词三百首》《元曲三百首》。那一段时间，我把所有的精力都放到了背诗上，不到一个月就背了一百首。我这人有个特长，记忆好。肚里装了一百首诗，我的胆子就大了，我开始找机会接近蓝亭，最好的理由是向她请教古诗。蓝亭从来不拒绝任何求助，这一点我是有把握的。不到半个月，我就和蓝亭打得火热。两个月以后，在一个月朗星稀的晚上，当我们在学校的小操场对诗时，我大胆地把蓝亭搂到了怀里，轻轻地吻了她。

唉，这些事情，我以为已经完全忘记了，想不到，它们现在如此清晰地出现在我脑子里。我的好记忆，有时何尝不是一种痛苦！

今天喝得有些多。这两个月被那些破事缠得打不起精神，烦得很。本来想借今天的聚会放松一下，没想到蓝亭回来了，把我的心搅得更乱了。以前和他们在一起喝酒，我都很矜持，但是，今天不行，我有点把持不住，他们肯定会认为我已经乱了方寸，认为那些传言是真的。唉，人走到这一步，就像一个瘦子穿一套肥大的衣服，再撑都撑不起来了。蓝亭回来了，是好事还是坏事？对于我来说，好像是无所谓的。这些年我没有她的音信，她与我一点实质性的关系都没有了，我对她的印象还是十八年前的。但是，为什么我的心神这么乱？我要不要去见她一面？聚会结束以后，我把潘汉拉到隔壁包间，问他李若若的消息是不是真的。潘汉一脸不屑地点点头，说如果你不信，可以到华丽大酒店去了解一下。华丽大酒店？那是县城最好的酒店，我曾经和小艾在那里住过几次。这家酒店名义上是四星级，里面的服务一点不比五星级差。“要不，你打一下李若若的电话？”潘汉的表情让我受不了，以前他可不敢这样对我。不过，他的话我还是信的，实诚是他最大的优点，这些年他变了很多，但是，实诚却一点都没变。

聚餐结束，已经是下午四点多了。天有些阴，随时都可能下雨。以前我很少步行上街，熟人太多，到处都有人打招呼，挺烦的。但是，今天我想走一下，醒醒酒，理理思路。走了一会儿，我的心里突然有一种被感动的感觉。我的小城，原来它这么美丽，这么招人爱。它的街道虽然不整齐，虽然到处都是电线和电缆，虽然地面坑坑洼洼的，虽然有很多人随地吐痰，但是，今天它在我眼里美不胜收，而且流溢着温情。我曾经有一个调到市局做财政科科长的机会，他们找我谈话，我拒绝了，我不是嫌科长的位子低，我是舍不得离开这座小城。虽然它不富裕,但是,你看眼前那些男孩子女孩子的衣着,你看那些女人脸上涂的抹的,一点都不比大城市差。你再看看那些说土话做土事的老头老太太,多么亲切,听着他们,看着他们,我真切地意识到这是自己的家乡,我是在自己的家里。想到这里,我的心里突然涌上来一阵恐惧:我会失去已经拥有的吗?我会离开这里很久吗?我会失去自由吗?唉唉,我怎么想到了这些?事情不可能发展到那一步,我怎么未战先怯了?说是未战,其实,已经开始了。我已经被他们约谈了两次,好在我准备充分,每次都应对得滴水不漏。但是,我怀疑他们手里有一些干货,他们现在不亮出来,是要看我的态度。如果真是这样,麻烦就大了。我希望不会有第三次约谈,如果真有,就说明在劫难逃了,我会崩溃吗?

小艾打我的手机,问我在哪里。我突然想起,前天上午我答应过小艾,今天要去她那里。身上有了一点冲动,但是,很快就消失了。我还是不去了,我要在家里好好想一想,有些事,不理清楚是要出乱子的。

李小迷刚做了头发,她给我开门时头发上还有新鲜发胶的气息。我曾经和她谈过一次,让她不要用这种发胶,说我会过敏。但是,她根本不理我。我提了一下水瓶,里面一点水都没有。我有些埋怨地看了她一眼,自己跑到厨房烧了一壶水,沏了一杯小兰花。李小迷一直坐在镜子前,一根一根地拨拉她的头发,找到一根白的,就骂骂咧咧地拔掉。她的白头发就像我的好运气一样,少得可怜。她找它们的目的,是想让我明白,她的华发都是为我生的。她父亲五十岁时就已经满头银丝,如果我和她谈起她的白发可能来自遗传,她就会愤怒地叫起来,说都是因为我,她做的所有事都是为了我。是的,为了我,她和她的父亲已经做了不少事,但是,我为了他们牺牲了我的爱情和尊严,这两样东西,曾经是我生命里最重要的东西,这还不够吗?还不够吗?即便这样,李小迷仍然讨厌我父母,说他们身上有一股酸酸的气味。她自己的鼻子酸,却怪到我父母身上。但是,我又能说什么呢?这些年来,我每一次接济父母,都是偷偷的,生怕被李小迷发现。前年,我在城南给他们买了一套一百平方米的房子,还给他们雇了一个保姆,保姆的费用全由我来出。这些事,都是瞒着李小迷的,我父母在李小迷面前口径统一,都说这房子是租的。这样的家庭生活,是我这样身份的人该有的吗?

没有爱情的婚姻,是不道德的。但是,道德的婚姻,不属于我。

我和蓝亭的倾城之恋,就像城北的古城墙一样,成了很多人无法抹去的记忆。古城墙还在,而爱情已经消失了。当初,我是怀着征服的目的去和蓝亭交往的，我是带着征服全班的目的去亲吻蓝亭的，结果呢，我却爱上了她。在我亲吻她以后，不到半个月，我从里到外爱上了蓝亭。她是这样的一朵花，当你远望时，她是美丽的，让你神往；但是，当你走到她的跟前，去嗅时，去用嘴唇触碰时，你才发现她比远望时的美好还要美好十倍。蓝亭是阳光的、是透明的、是真诚的、是热烈的，同时，她还是细腻的、性感的、温柔的。她就像一潭温热的碧水，很快就把我这块黑糖溶化了，而且，我的黑也消失得无影无踪。在我爱上她以后，我为她做的一切，已经与我原来的计划无关，全部是爱情在做主。爱情，它就像从天上掉下的饼子，一下子就把我砸晕了。

我找到班主任吴老师，请他给我调了个座位，我可以在课堂上随时看到蓝亭的脸；我们一到下课就腻在一起，当然，我们还是有所顾忌的，我们腻在一起的理由是学习，蓝亭有责任帮助后进的学生；我们中午不回家，和住校的同学一样，挤在食堂打饭，然后面对面地看着对方，一点一点吃，饭菜凉冰冰地进了肚子，我们根本就意识不到；晚自习时，我们跑到操场南端的合欢树林里拥抱，一个长吻可以持续到教学楼的灯光熄灭；晚上放学后，我把她送到家门口时，总能从她手里接过一封信，同时把我写的信塞到她手里，然后，我把她的小嘴唇含在我的嘴里，无声地吮吸五分钟；第二天早上，我会准时出现在她家门前，为她带去早餐，然后并肩去学校。终于有一天，吴老师把我们带到了校长室，和校长一起对我们进行了一次严肃的教育。过去，这样的谈话会把我们吓得魂飞魄散。但是，现在我们有爱情，除了爱情，我们不在乎一切。当听到校长说如果再不改正就要把我们双双开除时，蓝亭直视着校长的眼睛，说如果你开除我们，我就从教学楼顶上跳下去。当然，在这次谈话之后，我们还是收敛了一些。我很担心蓝亭失去班长的位子，否认蓝亭，就是否认我们的爱情。好在吴老师是温和的，而且，他很疼爱蓝亭。

我感谢蓝亭，真的，她给了我真正的爱情。当然，她后来还让我体会到了失去爱情的滋味。在爱情方面，我有彻头彻尾的体验，这是一个男人应得的。娶了李小迷之后，我的感情渐渐麻木起来，这使我更加庆幸，在结婚之前我曾经有过全须全尾的爱情。爱情是可有可无的吗？不是，爱情真的很美好。

我和蓝亭都没有考上大学，这是必然的结果，那段时间我们心里只装着爱情，已经把高考给忘了。现在想想，如果当初我们都考上了大学，或者我考上了大学，我就不会被李小迷遇到，就不会有后来的那些狗屁故事了。我可以这样说，如果我们都考上了，无论发生什么情况，我都不会抛弃蓝亭！

我从来没有想到，有朝一日我会抛弃蓝亭。我到现在还在想，蓝亭是我抛弃的吗？在我提出分手的要求后，除了用剪刀刺了我一下，她并没有做出太多的挣扎。如果她和我大闹数天或者数月，我会怎么办呢？爱情就这样结束了，那段时间，我一直怀疑她是不是真的爱过我。同时，我更加坚信了自己的爱情，因为我的心疼得像被老鹰啄的一样。

"我爸刚才来电话了，你进门之前我刚把电话挂掉。"李小迷说，她终于拽完了白发，站在了我的对面，手里拿着一杯柠檬水。她最近在减肥，希望一个月内减去二十斤。我给她算了一下，如果她减肥成功，她还有九十五斤。一米六七的个子，减到九十五斤，我不知道她为什么要这样做。对于她那样的身材来说，减与不减是没有区别的，一棵弯弯扭扭的树，它粗些细些谁会注意呢？说句粗俗的话，每一次在她身上完成任务，我都有一种痛苦的感觉。我并不挑剔，但是，这并不代表我不会审美。审美真是个奇怪的东西。比如小艾，她漂亮吗？不，她只比李小迷好看一点。但是她很有味道，那种味道，会让人甘愿牺牲很多东西去品尝，品过一次，立刻就想到第二次。蓝亭与她们都不一样，蓝亭是一个各方面都很完美的女孩子，无论何时何地，无论她在做什么，你都挑不出缺陷。我曾经把蓝亭的完美归功于她的父亲和母亲。她父亲去世前是县肉联厂的厂长，很有本事的一个人，发展的势头好得不得了，据说极有可能被提拔到县经委主任的位子上。可惜，他死得太早。我们上高一的那一年，他死于一场车祸。开追悼会的时候，我们全班同学都去了，大家都哭得泪人一样。蓝亭的母亲是县剧团的名角，不但长得漂亮，还有热烈的性格和直爽的性情，我一直认为蓝亭完全继承了她母亲的基因。蓝亭的父亲去世两年以后，也就是蓝亭和我上高三的那年，她母亲陪着一个英俊的男人去了深圳，从此再没回来。那个漂亮的女人给蓝亭留下了两万块钱，这在当时不是个小数目。那个英俊的男人，我在初一时就认识他。他长得太完美了，以至于全城的人都喊他潘安。我不知道潘安是谁，但是我知道他是一个美得要死的男人。他姓丁，也在县剧团演戏。无论他怎么英俊，他撺掇一个美丽的女人抛弃了自己的女儿，便是人渣。据说他们一起私奔的理由是丁姓男人有老婆，而老婆娘家的强势令他不敢轻言离婚。据说他曾经尝试过一次，五分钟后就被舅哥舅弟们打得遍体鳞伤。蓝亭的母亲为了自己的爱情而抛弃蓝亭的那一个星期，我们全班同学都在苦想怎么帮助蓝亭。两万块钱，够她维持数年，但是，之后怎么办呢？蓝亭知道我们想帮她，她告诉大家，她不需要任何帮助，她有足够的办法生存。半个月以后，我们都知道了她的生存方法。她到一家洗衣店当小时工，一个小时挣二十块钱工资。老板对她不错，随时可来，随时可走，这对于蓝亭是最大的帮助。蓝亭说她喜欢这样的工作，把脏污的变成洁净的，把异味变成清香，把皱的恢复原样，把失去的美丽重新找回来，多么令人愉快啊！她说她的理想就是拥有一家自己的洗衣坊，如果真有那一天，她就叫它蓝亭浣纱屋。我曾经和蓝亭认真地谈过一次，想让她放弃这样的理想，但是，没有成功。她决定的事情，真的是无法改变的，包括爱情。也就是从那个时候起，蓝亭喜欢上了昆曲《浣纱记》，她唱得非常好，她有这方面的天赋。有一次，我说我将来一定要成为范蠡，我要让你过天下最富裕的生活。我以为她会非常激动。没想到，她脸色阴暗下来，非常平淡地说："我不要你做范蠡，我就要你做高华盖。"我有些不解。她说："范蠡是一个浑蛋男人，他把自己的女人献了出去，而且是献给了一个应该遭天谴的人。"我说人家是为了国家呢！蓝亭冷笑道："国家是男人的，男人死绝了才轮得上女人，而且，女人也应该以男人的方式去死，而不是献上自己的肉体。男人总是想得太多，这个世界都是男人搞乱的。"我问她搞乱世界的男人是不是也包括我。她笑着说："你现在没有这个能力，将来，还真说不准。"这话很伤我的心，她否认了我现在的能力，同时还怀疑我将来的道德。但是，现在看来，唉！说这些一点意思都没有。眼前有那么多事情需要解决，为什么我要陷到这些回忆里？

"爸怎么说？"我有些急切地问李小迷。

李小迷摇摇头，说："不太好。一个退休老干部，说话没多少分量了。他前几天找了几个在关键部门工作的老部下打听情况，人家掩掩遮遮的，不肯说实话。今天上午，总算找到一个有良心的，说你的事他们已经掌握了一定的证据，正在通过相关途径核实。确认部分事实后，将会采取措施。"

我感到全身发软，我该怎么办！

"高华盖，你到底有多少事瞒着我？如果就是你拿回家的那点钱，咱就认了，顶多判三年两年，我陪你一起度过。但是你不能哄我，我的决心也不是好下的。"李小迷的表情半认真半玩笑，令人无法辨别真假。

我笑了，都到这个时候了，她还在诈我。她一直认为家里的那些存款不是我们的全部财产，甚至不到全部财产的三分之一。她以为我就像棵摇钱树，跺一脚就可以落一堆金子。我能挣多少钱？我自己也说不清，有时多，有时少，这账没法算。我摇摇头，说，我真没有瞒你，而且，你是能瞒住的人吗？李小迷把手里的杯子用力蹾在我身边的茶几上，那些发黄的液体发情似的跳动了几下，漾到了茶几上，然后流到了地面上。

李小迷走进里屋，很快又回到我身边，手里拿了一沓厚厚的照片。她把那些照片像抛撒花瓣一样以我为中心漫天抛撒起来，它们却像硕大的冰雹一样落满了我的全身，让我感到彻骨的寒冷。半个月以前我和小艾在一起时制造的温馨，被定格，被制作成凝固的记忆，让我不得不重温。

我的心凉凉的，这种时刻，每个男人都不会有别的感觉。我明白了，我的岳父老李和我的女人李小迷这些日子并没有像我想象的那样为我的事情尽心奔走，他们已经开始做曲终人散的准备。我很寒心，多少年的鞍前马后，最终得到了这样的结果。

我说的鞍前马后，是一个人对于另一个人或者一群人付出的大量的非常谦卑的劳动。当年我付出的那些劳动，也可以比作一条狗对于主人的奉献。我在人生的关键时期遇到了李小迷，在当初看来，是幸运，我这样认为，我父母也这样认为。那场相遇，解决了很多问题，而且都是很难解决的问题。但是，现在看来，却是我厄运的开始。如果和李小迷不认识，我只是机械厂的一名普通工人，但是，我肯定有一个温暖的家庭，有一个美丽而温存的妻子。作为我的妻子，蓝亭也许现在还在为别人洗衣服，还在做她的浣纱女，但是，我会感到幸福，这才是最重要的。现在我几乎拥有了我想要的一切，但是，我却失去了最宝贵的东西，而且，即将面临我不敢想象的结局。

我们班六十九名同学，有二十五人考上了大学，包括吴良和潘汉。放榜以后，我感到很愧疚。我本来就是考不上的，但是，在班主任和同学们心目中，蓝亭一直是重点大学的苗儿，如果没有我的打扰，她肯定能考上。我和蓝亭躲在她家，商量以后该怎么办，是接着考，还是找份工作，然后结婚过日子。我们还没商量出结果，机械厂开始招工了，职工子弟重点照顾，我几乎没费什么劲就进了厂，成了装配车间的工人。有了一份固定的工作，这让我心安，以后的日子已经有一头着地了。我还没来得及腾出精力为蓝亭策划，李小迷就出现在我身边。

青春时的李小迷也是丑的，这一点是共识。当青春的汁液在她身上流淌时，我感受到的不是蓬勃的朝气，而是春天结束时某个角落里散发出的潮湿的气息。在县经委工作的李小迷到机械厂来只有一个目的：检查工作。和她一起来的还有三个人。我记不清那天下午我为什么会在厂办公室，也许是给我爸请假，他可能生了病。人的命运就是这样，它是由一瞬决定的，而不是你的日积月累的奋斗。如果我爸那天没有生病，我就不会到厂办公室去，就不会遇到李小迷。这就像一场车祸，错过了那一秒，就可以平安一生。李小迷看到我的第一眼就认定了我是她的菜，这是她后来告诉我的。而那时，我正沉浸在和蓝亭炽热的爱情之中，还在幻想着攒钱和蓝亭结婚。李小迷不会让一场恋爱持续三个月以上再收获果实，更不会让一场没有感情基础的婚姻在变成事实之前被耽搁太久。第二天上午，厂长找到我，告诉我好运就像天上的白云一样说来就来了。我愣了五分钟之久，我本来以为我会坚决而迅速地拒绝，然后狠狠地瞪厂长一眼，转身走开。我愣了五分钟，这对于恋爱中的人来说是耻辱，但对于厂长来说，他立刻就知道了结果。常务副县长的女儿，唉，在那时，就是他妈的公主，真是公主！我不知道常务副县长是多大的官儿，但是我知道那是顶大的官儿，是被前呼后拥的人，没有他不敢说的话，没有他办不成的事。这样的官儿，她的女儿要和我交朋友，我该怎么办？我一直认为勇敢是我最大的骄傲，比如我追蓝亭，但是，在李小迷的兰花指面前，我变成了懦夫。

现在回想一下，却是另一番感觉。敢娶常务副县长李大勇的女儿，这需要多大的勇气？在那个潮湿的春末，我喝了一斤酒以后，先是答应了李小迷，然后在蓝亭打工的那家洗衣坊找到了蓝亭，说我对不起你，请你把我忘了吧！然后我想头也不回地走开，我不想看泪眼，不想看另外几个洗衣妹嘲讽的目光，但是，洗衣坊的老板拦住了我。我不该当着众人的面说分手的话，但是，如果我和蓝亭单独相处，我怕舌头会背叛我的心。洗衣坊老板让我把刚才说的话再说一遍，我没有说，我鄙视地看着他。一个六十岁的男人，一本正经地拼搏了一辈子，才搞了这么一家小小的门面，他在我面前竟然像李嘉诚一样摆出一副教训人的架势。接下来会发生什么？我不相信他会为了自己的雇工而冒险，哪怕这个雇工是他的女儿。答案还在半途晃悠时，蓝亭走了过来，从我的背后。我听到了她的脚步声，我没有回头，这是一个极大的错误。我为这个错误付出的代价是，一把剪刀猛地刺入了我的腰部，我大叫了一声，就扑倒在地上。

一场被誉为倾城之恋的爱情，它的结尾是女孩子用一把剪刀几乎要了男孩子的命。唉！我能说什么呢？我在医院里躺了半个月，其间我非常担心我父母会报案，但是，他们选择了沉默。我也担心李小迷会采取过激的行动，但是，她也选择了沉默。在我的肉体受到伤害的时候，他们的观点惊人地达成了一致。

这样的结束，更让我坦然。

我一脚跨进了自己渴望的生活。我拥有过爱情，我拥有自己想要的生活，我的人生应该是圆满的了。虽然我没有同时拥有它们，但是，我毕竟是拥有了。

不过，在婚姻开始的头几年，蓝亭的那句话一直在我耳边回响：男人总是想得太多！

没办法，你想要的生活，没有太多的想法是无法得到的。

说实话，那时我没有想过，在我们分手之后，蓝亭的生活会向哪里发展。男人可以想很多事，但是，有些事是不能想的。

现在，蓝亭回来了，我知道了答案。

人生就是一场一环扣一环的游戏，在我的道路已经走到尽头的时候，蓝亭回来了，这是不是预示着我们的环又将扣在一起？

我要去找蓝亭。直觉告诉我，蓝亭这个时候回来，不是她自己的意思，是老天安排她来拯救我的。早不来晚不来，偏偏在我们聚会的时候回来了，这不是天意是什么？

我相信蓝亭可以拯救我，如果她愿意的话。

我站起来身来，穿上外套。李小迷一把拽住了我，她的眼神令我不寒而栗。我们结婚这么多年了，我从来没有在她脸上看到这样的表情。威胁吗？不完全是；厌恶吗？也不完全是；更不是怜悯或者无奈。这是我不熟悉的表情，但是，我从中看到了她破釜沉舟的决心，看到了她绝不善罢甘休的决心，也看到了她满心的悔恨——不是对既往的忏悔，而是悔恨嫁给了我，悔恨帮助我一步一步走到了山顶。可能，她还悔恨自己没有在爱情的道路上一直走到黑。她有过爱情吗？有过！我曾经听到过风传，李小迷上高中的时候，爱上了同班的一个男生。据说那男生家境不错，品学兼优，没怎么费劲就考到北京一所大学去了。李小迷疯狂地追他，却从来没有被接纳。男生拒绝李小迷的方式很简单，他说李小迷你不要再缠着我了，再缠着我，你就是不要脸了。李小迷说我就是不要脸了，为了爱情，要脸干什么？那男生说你不要脸我还要脸呢，去你的狗屁爱情吧！李小迷彻底灰了心，发誓要找一个帅男人，哪怕他家境差学历低，也要把他打造成块材料，让他像狗一样摇着尾巴忠实地追随在她身后。她按照自己的意思做了，而且，她成功了。她的成功是建立在我的牺牲之上的，她从我这里得到的，远远超过她给予我的。我不否认，她和她父亲给了我很多。我们结婚的第二年，我父亲当上了机械厂的工会副主席，又过了一年，当上了主席。我父亲不需要在分鱼的问题上计较鱼大鱼小了，我们家一年四季都有吃不完的大鱼，吃不完，只好把鱼扔掉。我父亲为人谨慎，他不想把鱼直接扔到垃圾堆里，怕人骂，他总是在晚上把鱼扔到机械厂的鱼塘里，或者扔到城外的小河里。我父亲当上机械厂工会主席的时候，我已经到县人事局上班了。我在人事局待了三年，便调到农机局任副局长，后来，又调到财政局做了局长。最肥的一块肉，吃到我嘴里了。这是一条坦途，我连硌一下脚的机会都没有，别人一生实现不了的，我几年就做到了。我当然感激李小迷和她父亲李大勇，我还感激她家所有人，我把感激化作无数的行动，我相信这些行动能把李家的大门都感动得流泪。如果没有小艾，我便是百分之百为李家倾情奉献了。我有了小艾，并为小艾做了一些力所能及的事，这有什么呢？与我岳父相比，这算什么呢？我岳父当年的风流史，如果化作一阵风，可以吹遍整个淮北平原；如果化作雨，可以灌溉万亩良田。不说这些了，没意思，没意思。如果我没有走到穷途末路，李小迷会这样逼我吗？李大勇已经退休三年了，作为一棵树，他已经朽了。我已经成长为一棵树，可惜，推我的人太多，根动了。

"如果你不把事情说清楚，我会帮你说清的。"李小迷说，"到时候你可别后悔。"

我明白她的意思，她为我挖了一个坑。但是，如果我真的坐下来和她一五一十地说，我会跌进深渊。我猛地挥了一下胳膊，动作猛了些，李小迷踉跄了几步，跌倒在地。我看了她一眼，毅然决然地走出了家门。

走到马路边，我又犹豫了。

我知道蓝亭恨我。很多事情可以被时间抹平，包括一些心灵的创伤，但是，蓝亭对我的恨却不在其列。她的恨，当年是一株小树，在经历岁月的沧桑以后，已经长成了大树。那些沧桑，自然有我的给予，但是，她的那段不检点的历史，也要算在我的账上吗？

我说的不检点，是指她和梁才一的苟合。

我和蓝亭分手后，追求她的人很多。我一直认为，她即使接受瞎子跛脚，也不会接受梁才一。那个相貌猥琐的家伙，除了有钱，他还有什么？除了满腹的花花肠子，他还有什么？除了一肚子坏水，他还有什么？所以，当蓝亭和梁才一在一起的消息传到我耳朵里的时候，我认定那是她对我的报复。她在乎我，才会报复我。现在，我多么希望，在她的眼里，我只是一个普通的同班同学。

我要去找蓝亭。想得到她的帮助，必须得把那棵大树砍掉。那棵大树，是我种下的，是我施的肥，是我浇的水，它属于我，但是，我没有信心砍掉它，我手里的斧子已经锈得不像样子了。

我来到办公室，坐在我最喜欢的那把转椅上，想了半个小时，设计了数个方案，然后选择了其中的一个。我打开身后的书橱，从最上面的格子里抽出几本书。书下面的木板上有一个按钮，不仔细看根本看不出来。我按了一下那个按钮，书橱顶端轻轻地滑出一只薄薄的小抽屉，里面有三张银行卡，一张十万的，两张四十万元的。我取出那张十万元的，把密码写到一张细小的纸条上，想把它贴到卡上，想了一下，又把纸条烧掉，重新换了一张，在上面写了四个字：你的生日。我把纸条贴到卡上，苦笑着看了几分钟，长叹了一口气。离开办公室时，我突然产生了强烈的留恋。离开了，我还能回来吗？我还没有待够呢！如果回不来了，那两张卡放在这里，不是很大的隐患吗？一个人山穷水尽的时候，所有的想法都是悲观的吗？

我打的来到华丽大酒店时，天上飘起了毛毛雨。1206房间！我知道那是个豪华套房，向阳，是这座城市里最能诱发虚荣心的房间。我走进大厅，左右看了一下，决定到休息区坐一会儿。离蓝亭太近了，我得安静地思考一下，也许，我会产生一些新的想法。

我要了一杯白开水，坐到休息区的一张阔大的皮沙发上。已经是晚上七点多了，大厅里的灯光像春天的花一样，全都绽放了。夜色被灯光分割成无数小块，马路上的车辆如跳动的光斑，而匆匆忙忙来来往往的人群，则像是斑块边缘的光粒。我闭上眼睛，想着即将到来的与蓝亭的会面，内心五味杂陈。她会不会把我赶出来？会吗？和她分手的事情都做了，这世界上还有什么事是不可能的呢？无论她怎样对我，我都要冷静。想想以后的几十年，想想我的父母，想想我的儿女，想想小艾，想想我那间温暖的办公室，这些都是动力，我一定要说服她，哪怕她骂我是一条不知廉耻的狗，我也不能后退。被一个曾经爱过你的女人痛骂，这有什么呢？

手机响了，是李小迷打来的。她问我在哪里，我说在马路上散步。她告诉我，我现在面临两个选择，一个是和她离婚，一个是把所有的真相都告诉她。我已经想清了，即使李大勇使出全部力量帮我，也无法把我从河水里拉出来。不说他已经退休，不说他在台上的时候到底香了几个人，即使他目前在更高的岗位上，也不一定能帮得了我。何况，他的帮助就像驴蛋一样，总是在两腿之间晃荡。离婚，李小迷极有可能让我净身出户，她会把所有财产都拿走。但是，如果我把真相全部告诉她，我就是一个愚蠢至极的人。那些真相会让一个非常爱我的女人毫不犹豫地和我离婚，何况李小迷呢？李小迷的身后永远站着李大勇，这是我总结的经验。如果我和李小迷生活正常，如果李大勇有足够的能力，他会把我从河里拉到河坡上，趁我的衣服还很潮湿的时候和我讲条件。但是，现在一切都变了。我告诉李小迷，我没有别的真相，所有的真相都在家里。我还告诉她，我不会和她离婚，因为我爱她。她哈哈大笑了三分钟，声音几乎引爆了我的手机。

一扇又一扇门在眼前闭合了，我只能眼睁睁地看着。不经意间就走到了这一步，真是太大意了。我以为头顶的天永远是蓝的，以为天上的白云会永远罩在我的头顶，以为脚下的路有千万条，总有一条能让我走到永远。真是太幼稚了！

我站起身，走到总台，问那个个子高高的漂亮女孩，1206房间的客人有没有出去。高个女孩愣了一下，笑了，说她真不知道，问我要不要打电话问一下。旁边的一个女孩插话，说她可以肯定那个房间的客人没有出去。我问她为什么这么肯定。她说那个房间的客人很漂亮，气质雍容华贵，如果出去了，自己一定会注意到。蓝亭，这么多年过去了，她漂亮依旧，而且还雍容华贵。这样的女人，内心一定是光明的，她不会记恨谁，更不会十几年如一日地痛恨什么人，一个内心被仇恨占据的女人，是不会漂亮的，更不会有那样的气质。我感到内心轻松了一些。

我本来是一个凡事三思的人，是一个不打无把握之仗的人。我和李小迷结婚不久，就着手编织一张网，我希望它能为我遮风挡雨，还能为我张网捕鱼，我可以以之为武器披荆斩棘。我把工作之余的所有时间都用来织网，为此牺牲了很多东西，包括我的爱好：跳舞、打球、跑步，还有游泳。小艾就是我游泳时认识的。当她穿着一件红黄相间的泳衣出现在池边时，我被她青春靓丽的身体惊呆了，并且立即下定了追求她的决心。世上所有的事，都是有因果的，你待在因里的时候，根本不知道会有怎样的果在前面等着。当我认为我的网已经足够宽大足够结实时，运气却走到了头。我把那张网迎着风雨撒出去，才发现它原来是一片枯叶，它唯一的意义是提醒我，我人生的冬季真的来了，什么都抵挡不了。现在，我的希望完全寄托在蓝亭身上了，我相信，她能带着我从冬季直接飞入春风里。

1206，这真是一个好数字。我站在那扇古铜色的雕刻精美莲花图案的门前，看着这一组数字，眼前出现了蓝亭美丽的脸。青春已经流走，此时的美丽其实是萎了一半的莲花的另一半。她的美丽还能撑持多长时间?她的周围已经没有风了,更没有雨和雪,她已经强大得可以产生温暖了,这样的女人,哪怕她脸上还残留着一丝风韵,也会被捧上天去。我举起右手,准备敲门。我突然发现它有些抖,它怎么了?我用左手扶住它,帮助它战战兢兢地与门板相碰,发出我无法满意的轻微的声音。我的心停止了跳动,耳朵支棱了起来,希望听到房间里的回应。没有,一点都没有。我再次把右手举起来,闭上眼睛,连着敲了三下。如果屋里有人,肯定能听到。屋里果然有了动静,不是走动的声音,是一声轻轻的咳嗽。我的心里一阵紧张。然后,我似乎听到了《浣纱记》的旋律,仅仅是旋律,像是一阵微风拂在水面上,轻微得让人怀疑自己的耳朵出现了幻听。不对,不是幻听,真是《浣纱记》的旋律。这么多年过去了,她竟然还喜欢听这个。喜欢听这个,说明西施还在想着老范,说明老范在西施的心目中还有一定的地位。我有了勇气,又在门上轻轻地敲了三下。我说蓝亭你在吗,我知道你在,你开门啊!我,我是华子。华子,是蓝亭对我的爱称;我还有一个爱称,叫盖盖。当我们在床上做爱时,蓝亭就喊我盖盖;从床上下来,她就喊我华子了。我不敢说我是盖盖,我不知道她现在的脾气和想法。

在李小迷那里,我没有爱称,她直呼我高华盖,有时在床上兴奋了,她就狂喊我高儿,高儿,有时还会夹杂几句令人难堪的叫骂。我不在乎这些,兴奋了,喊什么都正常。我在床上也会兴奋,有时我也试着喊几句,我说李小迷我日你姐。她愣愣地看了我数秒,然后一脚把我踹下床去。这样的做爱,我有些害怕,于是我尽可能地不去碰她。在小艾那里,我想怎么说就怎么说,想怎么喊就怎么喊,所以我喜欢去小艾那里,想一直待在小艾那里。我想象过永远和小艾在一起,虽然我知道那不可能。我知道小艾和我在一起是为了什么。她曾经有过短暂的婚姻,她能为我坚持五年不嫁,我已经非常感动了。

我站在门外,屏气凝神,生怕一声粗重的呼吸会葬送自己的前程。《浣纱记》的旋律似乎凝固了,嗯,是停了,有轻轻的脚步声向门口移来。我又说了一句:“蓝亭,我是高华盖,华子。”脚步声停了,片刻,有一个冷冷的声音问:“你有什么事吗?”低沉的声音,故意压抑的声音,我却能嗅出蓬勃的气息。现在的蓝亭,举手投足,一呼一吸,都应该是蓬勃的。我很小的时候,觉得机械厂东边的那条小河宽得像淮河一样,前年我经过它,感到它已经窄小得像一条小溪,我一抬腿就能迈过去。它没有变,是我的腿变了。蓝亭现在一抬腿就可以跨过淮河,我相信这一点。“能开一下门吗?我想进去和你说说话,我,我很后悔……”

我说。“如果你是来忏悔的，请回去吧！”蓝亭打断了我。我扭头看了一下过道，没有一个人经过。但是，我知道周围的房间里有很多人，他们也许正在偷听。如果我在门外把我想说的话说出来，明天，便会有无数个关于我的故事在县城流传。我不能在这里说，不能。我把嘴巴贴到门缝上，尽可能地让它与蓝亭近一些。这个时候，我多么盼望自己的嘴巴再尖一些，长一些。“蓝亭，我不只是来忏悔的，我还有急事需要你帮忙，如果你不帮我，我就死定了。”我压低声音，希望只有蓝亭一个人听到。“我不想看到你，如果想说，就站在那里说，不想说就算了。”她回答。我感到一股寒意从脚底升到头顶，恐惧，原来这么冰凉。“我能写给你吗？站在这里说，对你也不好。如果有人来看望你呢？再说，隔墙有耳啊。”我尽量让自己的声音诚恳一些。蓝亭终于同意了，这令我心里充满了欣喜。

我快步回到一楼大厅，从服务台要了纸和笔，然后坐到休息区的角落里，飞快地写了起来。我告诫自己，蓝亭不是昨天的蓝亭了，我也不是昨天的我了，该写的东西，一点也不能省略。我写了自己的愧悔，写了对蓝亭的思念，祝福她现在的生活，然后我把自己的要求表达了出来，并且写明了跟谁打招呼最有用。不到一千字，我用了半个多小时，时间不长也不短。我回到1206门前，还好，走道里仍然空无一人。我告诉蓝亭我写好了。她让我把材料从门下的空隙塞进去。我犹豫了一下，一时拿不准那张卡是否要随材料一起塞进去。还没有见到兔子，撒不撒鹰？不撒鹰，能见到兔子吗？犹豫了两分钟，我决定把银行卡也塞进去。如果我能平安度过这场灾难，这点钱算什么呢？如果躲不过去，这张卡还指不定是谁的呢！万事大吉的时候，还愁没有钱吗？

我把银行卡夹在材料里，从门下的缝隙塞了进去。然后我站在那里等，像等待最终判决。过了足足五分钟，屋里传出一声叹息，蓝亭的声音有些无奈：“行了，你回去吧，一周之内帮你办好。”我的心里一阵狂喜。唉！蓝亭，我爱你！我爱死你了！

没有当年的痛苦，就没有蓝亭的今天，那么，谁来拯救现在的我呢？原来这世间的一切，都是冥冥中的定数，我所做过的事，都与我无关，我没有必要自责了，我只是上苍的代言人罢了。

蓝亭回南方以后，我要诚心诚意地到她家里去一次。她帮了我，说明她对我的怨恨还没有长成大树，我要去把它砍掉，永远地砍掉。我要让蓝亭成为我的大树，背靠大树，冬暖夏凉。

我要回去睡个好觉。我不再在意李小迷的白眼，我也不会和她离婚，即使她是一只豁边的粗碗，我也要把她体面地摆放在桌子上。在别人眼里，她可能是一只很好的花瓶呢！

三

我知道高华盖肯定会去找蓝亭，当潘汉说蓝亭衣锦还乡时我就知道这个答案了。四面楚歌的高华盖坐在上座指手画脚，真是可笑。我庆幸自己当初没有进入那支队伍，没有染上一身臭毛病，从而避免了陷入走投无路的绝境。千里做官，只为吃穿，吃什么与穿什么可是有讲究的，想由着自己的性子吃穿，就不应该选择做官。口袋里藏着一颗随时可能引爆的炸弹，吃山珍海味又有什么意思呢？

我一点也不关心高华盖找不找蓝亭，即使他们再次苟且，也与我无关。我只关心自己的事情。这个世界每天都会发生无数的事，公平的很多，不公平的也很多。让不公平的事不发生在自己身上，或者少发生在自己身上，这才是最大的本事。同时，我们不能制造不公平，强加到别人身上，这是原则问题。我扪心自问，我从来没有制造过不公平吗？是的！从来没有！当年我和蓝亭的事，有些人认为全是我的错，是我制造了不公平，然后强加到了蓝亭身上。他们不了解真相，我也不想解释。蓝亭甩掉我的方式我无法接受，那是一个男人无法忘记的耻辱。我一直耿耿于怀，我不理解她的举动，虽然我原谅了她，却无法找到一个令自己满意的答案。从我们相处的第一天起，我们就是平等的，她有权拒绝我，却不应该以那样的方式对待我。她在捍卫自己的纯洁吗？她只是不熟悉游戏规则罢了。游戏规则确定以后，它就是你的信仰，你信它，你的精神就强大了，就可以接受一些事情了。

我一直坐在华丽大酒店一楼大厅东南角的小咖啡厅里，慢慢地品着咖啡，抽着雪茄。我比高华盖来得早，当他神情恍惚地走进酒店大门时，我已经喝了一杯咖啡。连续三天，我的睡眠都很差，多一次失眠与少一次失眠没有区别。熬过这个坎，我要到海口休息半个月，吃海鲜，游泳，再到哈哈乐娱乐中心去找那个皮肤白得像牛奶一样的俄国女孩。她叫什么？伊莲娜？不对，叫丽达，是的，丽达！那真是个高品质的女孩，每次见到她，我都感叹这世界真是奇妙，我们必须尽情享受，才能对得起它。

我在等高华盖。我等他并不意味着要和他见面，我只想知道他在蓝亭那里待了多长时间，我想看看他出来时的表情，然后我就知道该怎么做了。我知道蓝亭住在1206，我给了十二楼的服务员一百块钱，高华盖在十二楼的信息会源源不断地传到我手机上。那个年过四十的女服务员，如果再年轻点，我会把她收到我公司去做公关，她有身材，有脸蛋，还有办事能力，做楼层服务员亏了。信息一条接一条，还有十来张照片呢！看着照片，我笑得前仰后合。高华盖，王八蛋，看他狼狈的样子，就像饿了十天的流浪狗一样。看到这样的照片，谁会相信几个小时以前他还坐在我们同学中间指手画脚呢？谁会相信到目前为止他还是县里的财神爷呢？高华盖把一份材料塞进了1206，这张照片拍得很清晰，很感人，哈哈。我知道那份材料是高华盖刚才在休息区写的，我也知道他把一张银行卡裹在了材料里。高华盖一脸愉快地离开了十二楼，穿过一楼大厅，拦了一辆出租车，从我的视线里消失了。蓝亭已经答应他了？是的，极有可能。虽然我不知道高华盖是怎么说服她的，但是，她确实被说服了。我不希望看到这样的结果，我的心像是被一把铁锹掏空了，这样的感觉，以前从来没有过。

这个女人，真令人捉摸不透。

是的，我是蓝亭的第二个男人，当然，她不是我的第二个女人。我追求蓝亭的时候，花费的力气远远小于高华盖，手段比高华盖高明得多。他用的是牛力气，我呢，四两拨千斤！

我知道自己不爱蓝亭，我没有爱过任何女人，虽然我与她们打交道的方式就像我深爱她们一样。爱一个人，我不知道是什么感觉，但我相信那是无底的深渊，会让一个优秀男人粉身碎骨，或者，让他窒息而死。

高华盖与蓝亭分手后，病了半个月，可能是巧合，也可能是为爱而伤。我们都认为是后者，我们想为他抹上一点亮色，不然，真没有信心再和他交往。为爱而伤，想想都可怕，早知今日，何必当初？我不想为爱付出任何代价，所以我不会爱上任何人。我不爱蓝亭，但是，这并不妨碍她爱上我。她的爱并不危险。她被高华盖抛弃以后，选择了逆来顺受。她在洗衣坊里没日没夜地干活儿，目的就是让心灵与身体一起麻木，平安地度过人生中最晦暗的日子。我们全班六十九个同学，有三十多人陪伴在她身边，给她出了无数个主意，每一个主意都以报复高华盖为目的，但是，蓝亭一个都没有接受。从那时起，我就知道这个女人的这种美德会伴随她的一生。所以当我决定追求她时，我的心里没有一点负担。追求她，是因为我爱美。是的，她非常美丽，她是这个县城最亮丽的风景，能把这样的风景放到家里，自然是一件赏心的事。但是，我不会娶她，就像城南青草河的水不会向西流一样肯定。我不会把婚姻作为追求女人的最终目标，婚姻是河流中的杂草，一旦被缠上，就会溺毙。和蓝亭分手以后，过了三年，我娶了一个叫杨小凉的女人，是明媒正娶。我的认识并没有发生改变，可是，杨小凉的三个哥哥可以为我撑开三把伞，每一把伞都能为我遮很多风挡很多雨，这一点很重要。即便如此，和她结婚也不是我的初衷。我和杨小凉在宾馆里缠绵了三天三夜，她向我提出了婚姻的要求。我当时毫不犹豫地拒绝了，并在她屁股上狠狠地拍了一下。她给她大哥打了个电话，不到十分钟，她的三个哥哥带着二十多人把我堵在了房间里。唉，这些事不能说，说多了都是泪。幸运的是，蓝亭没有三个哥哥，否则，她早就是我老婆了。

我对蓝亭的追求是以同情作为通行证的。她是一个美丽的诱惑，如果我不去追求，可能会遗憾一生。而且，我是最配得上她的人，如果她落到别人手里，是暴殄天物。我这么说，绝不是自恋。高中毕业三个月，我就成立了才一中介，赚取了第一桶金。当我追求蓝亭的时候，已经拥有了三家公司：才一中介、才一房地产、才一英语培训中心。当然，这得益于我父亲的帮助。我父亲三十五岁就做了县建筑公司的经理，他的经验和人脉，是我无尽的宝藏。我在蓝亭最需要安慰的时候出现在她身边，给她温暖，引她开心，让她相信高华盖只是城北的一条流浪狗，被狗爱上和爱上狗都是一种耻辱，被狗咬伤，说明你是一个温柔而感性的女人。我相信，是我把她从黑暗里拯救了出来，没有我，就没有她的今天。我让她重新相信了爱情。我告诉她，她是爱错了，爱错不是错，不相信爱情才是错，爱情是世界上最美好的感情，不相信它，就是不相信世界上有月亮和太阳。我带蓝亭去旅游，带她去她最希望去的香格里拉，去鼓浪屿，去阿诗玛的故乡。唉，这个女人，多么富有诗意啊！多么温柔而耽于幻想啊！如果我相信爱情，如果我注定要有一场婚姻并且有选择的权利，我肯定会选择她。

我的努力持续了三个月，当我几乎绝望时，她终于认可了我。

高华盖离开华丽大酒店时，步态很轻盈，这使得他的已经发福的身体扭动得很可笑。平心而论，虽然已经四十出头了，他在女人眼里仍然具有魅力。我多次听到他的风流韵事，多次听说他对部下的苛刻近乎无情。我不明白，为什么关于他的传说都是负面的，好像他根本就没做过好事一样。我的业务发展需要高华盖的帮助，但是，我没有求过他一次。我和蓝亭分手以后，他曾经找过我。一天晚上，他把我约到城南的青草河边，狠狠地揍了我一顿。我打不过他，所以我根本不反抗，反抗是愚蠢的，它只会招来更猛烈的打击。我的一颗门牙被他打掉了，第二天上午我去做了一颗烤瓷的，虽然看起来与真牙没有什么区别，但是，感觉中总有一股酸酸的味道，舌头一碰到它，我就想到了高华盖那张恐怖的脸。他抛弃了蓝亭，当我步其后尘时，却遭受了这样的待遇，这个世界还有说理的地方吗？这些年我没有在背后给他下绊子，真是天大的宽容。这样的恶棍，蓝亭都能原谅，她还有一点是非观念吗？

我喝完第二杯咖啡，从皮包里掏出纸和笔。这两样东西，就像避孕套和伟哥一样，是我的必备品。高华盖已经为我提供了完整的模式，我要提前把要求写下来，免得在1206门前停留过多的时间。跟在摸石头过河的人身后，身上的衣服肯定会少湿一些。

蓝亭有可能成为我生命中的贵人，这一点我没有想到，我几乎把她忘记了。我生命中有很多匆匆过客，有的人留下的印迹深一些，有的人浅一些。如果把这些印迹比作浪花，有的浪花大一些，有的浪花小一些。蓝亭呢，她应该是一朵不大不小的浪花。

从今年四月份开始，我和一家叫"深海"的房地产公司为竞争城南一个小区的开发权激战了多个回合。这个小区的建设是县政府拆迁安置工程的一部分，虽然利润薄些，但是规模很大，最主要的，拿到开发权，就可以充分证明公司的实力，为以后的发展打好基础。我动用了大量的资源去操作这件事，势头不错，我一直在大路上奔跑，眼看就要撞线了，不料"深海"从背后呼啸而来，瞬间超过了我。你追我赶，真他妈热闹。战斗太激烈了，而且持续的时间太长，我身心俱疲，有些无能为力了。下个月就要宣布结果了，如果我败北，丢掉的不只是钱，还有颜面。我使遍了十八般武艺，收效却很小。"深海"太深了，深不可测。我无路可走了，我已经在心里做好了失败的准备，我要把这把扎在我心窝里的匕首化作我的血，让它滋养我的心脏。现在，蓝亭来了，她就像天上的星辰，给了我光明，给了我希望。无论如何，我都要尝试一下，即使她不是一根粗壮的椽子，只是一根稻草，我也要抓一把，试一下。

她不是粗壮的椽子吗？不，她是！

我拎起皮包，向电梯口走去。

我不知道高华盖送给蓝亭的那张银行卡上有多少钱，我猜测不少于十万。这小子也舍得给别人送钱了，这么多年，他可是只进不出的，他的心里肯定在流血。我随身带了两张卡，一张二十万，一张三十万。蓝亭接了高华盖的钱，是好事。当世界上最纯洁的女人都这样贪婪时，这个世界就有希望了。当然，我说蓝亭纯洁,是讲当初。她在南方待了十几年,谁知道她是怎么过来的?女人的漂亮是最大的资本,经历了那么多沧桑,就凭那张脸蛋,居然还能嫁入豪门,真是世事难料啊!

我在十二楼找到了那位女服务员,又给了她一百块钱。不是奖励,是让她给我放哨,一旦有人过来,就给我提个醒。我知道我会成功,即使我的话无法打动蓝亭,我身上的卡也能打动她,一张不行,就两张,没什么大不了的!

嫁入了豪门,钱对于蓝亭来说就是个数字吧?也不一定!有些女人在成为贵妇以后很快就成了怨妇,于是拼命捞钱,为未来挣一份安全保险。

蓝亭当年对于钱看得很淡,在爱情与金钱的战斗中,爱情完胜。她有这样的品性,对于高华盖来说是幸运的,而对于我来说,却是痛苦,甚至是灾难。如果她对于金钱有强烈的欲望,我们也不会分手那么快。我们刚刚开始就结束了,多么令人遗憾。她美丽的肉体,在我心里激起的欲望超出我的想象。它洁白、细腻、富有弹性,散发着淡淡的甜香,让我沉醉,让我流连忘返。我鄙夷高华盖,他为了一个丑女人而放弃了蓝亭,真是世上最大的蠢蛋。

世界上的事情,不好两全。当我沉浸于蓝亭的美妙时,一个巨大的商机突然降临到我面前。我但愿它晚来两个月,或者三个月,虽然它令我因惊喜而惊叫。那个商机,如果放在今天,基本没有吸引力。但在当时,我无法抵制它的诱惑。赢了,我就站到了山顶,在我的人生计划里,那样的高度十年以后才能达到。商机的降临,并不意味着一把抓在了手里,想抓在手里,需要付出代价。我要付出的代价,是把蓝亭拱手奉献出去,因为那个决定商机归属的人看上了蓝亭。我心里有些疼,疼了一个晚上,还是决定和蓝亭认真地谈一次。我已经在她脸上看到了熠熠生辉的爱情,知道在这个时候与她谈论那个商机是多么残酷。我不会抛弃蓝亭,起码半年之内不会。我甚至想,如果那个商机真的因为蓝亭的牺牲而落到了我的手里,我也许会投桃报李,娶了她。这样的婚姻有些不自然,但是,即使你娶了一个深爱的女人,能保证不会出现类似的不自然吗?从根本上说,爱情不是可以保鲜的东西,明白了这些,才能做出理性的选择。在一个晴朗的下午,我陪着蓝亭在街上逛了好长时间,为她买了几件漂亮衣服,然后带她去了一家机电公司,让她选几台干洗机,我要帮助她开一家洗衣坊,让她的梦想生出强壮的翅膀。现在想来,这些做法是愚蠢的,我还不了解这个女人。我想用丰美的物质勾出她的欲望,让她的欲望干掉理性,却没有想到这些虚伪的行为把她送上了爱情的云端,而且越飞越高。晚上,我们去了一家新开的西餐店，一起吃了一顿美味的晚餐。那是我们最后的晚餐。我喝了一些酒，我想让酒激发我的勇气。在晚餐快要结束的时候，看着她的美艳的脸，看着她的爱情洋溢的眼神，我心里疼得厉害。但是，该说的话还是要说。我说了，我先说了我的商机，说了我的远大理想，在她为我感到骄傲并兴奋不已时，我说我需要你做一些牺牲，然后，我们就可以结婚了。到此时为止，一切都在我的掌控之中。她满脸纯洁，满脸真诚，急切地让我快快说出来她需要做什么样的牺牲。她问我是不是想让她到公司工作，帮着打理后勤。她告诉我，她可以为我牺牲所有的爱好，包括听昆曲。她说："我以后不听《浣纱记》了，好吗？我知道你心里不舒服，我不听就是了。"唉！真是一个纯真的女人！如果她生在富贵之家，如果她的第一段爱情能遇到一个好男人，她这一生会过得很幸福。我咬牙把我的想法告诉了她。她竟然笑了，说："梁才一你喝多了也不能开这样的玩笑，你知道我不会开玩笑，也听不懂男人的玩笑，所以，以后你不要再和我开这样的玩笑了，好吗？"她的纯真给了我一次机会，我可以不着痕迹地收回我的话，留住她的爱情，但是，我不能收回。我告诉她我没有开玩笑，然后说那个人非常非常倾慕她，在他那里，她不会有任何被强迫的感觉，甚至会感到幸福。我重复了我的保证，我说做完这笔生意我们就可以结婚了，一生一世厮守在一起。接下来，发生了一件出乎我意料的事：她把我给她买的衣服全砸在我的脸上，把那只还剩小半块牛排的盘子也砸在我的脸上。鲜血从我的脸上冒出来，就像朝霞冲破了云层。

不想这些了，不想了！这些往事，只能激起无穷无尽的感伤。

时间不早了，我要攻克1206了。

蓝亭，多年不见，你会怎么迎接我呢？

四

我相信爱情，蓝亭比我更相信爱情。可惜的是，我们的爱情没有交会在一起。她从来都没有爱过我，就像我从来没有爱过别人，只爱她一样。是的，我只爱过她一人。但是，一片金黄的麦地被自家河里的水淹了，还有什么比这更令人懊悔呢？我懊悔了十七年，还有二十年甚至三十年的懊悔在前面等着我。

蓝亭只爱高华盖。至于梁才一和蓝亭的关系，我们班所有人都知道，那是蓝亭绝望之中的选择，与爱情没有任何关系。当然，梁才一不这样认为，他以为他接触的所有女人都爱他。这样一个自恋的东西,竟然被蓝亭接受,只能进一步证明她对高华盖的爱:她不惜以作践自己为代价去化解心中的怨怼。那一段时间,我正在省城上大学,听说梁才一堂而皇之地与蓝亭出双入对,我心里有无数的血流出来;当蓝亭又一次经受巨大的挫折时,更多的血从我心里喷出来,我有寻死的冲动。

我爱蓝亭,这个世界上只有一个真心爱蓝亭的人:我,吴良。

我父亲当年给我起这个名字的时候,我还没有力量反抗。我七岁的时候感受到了这个名字给我带来的麻烦,于是我不再相信父亲,虽然他是一名初中语文老师,虽然他因为优秀差一点被省城的一所中学调走。他没有去成省城,原因只有一个:那年七月他突然中风,半个月以后就和我永别了。我不喜欢自己的名字,但我得捍卫它。当高华盖和梁才一他们嘲笑我的名字的时候,我甚至抡起一个凳子进行了反抗,蓝亭及时阻止了他们的暴力,否则我会被打得很惨。那是高一下学期发生的事。我是不是在那时爱上蓝亭的?记不清了。爱情的树根扎得太深,我已经不知道它从何处扎起,又扎到了何处。

听到蓝亭回来的消息,我很平静。我知道蓝亭会找到一个好归宿,这也是我对上天唯一的祈求。这样的女人,如果她找不到幸福,还有谁配得上幸福呢?

现在,我站在华丽大酒店对面的广场,站在淅淅沥沥的小雨里,仰头看着华丽大酒店十二楼最明亮的那扇窗户,那就是蓝亭的房间,我知道。我没有带雨伞,我用不到它,让这样的小雨淋一下,心里会舒服一些。我把一本小书从衣袋里掏出,揣进怀里,以免它被淋湿。当我见到蓝亭的时候,如果她问我为什么要送一本湿淋淋的书给她,我怎么回答呢?见到蓝亭,我能见到她吗?

一辆货车经过,阻住了我的视线,溅了我一身泥水。我的心里忽然轻松了一些。一个全身湿淋淋的瘦瘦的中年男人,一身的泥水,这种狼狈的样子,还怎么去见蓝亭呢?我决定了,我不去见蓝亭了。虽然她从来没有在乎过我,她不了解我的身世,不知道我的住所,不知道我的事业,不知道我有多么爱她,但是,当出现在她面前时,我应该是整洁的,就像从来没有在尘世里待过一样。

我避开马路上穿梭的车辆,走到酒店门前。我抹了一把头发,整理了一下衣服,然后才往大厅里走。我不见她,但是,我要尽可能地靠近她,我走进酒店,就能感觉到她了,就能沉浸在她的气息里了。

一个穿保安服装的年轻人拦住了我,向我善意地笑了一下。他把我当成避雨的了,我像是避雨的吗?即使像,为什么不可以让我进去呢?

“请问，你是找人还是有别的事？”他的声音很好听，彬彬有礼。我不想回答他，我沉浸在自己的忧伤里，不想和任何人交谈，但是，我必须和他说点什么，不然，会被拒之门外。我从怀里掏出那本书，它崭新，散发着书籍独有的清香。这是我写的书，是我的心血，在这座庸俗的小城里，有几个人能做到？我告诉保安，我来这里，是要找一位尊贵的客人，我要把自己写的书送给她。我这样说的时候，他的眼睛里流露出漠不关心的神情，仿佛我的话与他全然无关，他只要断定我不会对酒店安全构成威胁就行了。

蓝亭去南方之前，我请了十天假，特意从学校赶回来找她。她打工的那家洗衣坊在闹市，我曾经路过多次。我去找她的时候，她正在打电话，电话的另一端好像是李若若。我站在一边，呆呆地看着她美丽的脸，听着她柔软的声音，嗅着她身上散发出来的温暖的气息，沉浸在美好的感觉里。我知道，我必须表白了，如果她真去了南方，我的希望之火便永远熄灭了。她放下电话，疑惑地看着我。我不能犹豫了，表白不需要充分的准备。我满脸惊慌地告诉蓝亭，我爱她，爱得要命。她淡然一笑，什么都没说。这个时候向她表白爱情是不合适的，一个连续遭逢两次背叛的女人，她会相信一个几乎没有来往的男人的表白吗？但是，对于我来说，似乎永远没有合适的机会。我说出来了，这很重要。我静静地等待她的回答，答应或者拒绝，我都能接受。但是，她没有回答我，她从容地工作，仿佛我根本不存在。我知道梁才一对她的伤害远远小于高华盖对她的伤害，但是，高华盖挖的沟太深了，往下再挖一锹，冒出的就是血。我想把那道沟填平，哪怕用我的身体。但是，蓝亭不需要我。我在蓝亭身边待了半个小时，然后离开了。第二天，第三天，第四天，我都去了。我们偶尔说一句两句话，都是无关痛痒的闲话。第七天的上午，蓝亭终于放下手里的工作，坐到了我的对面。她说：“你为什么还要来呢？我给了你六天时间，就是为了让你死心。我不想为不相关的人浪费时间，你能理解吗？”我当然能理解。虽然她不接受我，但是她尊重我的感情。我不想放弃，我向她重复着第一天来这里时向她说的话。她笑了，说：“如果我接受你，你能给我什么呢？婚姻吗？”“我能给你爱情。”我脱口而出。我的回答令自己吃惊，我为什么不说我可以给她婚姻呢？“爱情？你的？”她微微一笑，说：“如果以后我和某某人生活在一起，原因一定很简单，婚姻，只是为了婚姻。吴良，你告诉我，你能给我婚姻吗？如果你能给我，不管你是富是贫，我都有可能答应你。但是，在你回答以前，请你认真想一想，我是被两个男人甩掉的女人，已经有两个男人和我有过性生活了。两天可以吗？我给你两天时间思考。”我突然被强烈的刺痛袭击了，就像一只手猛地插入我的充满爱情的心脏，它用力在里面搅动，令我痛不欲生。我无法忍受这疼痛，只好逃离了蓝亭。我躺在家里那张宽大的木板床上，想着蓝亭的话，疼痛又像海潮一样翻卷起来，淹没了我的思维，淹没了我的爱情，淹没了我对未来的所有设计。三天以后，我去找了蓝亭，我想告诉她，无论以前如何，我都愿意接纳她，就像接纳一个一直纯真的人一样。一直纯真的人？我怎么会有这种想法呢？我想表达什么呢？表达我的大度吗？幸亏，当我赶到洗衣坊的时候，蓝亭已经走了。如果我当面告诉她这些话，无疑是在深沟里又掘了一锹。也许，我高估自己了，我有能力掘那一锹吗？

我现在仍然没有结婚。如果我不爱一个女人，为什么要和她结婚呢？我经常想，如果我真和蓝亭结了婚，我们会幸福吗？我会忘记她的过去吗？我会把她当作一个纯真的女人对待吗？我庆幸自己的犹豫，不是为我，是为了她。我没有给她造成新的伤害，只是让她的唇边挂上数缕讥讽的微笑。这就很好了，很好了！

我今天来，是为了把我写的这本书送给她。这本教育论文集，由省教育出版社重点推出，是我十几年教学经验的总结，是我十几年发愤努力的成果。在写作过程中，我一直在心里默念蓝亭的名字，她给了我动力，我感谢她。

也许，我不该来找她。在她的生命之河里，我连一朵浪花都算不上。但是，我在她的河边守望，我在她的河边像鸟一样吟唱，我像轻雾一样顺水而走，像某株树上跌落的一朵花，点缀着她无边无际的清亮。

我把书交给总台的女服务员，请她转给1206的客人。

五

接到真真的电话，我有些激动，也有些后怕。我们共同努力，终于结了一颗硕果，但是，这颗果子是甜的吗？从里到外都甜吗？

这座叫Z的南方城市，一直像一只白色的大鸟一样在我梦里飞翔，而蓝亭，就骑在它的背上。十七年前，当蓝亭告诉我她要来这里时，我没有阻止她，为她献上了最真诚的祝福。那个时候，除了远走，还有别的路吗？一个女孩子，一个对爱情忠贞不贰的女孩子，在她的人生刚刚起步时，就被爱情毁了，这是多么可悲的事情。

高三寒假，一个繁星满天的夜晚，我和蓝亭躺在她的小屋里，一边透过窗户数星星，一边谈论着爱情。蓝亭是相信爱情的，她试图用她的爱情给我启示，她说李若若你如果不谈一场轰轰烈烈的恋爱，你将来会觉得你的人生是不完整的。我说爱情才会让人生不完整，你极有可能后悔，唯一的原因就是你的所谓爱情。她说即使我被爱情伤了，也不会埋怨它，受伤，是因为我还没有真正找到它。

唉！我的小亭亭，你这个透明的女孩，你知道吗？当我在十七年以后重新见到你时，我的心里已经有了怨恨，我甚至想一把撕碎我们的友谊，我甚至想把自己撕碎。岁月的沧桑已经把你撕扯得面目全非，让我几乎认不出你，但是，你的眼里依然闪烁着纯真的光芒，似乎在告诉我你对这个世界依然充满希望。我还能说什么呢？如果当初你真的找到了爱情，你就是天使，但是，你能找到吗？

在我接到蓝亭的电话以前，我们已经半年没联系了。虽然我们之间的感情已经浓到可以溶化一切阻碍，我们永远可以看到透明的对方。但是，我们以前的每一次通话都尽量避免谈论过去，当然，是她的过去。我的过去很简单，我二十五岁时嫁给了一个男人，他不爱我，我也不爱他，但是，我们一直过得很好，并且生了一个女儿。过得很好是什么意思呢？我们从来没有闹过离婚，就是这个意思。虽然他出过一次轨，还有一次差一点出轨——我戏称为1.7次出轨——但我们从来没有闹过离婚。离了婚，还结吗？结？那就相当于一次出轨，两人集体出轨。对于我来说，过去平淡得就像一杯白开水，而对于蓝亭，却是一碗毒药。没有人愿意把一碗毒药反复品尝，于是我只和蓝亭聊现在。但是，现在却没有什么好聊的。她的现在，用她的话说，与刚到Z城时几乎一模一样。她到了Z城，用手头仅有的一点钱在边缘地带租了一间小小的门面，做洗衣的生意。她给她的小门面取名“浣纱记”，这是她在Z城唯一的浪漫。她说日子永远千篇一律，就像门前那棵老树站立的姿态一样。我也问起过她的爱情，她毕竟还年轻，毕竟貌美如花，应该不乏追求者。她总是笑嘻嘻地说，她已经把爱情留在了小城。每次通话，我们的话题都差不多。所以，时隔了半年，当蓝亭突然打电话给我时，我以为又是一次平常的通话，我甚至开玩笑地问她是不是找到了新欢要向我报喜。但是，她的柔弱的声音一下抓紧了我的神经：“你能来一次吗？若若，你来吧，我撑不下去了。”我知道这不是一句玩笑，我们之间从来没有开过这样的玩笑。一个小时后，我踏上了驶向Z城的列车。我带去了家里所有的积蓄，五万块，我只有这些。当我把钱全部取出来时，我不爱的那个男人一直陪在我的身边，并时不时地给我擦拭泪水。“如果这些钱不够，你打电话，我再找朋友借。”他的声音瓮声瓮气，却非常温暖。如果他再一次出轨，我仍然会原谅他，我想。

我按照蓝亭给我的地址，在城南一个破旧小区最后一幢房子的十楼找到了她。在见到她之前，我的心里充满了不祥的预感。是的，她出事了！我一直这样想。房门是半开的，我猜测它已经开了三天，或者一周了。蓝亭听到了我的脚步声，她在卧室里用非常微弱的声音招呼我。我立刻明白了，她病了！

这是一套两居室的房子，每一个角落都让我明白它的年龄不比我和蓝亭小。但是，它很整洁，如果去除岁月的因素，它几乎是一尘不染的。这样的房间，你无法相信曾经出现过男人。是的，这是一套女性的房子，到处充满着女性的温暖和细腻。我知道，躺在卧室床上的那个女人是蓝亭，但是，我不愿意相信。如果不是她眼中流露的我熟悉的纯真的神情，即使她掏出身份证，我也无法相信她就是我的蓝亭。蓬门弱女多薄命，溪头浣纱度残生。姻缘未遂苍天定，花枝无主付东风。在这一刻，我的耳边为何突然响起这期期艾艾的悲音？小亭亭，你知道吗？见到你的第一眼，我就看清了你以前的十七年，十七年，小亭亭，你就是这么过来的！

我抱住蓝亭，泪水夺眶而出。

卿是汉女，仆乃郑生。敢借溪水之纱，权作江皋之佩。持此为定，勿背深盟。这是蓝亭离开小城以前最喜欢的一句台词，当她摇头晃脑地表演给我看时，我总是笑得前仰后合。而现在，我真希望每一句台词都是一把刀，我要刺穿那些人的心脏，让他们像狗一样蜷缩在蓝亭脚前。

一个小时后，我把蓝亭带到了附近的一家医院。

三个月以前，她就知道自己得了肝癌，而且已经到了无法医治的阶段。在无法逆转的命运面前，她选择了逃避。她带着一包药回到了自己的小屋，默默地承受着疾病带来的痛苦。她说，当你面对一头老虎时，逃避与迎上去都是一样的结果，既然被吃掉是不可避免的，不如把剩下的时间留给自己。她一个人在小屋里安静地过了三个月。她把她的“浣纱记”交给一个熟人照料，偶尔去一次，不是为了账目，是因为难以割舍。我告诉蓝亭她必须住院，如果她继续待在家里，无法承受的病痛将让她没有任何尊严。她听从了我的建议。我为她办理了住院手续，然后到街上买了一些日用品。我知道，我必须陪伴她走到最后。我问蓝亭还有多少钱，她从包里掏出一张卡，说上面只有三万元。她很安静地笑着，说三万元应该够了吧，日子不多了，有多少花多少吧！我建议她把“浣纱记”卖掉，这样，她可以得到更好的治疗。她摇摇头，说你没有见过那个小屋，如果继续经营，它可以营利，但是，利很薄，如果抵掉，不值钱。既然这样，还不如留着，也是个念想。我感到绝望！十七年，她在这座城市做了什么？洗衣服的机器破旧了，那套二居室的房子是租来的，此外，她还有三万元现金。我和我不爱的那个男人之所以只有五万元存款，是因为那个男人视金钱如粪土，他把大部分粪土都吃掉了。蓝亭，她到这座城市来，是逃避，是疗伤，最主要的，是重新起航。但是，她的小船，一直行驶在一条忧伤的小河里。

我为蓝亭要了一个单间病房，加上蓝亭的三万，我手里有八万块钱，应该能支撑一段时间。蓝亭用感激的目光看着我，想说什么，看到我的眼神，又把话咽回去了。她躺在病床上，我坐在她的身边，看着她。我们的目光里有太多的内容，但是，不想用语言表述出来，没有必要。正在这时，潘汉给我打电话，问我能不能参加一年一度的同学聚会。最后的时光，应该是一泓平静的湖水，它因平静而湛蓝，因湛蓝而让人安详。潘汉的电话是一枚石子，在湖面上激起涟漪是正常的，但是，我没有想到这枚石子在我的内心激起的是惊涛骇浪。我明白了，我不可能安安静静地看着蓝亭离我而去，不可能。蓝亭躺在这家破旧的医院里，已经奄奄一息，而高华盖他们却在策划一场无聊的狂欢，这样的对比，让我痛不欲生。

在前年的同学聚会上，我问高华盖，如果蓝亭来参加我们的聚会，他会怎么想。高华盖这样回答我：那个高雅的女人，她是看不起小城市的同学的。无耻的话，一句就可以证明一个人的卑劣。

我压抑着冲动，告诉潘汉我一定参加这次聚会。我没有告诉他我在哪里。一个奇特的想法突然出现在我心里，瞬间长成了参天大树。

我摸了摸蓝亭的脸，笑了笑，说潘汉他们正在策划一场同学聚会。蓝亭也笑了，说那一定很有意思，怎么想起来的？我的心里一阵酸楚，泪水无法抑制地流了出来。蓝亭有些疑惑地看着我。我说小亭亭你真的不恨那几个人？她愣了一下，眼睛眨了眨，说：“开始的时候，恨；后来，就不恨了。不能在一起，总是有原因的。毕竟曾经爱过，要珍惜、珍藏，何必要恨呢？”然后，她长舒了一口气说，若若你还记得我给你唱的《浣纱记》吗？我现在还想给你唱，你愿意听吗？我流着泪点点头。她轻轻地咳嗽了一声，断断续续地哼唱起来：

自幼儿居住在苎萝村下，
生成了美容颜闭月羞花。
我爹娘去世早谁怜孤寡，
无兄弟少姊妹只剩奴家。
插荆钗紧布裙梳妆淡雅，
为家贫终日里溪边浣纱。
出门来见燕子双飞上下，
碧桃花飞片片杨柳交加。
…………

我拉着她的手，看着她两腮飞起的桃花，真想放声痛哭。我说："亭亭，你难道不觉得范大夫是千古最无耻之人？溪水之约，其实是另有所图的。把自己心爱的女人献给一个淫魔，还美其名曰为国牺牲爱情，他牺牲的是谁的爱情？如果男人连自己的女人都保不住，他们的国家就应该灭亡，他们有什么脸皮人模狗样装腔作势地活下去？那个西施也是千古最无聊的，竟然还和他泛舟湖海，装出卿卿我我的样子，她的心里真像湖水一样平静？"

蓝亭笑了，说："若若，你倒是千古最偏激的。古往今来，男人总是有想法的，而女人呢，心里只想着爱情。若若你信不信，当年西施去吴国，其实不是为了越国，而是为了小范的爱情。"

我一把抱住蓝亭，把我的泪水一滴一滴洒落在她的脸上。

蓝亭用冰冷的小手摸了摸我的脸，轻轻地叹了一口气，用几乎听不到的声音说："但是，也许，若若你是对的。我只想做一个浣纱女，我只想要一份纯真的爱情，我只想在爱情的陪伴下过安静的日子，为什么男人总是有那么多的想法？"

她的喃喃低语，是最响亮的一鞭，我的决心愈加坚定了。

蓝亭睡着了。我包了一辆出租车，对Z城数家比较好的医院做了一个全面了解。以蓝亭目前的状况，在中等档次的医院里住一天，估计要花掉五千元。最好的专业医院是圣玛丽，一天需要一万块钱的开销。我走进圣玛丽医院，看着那一间间高档病房，有一种想死的冲动。圣玛丽，你有钱，它就是玛丽，你没有钱，它就是你妈的。我算了一下，如果蓝亭还有两个月的时间，住在这里，开销将达到六十万。这是我们无法承受的。但是，两个月可能只是我的美好愿望，她随时都可能离开我,我随时都可能失去她。还有什么好犹豫的呢? 我要实施我的计划了! 为了让蓝亭在最后的日子里享受最好的治疗,为了让她梦想的翅膀再往前飞一段路程,我只有这么做了。会有什么后果吗? 可能会有,也可能没有。即使有,也不会太严重。那些人的脾性,我早已一清二楚。而且,如果我设计得足够周密,风险是可以忽略不计的。

我给我表妹牛真真打了个电话,和她认真地谈了一个小时。我和她说了蓝亭的事,说了我的计划,然后我问她:“你愿意帮老姐做吗? ”如果她不想做,我不会强迫,我会另找别人,只要她替我保密就行了。真真兴奋得无以复加,她连着说了十个愿意,并且感谢我给了她这样的机会。真真三十一岁,在一家文化公司做策划。她的漂亮不亚于当年的蓝亭,而她的纯真,就和当年的蓝亭一样。接下来,我们探讨了一些具体问题,设想了种种可能,以及种种应对的方法。最后,我对她说:“真真,去吧,去华丽大酒店,去1206! 进了1206,你就是蓝亭。”

这样的策划对于我来说并不吃力。我在县城待了这么多年,人脉地气都不缺。酒店总台为我所用,真真与总台的及时沟通,楼层服务员的安排,真真的安全,等等,一切都不在话下。只是,我不知道会有几个人像饥饿的汪丫鱼一样前去咬钩。每个人都希望生活幸福,每个人都希望把身上的尘土掸净,每个人在机会面前都有可能把心动变为行动,所以,我无法确定哪些人会去1206。正是由于无法确定,我才和真真讲清,如果高华盖和梁才一不去,就把计划取消,其他人的钱一分也不要。如果他们两个去了,一点都不要客气。我知道高华盖正面临一场灾难,而梁才一,他的贪心是永无止境的,他的道德是没有底线的。他们会去的,我想,这个局,就是为他们两个设的。

我没有想到,蓝亭嫁入豪门的消息由潘汉发布以后,当天晚上高华盖和梁才一就有了行动。如果他们能坚持两天不去1206,我会让真真撤出来。两天,对于这些贪心的家伙,已经够长了;坚持两天,说明他们的脸皮还没有厚到不可救药的程度,他们的愧疚还有复活的可能。他们当天晚上就去了,多么好的注脚啊! 你想为某些人抹上一缕理想的色彩,你希望某些人会在肮脏的道路上后退半步,你盼望得到一分预料之外的惊喜,没有可能,真的没有! 那么,好吧! 就当这是一场持续了将近二十年的因果,他们要用自己的金钱向蓝亭表示最后的心意,我们就把它当作他们的忏悔,收下吧!

真真第二天把四十万元打到了蓝亭的卡上,然后把高华盖和梁才一的陈情书——把它们叫作陈情书更体面些——用快递寄给了我,一同寄来的,还有吴良的论文集。唉,吴良,这个中学老师,借助他对于蓝亭的感情,倒是找到了一条适合他的路。我把陈情书和论文集放到一个铁盒里,把它埋在附近公园里一棵五百年的老香樟树下。我希望这个铁盒会被我忘记,如果有人想兴风作浪,它可是一面无可替代的照妖镜呢!

我把蓝亭转到了圣玛丽医院。

我没有想到,蓝亭住进圣玛丽医院的第二天就陷入了昏迷。她得到了最好的治疗,我相信她在弥留之际也能感受到这份温暖,走得更安详一些。

当早上的阳光洒满白色的丝绸窗帘,数只红嘴白羽的白文鸟在窗外的香樟树枝上啁啾时,蓝亭忽然醒了过来。她已经昏迷七天了,她的苏醒,是我的奢望。我感到惊喜的同时,心里充满了担忧。她看着我,脸上溢出微笑。我跪在她的床前,握紧她的手,泪水洒落到雪白的床单上。我说亭亭你终于醒了,你知道你睡了几天吗?她仍然微笑着,没有回答我。她的纯真的目光像窗外的阳光一样明媚,她的笑脸,是世间最美的。我轻轻地唤着她,希望她用一个眼神或者一个手势告诉我,她听到了我的声音,她真的重新回到了这个世界。她眨了眨眼睛,脸上的微笑渐渐变成了婴儿般的天真的笑,仿佛她刚刚来到这个世界,还没来得及在坚实的土地上走上一步。突然,蓝亭说话了,她的嘴唇的翕动,提醒我她正在说话,我赶紧把耳朵贴到她的唇边。

“苎萝村里是侬家,日暮江头独浣沙。莫把桃花轻拟妾,既言妾貌胜桃花。唉!吾是汉女,汝乃郑生。既借溪水之纱,权作江皋之佩,持以为定,为何又违背深盟?”她的声音若天籁,若香樟树随风而下的黄叶,轻轻地飘落在我的眼前,轻轻地飘落在洁白的床单上。

我抱住蓝亭,放声痛哭。

六

生活中发生的变化,有时数年看不到几缕,有时,一天之内能看到许多。就像这梧桐树的叶子,从春天到中秋,它在阳光里起舞,你甚至怀疑它永远不会凋落。但是,晚秋的某一天,一场风雨,它便摇落无数。我们的同学聚会仅仅过去七天时间,就发生了数件令我唏嘘的事情。第一件事情,高华盖被带走了。据说,他被纪检委的人带走时,正在家里与李小迷签离婚协议,他的手上蘸满了红色的印泥,还没来得及在协议上落下,他们就到了。他犹豫了一下,把手上的印泥狠狠地涂在了裤子上。以前，当别人在我们面前提到高华盖时，我们脸上会有一道亮光闪过，说那是我们同学，一个班的。现在呢？当人家在我们面前说高华盖怎么样时，我们很害怕人家知道我们是高华盖的同学。第二件事情，梁才一喝醉了酒，把城建委的一个副局长打了。梁才一的酒量我们都知道，他每天都喝一斤多，没人见他醉过。当我听说梁才一因醉酒而打人时，感到这消息就像县城年底要开通地铁一样不靠谱。但是，他真的打了人，那个副局长头破血流，缝了七针。梁才一没有被拘留，原因只有一个，他花了不少钱。此外，还有一件事情，我一直想不通。蓝亭回到县城的第二天下午，我去华丽大酒店看她，服务员却告诉我，客人已经退房了。退房了，是离开了，还是另外换了地方？我拨打李若若的电话，没人接，我拨了十遍，仍然没人接。我冥思苦想，得出的结论是她的手机开了静音，她忙得顾不上看手机。我给李若若发了一条短信：我是潘汉。你在哪里？我想请蓝亭吃饭，请代为安排。我没有得到回复，心里很不舒服。我知道高华盖和梁才一去酒店看过蓝亭，有几个同学看到他们从华丽大酒店走出来，脸上的神情很兴奋。那几个同学为什么会看到他们，没有必要再说了。但是，他们脸上的神情很兴奋，是真的吗？

没有答案，我也不再去想。但有一点是可以肯定的，明年的同学聚会，不会再有了。

正当我准备把那些烦事像抛石头子一样抛开时，李若若的电话打了过来。我非常气愤地接了电话。她的声音里充满了悲哀，似乎每个字都浸满了伤心的汁液。她没有任何解释，只让我通知高中时代的同班同学，说三天以后蓝亭还要回来，九点整，大家在柳林路38号见面。然后她就把电话挂了。我不想追问什么，神秘就神秘吧！见面就见面吧！我们可以被高华盖呼来喝去，被李若若和蓝亭折腾两次也无所谓了。

三天很快就过去了。我从家里出来时，还不到八点半，半个小时，足够我走到柳林路38号了。我走出五百米，忽然想起来，柳林路38号，这是殡仪馆的地址。我的心立即拧紧了，怎么回事？难道是蓝亭出了意外？不会的，嫁入豪门，怎么可能出意外呢？也许，是她的亲戚出了事，想让大家捧个场吧！

我到了，殡仪馆的大门紧闭着，门外站了三十来个同学，梁才一和吴良也来了。梁才一脸色焦黄，像是被槐豆水浸了一个晚上。大家看到我，纷纷围拢来，问我李若若和蓝亭为什么约大家在这里见面。我不能告诉他们我不知道，我掏出手机，拨了李若若的号。她没有接，我再拨的时候，殡仪馆的两扇白铁大门忽然打开了，李若若站在大门中间，像一棵被刨去了主根的杨树，随时可能摔倒的样子。她看见我们，点了点头，然后转身往里走。我的心悬了起来，我有一种强烈的预感，我为这种预感生自己的气，但是，我相信它。

是的，蓝亭没了……

巨大的殡仪厅里摆满了白色的鲜花，数条黑色的帷幛从大厅顶端垂下来，轻轻飘舞着，如垂天之翼。后墙上，在松柏、白花和挽幛的簇拥下，蓝亭巨大的黑白照片令人眩晕。我的泪水潸然而下。蓝亭在向我们笑，那纯真的笑，还和以前一样，让我一下就回到了高中时代。美好的高中时代，美丽而纯真的女孩，一去不复返的生活。唉！蓝亭，这么多年不见，你竟以这样的方式回到了我们中间……

大厅里只有我们这些同班同学。《浣纱记》的旋律舒缓地飘散着，却像一阵冷风吹过我的全身。我疑惑地看着李若若，无法明白眼前的一切。李若若沉浸在深深的悲哀之中，似乎忘记了我们的存在。她低首走到蓝亭的黑白照片前，把两条黑色的挽幛拉向两边，一副白地黑字的巨大挽联出现在我们面前，上联是：为爱生，为爱死，为爱生生死死生不如死；下联是：浣春夏，浣秋冬，浣尽春夏秋冬依旧纯真；横批：爱恨交加。

哦，蓝亭！

水潇潇柳绿垂阴，柴扉外一树马缨。欢迎你回家，蓝亭！

【作者简介】孙志保，男，1966年4月出生。中国作家协会会员，安徽省作家协会副主席，亳州市作协主席。迄今发表中篇小说三十余部，短篇小说多篇。多部中篇小说被国内文学选刊转载，收入多种选集。著有长篇小说《黄花吟》，中篇小说集《黑白道》《温柔一刀》等。